ONE BIG UNION

colección
SENSIBLES
A LAS LETRAS

VALERIO EVANGELISTI

ONE BIG UNION

UN GRAN SINDICATO

TRADUCCIÓN DE FRANCISCO ÁLVAREZ

HOJA DE LATA

Sensibles a las Letras, 98

Título original: *One Big Union*
Primera edición en Hoja de Lata: abril del 2024

Hoja de Lata Editorial S. L.
Camino del Lucero, 15, bajo izquierda, 33212 Xixón, Asturies [España]
info@hojadelata.net / www.hojadelata.net

Diseño de la colección: Trabayadores Culturales Glayíu/Iván Cuervo Berango

ISBN: 978-84-18918-80-3
Depósito legal: AS 00153-2024
Impreso y encuadernado en Imprenta Mundo, Cambre, A Coruña [España]

La traducción de este libro se rige por el contrato tipo propuesto por ACE Traductores.

CENTRO PER IL LIBRO E LA LETTURA

This Work has been translated with the contribution of Centro per il Libro e la Lettura del Ministero della Cultura Italiano.

Questo libro è stato tradotto grazie a un contributo del Ministero degli Affari Esteri e della Cooperazione italiano.

Este libro ha sido traducido gracias a la Ayuda a la traducción del Ministerio de Asuntos Exteriores y de la Cooperación italiano.

ÍNDICE

Prólogo

1877

1. Tras la Comuna de San Luis

Robert William Coates estaba a un lado, un poco aturdido, sujetando por el cañón su mosquetón Enfield 1861. Quién sabe si tendría que usarlo. Esperaba que no, temía que le estallara entre las manos. El armamento distribuido por el Comité de Salud Pública no era de lo mejor. Abundaban las escopetas de caza y los revólveres anteriores a la guerra de Secesión. Los patrones se mostraban tacaños incluso para defenderse.

Pero ni siquiera los que disponían de armas modernas estaban haciendo buen uso de ellas. Apenas unos minutos antes uno de los rebeldes se había lanzado al galope contra los nidos de ametralladoras Gatling disparando a lo loco. Parecía un *cowboy* bajo de piel muy oscura, mexicano tal vez. Iba con él, aferrada a su espalda, una joven de pelo corto. Los soldados del 23.er Regimiento de Infantería, a los que cogió por sorpresa, no reaccionaron con la celeridad necesaria. El fugitivo saltó con su caballo los sacos terreros y se desvaneció en una nube de polvo.

Afortunadamente, los demás insurgentes no parecían tan valientes. Estaban apiñados frente al Schuler's Hall, sin mostrar intención alguna de reaccionar. Colgaban del edificio, bajo una gran bandera estadounidense y otra roja, los estandartes de lo que habían definido como «la Comuna de San Luis». Una pancarta del Partido de los Trabajadores de Estados Unidos, tendida entre dos columnas del edificio de tres plantas, anunciaba la toma del poder por parte de la clase obrera y trabajadora. «La Comuna», como la tildaban los enfurecidos periódicos locales recordando lo que había sucedido en Francia en 1871. Entre finales de la primavera y principios del verano de 1877 se habían establecido otras comunas en Chicago, en Nueva York y en muchas otras localidades, aprovechando el tirón de una huelga de ferroviarios. Los trabajadores de todas las categorías estaban decididos a tomar el control de los lugares de donde procedía su sufrimiento. Reclamaban la jornada laboral de ocho horas.

—Nos vamos a asar de calor —le dijo Coates a un miliciano que tenía al lado y que estaba sudando tanto como él—. ¿Cuándo se decidirán a dejarnos atacar?

—Mantén la calma, muchachito —respondió su interlocutor, un hombre robusto y bigotudo que llevaba abrigo y bombín, como buena parte de los no uniformados allí presentes—. ¿Dónde te han reclutado, en una guardería?

Coates, profundamente ofendido por esa alusión a su pubertad, no contestó. Era cierto que solo tenía catorce años, pero si le habían dado un fusil significaba que lo necesitaban. Además, en la compañía ferroviaria del general James Harrison Wilson, donde primero estuvo como chico para todo, después como aprendiz de guardafrenos y finalmente como mecánico, él trabajaba más duro que el burgués que ahora lo trataba como a un niño. El propio Wilson había reparado en ello y lo destinó a las oficinas de Ferrocarriles de San Luis y el Sudeste para llevar el papeleo. Hasta que, un par de días atrás, le puso entre las manos un Enfield obsoleto pero que aún funcionaba.

«Cuento contigo, muchacho —le dijo—. En el Club de Tiro de San Luis te enseñarán cómo usar este arma contra los peores canallas de la ciudad. Eres espabilado y aprenderás rápido. Haz buen uso de ella cuando llegue el momento». Esas palabras, pronunciadas por un héroe de la guerra civil, ascendido a general por el mismísimo Sherman, halagaron a Coates hasta el punto de que se ruborizó. Ahora estaba dispuesto a hacer cualquier cosa —incluso a soportar el calor y las burlas de sus compañeros de más edad— con tal de volver a ver una sonrisa en el rostro benévolo de Wilson, el magnate más generoso y paternal de Estados Unidos.

Pasó a caballo el alcalde Henry Overstolz, visiblemente satisfecho. Tiró de las riendas para detenerse un instante frente a la milicia civil.

—Muy bien, amigos míos —dijo sonriendo—. El ejército se pondrá en movimiento de un momento a otro. Seguidlo a una distancia prudente y no corráis riesgos. Parece ser que los comunistas están desarmados, pero nunca se sabe. Si no disparan, emplead sobre todo la culata. O la bayoneta, si fuera indispensable. Es mejor evitar un derramamiento de sangre como el que se produjo en Chicago o en Pittsburgh. Se cagarán de miedo, sobre todo sus cabecillas.

Coates miró a los enemigos mientras Overstolz se alejaba. Eran numerosos, pero daba la sensación de que se trataba de una masa de parias. Vestían ropa remendada y llevaban sombreros de paja. Había bastantes negros que trabajaban como sirvientes en los barcos de vapor. Ese era el detalle más repugnante: negros en rebeldía, insolentes y convencidos de que tenían derechos. Se veía ahí toda la hipocresía del Partido de los Trabajadores, que decía que odiaba a los negros y en San Francisco organizaba linchamientos de chinos, culpables de robarles el trabajo a los blancos y de conformarse con salarios de miseria, y aquí, en cambio, se servía de ellos como mano de obra para sus manejos.

Las únicas armas visibles eran unas picas que llevaban clavadas hogazas de pan, símbolo de la revuelta, y algunos palos. La chusma se giraba de vez en cuando hacia el Schuler's Hall gritando en diferentes idiomas: «¡Rifles! ¡Rifles!». Estaba claro que ese era el motivo por el cual la muchedumbre no se movía de la plaza: una explanada en el centro de uno de los peores barrios marginales, rodeada de casuchas.

Un miembro de la Comuna había anunciado unos días antes que el comité ejecutivo disponía de todo un arsenal y que lo utilizaría contra los patrones. Cinco mil rifles, había dicho. En el caso de que eso fuera cierto, los comuneros del Schuler's Hall no parecían dispuestos a servirse de él, y menos aún a repartirlo. Los parias, que habían bajado desde Castle Thunder, Wild Cat Chute y otros guetos de idiomas y razas diversas, asediaban al comité para que los armara. Los hombres atrincherados en el interior, casi todos alemanes y posiblemente asustados por la masiva presencia de negros entre los manifestantes, no accedían a ello. Incluso habían cerrado las contraventanas de la planta baja.

—¡Adelante! —gritó el capitán Fox, de la policía montada.

—¡Adelante, mis valientes! —lo secundó el capitán Lee, al mando de los agentes a pie.

Los policías avanzaron soltando un alarido y blandiendo sus porras. Tras ellos los soldados comenzaron a marchar como una legión romana, formando un bosque semoviente de bayonetas. Los civiles del club de tiro siguieron sus pasos en una pequeña falange desordenada. No iba nadie a su mando, tan solo unos representantes de la Cámara de Comercio gritando órdenes que nadie escuchaba.

Los subversivos comenzaron a dispersarse con el aguacero de golpes. Coates, en vista de que la chusma no disparaba, siguió el ejemplo de sus compañeros y agarró el rifle por el cañón para usar la culata. Unos pocos manifestantes, incapaces de moverse con la rapidez necesaria, permanecieron en los escalones del Schuler's Hall. Los demás ya se habían desperdigado por las callejuelas de los alrededores.

Coates tuvo la suerte de toparse con el sujeto adecuado: un anciano negro, sentado en la escalinata. Parecía tener dificultad para levantarse. Vestía la librea de los sirvientes de los teatros flotantes del Misisipi y se estaba tapando con los dedos el pelo blanco y escaso de la cabeza mientras murmuraba algo. Tal vez estaba pidiendo clemencia.

Robert Coates vaciló y el miliciano barrigudo que estaba a su lado poco antes le sacudió en el hombro y le dijo:

—Venga, muchacho, golpea.

—¿Yo?

—Sí, tienes que acostumbrarte.

Coates apuntó con la culata del rifle al sirviente y le golpeó justo en el centro de la cabeza. El viejo se dobló hacia adelante emitiendo un gemido, pero aún sin sangrar. El chico golpeó de nuevo y el negro se desplomó sobre el escalón con el pelo ya empapado en sangre.

—¡Bien hecho, Bob!

Fue el mismísimo James Harrison Wilson el que gritó. Se hallaba a poca distancia, ensañándose desde lo alto de su caballo, porra en mano, con una mujer que tenía la barriga demasiado hinchada como para poder escapar.

—No tengáis piedad, no la merecen.

Coates dejó al negro y corrió hacia las puertas del edificio, cerradas a cal y canto. Pasó entre las columnas, arrancó la pancarta del Partido de los Trabajadores y la usó para secarse el sudor antes de arrojarla al suelo. Seguidamente se unió a los soldados y milicianos que estaban aporreando las puertas trancadas.

Al final se abrió la entrada, tal vez porque cedió el cerrojo. Coates accedió a un vestíbulo con una amplia mesa en el centro. Alrededor de ella estaban sentados unos hombres ancianos y barbudos, todos ellos con gafas, que alzaron las manos inmediatamente. Delante tenían un montón de papeles. El calor era infernal y el polvo se levantaba como caspa.

Coates se dio cuenta de que no tenía nada que hacer allí. Había demasiados soldados, policías y voluntarios del club de tiro. Ellos se encargarían de los subversivos. Lo mejor sería salir a la calle para dar caza a los últimos rebeldes.

Las escaleras ya estaban despejadas, el ejército se hallaba por todas partes. Un puñado de milicianos perseguían a unos cuantos negros que huían por la calle Saint Charles, probablemente en dirección al mercado Lucas. Coates echó a correr y alcanzó a sus compañeros. Acorralaron a algunos fugitivos en la calle 20. No tenían potestad para detenerlos, así que se limitaron a golpearlos con saña.

Bob Coates se encargó de un morenito que se protegía la cabeza como el otro negro poco antes. Le apartó las manos del cuero cabelludo y le atizó con fuerza repetidamente, hasta que se desplomó. Al terminar la faena notó una palmadita cordial en la espalda. Era el mismo burgués que se había burlado de su edad y que lo había incitado a apalear al viejo de los teatros flotantes. Ahora le estaba sonriendo.

—Buen trabajo, chico. No hubiera apostado ni un centavo por ti, pero veo que te has decidido. Eres un joven como es debido. Sé que trabajas para el señor Wilson. ¿Cómo te llamas?

—Bob Coates.

—Bien, Bob. Yo me llamo Furlong, Thomas Furlong. Tal vez nos volvamos a ver, quién sabe. Tengo mis oficinas en San Luis, es fácil encontrarme.

Coates se despidió con una señal y regresó al Schuler's Hall. Tuvo que pisar los banderines rojos de jefe de estación que los ferroviarios habían tirado al suelo al huir. Los soldados se estaban alineando frente al edificio. Se pasaban entre ellos cantimploras con agua, el calor era insoportable. La policía se había hecho cargo de los manifestantes capturados.

James Harrison Wilson, que había desmontado de su caballo, estaba arengando a la desordenada falange de la milicia reclutada por la Cámara de Comercio.

—Os doy las gracias a todos. Por mérito vuestro la Comuna de San Luis se ha terminado y creo que no resurgirá nunca más. Los más jóvenes han demostrado especial valor —miró a Coates y acarició fugazmente su cabellera rubia—. No lo olvidaré.

—El chico tiene agallas —afirmó Furlong, que se unió a ellos en ese momento.

—Sí, tiene agallas. Yo ya lo sabía… Ahora id al club de tiro a devolver los rifles. Después, los que trabajáis como ferroviarios podéis descansar. Hoy es día de vacaciones. ¡Os lo merecéis, qué demonios!

Otros industriales, grandes y pequeños, le dijeron eso mismo a sus respectivos empleados.

Coates, que no tenía tiempo de pasar por el club de tiro, entregó su arma a un compañero y se dirigió a casa. Vivía en la zona de Carondelet, en el extremo sur de la ciudad, a orillas del río Misuri. Un área con fábricas, cervecerías, una acería y unas pocas viviendas, todas míseras. Lo mejor era la parte oeste del barrio, en torno al parque que le daba nombre. Al este solo vivían pobres.

Llegó a casa al cabo de una hora, muy acalorado. Pasó entre sus dos hermanitas, Virginia y Mary Ann, que jugaban en la escalera de madera. Su madre estaba retirando de la mesa las sobras de la comida. Su padre, sentado en una esquina del comedor, sostenía ante sus ojos, con su único brazo útil, el *Missouri Republican*.

—Has vuelto pronto, Bob —dijo su madre, una mujer de poca estatura y constitución menuda—. ¿Has comido algo?

—No. Si queda algo de sopa la tomaría de buena gana.

—Queda, pero ya estará fría. ¿Te la caliento?

—No, está bien así. Con un poco de pan.

Mientras Bob hundía la cuchara en el cuenco, su padre bajó el periódico y comentó:

—El reverendo John Silver ha cambiado de idea. —Hablaba con una voz apenas inteligible, separando bien las palabras, que le salían como un chisporroteo. Una gran cicatriz en la garganta daba a entender el motivo de su habla tan dificultosa—. Era un escándalo que apoyase a esos sinvergüenzas justo cuando tienen la ciudad paralizada. Yo ya estaba pensando en cambiarme a otra iglesia.

Seamus Coates había sido un hombre poderoso, de pura ascendencia norirlandesa, al igual que su esposa, Mary McCann. Muy religioso, al llegar a América abandonó el protestantismo anglicano tradicional para unirse a la Iglesia del Mesías de San Luis, ahora dirigida por el reverendo Snyder. Compartía los principios democráticos del pastor hasta que sufrió el accidente que le dejó lisiado el brazo izquierdo, que a punto estuvo de rebanarle la garganta y que le hizo perder una pierna. Como guardafrenos incluso se había inscrito en la asamblea local de Las Cinco Estrellas, sociedad secreta de trabajadores conocida entre sus adeptos por su verdadero nombre: Caballeros del Trabajo. Los Caballeros no hicieron nada por él cuando quedó mutilado. Por el contrario, el señor Wilson, propietario de Ferrocarriles de San Luis y el Sudeste, se había mostrado generoso, en nombre del oficio que durante un tiempo él mismo había ejercido. Había ido a visitarlo en persona, le había pagado dos meses de alquiler de su propio bolsillo y había contratado a Bob. Y la familia sobrevivía gracias al salario de Bob, no gracias a los Caballeros del Trabajo, al Partido de los Trabajadores o a la Iglesia del Mesías.

—Ya no volverán a paralizar la ciudad, papá —dijo Bob mientras desmenuzaba el pan en la sopa—. Los hemos dispersado. El señor Wilson en persona me felicitó. Mañana se reanudará el trabajo.

—Estupendo. El periódico dice que el mercado Lucas estaba lleno de negros.

—Es cierto, camareros de los teatros flotantes y obreros portuarios.

—Antes eran trabajos bien pagados, pero por culpa de los negros, que se conforman con poco, ahora a los camareros les pagan con las propinas y los obreros viven en la indigencia. Esto no puede seguir así.

—Bueno, hoy les hemos dado una dosis de jarabe de palo.

Seamus asintió con la cabeza y afirmó:

—Les está bien empleado, cada día son más insolentes.

Devolvió la atención a su periódico mientras Bob hundía la cuchara en la sopa fría. La estancia estaba llena de moscas y de vez en cuando se veía obligado a interrumpir el almuerzo para apartar a alguna especialmente molesta. Su zumbido y los gritos joviales de las niñas que llegaban desde el exterior fue el ruido predominante durante un rato. Mary McCann era capaz de mover pilas enteras de platos y vasos sin provocar ni el menor sonido. En el río, los barcos y las barcazas seguían parados a causa de la huelga recién terminada.

Cuando estaba ya con las últimas cucharadas, Bob preguntó:

—Papá, ¿has oído hablar de un tal Thomas Furlong?

Desde detrás del *Missouri Republican*, Seamus respondió:

—Por supuesto. Es un hombre importante, una especie de policía. ¿Estaba también él en la plaza?

—Sí, me felicitó, en presencia del señor Wilson, además.

—Eso es bueno, muchacho. Cuanto más te ganes la estima de los hombres influyentes en esta ciudad, más lejos llegarás en la vida. Podrías hacerle una visita uno de estos días con el pretexto de darle las gracias. Creo que tiene sus oficinas en el centro, por la zona de la avenida Washington. A nosotros, que somos pobres, no nos viene mal conocer a gente de categoría.

Al acabar de comer, Bob, poco acostumbrado a estar en casa en un día laborable, no sabía qué hacer. Se pasó media hora en el porche jugando con sus hermanitas, una de seis años y otra de siete (Seamus y Mary habían traído al mundo a sus hijos a intervalos irregulares, en función de que las circunstancias económicas fueran positivas o negativas). Finalmente, al caer la tarde, decidió ir a ver a Eleanor, su amiga de la infancia y ahora, en cierto sentido, su novieta. Normalmente se veían solo los domingos, tras los oficios religiosos, o en días festivos con motivo de algún pícnic. Le iba a dar una sorpresa con su visita.

Eleanor O'Hagan vivía en el mismo barrio, en la carretera Schmidt. Era de la misma edad que Bob y trabajaba como cigarrera en la fábrica en la que también estaba empleado su padre, Brian O'Hagan. Tenían mejor vivienda que los Coates, aunque no era un domicilio unifamiliar, sino una casa estrecha y alargada hacia arriba con cuatro plantas. Ella vivía en la primera, en un piso de dos habitaciones con ventanas angostas; era como si el edificio aplastara y encogiera los pisos inferiores.

La encontró delante de la casa, regando con un cubo de agua un pequeño seto polvoriento.

—Hola —le dijo.

—Hola —respondió Eleanor. Tenía un semblante amable, pecoso, con grandes ojos verdes y una naricilla puntiaguda. Su pelo, de color pajizo, nunca estaba ordenado, por mucho que tratara de domarlo con lazos y horquillas. Era delgadísima, esmirriada, nada guapa. Sin embargo, a Bob le gustaba.

—¿No has trabajado hoy? —preguntó él.

—No. No había huelga, pero los propietarios decidieron mantener cerrada la fábrica de todas formas. Yo he perdido cincuenta centavos, mi padre el doble. Hubo disturbios en la calle del Mercado, creo.

Bob hinchó el pecho antes de exclamar:

—¡Yo estaba allí! Fue duro, pero me porté valerosamente.

—Ah —contestó Eleanor sin inflexión alguna en su voz—. No deberías exponerte al peligro…

—No había ningún peligro, Elly. Ha sido un buen día… Escucha, ¿te apetece dar un paseo conmigo hasta el río?

—Ya casi es de noche —objetó la chica señalando una de las escasas luminarias de la zona, que el farolero estaba encendiendo desde lo alto de una escalera sostenida por un compañero—. Tengo que preguntárselo a mis padres.

—Ve, te espero.

Eleanor posó el pequeño cubo y entró en casa. Salió al cabo de unos minutos.

—Lo siento, Robert. La cena está casi lista.

Él ocultó su pesar.

—Otra vez será. En realidad, estoy cansado. ¿Podría darte un beso? —preguntó bajando la voz.

A pesar de la escasa visibilidad, Bob tuvo la certeza de que ella se acababa de ruborizar. Le ocurría siempre ante peticiones de esa índole.

—No, no puedes —susurró Eleanor—. Pero si realmente quieres…

Le ofreció la mejilla y él puso en ella sus labios. Ella entró corriendo en casa, pero antes de que desapareciera Bob tuvo tiempo de gritarle:

—¡Buenas noches, Elly!

—¡Buenas noches, Bob!

A la mañana siguiente, mientras se ponía el mono para ir a su puesto de trabajo, Robert Coates fue convocado en la oficina del señor Wilson, en la avenida Scott, adyacente a la Union Station. Se vistió a la carrera y acudió a la cita. Le sorprendió encontrar allí nada menos que a Thomas Furlong, que estaba de pie junto a la mesa del patrón. Bob se sentía un poco intimidado. Furlong, con las manos a la espalda, parecía incluso más robusto que el día anterior. Una bandera estadounidense extendida entre dos ventanas ofrecía el telón de fondo ideal.

—¿Cuántos años tienes, Bob? —preguntó Wilson, sonriendo con su benevolencia habitual.

—Catorce, casi quince.

—Un poco joven para hacerse detective —comentó Wilson mirando a Furlong, que se encogió de hombros para quitarle importancia a esa circunstancia.

—Puedo ir formándolo gradualmente, Bill. Nunca es demasiado pronto para aprender un oficio. Si me lo mandas un par de veces por semana haré de él un buen operador. Hoy en día ya no es tan fácil encontrar muchachos con principios sanos.

Wilson reflexionó un instante antes de devolver su atención a Coates.

—Quítate ese mono, Bob. De ahora en adelante te daré dos tardes libres a la semana para que vayas con el señor Furlong. Su actividad es diferente a la mía, pero complementaria. ¿Qué me dices?

Coates había seguido todo el diálogo sin entender ni una palabra. Estaba desconcertado y murmuró:

—La locomotora saldrá en breve. Es el tren para Chicago. Me esperan para hacer la revisión mecánica.

Wilson se echó a reír.

—No te preocupes por eso, haré que te reemplacen. Y no estés tan triste, desde hoy ganarás cuatro dólares al día. Ve a la planta baja, donde está la secretaria. La señorita Banks se encargará de los trámites.

Furlong, que también estaba riendo, se despidió de él.

—Hasta pronto, muchacho.

Bob bajó embriagado de felicidad. ¡Cuatro dólares al día! ¡Casi el triple de lo que ganaba hasta ese momento! Adoraba a la señorita Banks, adoraba a todos los que se cruzaron con él. Le encomendaron la tarea de llevar a la oficina de correos unos telegramas y vigilar al empleado mientras telegrafiaba. Quedó libre al cabo de diez horas y corrió a casa. En el camino se gastó la calderilla que tenía en comprar una rosa para regalársela a Eleanor. Confiaba en que no se marchitara antes de que sonara la sirena de salida en la fábrica de tabaco.

Cuando llegó a la vivienda de Elly ya era de noche. Abrió la puerta el señor O'Hagan y Bob se apresuró a esconder la rosa detrás de su espalda, porque le imponía mucho respeto ese hombre alto, desaliñado, con una cabellera salvaje y roja como el fuego. No fue suficientemente rápido.

—¿Esa flor es para mi hija? —preguntó el padre con tono abrupto.

Bob no se atrevió a mentir.

—Sí, señor. ¿Puedo verla?

Brian O'Hagan no se mostraba demasiado hostil.

—No, Elly se está lavando. Dame esa rosa, la recibirá en cuanto salga del baño.

Bob obedeció, dubitativo. Temía que el obrero, a sus ojos gigantesco, aplastara la flor con su enorme mano y la arrojara lejos. Sin embargo, el señor O'Hagan agarró el tallo con dos dedos y le dijo:

—Ya eres mayorcito, ¿has empezado a fumar?

—No, señor.

—Pues es hora de que empieces. Espérame aquí.

Brian O'Hagan entró en casa. Cuando volvió ya no tenía la rosa. En su lugar sostenía entre los dedos un cigarro largo y grueso. Del piso llegaba un olor intenso a col hervida, similar al que se percibía a esa hora frente a numerosas casas de los alrededores.

O'Hagan le mostró una pequeña etiqueta pegada en mitad del puro.

—¿Qué lees ahí, muchacho?

Los caracteres eran diminutos, Bob se esforzó para leer:

—«¡Atención, fumadores! ¡Este es un auténtico cigarro americano, no una imitación china!».

—¿Lo has entendido? —preguntó el hombre, que a continuación profirió una palabrota poco apropiada para los oídos de un asiduo de la Iglesia del Mesías—. ¡Nos vemos obligados a etiquetar así nuestros productos porque los malditos chinos nos los copian! ¡Ellos son los verdaderos enemigos! Están invadiendo todo el país, mientras los rojos proclaman la guerra de los estadounidenses contra los estadounidenses, la Comuna y no sé qué más.

—Estoy de acuerdo con usted, señor.

O'Hagan se sosegó al instante.

—Eres un buen chico, Bob. Tienes permiso para ver a mi hija los domingos por la tarde. En mi casa, por supuesto, o en los pícnics parroquiales.

Bob volvió a casa feliz e incrédulo. Ese había sido el día más afortunado de su vida. Lo celebró con su familia. Antes de irse a dormir trató de fumar un cigarro. Estuvo tosiendo toda la noche.

Primera parte

INICIO DE UNA CARRERA

2. Los Caballeros del Trabajo

—Bob, tienes que volver a trabajar como ferroviario. Espero que no te importe.

—Oh, no, señor Furlong —contestó Robert Coates, un poco sorprendido—. Creo que el señor Wilson volverá a contratarme gustosamente.

Era el 5 de febrero de 1884, un día muy frío en todo el estado de Misuri. Aún había rastros de nieve sucia en el borde de las aceras y abundaban los charcos en las calles. Robert William Coates llevaba un año trabajando a tiempo completo para la Agencia de Detectives Furlong, con sede en San Luis, tras un aprendizaje muy largo que se llevó a cabo de acuerdo con su antiguo jefe, James Harrison Wilson. Este lo había destinado a labores de mantenimiento en la compañía ferroviaria de su propiedad, dejándole tiempo libre para que se instruyera en el arte de la investigación con Furlong, un antiguo compañero de armas de Wilson en el ejército nordista. Finalmente, con veinte años cumplidos, Bob había abandonado la compañía Ferrocarriles de San Luis y el Sudeste y se había convertido en investigador.

Furlong sonrió y dijo:

—No se trata del bueno de Wilson, sino de alguien más importante: el mismísimo Jay Gould. Seguramente habrás oído hablar de él.

Bob se sobresaltó. Cómo no iba a saber quién era Jason Gould, conocido como Jay. Era el dueño de la más extensa red ferroviaria del Medio Oeste, incluyendo Ferrocarriles Unión del Pacífico y

Misuri. Dominador de las comunicaciones a través del sistema telegráfico de la compañía Unión del Oeste. Acusado repetidamente de fraude y especulación, incluso había sido detenido en Canadá, lo que había provocado un incidente diplomático entre ese país y Estados Unidos. Apoyado a ultranza por el expresidente Ulysses S. Grant. Definido por el líder socialista europeo Karl Marx como «una sanguijuela». En definitiva, un gran hombre.

—Jay tiene problemas y ha recurrido a mí —prosiguió Furlong. Dejó caer su cuerpo sólido sobre el sillón que había al otro lado del escritorio. La tapicería emitió algo así como un bufido—. Siéntate, Bob, te explicaré el asunto. —Bob tomó asiento en una silla a poca distancia de la chimenea, que estaba encendida. Notó de inmediato un calor excesivo, pero decidió no darle importancia—. Antes que nada, ¿cómo está tu mujer? Perdona por no preguntártelo antes.

—Elly ahora está bien, señor Furlong. Sigue débil, pero se las arregla para cuidar de los niños. Tras la muerte de mis padres vino a vivir con nosotros su madre, Olivia O'Hagan, que le echa una mano.

—Estupendo. Saluda de mi parte a tu mujer y a su madre. Y si necesitaras un adelanto para pagar los medicamentos…

—Gracias, señor. No hace falta, con lo que cobro es suficiente.

En efecto, entre los cuatro dólares diarios que le pagaba Wilson y los honorarios ocasionales con los que Furlong retribuía ciertos servicios suyos, la posición económica de Bob estaba muy por encima de la de los habitantes de la zona sur de San Luis. Esos «servicios» beneficiaban tanto a la compañía ferroviaria como a la agencia de investigación. Bob tenía la labor de identificar a los exaltados que se mezclaban con los obreros, los mozos de estación, los maquinistas y los fogoneros. Debía descubrir a los subversivos, los saboteadores y los partidarios del asociacionismo sindical. Le pasaba los nombres a Furlong, que a su vez se los revendía a Wilson dentro de un paquete mensual de actividades de vigilancia. Y Wilson se encargaba de despedir a los agitadores. Sin embargo, en el último año Bob, convertido en investigador privado, se había estado ocupando básicamente de delitos menores y casos de infidelidad conyugal de hombres de la política: seguimientos, interrogatorios, recopilación de pruebas... Era el objetivo secundario de su prolongado aprendizaje. Prácticamente ya se había olvidado del ferrocarril, aunque la idea de regresar a ese entorno no le desagradaba demasiado, siempre y cuando se tratara de un destino temporal. Aún tenía algunos conocidos entre los trabajadores, ninguno de los cuales sabía exactamente a qué se dedicaba ahora. Creían que trabajaba en una oficina del centro de la ciudad, donde incluso un simple subalterno ganaba más que ellos.

—Vivimos tiempos difíciles —comentó Furlong mientras encendía un largo cigarro. La caja de la que lo había sacado certificaba que era estadounidense—. Tú mismo te habrás dado cuenta, me imagino.

—Sí, señor. La fábrica en la que trabajaba mi mujer cerró. Ahora su padre tiene que confeccionar los puros en casa, como se hace en Nueva York. Trabajan día y noche y, aun así, si yo no los ayudara, no sé cómo iban a sobrevivir.

—Ya. Incluso los ricos se ven afectados, todos nos vemos afectados. Es una crisis general. ¿Conoces las causas?

—Desembarcan demasiados extranjeros en nuestro país —contestó Bob instintivamente—. La competencia de los chinos y de los eslavos...

—Esa es una de las razones, pero no la principal. —Furlong agitó el puro con un gesto perentorio y elegante, como elegantes eran todos sus movimientos—. Ni tampoco las estafas de los banqueros que llenan páginas en los diarios. La verdad es otra, más trágica: el obrero norteamericano se está volviendo holgazán.

—Sí, eso es verdad —respondió Bob mecánicamente. No lo dijo por adulación, sino porque esa era una de las frases favoritas del pastor que había sustituido al reverendo Snyder al frente de la Iglesia del Mesías. Y también podía leerse, cada dos por tres, en diversos periódicos.

—Pretende ganar dinero sin producir lo suficiente, reclama derechos imaginarios, quiere trabajar solo ocho horas al día. No entiende que su suerte está ligada a la del empresario y que, si este sufre, sufre también el obrero. ¿Tú qué opinas?

—Es evidente.

—Bien —dijo Furlong echando una calada. Cuando exhalaba el humo del puro, su cabeza parecía estar envuelta en una nubecilla mística, a contraluz de la claridad invernal proveniente de la ventana que tenía a su espalda—. Hay deberes ineludibles que un propietario debe asumir si no quiere que su industria entre en crisis. De aquí a pocas semanas Jay Gould recortará el salario de sus ferroviarios, la coyuntura económica lo exige. Él lo lamenta, pero se ve obligado a hacerlo.

—Lo entiendo.

—Tú sí, pero hay muchos que podrían no entenderlo. Muchos de sus empleados están afiliados a una especie de sociedad secreta llamada los Caballeros del Trabajo. ¿Te suena?

Bob consideró conveniente no desvelar que su padre había formado parte de ella. Tenía muy presente el símbolo de Las Cinco Estrellas, que había sido venerado durante un tiempo en su familia. Se limitó a contestar:

—Sí, señor.

Furlong, con gesto condescendiente, afirmó:

—Por lo general se trata de buena gente, son de esos utópicos no peligrosos. Se reúnen ocasionalmente, celebran sus rituales, debaten sobre una futura sociedad cooperativista… —De repente, el detective mordió el puro, parecía que lo había alterado el impulso de un pensamiento desagradable. Frunció sus cejas grises y siguió fumando con más rapidez—. Y es ahí donde crecen las malas hierbas, aprovechando el terreno que les es propicio. Aparecen el anarquista, el socialista, el subversivo, que comienzan a propugnar un uso diferente de la asociación. ¿Te acuerdas de los Molly Maguires? —Bob nunca había oído ese nombre, aunque le pareció oportuno asentir—. Formaban parte de la Antigua Orden de los Hibernios, inofensiva en sí misma. La convirtieron en un grupo terrorista, asesinando, poniendo bombas… Toda la zona minera de Pensilvania se vio afectada, el comercio y la industria sufrieron. Eso no puede volver a ocurrir.

Bob tuvo la sensación de que estaba en presencia del Thomas Furlong de sus años jóvenes. El heroico espía de la guerra de Secesión, el jefe de la policía privada de la Pacífico Oeste, el guardián del orden en Oil City durante el periodo del frenesí por el petróleo. Le invadió un sentimiento de respeto. Preguntó quedamente:

—¿Hay riesgo de que pase eso mismo con los Caballeros del Trabajo?

—Sí, si tienen al frente a un hombre peligroso. La Asamblea Local 3218, de la Unión Pacífico, ha reclutado a Joseph Buchanan, un extremista, un agitador. Dirigía en Denver, en el estado de Colorado, *The Labor Enquirer*, un periodicucho despreciable e incendiario que no sé por qué permiten que se siga publicando. Ahora Buchanan está aquí, sembrando el odio contra la gente de bien.

—¿Los Caballeros del Trabajo ya están al corriente de la intención del señor Gould de reducir los salarios?

—Lo han intuido... Tú ya sabes lo que te estoy pidiendo. Necesito un buen investigador capaz de infiltrarse entre los obreros de la Unión Pacífico sin levantar sospechas y de entrar en la Asamblea 3218. Tú, como exferroviario, eres el chico adecuado. Nadie recuerda tu participación en lo de 1877, a saber dónde habrán terminado los fanáticos de entonces, eran todos franceses o alemanes. Ahora hay una nueva hornada de delincuentes.

—Haré todo lo que pueda, señor Furlong.

Bob hizo ademán de levantarse, pero su interlocutor lo detuvo con un gesto.

—Hay un último asunto... —dijo el detective. El tema en cuestión debía de inquietarle, porque aceleró de nuevo el ritmo de inhalación de humo—. Bob, tú sabes que soy un hombre generoso. Hace años acogí entre mis colaboradores a otro veterano de guerra, Allan Pinkerton. Habrás oído hablar de él.

—Sí, por supuesto.

Pocos eran los que no habían oído nunca el apellido Pinkerton, el más famoso detective de Estados Unidos.

—Lo adiestré como he hecho contigo, lo traté como a un hijo y él me lo pagó creando su propia agencia, con la que ahora me hace la competencia ferozmente. Cada vez que ofrezco mis servicios a alguna compañía me encuentro con que Pinkerton ha llegado antes que yo y me ha robado la plaza. ¿Te parece justo?

Bob negó con la cabeza, aunque pensando para sus adentros que la agencia rival tenía más sucursales que la Furlong y se publicitaba más. Pinkerton y sus equipos de investigación protagonizaban novelas y relatos en fascículos, los periódicos les dedicaban artículos llenos de admiración. Contaba con cientos de agentes, que superaban en habilidad a las policías locales. Furlong dirigía una firma mucho más modesta.

—Veo que me entiendes, Bob. Pues bien, Gould también ha recurrido a Pinkerton, pero la misión más difícil, la de infiltrarse, nos toca a nosotros. Haz un buen trabajo, chico. De ti depende no solo el destino de una red ferroviaria que trae progreso, sino también el futuro de esta agencia.

Bob supo que era hora de despedirse. Pasó por el despacho de al lado para recibir instrucciones de la señorita Duff, la secretaria, y después salió a la calle. Tuvo que caminar despacio porque las aceras, cubiertas de hielo, estaban resbaladizas. El aire era gélido y el cielo estaba oscuro. Cada respiración se convertía en vapor. No convenía coger el transporte público, había demasiados pasajeros y muchos de ellos padecían enfermedades que iban del resfriado a la pulmonía.

A medida que se alejaba del centro, en las esquinas de algunas calles iba en aumento el número de mendigos que se calentaban con fuegos encendidos dentro de bidones oxidados. En el centro no toleraban su presencia, pero en los suburbios la policía hacía la vista gorda porque eran demasiados.

Al bajar hacia el sur de la ciudad veía los signos de degradación provocados por la crisis de comienzos de los años ochenta. Los edificios tenían las fachadas desconchadas, y muchas ventanas y cristales rotos y polvorientos. Hordas de chiquillos alborotaban en la calle arrojándose puñados de nieve estancada en medio de la suciedad. Los hidrantes, que solían abastecer de agua a los bloques de viviendas, se veían desgarrados o en estado precario. El pavimento estaba lleno de baches y el hielo cubría la basura.

El abandono era más notorio en las calles que daban al río Misuri. Allí se ubicaban las fondas para obreros, que habían surgido por doquier. En ese momento —era casi mediodía— se mostraban desiertas, pero el hedor se percibía a varios metros de distancia de las fachadas. Grandes habitaciones con literas llegaban a albergar a quince o a veinte obreros, que por la noche se hacinaban allí como animales. Eran negros, eslavos, italianos, españoles, alemanes, mexicanos, asiáticos... El rebaño humano —negros aparte— que desembarcaba en Estados Unidos prácticamente a diario, en busca de quién sabe qué paraíso imaginario. No era raro que en las fondas mezclaran a las mujeres con los hombres, despreciando los más elementales principios del pudor.

Robert Coates estaba pasando entre aquellos tugurios porque tenía prisa y quería seguir el camino más corto. Por suerte, él, Elly y los niños vivían en una zona mucho más decorosa, en el mismo Carondelet, donde se había criado, pero en las casas que había frente al parque, que eran pobres pero dignas. Allí vivían incluso familias de funcionarios.

Subió las escaleras de su vivienda unifamiliar, dotada de porche y encajonada entre dos edificios de seis y siete pisos, respectivamente. Los niños, Charles y Thelma, corrieron a su encuentro. Él los abrazó apresuradamente y fue directo al dormitorio para ver a su mujer.

—¿Cómo estás? —le preguntó tras besarla en la frente.

—Mejor que estos días atrás —contestó Elly, tal vez mintiendo.

Sus ojos verdes, en relación con su rostro menudo y delicado, parecían faros cubiertos de vaho. Su tez era de una palidez extrema, salvo por los párpados y los glóbulos oculares, enrojecidos. Respiraba con dificultad, a juzgar por los movimientos convulsivos bajo la manta que la tapaba.

—¿Ha venido el doctor Goldstein?

—Sí, ha estado aquí.

En ese momento apareció la madre de Elly, que salía del aseo (tenían un pequeño baño, raro privilegio en el sudeste de San Luis, con agua que sacaban de una fontana). Olivia O'Hagan no había envejecido demasiado. Al abandonar la casa-fábrica de su marido parecía haber adoptado un aspecto destinado a durar indefinidamente: ligeramente encorvada, con el pelo blanco y la piel coriácea y ajada. Un temblor constante sacudía sus labios.

—Bob, te he preparado un cocido. Si quieres te lo dejo en la mesa.

—¿Elly ha comido algo?

—Lo de ella se prepara rápido. La pobrecita come tan poco…

Bob acarició el pelo de su mujer y dijo:

—Necesitas verduras. De las que fortalecen, como espinacas y acelgas. Te las compraré mañana.

Ella esbozó una sonrisa tan pálida como sus labios.

—Son caras, Bob.

—Qué más da, precisamente esta mañana me prometieron un aumento de sueldo. Tendré que volver a trabajar en el ferrocarril durante unas semanas, pero no importa, la paga es buena. ¿Sabes que el señor Furlong me ha preguntado por ti?

—¿Por mí? ¿De verdad?

—Sí, yo no soy el único que te quiere.

Tras darle otro beso, Bob se dirigió a la mesa. Le preguntó a Olivia:

—¿El doctor Goldstein no ha dicho nada?

—Sí, que todavía no sabe de qué enfermedad se trata. Parece tuberculosis, pero no lo es. Lo ha consultado con unos colegas suyos importantes y le dicen que es una especie de tisis, y que la padecen muchas cigarreras o antiguas cigarreras. Es por culpa del tabaco en fermentación que colocan en su regazo y por trabajar con las ventanas cerradas para que el aire no lo seque.

—¿Ha confirmado que no hay peligro de muerte?

—No lo hay de momento, según él.

Los niños tomaron asiento frente a su padre, aunque ellos ya habían comido. Parecían dos ardillas, de lo graciosos que eran. Thelma, la más pequeña, tal vez empezaría a ir a la escuela de la Iglesia del Mesías el próximo curso. El nuevo pastor les había prometido un descuento en la matrícula y se había comprometido a aceptar también al crío. Bob no quería que sus hijos se dedicaran en el futuro a un simple trabajo manual, como había sido su caso. Con lo que ganaba podía encaminarlos hacia un destino mejor. Eran niños inteligentes y alegres, sobre todo la cría.

Jugó un poco con los pequeños y les contó unas historietas. Después se levantó y volvió a la cabecera de la cama de su mujer. Ella parecía estar mejor. A esa hora casi siempre se adormecía, pero la encontró despierta, contemplando abstraída el techo desconchado y el papel matamoscas que colgaba de la lámpara de araña.

—Elly, ¿uno de tus hermanos no pertenece a los Caballeros del Trabajo? —le preguntó.

—Sí, Frank, es un año mayor que yo. Pero no lo juzgues mal, es una buena persona. ¡No sé por qué se apuntó, pero es tan honesto que lo habrá hecho porque creía que era su deber! —contestó Eleanor, repentinamente alterada.

Bob cogió la mano de su esposa, que estaba muy fría, y sonrió.

—No te alteres, no hay motivo. Mi padre también formaba parte de esa sociedad —comentó, y reflexionó unos instantes antes de continuar—. ¿Crees que podría encontrar a Frank a estas horas en casa de tus padres? Quería hablar con él.

—Sí, está haciendo cigarros, como toda la familia —afirmó Eleanor, ya calmada.

—Entonces espérame, amor. Iré a verlo ahora que aún es de día. Volveré antes de que anochezca.

—¿De qué quieres hablar con él?

—De algo que tiene que ver con mi nuevo trabajo. Ahora trata de dormir un poco, el descanso es bueno para tu salud.

Bob besó a su mujer en los labios exangües y salió de casa.

Regresar a la parte oeste de Carondelet era algo que siempre le provocaba emoción. Aquellas calles sin asfaltar y pedregosas, surgidas con el crecimiento desordenado de los almacenes, las naves industriales, las fábricas y las firmas comerciales eran el escenario en el que él jugaba siendo niño con pequeñas pandillas de coetáneos. Ahora, en un entorno incluso más mísero que el de su infancia, la fauna humana había cambiado. En la calle los niños gritaban en los idiomas más extraños, desde el ruso al yidis. Muchos obreros eran de piel oscura, con distintas tonalidades. Los blancos tenían la piel clara en exceso y tenían ojos celestes y pelo de color desvaído. Naturalmente, no faltaban los sempiternos chinos, ocultos en el fondo de tienduchas y lavanderías.

En medio de aquella pocilga industrial y mercantil, la casa de los O'Hagan destacaba entre las de la carretera Schmidt por su decoro. Boutica, la tía de Elly, abrió la puerta. Era una mujer deteriorada y gorda, no porque comiera en exceso, sino por una propensión fisiológica a la obesidad. Llevaba puesto un mandil todo sucio y su pelo blanco era demasiado hirsuto para someterse al peinado.

—¡Ah, Bob! —exclamó sonriendo—. Me alegro de volver a verte. Todavía estamos trabajando.

Era evidente que seguían trabajando, porque la puerta abierta dejaba escapar un penetrante olor a tabaco que no resultaba desagradable en sí mismo, pero sí demasiado intenso. Era un concentrado de lo que se respiraba alrededor de las fábricas de cigarros cuando en San Luis aún no se había asumido el modelo neoyorquino de producción individual. Ahora en las fábricas se limitaban a empaquetar y distribuir el producto acabado. Lo único que tenía en común la fabricación domiciliaria con la industrial era el pago a destajo, con tarifas más bajas y diferenciadas en función del sexo y de la edad de los obreros.

—Señora, quería ver a su sobrino Frank. Será solo un momento.

—Se ocupa de la fermentación, voy a ver si está libre... ¿Cómo está mi sobrina?

—Hoy un poco mejor —dijo Bob, suavizando la verdad—. No parece que tenga fiebre.

—Pobrecita, siempre ha sido muy delicada. Tú la quieres, cuida de ella.

—Lo haré. Si la perdiera caería en la desesperación.

Mientras esperaba en el rellano, Bob notó que llegaba otro olor acre a través de la rampa que se perdía en la oscuridad de los pisos superiores. Era un olor a ropa mojada, a verduras hervidas, a trapos macerados... Se oía un traqueteo de telares y algún grito de niño.

El bloque de viviendas era una fábrica en vertical; una especie de síntesis, menos inmunda, de lo que era el barrio en el plano horizontal. Afortunadamente, no se escuchaban el complicado lenguaje de los chinos, las cantinelas de los italianos ni las voces guturales de los suecos.

Frank O'Hagan apareció en la entrada limpiándose las manos con un trapo. Era un joven robusto, de aspecto franco y con un mechón rubio.

—Perdona por no darte la mano, Bob. ¿Quieres entrar?

—No, sé que estás trabajando.

—¿Qué puedo hacer por ti?

—Estás afiliado a los Caballeros del Trabajo, ¿no es verdad?

Frank se puso a la defensiva, su recelo se hizo patente.

—¿Y qué? ¡No es ilegal! ¡Digo yo que la clase trabajadora podrá reclamar sus derechos!

Bob sonrió.

—¿Quién ha dicho que fuera ilegal? Es más, yo también quiero entrar en la orden. He perdido mi trabajo de oficinista y tengo que volver al ferrocarril. Creo que me resultará más sencillo readaptarme si soy uno de los vuestros... ¿Lo ves difícil?

—No, no —contestó Frank, que pareció reflexionar durante unos instantes.

—Mi padre también era caballero del Trabajo, ¿lo sabías?

—Eso simplifica las cosas. ¿Ferroviario, dices? ¿En qué categoría?

—Aún no lo sé, supongo que mecánico. ¿Representáis a los mecánicos?

Frank hizo un gesto amplio de la mano con la que sujetaba el trapo.

—Nosotros los representamos a todos. No somos como los sindicatos, que solo aceptan a obreros especializados... Está bien, presentaré yo mismo tu candidatura. Ven a verme dentro de tres días, de noche. Te diré si has sido aceptado. En tal caso, te enseñaré las contraseñas y las fórmulas que debes pronunciar en el proceso de iniciación. Después iremos a una sesión.

Bob volvió a la calle satisfecho. Se acercó a los buzones que había en la acera, junto a la entrada del inmueble, y depositó diez dólares en el de los O'Hagan. Se trataba de una suma considerable, pero le pareció que podía permitírselo. La misión que le esperaba podría resultar dificultosa, se la remunerarían bien.

Mientras caminaba en dirección al parque Carondelet, en una noche fría que las farolas comenzaban a alumbrar, decidió hacerse un regalo a sí mismo. No solía beber alcohol, salvo una o dos cervezas con motivo de alguna fiesta o de algún pícnic, pero se merecía un pequeño premio que le aliviara de los muchos pensamientos familiares que lo agobiaban.

En la avenida Minesota vio la ventana iluminada de uno de aquellos pequeños bares que surgían y que morían sin parar, a menudo regentados por las generaciones más recientes de inmigrantes. El cristal estaba sucio y decorado con las marcas de las cervezas y los licores que se servían en su interior. Lo único que acertó a ver era que el salón estaba lleno. Empujó la puerta y entró con la esperanza de que no fuera un local regentado por negros o por chinos. No lo era.

A través de las cortinas de humo flotante constató que la clientela estaba formada en su mayor parte por irlandeses o escandinavos, con algunos eslavos o alemanes sentados en las mesas. Las cervezas que tenían a la venta eran la Shiner y la Kreische, elaboradas por inmigrantes germánicos o de Bohemia. Pidió una jarra de la segunda. El tabernero hablaba un inglés aceptable.

La cerveza era excelente. Al comenzar a sorberla Bob sintió un alboroto que hizo que se diera la vuelta. Un hombre mayor se estaba levantando de una mesa mientras un compañero más joven trataba de sujetarlo por la manga.

—¡Déjame! ¡Déjame! —gritó el viejo, visiblemente borracho—. ¡No pienso seguir ni un minuto más en una taberna donde hay espías! —Se dirigió a la salida apartando a empujones a los parroquianos, se detuvo ante Bob y apuntó a su nariz con el dedo índice—. ¿Crees que no he te reconocido, maldito espía?

A continuación, abandonó el bar tambaleándose. Bob se sintió descolocado. El tabernero se inclinó sobre la barra para darle una palmada en el brazo y le dijo:

—Tranquilo, amigo, ese es un borrachín, un ruso que duerme en la calle. Suele comportarse así. Permítame que le invite a otra cerveza.

3. Afiliación

La casa era modesta, estaba en una travesía de la calle del Olivo. Era la única de piedra entre muchas otras de madera. Tenía dos plantas, aparentemente deshabitadas. Frank O'Hagan subió las escaleras y llamó a la puerta principal. Se abrió un ventanuco protegido por una rejilla.

Entrevieron los ojos de un hombre. Coates ya sabía de quién se trataba: el Velo Exterior, responsable de controlar el acceso a la Asamblea de los Caballeros del Trabajo. Frank le mostró su carné.

—¿Qué tienes que decirme? —preguntó el Velo Exterior.

—Palabras de fraternidad. El trabajo es nuestro orgullo.

—Puedes pasar. Pero ¿quién viene contigo?

—Un novicio, está aquí para el juramento.

—Que entre también.

Pasaron a un pequeño vestíbulo, todo agrietado, donde había una segunda entrada con ventanuco. Al otro lado de esa puerta los observaba el Velo Interior. Frank volvió a enseñar el carné.

—Los obreros deben unirse —dijo la contraseña.

—Muy bien, pasad.

Bob se encontró en una habitación cuadrada, con una mesa cerca de la pared de enfrente y numerosas sillas. Estaban ocupadas por individuos desconocidos para él, todos con bigote y algunos con barba. Eran hombres fornidos, con manos callosas, de raza blanca, con la excepción de tres negros. En la pared estaba escrito, en una mezcla de tipografía Rockwell y gótica: «Noble y Santa Orden de los Caballeros del Trabajo». Flotaba en el ambiente un olor a humo, eran pocos los que no estaban fumando; la mayoría de ellos, cigarros; algunos, pipas.

Los personajes más singulares eran los cinco que estaban sentados detrás de la mesa. Al Maestre Obrero se lo reconocía porque se hallaba en el centro, con un redingote desgastado, barba poblada y ojos hundidos de profeta. Tenía a su derecha al Obrero Digno, un individuo con gafas y pinta de contable con un libro abierto ante él. Los otros tres sujetaban martillos de mango largo apoyados en su hombro derecho.

—No perdamos tiempo —declaró el Maestre Obrero—. Tenemos una ceremonia de iniciación y después hay bastantes asuntos que debemos tratar. Hermano O'Hagan, ¿respondes por el hombre que nos has traído?

—Sí, Maestre Obrero. Es un trabajador honrado, un pariente y un amigo. Se llama Robert Coates. Hace unos días le prometieron un puesto de trabajo como ferroviario, ya tiene experiencia en el oficio. Como mecánico, para ser precisos. Su padre pertenecía a esta noble orden.

—¿Ya le has enseñado la fórmula del juramento?

—Sí —respondió Frank antes de dirigirse a Bob—. ¿Recuerdas las palabras?

Bob dio un paso al frente para situarse frente al Maestre Obrero. Se llevó una mano al corazón y dijo:

—Yo, Robert Coates, declaro sincera y solemnemente que nunca revelaré a nadie, por medio de la palabra, los actos o las insinuaciones, ya sean positivas o negativas, el nombre o el propósito de esta orden, ni el nombre de sus miembros, ni sus señales, misterios, artes, privilegios y beneficios, que me son otorgados. Ahora y siempre. No revelaré las palabras dichas, las acciones realizadas ni los objetivos perseguidos, salvo por vía legal y siempre que reciba previamente la autorización expresa por parte de la orden.

El Maestre Obrero, notoriamente distraído con otros pensamientos, miró a los allí presentes.

—¿Alguien tiene algo que objetar al ingreso de este nuevo hermano? —preguntó. Nadie dijo una palabra—. De acuerdo. Robert

Coates, ya eres de los nuestros. Conocía a tu padre, un buen compañero. Desgraciadamente, no fuimos capaces de ofrecerle la protección debida cuando la necesitó. —Soltó un suspiro—. Acabábamos de nacer y no sabíamos de cuánta fuerza disponíamos... Toma asiento donde quieras, la sesión da inicio.

Mientras Bob buscaba sitio al lado de Frank O'Hagan, el Obrero Digno carraspeó y anunció:

—Hay un mensaje del Gran Maestre Obrero Powderly. Alguien le informó de nuestra intención de convocar una huelga contra Jay Gould y sus ferrocarriles. Powderly nos dice que no es nuestro cometido competir con los sindicatos gremiales que están surgiendo por todas partes. Los Caballeros del Trabajo deben guiar a la clase trabajadora a través de la educación y de la cooperación. Es por medio de las cooperativas como se diseñará la sociedad del futuro. A diferencia de los sindicatos, nosotros representamos a proletarios de toda condición, sin prestar atención a su raza, especialización, sexo o nacionalidad. No podemos, asegura el Gran Maestre, dispersar nuestro proyecto con una huelga cualquiera que seguramente está condenada al fracaso.

Uno de los presentes se puso en pie. Iba vestido mucho mejor que los demás participantes en la reunión: abrigo de buen paño, corbata, camisa inmaculada y chaleco naranja. Tenía el habitual bigote y una incipiente perilla grisácea. Bob sabía quién era, Furlong le había enseñado una foto suya. Se trataba de Joseph R. Buchanan, el periodista contratado por la Asamblea 3218 para dirigir eventuales acciones de lucha.

—Obrero Digno, pido permiso para hablar —dijo.

—Permiso concedido, hermano.

Buchanan hinchó de aire el pecho, quizás para fortalecer su débil voz.

—El Gran Maestre es cada vez más ambiguo y teórico. ¿Qué nos une al cambio social? ¿Las cooperativas que preconiza él? Las pocas que hemos creado se han integrado en la sociedad del presente y comparten los valores del capitalismo. —Hablaba en un tono bajo pero seco, eficaz—. Los Caballeros del Trabajo tienen, respecto a la Federación de Sindicatos Unidos, la ventaja de que agrupan a obreros de todas las categorías. ¿Quién, si no nosotros, podría doblegar a Pacífico y Misuri?

Hubo numerosos gestos de asentimiento entre los asambleístas. Sin embargo, un hombre de avanzada edad, delgado como un clavo, objetó:

—No nacimos para eso.

Buchanan se giró hacia él y preguntó:

—¿Para qué entonces? Recordad vuestro lema: «Si tocan a uno, nos tocan a todos». Si Gould recorta impunemente los salarios, ya de por sí miserables, ¿qué les pasará a otros trabajadores? ¿No es hora de hacer un llamamiento a la unidad y dar ejemplo?

El anciano, ligeramente avergonzado, contestó:

—No creo que sea prudente desobedecer al Gran Maestre y seguir los pasos de los sindicatos. Nos veríamos envueltos en luchas desesperadas, como la de la jornada de ocho horas. Powderly nos ha prevenido sobre las utopías y sobre los objetivos intermedios que nos pueden distraer del fin último.

—¿Cómo podremos alcanzar el fin último, hermano, si nos mostramos incapaces de garantizarle al obrero mejoras cotidianas? Siento un gran respeto hacia ti, Richard Holly. —Buchanan atenuó su vehemencia—. También yo soy socialista, pero ha llegado el momento de que los Caballeros del Trabajo salgan de sus asambleas clandestinas y den un zarpazo que deje marca. Es el momento apropiado para ello. Vine aquí desde Denver porque esperaba que se anunciara una lucha, si lo que se necesitaba era un educador genérico habría sido mejor contratar a un maestro de escuela o a un predicador.

Hubo un breve aplauso que sacó de su distraimiento a Bob, quien estaba observando con asombro los símbolos trazados en las paredes de la habitación: figuras geométricas y letras misteriosas. No había prestado ninguna atención a las intervenciones. Se concentró para tratar de entender lo que allí se debatía, porque algo tendría que contarle a Furlong.

El Maestre Obrero parecía confundido.

—Señor Buchanan, a usted le convocamos antes de que Powderly enviara su circular —afirmó el superior—. ¿Se supone que deberíamos desobedecerla?

—Terence Powderly es contrario a la jornada de ocho horas, a la fiesta del Primero de Mayo y a cualquier reivindicación que venga directamente de las bases, pero solo una pequeña parte de los Caballeros del Trabajo comparte su punto de vista. Una acción firme podría hacer que cambiara de opinión. La Asamblea 3218 es una de las más importantes de la orden, su toma de posición podría ser determinante.

El Maestre Obrero se llevó las manos a las sienes, debía de estar viviendo un conflicto interior. Finalmente dijo, con voz balbuceante:

—Me resulta difícil desobedecer a nuestro jefe. Sin embargo, queda clara la voluntad de los aquí presentes. Si Gould recorta finalmente los salarios, que haya huelga, que pare todo. ¡Que se manifieste toda la fuerza de los Caballeros del Trabajo!

La sala retumbó con las exclamaciones de alegría. Incluso el viejo Richard Holly alzó el puño. Bob se vio obligado, contra su voluntad, a abrazar a un joven peón que se aferró a él con un entusiasmo desbordante. Los asambleístas se abrazaban y se daban palmadas en el hombro. Alguien sacó una botella de güisqui casero que fue pasando de boca en boca, a pesar de que la Orden de los Caballeros recomendaba templanza. Buchanan no dejaba de sonreír.

Bob salió de la reunión tambaleándose, tanto que Frank tuvo que sostenerlo.

—¿Qué te ha parecido? —le preguntó su cuñado.

—Apasionante —respondió Bob.

—Ya. Confiemos en que el Gran Maestre Powderly no nos excomulgue, a él no le hacen gracia esta clase de iniciativas. —O'Hagan pensó en ello mientras ayudaba a Bob a esquivar un montículo de nieve en la calle—. No creo que lo haga, la Asamblea 3218 es la mayor de San Luis. Y necesita a Buchanan. Por algo permitió que lo contratáramos como agitador, aun sabiendo que es socialista y cercano a los sindicatos.

Estaba oscuro, apenas se veía y el aire era gélido. Bob, al que Frank acompañó hasta la puerta de casa, esa noche se durmió con escalofríos de frío junto a Eleanor, que temblaba por la fiebre. La fiebre de siempre, nunca desaparecía. Ella apenas advirtió su presencia y se dio la vuelta bajo las mantas. Él la besó en la nuca.

A primera hora de la mañana ya estaba ante Thomas Furlong para informarle. El detective lo escuchó atentamente, asintiendo de cuando en cuando, y al final le preguntó:

—¿Estás listo para comenzar tu labor, chico?

—Sí.

Bob levantó su maletín, que contenía, además de algunas herramientas de mecánico, los sándwiches para el almuerzo.

—Bien, no te entretengo más. El jefe de personal del señor Gould no sabe quién eres, pero está informado de tu llegada. Podrás moverte libremente y acercarte a todos con el pretexto de revisar las locomotoras, los frenos y las ruedas de los vagones. Habla con los maquinistas, los fogoneros, los mozos de estación y los revisores. Debate con ellos sobre la posibilidad de que haya una huelga para averiguar quiénes están a favor. Y sobre todo no olvides una cosa…

—¿Qué, señor Furlong?

—Un detective debe ser un actor, capaz de interpretar cualquier papel o personaje sin meses de ensayo. Tiene que actuar con naturalidad siempre, sea cual sea su rol.

—Lo tendré presente, señor.

—Cuento con ello. Ahora incorpórate al servicio.

En un hermoso día soleado, el primero desde hacía semanas, Bob entró en la estación de la calle del Mercado y subió a las oficinas de la Unión Pacífico. El proceso de contratación fue muy rápido. El jefe de personal, un viejecito calvo con expresión dura y la boca torcida hacia abajo, localizó fácilmente el nombre de Robert W. Coates en un listado que le habían pasado. Asintió con la cabeza.

—Encontrarás en las vías a Richard Holly, el jefe de mecánicos. Él te dirá lo que tienes que hacer.

Bob se quedó estupefacto al escuchar ese nombre, aunque no lo exteriorizó. Fue en busca del anciano obrero y lo encontró revisando el enganche entre el vagón del carbón y el del equipaje de primera clase. Cuando oyó que lo llamaban, Holly saltó con agilidad al andén.

—¡Vaya! —exclamó—. ¡Nos vimos precisamente anoche!

—Así es. —Bob estrechó la mano del jefe de mecánicos del modo en que Frank le había enseñado, con el pulgar sobre los nudillos del hombre y dos ligeros apretones—. Acabo de incorporarme y quisiera saber qué tengo que hacer.

—Ve a la locomotora y comprueba que todas las tuercas estén bien apretadas. Y, ya que estamos, trata de sonsacarle algo al maquinista. —Holly le guiñó el ojo—. El fogonero es de los nuestros, pero él no, así que estaría bien sondear su posición en caso de huelga.

—Lo haré, pero ayer me dio la impresión de que tú estabas en contra.

—Lo estaba y lo estoy. Nuestra orden no debería ocuparse de cuestiones salariales, porque siempre terminan en derrota. Sin embargo, la Asamblea 3218 es mi verdadera familia, la fundamos dos hermanos y yo. Eran tiempos muy difíciles, mucho peores que los de ahora. En ella encontré dignidad y respeto por el trabajo manual. De modo que lo que la asamblea decida, acertada o equivocadamente, para mí es ley.

Bob no se atrevió a objetar nada más. Subió con su bolsa de herramientas a la cabina de la locomotora. Allí solo encontró al maquinista, apoyado en el tablero de mandos. La caldera estaba apagada, el hombre estaba leyendo un periódico que tenía pegado a la nariz.

—Soy Robert Coates, el nuevo mecánico. Holly me ha pedido que revise las tuercas antes de la salida.

El maquinista, un hombretón con bigote de morsa y gafas gruesas, bajó el ejemplar del *St. Louis Times* que tenía entre las manos y observó al recién llegado.

—Adelante, falta más de una hora para la salida. A mí me parece que está todo bien.

Bob se puso manos a la obra con alicates y llaves. No abrió la boca durante diez minutos, tiempo durante el cual el maquinista siguió leyendo el periódico. Finalmente, soltó un comentario casual.

—Dicen que en la Unión Pacífico y en las líneas dependientes de ella reducirán los salarios dentro de unos días.

El conductor bajó nuevamente el diario.

—Si es verdad, afectará a los peones y al personal general. A mí desde luego que no.

—¿Está seguro? Los Caballeros del Trabajo dicen que...

—¡Los Caballeros del Trabajo! ¡Buenos son esos! —exclamó el hombretón riendo bajo su tupido bigote—. Escucha, muchacho... Palabra de Roger Fisher, nadie podrá persuadirme jamás para que me mezcle con esa gente. Yo pertenezco a la hermandad de maquinistas de locomotora. Y mi socio, William Schnapper... ¡Ah, aquí está! Hola, Bill. Él es de la hermandad de los fogoneros. Nosotros tenemos un oficio de verdad y sabemos defendernos solos, como buenos norteamericanos. No tenemos intereses en común con los soldados rasos.

—Por no hablar de los negros y de los eslavos —añadió Bill mientras subía hábilmente a la cabina. Era un hombre esmirriado y larguirucho, con cabello largo y rebelde que desbordaba su gorra, y su rostro estaba enmarcado por patillas—. ¿Quién es este?

—Un mecánico nuevo.

—Hombre, están contratando gente. Los ferrocarriles del señor Gould no van tan mal.

A Bob le agradó ese comentario, aunque lógicamente se abstuvo de decirlo. Tras ajustar todas las tuercas examinó los frenos y los topes. Se alejó del convoy mientras llenaban el ténder con un cargamento de carbón que estaba provocando una nube de polvo negro e irrespirable. Los pasajeros que había en el andén se apartaron unos metros. El tren iba a partir en breve. Dos vagones, destinados a los negros que se dirigían a Chicago, habían sido incorporados en la cola del convoy y ya estaban llenos. Salía de ellos el cacareo de las gallinas enjauladas y toda una gama de olores. Al menos no eran chinos, los demás viajeros no habrían consentido su presencia.

Bob pasó el día de tren en tren, siguiendo las indicaciones de Holly. Al acabar la jornada, tras once horas ajustando tuercas, el viejo mecánico le preguntó:

—¿Les has hablado de la huelga?

—Casi todos los maquinistas y fogoneros parece que están en contra.

—Creen que se van a librar de los recortes por su cualificación profesional. Bueno, eso habrá que verlo. Me temo que se están haciendo ilusiones, no sería la primera vez.

Bob salió de la estación y, con cuidado de no ser visto, se dirigió a la oficina de Furlong, en la cercana avenida Clark. El detective no estaba, ni tampoco la señorita Duff, de modo que se encaminó a casa, con las piernas rígidas y los brazos pesados; y eso que había desarrollado la actividad menos agotadora de las habituales de los empleados de una estación ferroviaria, dejando a un lado a los taquilleros y a los telegrafistas. Ni siquiera cuando había trabajado como mozo de equipaje o como aprendiz de mecánico se había sentido tan cansado. Culpa del paso de los años y de una vida demasiado plácida, pensó. El trabajo le resultaría más liviano al día siguiente.

El aire era glacial y las calles estaban oscuras y desiertas. Las farolas, ya encendidas, se espaciaban cada vez más a medida que se alejaba del centro. Se estaba adueñando del entorno una neblina desapacible y penetrante, mientras desde las casas cerradas a cal y canto debido al frío, ya fueran bloques de viviendas o casuchas unifamiliares, llegaba un olor a legumbres guisadas para la cena. Pronto aparecerían en las calles las prostitutas de las más variadas nacionalidades, las que no tenían los recursos económicos necesarios para alternar en alguno de los escasos salones que seguían abiertos a esas horas. Les esperaban el frío y paseos a menudo inútiles entre cúmulos de nieve. Rusas, alemanas, bohemias, hebreas, suecas... Cubiertas de harapos sucintos, como correspondía a su profesión, y a pesar de ello con ciertas pretensiones de elegancia. Negras no, porque esas estaban más al norte, en los barrios habitados solo por negros.

Bob Coates esquivó en su ruta las calles frecuentadas por esa fauna y evitó también los callejones en los que pandillas de jovenzuelos se calentaban las manos delante de hogueras, a la espera de algún burgués al que robar. Al llegar a casa encontró a Olivia O'Hagan en la entrada. Se sujetaba con las manos su rugosa cara y sus ojos azules casi sobresalían de las órbitas.

—¡Por fin has llegado, Bob! ¡Mi hija está muy mal! ¡Empezó a empeorar a mediodía!

Bob entró corriendo en la vivienda. Les dedicó solo una caricia muda a los niños, que salieron a su encuentro, y fue al dormitorio. Elly tenía los ojos cerrados, jadeaba. Su cara estaba enrojecida y empapada de sudor. También estaba húmeda la manta sobre su pecho, que subía y bajaba con la respiración profunda. Bob le puso una mano en la frente, estaba ardiendo.

—¿Ha venido el médico? —le preguntó a Olivia, que estaba en el umbral con las manos unidas.

—Sí, Samuel Goldstein, el nuevo. Ha dicho que habría que hospitalizar a Elly. Pero no aquí, en San Luis nadie sabe cómo tratar las enfermedades del tabaco húmedo. Habría que llevarla a Chicago o a Nueva York, y pronto. Es un viaje caro…

—De eso me encargo yo, no hay problema —contestó Bob, balbuciendo por la angustia. Acarició el rostro de Elly—. ¿Cómo estás, amor?

La mujer abrió los ojos.

—Me siento débil, Bob. No tengo dolor, solo una especie de frío interior. Y los pies helados, casi no los noto. También la punta de los dedos.

—No te preocupes, mañana mismo saco los billetes de tren. En un par de días estaremos en Chicago, seguro que allí encontramos a alguien capaz de curarte —le dijo antes de dirigirse a Olivia—. ¿Qué le ha recetado el doctor Goldstein?

—Nada, solo reposo —respondió mamá O'Hagan desde la puerta del dormitorio—. Es una enfermedad desconocida, en San

Luis se dan pocos casos, pero en otros lugares hay muchísimos. Los trabajadores del tabaco pueden sufrir síntomas transitorios o acabar muriendo. Aún no hay un remedio definitivo.

—Ese Goldstein me parece un pollino. ¿Al menos habla inglés bien?

—Sí. Sin duda es judío, pero nació aquí.

—¿No ha pensado en recetarle quinina para bajar la fiebre?

—Se lo dejé caer, pero me dijo que no, porque tiene demasiados efectos secundarios. La fiebre podría desaparecer sola, sin necesidad de administrarle algo tan fuerte.

—Menudo imbécil. —Bob secó con sus dedos la frente sudorosa de Elly—. No te preocupes, pequeña mía, mañana compro yo la quinina y los billetes. Y mañana mismo nos vamos a Chicago, aunque tenga que llevarte al tren en brazos.

Ella lo miró con los ojos húmedos y le sonrió.

—No sé si podré, no me siento con fuerzas.

Bob la besó, primero en su rubia cabellera y después en los labios.

—Yo te llevaré, te lo he dicho. Eres un peso ligero, ¿sabes? Compraré billetes de primera clase para que tengas la máxima comodidad. Y en Chicago cogeremos un bonito carruaje para ir al mejor hospital.

—¿Tanto dinero tienes?

—Lo conseguiré para ti, cariño, puedes estar segura. Pero ahora debemos dormir. —Bob se puso en pie y se aproximó a Olivia. Charles y Thelma estaban detrás, sin saber si echarse a llorar o no. Daba la impresión de que intuían el cariz trágico de la situación, pero sin comprenderla del todo—. A la cama, niños, que es muy tarde. Antes de dormir rezad una oración por vuestra madre.

—¿No quieres cenar algo? —le preguntó su suegra—. He hecho albóndigas. Tengo que calentarlas, pero es cosa de un par de minutos.

—No tengo apetito. Quiero estar al lado de mi ángel.

Bob devoró las albóndigas con las primeras luces de la mañana siguiente. Se preparó él solo la bolsa, incluyendo la merienda, y se dirigió al trabajo. El sol ya empezaba a brillar, sin nubes a su alrededor. El aire era, más que frío, helado. Subió en un tranvía tirado por caballos, pagó el billete y se sentó en un banco. Los otros ocupantes eran, en su mayor parte, mujeres de condición humilde que iban al mercado. Los obreros escaseaban, el transporte público resultaba demasiado costoso para la mayoría de ellos, sobre todo si debían hacer a diario el trayecto de ida y vuelta.

Un hombre con abrigo y bombín, sentado en el banco que había enfrente del de Bob, estaba leyendo el *St. Louis Times.* Tenía la apariencia de un empleado de banca. Le dijo al amigo que estaba sentado a su lado, encorbatado al igual que él:

—Mira, un anuncio que traerá consecuencias. Se esperaba que Jay Gould recortara los salarios de sus trabajadores. Pues bien, ya lo ha hecho. Desde esta mañana los ferroviarios y los telegrafistas verán reducida su paga en una cuarta parte. Gould está anticipándose a la quiebra de los grandes bancos nacionales y a la crisis económica que se avecina.

El otro preguntó, con un tonillo de alarma en la voz:

—¿No hay riesgo de que se repita lo de 1877?

—No lo creo. Los ferroviarios ya recibieron una buena lección en su momento. Y ahora entre ellos hay mucha mano de obra extranjera, dispuesta a aceptar todo tipo de condiciones y lista para reemplazar a los posibles huelguistas. Además, ¿quién podría convocar una huelga? ¡Estamos en 1884, caramba! ¡Las organizaciones subversivas ya han pasado de moda!

—Hay grupúsculos socialistas…

—Esos hablan alemán y yidis. Créeme, no cabe esperar nada dramático. Y nuestro banco es demasiado pequeño para quebrar por el fraude en las entidades mayores. Relájate, no pasará nada.

Robert Coates se enervó con esa conversación. Se dirigió a la plataforma de salida y cuando el tranvía se detuvo en las inmediaciones de la estación bajó de un salto. El gran reloj de la torre del edificio le concedía un margen de un cuarto de hora antes de iniciar la jornada de trabajo. Emplear ese tiempo en hacerle una visita a Thomas Furlong le pareció la opción más sabia. Entró jadeante en el edificio, saludó a la señorita Duff y subió la rampa que llevaba a la dirección de la agencia. Olía a madera vieja y los pasamanos oscilaban al agarrarlos.

4. Huelga indefinida

Furlong estaba fumando un cigarro que previamente había ablandado en un vaso de güisqui para darle más sabor. Recibió a Robert Coates con una mirada de simpatía.

—Te veo agitado, chico. ¿Algo va mal? Ten en cuenta que puedes llegar tarde al trabajo, a ti se te permite.

Bob no quiso revelar su verdadero problema. Dijo impetuosamente:

—¡Me acabo de enterar de que ya han recortado los salarios, una semana antes de lo previsto!

—Eso no te afecta. La paga te la doy yo, de acuerdo con Jay Gould. Para ti no habrá ningún recorte.

—El tema no es ese, señor. —Bob estaba exasperado—. Los Caballeros del Trabajo decidieron que en caso de recortes salariales convocarían huelga en los ferrocarriles de Gould y en las empresas afines.

Seguidamente, le dio una serie de detalles de la asamblea celebrada dos días antes y de su breve experiencia como mecánico infiltrado. Furlong, imperturbable, sentenció:

—Ya la han convocado, hace una hora. Resistirán como mucho una semana. Los Caballeros del Trabajo de San Luis no cuentan con el respaldo de la organización a nivel nacional y encima tienen en contra a las hermandades de trabajadores especializados. —Buscó en un cajón de su escritorio, sacó una hoja en blanco y se la entregó a Bob con un lápiz—. Apúntame aquí los nombres de los militantes de la asamblea que recuerdes. Pon una cruz al lado de los que están a favor de huelga. —Bob dudó un instante sobre poner o no la marca junto al nombre de Frank O'Hagan, pero acabó haciéndolo—. Bien. Ahora ve a la estación y muéstrate entusiasmado con la causa, sé el más decidido de todos. Habla como un predicador, solo los religiosos saben cómo abrir los corazones de los demás. Los detectives debemos abrir los corazones endurecidos de los agitadores e inducirlos a que confiesen. Es, más que un oficio, un arte. Confío en ti, lo harás muy bien.

Esas últimas palabras eran una despedida. Bob se levantó, se dirigió a la puerta y allí se detuvo.

—¿Qué pasa, chico? —preguntó Furlong mientras volvía a sumergir el puro en el güisqui—. ¿Hay algo más que quieras decirme?

—No, nada. Hasta luego, señor.

Bob se encontró con una concentración de trabajadores frente a Union Station, una estación grande como una catedral y dotada de una torre con reloj que se asemejaba a un campanario. Los manifestantes estaban vigilados por un contingente de policías con uniformes negros y las porras en las manos. Subido a una improvisada plataforma formada por una pirámide de cajas, Buchanan arengaba a los allí reunidos, que eran, calculando por alto, en torno a dos centenares.

—¡El millonario Jay Gould ha optado por la guerra! ¡Os quiere vencer por medio del hambre! ¿Sabéis cuál es el salario mínimo necesario para mantener a una familia? Setecientos veinte dólares anuales para alimentación, ropa, calefacción y alquiler de una casucha, para cubrir unas necesidades reducidas a lo esencial. ¡Muchos de vosotros ya no llegáis a esa cifra! ¡Y con los recortes anunciados esta mañana todos los trabajadores estarán por debajo de ese nivel, por debajo incluso de los doscientos dólares al año! ¿Cómo vais a mantener a vuestros hijos? ¿Cómo los vais a alimentar?

La muchedumbre respondió con gritos de protesta. Bob aprovechó la confusión para acercarse a las taquillas y soltó un suspiro de alivio al ver que estaban abiertas. Compró dos billetes para

Chicago, de primera clase, para el día siguiente. Le quedaban un par de dólares en el bolsillo, suficiente para adquirir la quinina.

Regresó a la explanada de la estación. Buchanan seguía con su arenga.

—Los obreros y los ferroviarios de la Wabash ya han acordado ir a la huelga. ¡Es necesario que Misuri e Illinois hagan lo mismo! ¡Hay que paralizar la Misuri Pacífico, las oficinas y los telégrafos de la Unión del Oeste! ¡Hay que cerrar los negocios y las obras! Me dirijo a los sirvientes, mozos de equipaje, mozos de almacén, maquinistas, fogoneros, taquilleros, revisores, técnicos, mecánicos, oficinistas… A cualquiera que trabaje para el explotador Jay Gould. Si os unís, lo obligaréis a capitular y a dar marcha atrás en la reducción de salarios. ¡De lo contrario, el próximo invierno no tendréis con qué alimentar a vuestros hijos!

Hubo un aplauso, pero no fue unánime. Un grupo de capataces apareció en ese momento frente a la entrada de la estación. Uno de ellos gritó, con voz potente:

—¡¿No habéis oído la sirena?! ¡Es hora de entrar! ¡Cada minuto de retraso se os descontará del sueldo!

Buchanan se giró y lo miró con actitud desafiante.

—¡Esperad un momento! ¡Hay que votar!

El capataz, un hombre grande no por su estatura sino por su masa muscular, le preguntó:

—¿Y tú quién eres? ¿Qué haces aquí? ¡No te he visto nunca trabajando! ¡Es más, apostaría a que tú no has trabajado en tu vida, cuatro ojos con frac!

Algunos rieron, no muchos. Buchanan no perdió el brío.

—¿Y cuál se supone que es tu trabajo, amigo? —preguntó indicando la llave de frenos que empuñaba el capataz—. ¿Esa es tu herramienta? ¿Sabes cómo se usa? —Las risas fueron más numerosas en ese caso—. ¡Ahora votad, hermanos! ¡El que esté a favor de la huelga, que levante la mano!

Se alzaron muchos brazos. Imposible contarlos, pero sin duda eran la mayoría. A continuación, los trabajadores empezaron a entrar en la estación. Buchanan gritó a su espalda:

—¡La Orden de los Caballeros del Trabajo os mantendrá informados sobre los plazos y las acciones! ¡Nos vemos mañana en esta entrada!

Bob, por su parte, se puso en movimiento sin prisa. Vio que los capataces se acercaban con actitud amenazante a Buchanan, el cual se había quedado solo y estaba bajando de la plataforma de cajas. Pero se toparon con un grupo compacto que se había quedado aparte, encabezado por Roger Fisher.

—¡Vosotros, fuera de aquí! —les dijo Fisher a los capataces con su voz ruda. Seguidamente se dirigió a Buchanan—: La hermandad de maquinistas de locomotora se suma la huelga. —El periodista le ofreció la mano, pero Fisher la ignoró—. No me gustáis nada y no estoy aquí para hacer amigos, pero creo que por primera vez los jodidos Caballeros del Trabajo podríais tener razón.

Buchanan sonrió aún más, los capataces se replegaron y los maquinistas se dirigieron a sus locomotoras. Bob ya había entrado. Se presentó ante Richard Holly, que maldecía para sí mismo, a golpes de martillo, tratando de encajar en la guía el enganche de un vagón de mercancías. El anciano mecánico lo miró frunciendo el ceño y comentó:

—De modo que en unos días dejaremos de trabajar, y también de cobrar. Buchanan es demasiado joven para saber qué fue lo de 1877, no tiene experiencia en derrotas. Para ser sincero, yo no sé de ninguna huelga de ferrocarriles que haya terminado en victoria. Y mira que tengo años.

Bob Coates estaba pensando en otra cosa, y se trataba de un temor cada vez más angustioso.

—¿Hay riesgo de que mañana no haya trenes para Chicago?

Holly negó con la cabeza.

—No. En primer lugar, porque Gould ha anunciado su intención de recortar los salarios, pero oficialmente aún no lo ha hecho, así que esta semana cobraremos la paga habitual. En segundo lugar, porque una huelga exige muchos preparativos. Ahora solo había doscientos trabajadores a la entrada, los empleados de Gould aquí superan el millar. Hay que convencer a la mayoría, crear una caja de resistencia, repartirse las tareas, elaborar una plataforma de reivindicaciones e involucrar a algunos políticos. —Holly dejó de martillear y se puso en pie con una agilidad insospechada a juzgar por su pelo blanco—. Se necesitarán al menos dos semanas de reuniones continuas. Los patrones pueden tomar decisiones en un momento, pero nosotros por desgracia no.

Bob sintió un enorme alivio.

—Me alegro, mañana precisamente debo ir a Chicago.

Holly lo miró con estupor.

—¿Te manda la empresa?

—No. Mi mujer está enferma y debo acompañarla hasta allí.

—Olvídalo, no te darán permiso. No te lo darían ni siquiera aunque estuvieras enfermo tú, salvo en caso de accidente laboral grave. ¿Acabas de incorporarte y ya quieres que te despidan?

Bob sonrió, seguro de sí mismo.

—No creo que me despidan. Lograré ese permiso.

Holly lo miró con evidente escepticismo y quizás también con una sombra de sospecha.

—Si tú lo dices… Ven, al parecer hay una avería en la locomotora de la vía tres. A ver si damos con el problema.

Bob fue a comprar quinina a una farmacia en cuanto acabó su jornada laboral y después pasó por las oficinas de la Agencia Furlong. Solo encontró allí a la señorita Duff, que arrugó la nariz sin disimular su desagrado. La mujer notó la peste a sudor del agente, que tenía la ropa empapada, a pesar del frío. No le gustaba la suciedad de su indumentaria raída, propia de un obrero de la clase más baja.

Bob posó las palmas de las manos en la mesa.

—Supongo que el señor Furlong ya se habrá ido.

—Así es. Llega a la oficina muy temprano y se va antes que yo.

—Dígale que mañana no estaré. Iré a Chicago, tengo que acompañar a mi esposa, que está enferma.

La señorita Duff reaccionó con un gesto de desaprobación.

—No le hará gracia. Me ha dicho que es usted libre de moverse, pero que le necesitan aquí. ¿Cuándo tiene previsto volver?

—En un par de días. Ingreso en un hospital a mi mujer y vuelvo.

—Informaré al señor Furlong. Buen viaje.

Bob caminó hacia casa de buen humor, a pesar de la gélida noche invernal. Al llegar se encontró a los niños llorando. Thelma le comunicó entre sollozos:

—Mamá se ha hecho daño. Está en la cama, con el médico y con la abuela.

Cuando Bob entró en la habitación vio a Elly sobre la sábana, con su cuerpo, ya esquelético, cubierto por el camisón. El doctor Goldstein, un hombre de pelo gris con bigote y perilla, le estaba masajeando un tobillo, hinchado y amoratado. Le dijo:

—No es grave, es solo un esguince. Hay que vendarla bien y debe mantener reposo absoluto. Se curará en unos veinte días.

Tenía una forma de hablar rotunda, casi impertinente. Además, no era nada agradable su voz chillona, con un rastro de algún idioma lejano y gutural.

Olivia O'Hagan le habló a su yerno como si necesitara justificarse.

—Trató de levantarse sola mientras yo estaba en la cocina y los niños estaban fuera. Ya no es capaz de tenerse en pie, sus huesos son frágiles. Oí un grito y la encontré en el suelo, intentando ponerse en pie y quejándose.

Bob se acercó a Elly.

—Estoy aquí, amor —le dijo con todo el cariño que podía expresar. Ella tenía la carita torcida por el dolor, pero logró responderle con una leve sonrisa. Él le tocó la frente—. No parece que tengas fiebre.

—No la tiene, de hecho, y eso es positivo, aunque la fiebre podría volver más tarde —advirtió Goldstein—. Voy a buscar vendas y férulas para vendarla debidamente, estaré de vuelta en un cuarto de hora.

—Doctor, he comprado billetes para viajar con ella a Chicago mañana por la mañana.

—Imposible. Habrá que esperar hasta que esté en situación de moverse. Espero que su estado no se agrave… Nos vemos en quince minutos, señor Coates.

Al quedarse a solas con Elly, con Olivia y con los dos niños, que estaban fuera de la habitación, Bob comentó:

—Ese hombre me gusta más bien poco. Ni siquiera es de fe cristiana, a saber de dónde proviene.

—Es el médico que vive más cerca —arguyó Olivia—, y además no es caro.

—Es una buena persona —añadió Elly con su vocecita. Trató de moverse y ahogó un quejido—. No le des importancia a sus modales; parece maleducado, pero en realidad es todo lo contrario. Algunos de sus colegas no quieren salir de casa a estas horas y con el frío que hace.

—Esperaremos —murmuró Bob.

El médico volvió e hizo el vendaje inmovilizando el tobillo de Elly con unas tablillas delgadas envueltas con una gruesa capa de gasa. Bob le preguntó:

—¿Cuánto le debo, doctor?

Goldstein se encogió de hombros antes de responder:

—Ahora no, ya hablaremos de ello dentro de unos días. Tendré que cambiar el vendaje unas cuantas veces. —El médico metió la mano en el bolsillo de su levita, sacó una nota y se la entregó a Bob—. Tal vez le pueda interesar, dado que es usted obrero. El sábado de noche celebraremos en la calle del Mercado una conferencia sobre las condiciones de vida de los trabajadores de San Luis. La organizan la Asociación Judía, de la que soy secretario, y el Partido Socialista Laborista. Sería un placer verle allí, siempre y cuando su esposa mejore.

Bob se quedó estupefacto y se sintió indignado para sus adentros.

—¿Forma parte de los honorarios? —preguntó en un tono que sonó a jocoso.

—No.

El médico se despidió tocando con los dedos el ala de su bombín, que no se había quitado en ningún momento. Cogió su maletín y se marchó.

—Menudo caradura —musitó Bob antes de dedicar toda su atención a su mujer.

Elly volvió a tener fiebre y comenzó a temblar en el transcurso de la noche. Bob no sabía qué hacer, hasta que se acordó de la quinina, que estaba aún en el bolsillo de su chaquetón. Llenó una cuchara e hizo que la tomara.

—Te hará bien, amor.

En efecto, Elly pronto dejó de temblar y de agitarse. Durmió tranquila, con la frente fresca y la respiración normal.

A la mañana siguiente, frente a Union Station, antes de que la sirena llamara al trabajo, la multitud era el doble que el día anterior. Había muchos negros, casi la mitad de los allí presentes. La policía, al mando de un capitán, se había desplegado a la derecha de la explanada, como si tratara de proteger las oficinas. Eran una treintena de hombres robustos, con cascos altos y abrigos oscuros. A pesar de que estaban empuñando las porras, no parecía que tuvieran intención de intervenir. Incluso había agentes bromeando a distancia con obreros que conocían, sin que el oficial prohibiera esa charla.

Esta vez Buchanan había traído una escalera que se abría en compás y se había subido al peldaño más alto. Apretaba los párpados, porque soplaba un viento gélido que le azotaba el rostro, y se protegía el cuello con una bufanda.

—Jay Gould ha comunicado a la prensa su intención de recortar los salarios, pero aún no lo ha hecho. Existe la posibilidad de que lo esté reconsiderando, aunque yo no confiaría en ello. Únicamente nuestra movilización diaria puede hacer que cambie de opinión. Lo que os voy a decir es el parecer de los Caballeros del Trabajo... —Un aplauso lo interrumpió—, que concuerdan con las hermandades profesionales y con los sindicatos del ramo. Asimismo, numerosas iglesias comparten nuestro punto de vista, incluyendo a algunos exponentes del clero católico. La clase obrera se encuentra al límite de la supervivencia y un capitalista no puede decidir empobrecerla todavía más solo porque en un momento determinado sus actividades de especulación dejan de tener el mismo rendimiento de antes. Gould está en crisis porque los bancos con los que ha estado especulando quiebran uno tras otro. ¿Y se supone que somos nosotros los que debemos pagar las consecuencias de su crisis?

—¡Nooo! —gritó el gentío. Los negros parecían los más enfadados, posiblemente porque ellos sí que vivían realmente al borde de la miseria más degradante.

Buchanan elevó la voz reprimiendo los ataques de tos que ese esfuerzo le estaba provocando.

—Si Jay Gould, el señor empresario Gould, no se considera capaz de administrar sus empresas con salarios decentes para quienes aportan el sudor, que renuncie a ellas. Nosotros estaremos encantados de gestionarlas en régimen de cooperativa. Pero si lo que pretende es sancionar a la mano de obra para salvar sus beneficios, debe saber lo que le espera: ¡la huelga! ¡Huelga de duración indefinida en todas las ramas de su imperio sobre raíles! ¿Conocéis el lema de los Caballeros del Trabajo? ¡Si tocan a uno, nos tocan a todos! ¡Somos miles los que estamos listos para responder!

Esa proclama enardeció a los allí presentes. Un ferroviario, veterano de las luchas de 1877 y de la Comuna de San Luis, alzó el puño y gritó:

—¡Huelga indefinida!

—¡Huelga indefinida! —replicó la multitud—. ¡Si tocan a uno, nos tocan a todos!

Sonó la sirena. Bob entró con los demás y consiguió que en la taquilla le reembolsaran el dinero de los billetes. Se puso a trabajar con los oídos bien abiertos. Cada vez que escuchaba a un obrero manifestarse a favor de la huelga se acercaba a él y, con la excusa de intercambiar unas palabras, le sonsacaba el nombre y más tarde lo apuntaba en un cuaderno.

El sábado, tras cobrar la paga semanal, le entregó a Thomas Furlong un listado de un centenar de nombres.

—No son todos extremistas o exaltados —aclaró—. He puesto una cruz al lado de los que hablan de socialismo y dos cruces en el caso de los que conocen la simbología de los Caballeros del Trabajo y respondieron en clave a alguna de mis consignas.

Furlong examinó la relación antes de decir:

—Magnífico trabajo, Bob. ¿Hay también negros, eslavos o italianos?

—No, no soy capaz de acercarme a ellos —afirmó con una mueca de hastío—. Es superior a mí, apestan como cabras.

—Pues deberías hacerlo. ¿Algo más?

—Esta noche se celebrará una reunión del Partido Socialista Laborista y de los judíos radicales, en la calle del Mercado. Si quiere, señor, puedo ir, pero me temo que van a hablar en alemán.

Furlong se levantó de su asiento con el listado en la mano y lo guardó en su bolsillo.

—No hace falta, tenemos entre ellos otro informante… ¿Cómo está tu mujer?

Bob, sorprendido por la pregunta, pero emocionado por ese detalle, respondió:

—Sigue igual, señor. La quinina le baja la fiebre, pero no tiene fuerzas para levantarse de la cama. Come muy poco y a veces vomita la comida antes incluso de digerirla.

—¿Tiene un buen médico?

—No, el doctor Goldstein es uno de los judíos socialistas que intervendrán en el acto de la calle del Mercado. Desgraciadamente no hay alternativa, es el que vive más cerca de mi casa.

—Entiendo —comentó Furlong, pensativo—. ¿Goldstein, dices? Bob, envíame su factura, me encargo yo de saldarla.

Bob se conmovió de tal modo que le saltaron las lágrimas.

—¿De verdad? Gracias, señor, no sé cómo puedo…

Furlong lo interrumpió con un gesto de negación.

—Déjalo. Me compensarás con la calidad de tu trabajo. Escucha a los negros y a los extranjeros, sondea su estado de ánimo. La próxima vez quiero al menos otros cien nombres en la lista.

—Por supuesto, señor. Haré lo que me pide.

—Intenta averiguar también si hay espías de Allan Pinkerton en la estación. Ese es experto en darme puñaladas por la espalda para robarme encargos.

—Estaré atento, señor Furlong.

—Cuento con ello. Que pases un buen domingo.

Los días sucesivos fueron feos y tristes. El tiempo seguía siendo sombrío, con nevadas de vez en cuando. Elly no empeoraba, pero tampoco mejoraba. A los vómitos se sumó la diarrea. Estaba siempre agitada, decía que veía doble y en algunos momentos que no veía nada. Bob le duplicó la dosis de quinina, el único remedio para bajarle la temperatura. No le dijo nada a Goldstein.

—La enfermedad está siguiendo un curso extraño —aseguró el médico durante una visita—. Yo esperaba una lenta curación y, en cambio, estoy viendo un lento deterioro. ¿Ha vuelto a estar en contacto con tabaco húmedo?

—No, en absoluto. No ha salido de casa.

—No puedo hacer mucho más. El día 25 le quitaré el vendaje, al menos el pie está mejor. Muy pronto estará en condiciones de viajar a Chicago. ¿Puede usted pagar los billetes? En caso contrario, con mucho gusto le presto el dinero necesario.

Bob negó con la cabeza.

—Tengo dinero.

—De acuerdo. Cuente conmigo si lo necesita… Cambiando de tema, usted no viene nunca a las reuniones socialistas. Gould aún no ha recortado salarios en el ferrocarril, pero es cuestión de días. No le vendría mal saber cuáles son sus intereses y por qué el empresario carga sobre los trabajadores los problemas que le causa la bolsa.

Bob señaló a la enferma.

—No quiero dejarla sola de noche. Además, pertenezco a otra agrupación de trabajadores.

—Me imagino que a los Caballeros del Trabajo —dijo Goldstein con una sonrisa—. No, no le pido que me lo revele. Ustedes, los Caballeros, son buena gente, sobre todo los de aquí, los de San Luis. Solo les falta una línea de actuación clara. En cualquier caso, hace bien en priorizar la lealtad a su organización. Pero llegará el momento en el que deberá preguntarse si una sociedad secreta con fines nebulosos es la mejor forma de resistencia frente al capital.

El doctor Goldstein regresó el 25 de febrero para retirarle el vendaje a Elly y descubrió el frasco de quinina sobre una pequeña cómoda. Lo abrió y lo olfateó.

—No le estará dando esto a su esposa, ¿verdad? —preguntó con severidad—. Es un fármaco altamente tóxico que debe usarse solo en casos extremos.

—No, no, doctor —mintió Bob. Pensó para sí que sin quinina Elly ya habría muerto a causa de la fiebre, aparte de que no confiaba demasiado en los conocimientos médicos de un judío—. Encontré el frasco en un cajón y lo dejé ahí por ponerlo en algún sitio.

—Yo en su lugar lo tiraría o lo escondería, no debe acabar en manos de los niños —El tono de Goldstein era tan arrogante e impertinente como siempre. Estaba desvendando el tobillo de Elly sin miramientos, indiferente a los gemidos de ella. O desconocía los buenos modales o, en el supuesto de que alguien se los hubiera enseñado, los despreciaba—. En un par de días esta mujer podrá levantarse e incluso viajar. Le escribiré una carta de recomendación para un médico de Chicago que conozco, él le ayudará a encontrar el hospital adecuado.

—Gracias.

El 26 de febrero Bob Coates compró dos billetes en primera clase para Chicago, a un precio carísimo, y reservó el carruaje que a la mañana siguiente los llevaría a él y a su mujer a la estación. Con permiso de Furlong y, por medio de él, de Gould, no acudió a trabajar ese día. Notó cierta agitación entre los obreros, reunidos en corrillos por todas partes, aunque no le prestó mucha atención. Pasó todo el día ayudando a Elly a sostenerse de pie y a dar algunos pasos. Ella estaba débil y muy frágil, pero lo consiguió, si bien el esfuerzo le provocó un nuevo ataque de fiebre. Bob hizo que tomara toda la quinina que quedaba, le facilitó a su mujer una noche de tranquilidad.

El día 27 por la mañana subió al carruaje el maltrecho cuerpo de Elly, ayudado por Charles y Thelma. Se despidió de los niños.

—Portaos bien —les dijo, seguidamente miró a Olivia O'Hagan—. Los dejo en sus manos.

—Ve tranquilo, y trae de vuelta a mi hija curada. Buen viaje.

Era el día más frío de aquel invierno, rígido e interminable. El carruaje de vez en cuando derrapaba por el hielo, a pesar de que no iba a mucha velocidad. No había prisa, el tren para Chicago no salía hasta las diez.

Elly estaba temblando y Bob la abrazó para transmitirle algo de calor.

—No te preocupes, cariño, los vagones de primera clase tienen calefacción. Ya verás, será como alojarse en un hotel de lujo: butacas tapizadas en terciopelo, revestimientos dorados, cristales, espejos, camareros a nuestro servicio… Casi da pena que el trayecto no sea más largo.

Cuando llegaron a Union Station, Bob se dio cuenta de inmediato de que algo no iba bien. Había una nutrida concentración de trabajadores ante las puertas, algunos de ellos con banderas estadounidenses apoyadas en los hombros. A un lado de la entrada, una pancarta de tela tendida entre dos pilares mostraba en pintura roja la leyenda: «Si tocan a uno, nos tocan a todos. Asamblea Local 3218». La policía estaba empezando a tomar posiciones.

El terror se apoderó de Bob. Localizó entre el gentío a Richard Holly, malhumorado, con los puños hundidos en los bolsillos de su uniforme de ferroviario. Corrió hacia él y le preguntó:

—Dick, ¿qué está pasando?

El viejo lo miró con cierto asombro.

—¿No lo sabes? Ya, claro, ayer no estabas. Jay Gould anunció la reducción de salarios para todo el personal. Se ha convocado una huelga de duración indefinida.

—¿El tren de las diez para Chicago no saldrá?

—Obviamente no. No saldrá ni entrará ningún tren, ni hoy ni quién sabe durante cuánto tiempo.

Bob volvió al vehículo y les dijo a voces a su mujer y al cochero:

—¡Vuelvo enseguida, no os mováis!

Se dirigió precipitadamente a la oficina de Furlong y por suerte el detective estaba allí. Escuchó el relato convulso de Bob con un cigarro entre los dientes, sin alterarse. Después aseguró:

—Esta huelga es un mal negocio. Te prestaría mi calesa, pero mi mujer se ha ido en ella a visitar a unos familiares. Y mi carruaje oficial lo está usando otro agente. No te preocupes, mañana por la mañana llegarán los esquiroles y podréis viajar tranquilamente a Chicago. Lo pago yo.

Bob volvió sobre sus pasos, algo más calmado.

Elly murió esa misma noche.

5. Victoria momentánea

Robert Coates regresó a Union Station al cabo de una semana, cuando ya parecía que se vislumbraba un tímido anticipo de la primavera. El paro seguía y los obreros estaban en los andenes con el único propósito de evitar la llegada de convoyes de esquiroles.

Bob seguía profundamente consternado por el fallecimiento de Elly. Permanecía en su mente, con la obstinación de una obsesión, el recuerdo de la veloz ceremonia fúnebre, en una mañana lechosa: él con los dos niños de la mano, unas breves palabras del pastor de la Iglesia del Mesías, la presencia al completo de la familia O'Hagan... y nadie más. El doctor Goldstein, el principal asesino de Elly, se había limitado a mandar su pésame en una escueta nota. El señor Furlong no estaba al tanto de la celebración del funeral, según le dijo posteriormente, al mostrarle sus condolencias.

Los verdugos de la pobre Elly se hallaban en Union Station, en forma de turba, y seguían bloqueando el tráfico ferroviario de salida y de entrada. Formaban también piquetes, la policía los disolvía con cargas y se recomponían en poco tiempo, sin importarles los porrazos que acababan de recibir. Eran bestias que razonaban en manada, incapaces de reflexionar a nivel individual. Los Caballeros del Trabajo actuaban como vanguardia de esos rebaños, junto con algunos socialistas aislados. Bob Coates ocupó su lugar entre los huelguistas con un confuso pero implacable anhelo de venganza. Nunca le había resultado tan útil como ese día la exhortación de Furlong a representar su papel para poder golpear fuerte. Se sentía destrozado por dentro, pero debía fingir que era uno más, que formaba parte de esa gentuza a la que tanto odiaba.

Martin Irons, el nuevo Maestre Obrero de la Asamblea 3218, cogió a Bob del brazo para ponerlo al día.

—En dos ocasiones, durante los días que estuviste ausente, Gould nos envió trenes cargados de esquiroles que hizo venir desde Chicago. Eran negros en su mayor parte, aunque había también blancos desesperados que venían dispuestos a robarnos el trabajo. Los recibimos a pedradas y logramos impedir que pusieran un pie en el andén. En ambos casos las locomotoras tuvieron que seguir su camino y, tras descargar a los esquiroles en mitad del campo, los maquinistas regresaron para unirse a nosotros.

—Me alegro —mintió Bob.

Conocía a Irons desde hacía muy poco tiempo, desde el día después del funeral de su mujer, cuando se acercó a la sede de la noble orden solo para ver a quién golpear primero. El nuevo Maestre Obrero era un hombre de considerable estatura y de pelo corto y tupido, tanto al menos como su bigote puntiagudo. Había ejercido todo tipo de oficios antes de trabajar en Ferrocarril Wabash, una de las líneas periféricas que integraban Ferrocarriles de San Luis y el Sudeste. Prestaba servicio ocasionalmente en San Luis y en otras localidades de Misuri. Durante la guerra había formado parte de los irregulares que apoyaban al ejército unionista.

—Este viernes tenemos reunión de la Asamblea 3218 —le comunicó Irons antes de alejarse—. Sé que sigues de luto por tu mujer, me lo ha contado tu cuñado Frank. Participar tal vez te distraería un poco.

—Sí, iré.

Bob acababa de quedarse solo cuando empezó a oír un bullicio cada vez más intenso, proveniente de la zona de oficinas, que se convirtió en un verdadero estruendo. Buchanan llegó a la carrera desde esa dirección, seguido por una treintena de hombres. Se encaramó al pequeño muro que flanqueaba la entrada, agarró una barra con la mano derecha y con la izquierda se quitó el bombín y lo agitó en el aire.

Su voz, normalmente tenue, se volvió aguda, hasta el punto de que se sobrepuso al estrépito que se estaba generando dentro y fuera de la Union Station.

—¡Hermanos, Jay Gould ha capitulado! —gritó, sin prestar atención a sus gafas, que le estaban resbalando por la nariz—. ¡Los salarios vuelven a ser los que eran y no habrá represalias contra los huelguistas! Todos tendréis derecho a una pequeña suma como compensación por lo que habéis perdido durante el paro. ¡Hemos vencido! ¿Lo habéis entendido? ¡Hemos vencido!

El clamor de voces fue tan fragoroso que Bob temió por sus tímpanos.

—¡Hurra!

—¡Victoria!

—¡Viva Buchanan! ¡Viva el Trabajo!

Martin Irons sacó quién sabe de dónde una bandera estadounidense y comenzó a ondearla. Los huelguistas se abrazaban entre sí, daban saltos, gritaban, improvisaban corrillos… Una pequeña banda de instrumentos de metal surgida de la nada comenzó a tocar *Yankee Doodle* y a los sones de ella los ferroviarios, maquinistas, fogoneros, taquilleros, camareros, telegrafistas, mecánicos y mozos de estación se fueron incorporando a sus puestos de trabajo, ajenos al sonido de las sirenas, solapado por el ruido. Todas las locomotoras silbaban al unísono entre bocanadas de vapor.

Bob, aturdido, retomó su labor. Por indicación de Richard Holly —menos exultante que sus compañeros— fue revisando un convoy tras otro, apretando tuercas y comprobando la solidez de las cadenas. Si hubiera podido, habría aflojado todas las conexiones para que los trenes descarrilaran; no con el propósito de matar a los pasajeros, sino al personal, cómplice todo él en la muerte de Elly.

Tan pronto como le fue posible trató de localizar a Furlong. No se encontraba en su oficina, o al menos eso fue lo que le dijeron.

—Le mandará llamar él cuando lo considere necesario —le comunicó la señorita Duff, insólitamente áspera—. Creo que últimamente no está muy contento con su labor.

—He tenido problemas graves —balbuceó Bob—. Mi esposa…

—Lo sé. Aquí tiene la paga semanal, con una generosa propina de parte del señor Furlong en consideración por su luto. Pero quienes trabajan para esta agencia deben hacerlo de forma constante, independientemente de cuál sea su situación familiar.

—Pero en mi caso…

—Déjelo, yo solo soy una secretaria. El señor Furlong hablará directamente con usted cuando lo considere oportuno.

Bob cogió el sobre con un hondo sentimiento de humillación. Al caer la tarde se encaminó a casa. La nieve había desaparecido, había subido la temperatura. En los árboles asomaban las primeras yemas. A ratos llovía, una lluvia suave que prometía una mejora del tiempo. Después de todo, era agradable sentirla en el pelo, y el vientecillo templado la secaba rápidamente.

Olivia O'Hagan lo recibió en las escaleras de madera de la entrada con peldaños crujientes.

—Debes ir a cambiarte enseguida. Hay una visita importante, te está esperando. ¿Tienes algún licor para ofrecerle?

Bob se sorprendió ante ese anuncio.

—Debe de haber una botella de güisqui de Kentucky —contestó—. En la cocina, por alguna parte… Pero ¿quién es esa visita importante? ¿El señor Furlong?

—No solo él, ha venido con un pez gordo…, un tal Gould. ¿No has visto su carruaje? Está aparcado aquí cerca.

—He visto dos carruajes parados un poco más abajo, pero no imaginaba que estuvieran aquí por mí.

—Pues sí.

Olivia agarró a Bob por el brazo y tiró de él hacia la entrada, que daba a un corto pasillo. Del fondo, a través de una puerta abierta, llegaban voces de charla y alguna risa, además del aroma a tabaco de pipa; de ese perfumado, que ningún obrero se podía permitir.

Bob se puso a toda prisa la única camisa blanca que tenía, una chaqueta a rayas marrón y unos pantalones grises. La conjunción de colores no resultaba demasiado equilibrada, lo sabía, pero era lo que había. Se colocó en el cuello, con un nudo precario, su única pajarita, mientras se preguntaba dónde estarían sus hijos, que habitualmente se dedicaban a corretear alrededor de él cuando llegaba a casa. No se preocupó, si Olivia no le había comentado nada quería decir que todo iba bien.

Entró en el salón, si así se podía llamar a una cocina amplia con una pequeña mesa de comedor y cuatro sillones en una esquina, dispuestos en forma de cruz. En uno de ellos estaba sentado Furlong y en otro había un hombre corpulento, con barba poblada y una calvicie incipiente. La corbata negra que llevaba se perdía en su chaleco, bajo el abrigo desabotonado. Tenía sobre las rodillas una chistera. Bob lo reconoció de inmediato: era Jason *Jay* Gould en persona. ¡En su casa!

Tragó saliva un par de veces.

—Señores, no se levanten —dijo cuando los dos caballeros hicieron ademán de ponerse en pie—. Es un honor recibirles aquí, perdón por la pobreza de esta vivienda... Solo puedo ofrecerles un güisqui casero de Kentucky, no es de marca. O cerveza Rochester, que no está fría, porque ya no nieva.

Furlong hizo un gesto de negación.

—No, Bob, no te molestes. El señor Gould ha venido, antes que nada, para expresarte sus condolencias y las de toda la compañía por la muerte de tu esposa, tan trágica y reciente.

—Gracias —respondió Bob mientras se sentaba en un sillón.

Acababa de descubrir dónde estaban sus hijos: debajo de la mesa del comedor, intimidados por el aire circunspecto de los visitantes.

Furlong vació la pipa que tenía en la mano dando unos pequeños golpes contra el suelo. Sacó del bolsillo la bolsa de tabaco, rellenó de nuevo la pipa, aplastó la picadura en el hornillo con el atacador y acercó una cerilla encendida. Tras las primeras espirales de humo retomó la palabra.

—Los cigarros dan una satisfacción instantánea, pero la pipa ofrece momentos de calma y serenidad —afirmó, jubiloso y rodeado por finas volutas azuladas—. También ayuda a reflexionar. Bob, el señor Gould tiene una deuda de agradecimiento con nuestra agencia, contigo en particular. No es cierto, ¿señor?

Gould asintió con la cabeza.

—Ha hecho un buen trabajo, ahora al menos conozco los nombres de los cabrones que conspiran contra mí aquí, en San Luis. —Hablaba con una rudeza impropia de un caballero—. Van listos si creen que han ganado y que tienen la sartén por el mango, pobres ingenuos.

—Una victoria sí que han conseguido —comentó Furlong con tono adusto—. Tal vez ha cedido usted demasiado rápido, todo el empresariado le critica por ello. Y no quiero pensar en los titulares de los periódicos de mañana.

—¡Y qué diantres podía hacer! —exclamó Gould. Golpeó con el puño el brazo del sillón y lanzó una maldición con el acento escocés de su juventud—. El mercado no tira y los bancos me escatiman los créditos. Sospechan de mi pasado y siguen creyéndose las mentiras de Lord Gordon-Gordon, el hombre que se supone que traté de secuestrar en Canadá. Toda la patronal estadounidense se tambalea y yo soy el primero que acaba en el punto de mira. Es imposible hacerles entender esto a obreros más interesados en arañar hasta el último centavo que en el bien de la compañía para la que trabajan.

Furlong, sin atenuar la severidad de su mirada, afirmó:

—Es un hecho que ha dado un pésimo ejemplo retractándose en lo referente al recorte de salarios. Sus colegas ya estaban dispuestos a seguir sus pasos.

—De boquilla. Ninguno de ellos tiene agallas para hacerlo.

—¿Y ahora qué tiene pensado hacer? Ha dado a entender que habrá revancha…

—Es sencillo. —Jay Gould se giró hacia Bob—. Chico, creo que aceptaré ese güisqui casero de Kentucky. Es lo máximo a lo que puede aspirar aquí alguien como yo, con raíces familiares en Escocia. ¿Es verdad que esos pueblerinos lo elaboran mezclando el mosto con boñigas de vaca?

—No creo, señor.

—Bueno, probémoslo. Asegúrate de que el vaso esté limpio.

Bob abrió el cristal del aparador y sacó la media botella de *bourbon* que guardaba allí. Gould, entre tanto, se inclinó hacia Furlong para seguir hablando.

—Estoy preparando la batalla final. Antes despediré, uno por uno, a los exaltados, a los descontentos, a los agitadores, a los socialistas... Furlong, la lista de San Luis me será muy valiosa, pero ahora necesito otra del Ferrocarril Wabash, que está en una situación de alto riesgo.

—La tendrá, señor Gould.

—Cuando llegue el momento esa escoria entenderá de una vez por todas una idea sencilla: que yo puedo contratar a la mitad de la clase obrera para que elimine a la otra mitad. No exagero.

—Le creo —dijo Bob.

Les ofreció los vasos, llenó otro para él y posó la botella en el centro de la pequeña mesa. Les guiñó el ojo a los niños, que seguían escondidos.

Furlong apuntó hacia él con la boquilla de la pipa y expulsó el humo de la boca en una única nubecilla azulada.

—Ya has oído lo que pide el señor Gould —le dijo—. Deberás prestar servicio en la Wabash como continuación del trabajo que comenzaste aquí. ¿Qué me dices?

Bob se apresuró a dar su consentimiento, pero no sin antes plantear una objeción de fondo.

—No tengo problema, pero no quisiera levantar sospechas. Aquí solo he trabajado como mecánico unos pocos días.

Furlong se encogió de hombros.

—Te has quedado viudo. Y un obrero va donde el patrón quiere que vaya. ¿Crees que alguien va a sospechar de ti?

—No.

—Entonces, esa observación es superflua, haz lo que se te pide. ¿Tan desconfiados son los Caballeros del Trabajo?

—Sí, lo son. Son una sociedad secreta, para bien o para mal.

Jay Gould se echó a reír.

—Mucho menos secreta de lo que ellos creen —aseguró—. Tú cumple con tu deber, muchacho, nadie te molestará. Y vete a todas las reuniones. ¿Cuándo es la próxima?

—El viernes de noche.

—Ve y después informa —le ordenó Gould, que a continuación

miró el vaso—. No está mal este güisqui de Kentucky. Si lleva mierda de vaca, no se nota en el sabor, ni en el olor tampoco. Dame otro... Te esperan el lunes próximo en la Wabash, en la estación de Sedalia. Irás en tren desde San Luis. ¿Cuándo es el funeral de tu mujer?

—Ya fue.

Gould posó el *bourbon* en el suelo, sacó de su cartera un billete de diez dólares y se lo entregó a Bob.

—Aquí tienes una ayuda para los gastos. Tendrás mucho más si te sigues comportando lealmente.

—Pero, señor...

Bob quería decir que las exequias de Elly para él no tenían un valor monetario. La frase era complicada y se trabó.

—No seas tímido, el dinero no se debe rechazar nunca —dijo el magnate, que lo había malinterpretado. Se puso en pie e indicó el vaso en el suelo—. Está bueno, pero la graduación es excesiva. Cuando llegue a casa tendré que enjuagarme la boca con coñac. Ánimo, chico.

Furlong también se levantó, con la pipa entre los dientes, y se abotonó el abrigo.

—Ve a verme el viernes por la mañana, Bob. Tengo que presentarte a una persona que te será de ayuda durante la reunión, pero sobre todo después.

—Por supuesto, señor.

Bob acompañó hasta la puerta al magnate y al detective. Después volvió a la cocina y ayudó a los niños a salir de debajo de la mesa.

—Pero ¿qué os pasa? Esos no son nuestros enemigos.

—A ella le daban miedo —respondió Charlie señalando a Thelma.

—No hay motivo. Son personas de bien, gente generosa. No sabéis cuánto nos han ayudado.

Olivia había regresado y estaba recogiendo los vasos para lavarlos.

—Buena gente —comentó la mujer—. Dos grandes señores en casa de un obrero, eso no es habitual. Bob, no he tenido tiempo de decírtelo… Hoy ha venido el doctor Goldstein, me ha hecho unas preguntas extrañas.

Bob se tensó y preguntó:

—¿Por ejemplo?

—Quería saber si le habías dado quinina a Elly a pesar de su prohibición.

—¿Y qué le has dicho?

—Que no lo sabía. Es la verdad, no lo sé.

Bob tuvo que tragar saliva. Atravesó su mente fugazmente el horrible pensamiento de que el responsable de la muerte de su mujer podía ser él, pero descartó esa idea y se indignó: Goldstein quería endosarle la culpa de su propia negligencia. La infamia de ese hombre no tenía límites. ¿Todos los judíos eran así, como aseguraban muchos, empezando por el pastor? No estaba seguro, aunque empezaba a convencerse de ello. Los socialistas lo eran, sin duda.

Dos noches después acudió a la reunión de la noble y santa orden. Lo acompañaba Sam Dreyer, el hombre que Furlong quiso que se uniera a él. Era un tipo de aspecto bruto, no muy alto, pero con unos brazos poderosos, sobre todo a la altura de los antebrazos, y unas manos grandes y callosas. Tenía la barbilla cuadrada y bigote de herradura. Una gorra azul cubría su cráneo, completamente calvo.

—De ahora en adelante será tu sombra —le había dicho Furlong—. Al menos hasta que se resuelva el problema de la indisciplina que impera en los ferrocarriles. Llévalo contigo a la reunión de esta noche.

—No le dejarán entrar —replicó Bob—. No es uno de los Caballeros del Trabajo, ¿me equivoco?

—No, no te equivocas. No debe entrar, tiene sus propias instrucciones. Te esperará fuera.

Bob se dirigió a la Asamblea 3218 algo intimidado por el energúmeno que caminaba a su lado. Aparentaba su misma edad, tenía una jeta realmente patibularia, con la piel de la cara picada por las secuelas de una viruela mal curada. Por el lado derecho de su frente descendía hasta el pómulo una cicatriz blanquecina que surcaba incluso la comisura de sus labios. Una herida típica de los boxeadores, aunque en su caso bien podría tratarse de una cuchillada.

En la calle del Mercado, antes de doblar la esquina, Bob le dijo a su acompañante:

—Tendrás que esperarme por lo menos una hora y media, tal vez dos. Te vas a morir de aburrimiento y pronto comenzará a hacer frío. ¿No prefieres irte a casa?

—No, tengo órdenes —respondió Sam.

—¿Ser mi guardaespaldas?

—No.

—¿Cuáles entonces?

—Tú mismo lo verás más tarde.

A Bob le irritó la parquedad de palabra de ese individuo.

—Notarán tu presencia. Si de verdad quieres quedarte, tendrás que mantenerte oculto.

—Lo haré —dijo Sam señalando el porche de un edificio alto envuelto en sombras, probablemente un banco o una agencia comercial—. Esperaré allí.

Bob se alegró de separarse de su acompañante. Mientras alcanzaba la puerta de la sede de la asamblea sacó del bolsillo la nota que esa misma mañana le había entregado un mensajero negro desconocido. En ella se decía: «De parte del MO. La consigna para el Velo Exterior es DYRM, para el Velo Interior es RTDT».

Bob conocía el significado de esas siglas. Al guardián exterior le dijo: «Dignidad y rectitud moral». Y al interior: «Redención total del trabajo». Lo dejaron entrar sin objeción alguna.

Hacía tiempo que Bob no acudía a una reunión. Se sorprendió al verla tan concurrida, a pesar de que habían adelantado la hora. Los asistentes eran al menos el doble que en ocasiones anteriores y no había sillas para todos. Estaban charlando intensamente entre el humo, ya asfixiante, procedente de los cigarros y de los cigarrillos. Había numerosos negros y muchos extranjeros. El ambiente parecía efervescente.

Frank O'Hagan lo vio y se abrió camino para ir hacia él. Estaba pletórico.

—¡Mira a tu alrededor! ¡La victoria sobre Gould ha multiplicado la afiliación! ¡Y al parecer está pasando también a nivel nacional! Entre los obreros las noticias corren más deprisa de lo que nos imaginamos.

—Es magnífico —mintió Bob—. Pero ¿todos estos son realmente Caballeros del Trabajo?

—La mayor parte sí. El nuevo Maestre Obrero ha decidido invitar para la ocasión a algunos socialistas. ¡A ver si se animan a salir de su mundo de sueños para unirse al movimiento concreto de la clase trabajadora!

Bob, repentinamente alarmado, se puso de puntillas para observar la sala abarrotada. Vio a Goldstein, se lo temía. Estaba conversando con el Venerable Sabio, un anciano barbudo con una nariz de tamaño desproporcionado. Intercambió con él una mirada gélida. El médico dejó al Venerable Sabio y fue hacia Bob.

—Tengo que hablar con usted después —le dijo con una mirada torva.

—Mejor a la salida.

—Sí, vale.

El Maestre Obrero Martin Irons tomó la palabra. Bastó un gesto suyo para imponer el silencio, solo incumplido por los obreros que seguían llegando y que hacían que la puerta chirriara; al entrar, intimidados por la cantidad de asistentes, se iban alineando a lo largo de la pared.

—Hermanos, la victoria lograda abre una nueva era en las relaciones entre Capital y Trabajo en Estados Unidos. Hemos doblegado al capitalista más astuto e implacable de América, un depredador con forma humana. Todos nosotros debemos estar agradecidos al hermano Buchanan por lo que ha hecho en favor de la clase trabajadora. —Hubo un aplauso, al que no se sumó Bob. Joe Buchanan elevó su bombín para corresponder a esa gratitud—. Pero sobre todo debemos honrar a quien nos ha garantizado el éxito. —Irons indicó un símbolo en el que Bob aún no había reparado: no eran cinco estrellas, sino una sola, con sus cinco puntas asomando de un círculo que contenía un pentágono y un triángulo—. Sí, lo habéis adivinado… Me refiero a la Orden de los Caballeros del Trabajo, que a partir de ahora, sin embargo, deberá seguir un camino diferente al del pasado y asumir su propia responsabilidad ante los trabajadores que ha sabido movilizar. Ya no sirven las sociedades secretas, las consignas y los rituales, os lo dice un Maestre Obrero. En Estados Unidos está naciendo un vasto movimiento obrero organizado que, al derrotar a Gould, ya ha demostrado que es posible vencer. La clave está en la unidad, sin distinción de oficio o de raza. El próximo paso…

Bob, perdido en sus propios pensamientos, dejó de escuchar. De cuando en cuando le lanzaba una mirada a Goldstein. Esperó con impaciencia el final del debate, interminable y muy acalorado. Fue de los primeros en salir, tras despedirse de Frank con un gesto. Encontró a Sam Dreyer bajo el porche, inmóvil.

—La reunión ha terminado —le comunicó—. ¿Quieres decirme de una vez qué es lo que tienes que hacer?

El bruto contestó:

—Seguir hasta su casa al Maestre Obrero y partirle el cráneo. Pero tienes que decirme quién es.

Dreyer le enseñó la empuñadura de una pequeña porra que sobresalía de su bolsillo. Era justo lo que Bob estaba esperando. Aguardó a que apareciera Goldstein entre los que estaban saliendo y le dijo al matón:

—Es ese de ahí.

—Voy a por él.

—Sí, dale fuerte, Sam.

Dreyer caminó hacia su presa y Bob se marchó en la dirección contraria.

6. Pies de barro

Robert Coates volvió a ver a Sam Dreyer al cabo de dos años y pico, en una soleada mañana. Sedalia, la pequeña localidad conocida como la Sodoma y Gomorra de Misuri por el número de burdeles que albergaba, parecía casi un poblado decoroso. Su verdadera naturaleza se revelaba de noche, nada más caer la tarde. El comercio de ganado y su condición de nudo ferroviario, gracias al Ferrocarril Wabash y a otras líneas, hacían que confluyeran en Sedalia vaqueros y peones de toda ralea. Una burguesía adinerada había surgido de la gestión de los negocios legales y de la propiedad de los lupanares, sin una distinción demasiado sutil entre ambas esferas de actividad.

Bob estaba charlando con Charles Hall, Maestre Obrero de la Asamblea de Distrito 101, en los andenes de Ferrocarriles de Texas y el Pacífico, otra ramificación del imperio sobre vías de Jay Gould. Hall, un hombre reservado y de aspecto digno, aguardaba la llegada del tren para Kansas City cuando reconoció a su compañero de hermandad e intercambiaron las señales rituales de rigor.

—Los Caballeros del Trabajo están creciendo mucho —le dijo con un inusitado fervor—. Cada mes nacen centenares de nuevas asambleas. Actualmente hay entre setecientos mil y un millón de afiliados, ni siquiera sabemos el número con exactitud, es imposible llevar la cuenta. La victoria de hace dos años nos dio una popularidad nunca antes vista. Parecería que somos una fuerza gigantesca…

—Bueno, lo somos —lo interrumpió Bob simulando satisfacción.

—... si no fuera porque tenemos pies de barro —concluyó la frase Hall—. Tú mismo viste lo que pasó en la Wabash. Se recuperaron los salarios anteriores a la huelga solo para el personal especializado, dejando al margen a los trabajadores no cualificados. Peor aún, nuestros afiliados fueron despedidos poco a poco, individualmente o en pequeños grupos. No quedó ni un solo activista. Por suerte tenemos muchos en la Texas y Pacífico, pero es cuestión de tiempo que Gould decida diezmarlos también a ellos.

—En efecto, la situación es grave —comentó Bob con aire pensativo, aunque en su interior se regocijaba.

Las listas de nombres que le había ido pasando semanalmente a Furlong, cada una acompañada por un breve informe, habían dado resultado. Todos aquellos que figuraban en ellas estaban actualmente sin trabajo. La compañía Ferrocarril Wabash había sido purgada progresivamente, para no provocar reacciones. El juego fue un éxito. Ahora la empresa tenía en su plantilla un buen número de inscritos en hermandades profesionales, pero ninguno de los Caballeros del Trabajo había sobrevivido.

Sonó un silbido lejano y se divisó un penacho de humo, al tiempo que las vías empezaron a vibrar. Hall cogió su bolsa de viaje y dijo:

—Ahí viene mi tren. ¿Estás de servicio?

Bob agarró la caja de herramientas, que había dejado a sus pies.

—Sí, tengo que revisar el sistema de frenado.

—Espero que esté en buen estado —comentó Hall, que ajustó en su cabeza el sombrero de ala ancha para protegerlo del viento provocado por la locomotora—. Debo reunirme con el Gran Maestre Powderly en Kansas City. Corremos el riesgo de que, si Gould no cambia de actitud, entre los nuestros acaben imponiéndose exaltados como Martin Irons, el presidente del comité ejecutivo de la 101. Un fanático que está presionando para que haya una nueva huelga.

—Era lo que nos faltaba —señaló Bob para complacer a su interlocutor.

—No sucederá, Powderly sabrá evitarlo, ya verás.

El convoy se detuvo ante ellos con un prolongado chirrido. Bob se despidió de Hall para subir a los vagones y dirigirse a la locomotora. Estuvo a punto de chocar con Dreyer, que descendía con una pesada maleta en la mano, y poco faltó para que arrollara a una viejecita con chal y sombrilla que estaba delante de él.

—¡Sam! —exclamó Bob—. Pero ¿qué haces aquí?

El bruto posó el equipaje y le estrechó la mano vigorosamente.

—Trabajo —se limitó a decir—. ¿Y tú?

—Yo también trabajo —contestó Bob, y sonrió—. A lo mejor estamos haciendo lo mismo.

—Yo he cambiado de jefe. Ya no estoy al servicio de Furlong, ahora trabajo para la Agencia Pinkerton. Está mejor organizada, tiene delegaciones en todos los estados. Yo en tu lugar haría lo mismo. Tienes buenas referencias, te contratarían inmediatamente. Comparado con Pinkerton, Furlong es un enano.

Bob estaba azorado.

—¿Quieres decir que Jay Gould se ha encomendado a la Pinkerton? ¿Sin comunicárselo a Furlong?

—Cuando toca jugar duro es mejor contar con un ejército que con un pelotón.

La chimenea de la locomotora soltó una bocanada de humo aceitoso y tuvieron que retroceder unos pasos. Los pasajeros que partían subieron deprisa a los vagones y los acompañantes se retiraron. Algunas señoras abrieron sus sombrillas, como si pudieran proteger con ellas de la ceniza sus vestidos cándidos, llenos de cintas y encajes.

—¡Ya lo veo, Sam! —exclamó Bob.

Dreyer levantó la maleta, de la que provenían unos sonidos metálicos.

—¿Qué fue de aquel tipo al que le partí el cráneo en San Luis? ¿Sigue vivo?

—Sí, Goldstein. Le cosieron la cabeza, únicamente perdió la memoria.

—Mejor así, porque al parecer no era el Maestre Obrero. Te equivocaste.

Bob se encogió de hombros.

—¿Qué importa? Era muy peligroso. Hiciste un trabajo fino, Sam. ¡Hasta pronto!

Bob pasó por las oficinas del señor Hoaxie al salir del trabajo. H. M. Hoaxie era el vicepresidente de la compañía Misuri y Pacífico, así como el representante de Gould en todas las líneas de la Sudeste. Llevaba gafas, era prácticamente calvo, con una nariz de patata que se dividía en dos grandes gajos. Llevaba puesto, como de costumbre, un chaleco arcoíris descolorido y tenía un delgado cigarro entre los dientes.

—¡Me alegro de volver a verte, Bob! —exclamó el dirigente mientras apartaba unos papeles de la mesa para hacer sitio—. ¿Me traes una nueva lista de agitadores? Creía que ya los habíamos eliminado a casi todos.

—No, señor. Gracias por recibirme, a pesar de lo tarde que es. Estoy aquí por otro motivo. He sabido que ha recurrido usted a los servicios de la Agencia Pinkerton.

Hoaxie se mostró ligeramente molesto.

—Es cierto. ¿Y qué? ¿Cuál es el problema?

—Tendré que informar de ello al señor Furlong. No le hará gracia.

—Me lo imagino, pero tendrá que resignarse. —Hoaxie fue hasta su sillón y se sentó—. Bob, tanto Gould como yo sentimos un gran respeto hacia Furlong. Es un magnífico detective y tiene colaboradores muy valiosos, tú eres uno de los más válidos. Pero aquí, en torno a las líneas de la Sudeste, está a punto de librarse un enfrentamiento decisivo, algo así como una guerra, para determinar si un empresario tiene o no derecho a administrar su propiedad sin alborotadores de ninguna índole, se bauticen como Caballeros del Trabajo o con algún otro apelativo fantasioso. ¿Te haces cargo?

En solo un instante el discreto contable se había transformado en un mastín. Su mirada era feroz y su boca parecía haberse estrechado.

Bob deglutió saliva antes de contestar:

—Sí, señor, pero la Agencia Furlong…

—... goza del respeto que merece —completó la frase Hoaxie. A pesar de su actitud agresiva, su tono de voz siguió siendo cordial—. Tiene al frente a un hábil investigador y cuenta con cuadros excelentes. Gracias a ti, chico, hemos depurado de arriba abajo la Wabash. Y hemos expresado nuestro agradecimiento con dinero contante y sonante. Sin embargo, si lo que necesitamos es un ejército, tenemos que recurrir forzosamente a la Pinkerton y también a la nueva agencia de ese joven llamado William J. Burns. ¿Lo entiendes?

—Sí —afirmó Bob a regañadientes.

—Tranquiliza al señor Furlong, no vamos a prescindir de sus servicios. Y quédate tranquilo tú también, bajo ningún concepto perderás la casa que te he conseguido en Sedalia... A propósito, Bob, ¿cómo están tus dos pequeños?

—Bien, señor Hoaxie —contestó Bob, algo descolocado—. Superaron el trauma de perder a su madre. Van a la escuela y sacan buenas notas, sobre todo la niña.

Hoaxie se puso en pie y recuperó la sonrisa.

—Estupendo. —Se acercó a Bob y le dio una palmadita en la espalda—. Te lo digo en confianza, chico: Furlong es una buena persona, pero si quieres hacer carrera deberías pensar en trabajar para una firma menos familiar. Pinkerton, Burns... son el futuro.

—Lo pensaré —aseguró Bob, sinceramente agradecido por el consejo. Cuando estaba a punto de cruzar el umbral vaciló ligeramente—. Señor Hoaxie...

—Dime, chico.

—Ha llegado a mis oídos que mañana habrá en Kansas City un encuentro secreto entre Jay Gould y el Gran Maestre Powderly.

Hoaxie, que definitivamente había recuperado el buen humor, soltó una carcajada.

—Es cierto. No te preocupes de eso, y no creas ni una palabra de lo que leas en los periódicos en los próximos días. Ese parlanchín de Powderly va a caer en la trampa más ingeniosa que nunca hayan puesto bajo sus pies. Si actuamos con tino, caerán también todos los Caballeros del Trabajo... Caballos y caballeros incluidos.

Esa hilaridad contagió a Bob, que salió a la calle sereno y alborozado. Estaba oscureciendo —acababa de comenzar el mes de abril—, pero el aire era templado, apenas fresco. Caminó hacia su casa, que no estaba lejos de la estación. A esa hora Sedalia ya exhibía la fauna humana que la había hecho célebre en todo Misuri: un sinfín de salones, casas de juego, burdeles… Las prostitutas, apostadas en las terrazas, se bajaban el escote y les decían a los transeúntes varones:

—Eh, guapo, ¿no te apetece subir?

—¡Ven a tomar una copa con nosotras! ¿Sabes que eres muy atractivo?

Bob estaba acostumbrado a esos piropos y les prestaba una atención mínima. Desde la muerte de Elly se había mantenido fiel a su recuerdo, aunque su determinación flaqueaba de vez en cuando. Vivía en la calle Wilkerson, al sur de la calle Principal Oeste, no lejos de la zona residencial del parque de la Libertad. La calle no era lujosa, pero sí tranquila, sin prostíbulos ni garitos. La casa de madera, de dos plantas, pertenecía a Ferrocarriles de San Luis y el Sudeste, y él pagaba un alquiler simbólico. Bajo el porche, a un lado de la entrada, había colgado la bandera estadounidense. La mayor parte de los edificios adyacentes, tan altos que parecía que estaban aplastando la cabaña en la que él vivía, exhibían también el pabellón de las barras y estrellas a la entrada. Pero su bandera era más grande, y quizás más sentida. Se propuso poner junto a ella una tricolor irlandesa tan pronto como la encontrara.

Olivia O'Hagan comenzaba a sufrir achaques propios de la edad. Tosía a menudo y respiraba dificultosamente. Ya había sido hospitalizada en dos ocasiones por neumonía. De no ser por los cuatro dólares diarios que le pagaba el señor Furlong a Bob, ya habría muerto por falta de asistencia sanitaria. Sin embargo, aunque achacosa, aún seguía en pie. Y cuidaba de los niños de manera ejemplar.

—Me ha escrito mi hijo Frank —le comentó Olivia—. Quiere hablar contigo, vendrá a verte en cuanto pueda. Creo que quiere pedirte consejo, pero no sé sobre qué. Te tiene en alta estima.

—Lo atenderé con mucho gusto —respondió Bob sin apenas interés—. ¿Sigue fabricando cigarros con toda la familia?

—No, están llevando de vuelta a las fábricas la producción. Frank ahora trabaja en el puerto fluvial. No le gusta, quiere cambiar de empleo.

—Espero poder serle de ayuda. ¿Está lista la cena?

—Ya está en la mesa.

Ese era el momento que Bob anhelaba durante todo el día. Sus hijos lo esperaban con los cubiertos en la mano, impacientes. Eran hermosos; en especial Thelma, aunque también Charlie era guapo, con ese mechón constantemente rebelde de color rubio rojizo, la misma tonalidad que la del pelo de su hermana.

Bob reguló la llama de la lámpara, se sentó y recitó una breve oración para bendecir los alimentos. Había tenido que abandonar, muy a su pesar, la Iglesia del Mesías, que no contaba con feligresía en Sedalia. Se había decantado, sin certidumbre, por la confesión congregacionalista, que se asemejaba a la anterior, aunque con preceptos más estrictos. Las oraciones, por suerte, eran prácticamente las mismas.

Mientras Olivia servía una bandeja de rodajas rojizas de asado frío, patatas y espinacas, Thelma comentó:

—El padre de Rosy O'Donnell tiene el mismo trabajo que tú, pero en su casa solo comen carne los domingos.

—¿Quién es esa Rosy? —preguntó Bob.

—Una compañera de clase. Su padre también es mecánico, pero en una fábrica de acero. Ella parece más pobre que nosotros.

Impresionaba escuchar ese comentario en boca de una cría de solo cinco años. Bob cogió el tenedor y el cuchillo y empezó a cortar su ración de asado.

—No es de extrañar, Thelma. Se gana lo mismo, pero hay gente que sabe administrar bien su dinero y gente que no. También depende del tipo de familia. ¿Rosy tiene muchos hermanos?

—Dos.

—Ya ves, son más que nosotros. Supongamos que su padre juega a las cartas o bebe. Son vicios habituales entre nueve décimas partes de los obreros, que ni siquiera saben gestionar su propia familia.

—¿Y la décima parte?

A Bob le llamó la atención, en positivo, la curiosidad de su hija. El niño, aunque no era para nada tonto, no la igualaba en su arranque intelectual, a veces excesivamente petulante. Meditó la respuesta que debía darle.

—La parte que queda es la peor, Thelma. Son los trabajadores que envidian a los ricos por el simple hecho de que son ricos. Se creen víctimas de una injusticia, no entienden que en Estados Unidos a todo el mundo se le da la oportunidad de evolucionar, de mejorar su situación. No estamos en Europa, donde ciertas fortunas provienen de la sangre y del linaje. Aquí la base de todo es trabajar duro y seguir un estilo de vida recto, sobrio y honrado.

—Tú no eres rico, papá.

—Ya, pero acabas de decir que vivimos mejor que tu amiga Rosy. Habrá un motivo —afirmó Bob, que seguidamente se dirigió a Olivia—. ¿Tenemos cerveza?

—Dos botellas de Schmulbach bastante frescas, el vendedor las guardaba en hielo.

—Tráigalas. Después de la cena, antes de acostarme, quiero relajarme un poco.

A la mañana siguiente, al llegar a la estación, Bob vio a Martin Irons en lo alto de una locomotora, agarrado a la chimenea. Tenía el pelo revuelto, su ajustada chaqueta estaba arrugada, la camisa medio desabotonada y el chaleco grasiento. Una concentración de trabajadores no cualificados invadía el andén, se los veía obnubilados ante el énfasis del tribuno. Entre ellos había numerosos afroamericanos, no se veían maquinistas ni fogoneros y los mecánicos eran escasos.

—¡Jay Gould se ha burlado de nosotros! —denunció el orador—. ¿Dónde está el aumento de sueldo que nos prometió hace dos años? ¡Solo ha sido para el personal de máquina! ¡La mayor parte de vosotros no habéis visto ni un centavo! ¿No es verdad?

—¡Es verdad! —clamaron muchos de los concentrados.

—¿Pues qué estáis esperando para actuar? Han ido eliminando a los Caballeros del Trabajo de todos los niveles, en tandas de seis o siete, con un cálculo meticuloso para manteneros tranquilos. Apuesto a que la próxima paga será inferior a la anterior. Solo cabe una respuesta. ¡Huelga, huelga general! —exclamó alzando el puño—. ¿No creéis, hermanos?

La contestación fue entusiasta.

—¡Huelga! ¡Huelga! ¡Huelga!

Un oficinista de la Unión del Oeste se abrió paso entre la multitud. Llegó hasta el orador, le entregó un despacho y le susurró algo al oído. Martin Irons se mostró tremendamente sorprendido. Leyó dos veces en silencio el telegrama que el empleado le había entregado antes de hacer un gesto espacioso con el brazo para restituir la calma. Cuando el gentío se apaciguó anunció:

—Acaba de llegar una comunicación de Terence Powderly, Gran Maestre Obrero de los Caballeros del Trabajo. Os la resumiré… Ha mantenido un encuentro personal con Jay Gould y parece ser que Gould y él han llegado a un acuerdo. Hoaxie será despedido y se permitirá a los trabajadores la máxima libertad de asociación. Una comisión de mediación decidirá sobre los litigios en curso, con el objetivo de elevar los salarios.

Explotó un «¡Hurra!» tan potente que los cristales de las oficinas tintinearon. Algunos alzaron el puño, otros improvisaron unos pasos de baile. Un par de periodistas de la prensa local se marcharon a la carrera hacia sus periódicos para redactar e imprimir la noticia.

Daba la impresión de que Irons no compartía todo aquel júbilo. Parecía cansado. Levantó un brazo y, no sin esfuerzo, consiguió que volviera la calma.

—Las últimas líneas del telegrama se refieren a mí —añadió, bajando la voz involuntariamente—. El señor Powderly juzga que mi conducta representa un extremismo fútil y contrario a los principios de la orden. Por lo tanto, me releva del cargo de Maestre Obrero de la Asamblea 101. En la práctica, me expulsa de la organización.

Se hizo el silencio, un silencio que respondía más que nada a la solidaridad humana. La idea de la mediación seducía a muchos, no a todos. Un hombre mayor, representante de la hermandad de maquinistas, reunió el valor necesario para hablar con claridad. Estaba rodeado por un numeroso grupo de compañeros, incluida una representación de los fogoneros.

—Lo sentimos mucho por ti, Martin —afirmó—. Pero debo decir que Powderly tiene razón. Estabas a punto de convocar una huelga peligrosa, con consecuencias imprevisibles. Nos ibas a exponer al riesgo de no ganar ni un centavo durante quién sabe cuántos meses.

—¡Mira quién habla! —gritó un taquillero de tez negra como el ébano—. Los maquinistas no os habéis visto perjudicados, nosotros sí: los mozos de estación, los camareros, los guardafrenos... ¡Idos al infierno y llevaos con vosotros a Powderly! ¡Viva Martin, viva la huelga!

Una gran parte de la audiencia se animó y volvió a gritar:

—¡Huelga! ¡Huelga! ¡Huelga!

El semblante demacrado de Martin Irons se llenó de alegría.

—¿De verdad, hermanos, no veis venir el engaño que hay detrás de esto? ¿No recordáis, igual que yo, los compromisos incumplidos? ¡Mientras los trenes sigan circulando Gould hará lo que le dé la real gana! ¡Bienvenida sea la mediación siempre y cuando los obreros tengan la sartén por el mango!

La respuesta colectiva fue:

—¡Huelga! ¡Huelga! ¡Huelga!

—¡Habrá huelga! —gritó Irons agitando en el aire su sombrero—. ¡En toda la Sudeste, desde Texas a Chicago!

Se multiplicaron los vítores. Bob cayó en la cuenta de que hasta ese momento se había mostrado demasiado tibio, de modo que se quitó la gorra y la agitó como si también él sufriera un arrebato de euforia.

En esa ocasión las locomotoras no silbaron, era fácil imaginar por qué: el personal de máquinas estaba aparte, en un grupo compacto, con caras largas. Bob captó incluso alguna mirada hostil hacia ellos por parte de afiliados a la hermandad de mecánicos, lo cual lo llevó a una irónica reflexión: era el colmo que sus propios compañeros de trabajo los miraran con aversión. Y eso significaba que él había hecho un buen trabajo.

Martin Irons continuó con su desenfrenada oratoria. Gritó:

—¡Powderly ha forjado una herramienta que ahora le asusta a él mismo! ¡La mayor organización jamás creada en América y una de las mayores del mundo! ¡Pensad en lo que supone tener un millón de miembros dispuestos a defender sus derechos! Los Caballeros del Trabajo son las bases, no esa cúpula aburguesada y amante del pactismo. ¿Qué acuerdo puede haber entre proletarios y capitalistas, entre explotados y explotadores? Por nuestra parte, solo puede haber una respuesta… ¡La huelga general!

La muchedumbre volvió a gritar:

—¡Huelga! ¡Huelga general!

Bob se unió al coro. Alguien lo agarró del brazo y gritó con él. Bob se sobresaltó al ver a su lado a Sam Dreyer. El bruto, que vestía el mono de mozo de estación de la Wabash, le guiñó el ojo.

—¡Huelga! ¡Huelga! —exclamó Dreyer a grito pelado.

Se volvieron a ver a mediodía, en una de las mesas de un restaurante muy modesto, casi una tienda, donde servían frituras de salchichas y de pollo y café a precios económicos, justo enfrente de la estación. La clientela, a pesar de la miseria del local, estaba formada exclusivamente por trabajadores ferroviarios de alta cualificación. Los demás no podían permitirse comer en un restaurante.

—Veo que te han contratado en la empresa —comentó Bob.

—Fue idea de la agencia —dijo Dreyer—. Pero no tengo que hacer nada, únicamente debo mantener los oídos abiertos. Y cobrando cinco dólares al día.

Bob se quedó pasmado.

—¿Cinco dólares? ¿Tanto te pagan?

—Es el sueldo normal en la Pinkerton cuando estás en una operación sobre el terreno. Ya te lo dije, Furlong es un buen hombre, pero ya pasó su momento.

—¿Te pagan solo para escuchar o también para dar palizas?

—Para lo primero con vistas a lo segundo. En pocos días podrás verlo con tus propios ojos.

Fue Dreyer el que pagó la cuenta. Aunque no tenía familia, Bob sintió envidia de él. Se propuso ir a San Luis lo antes posible para hablar con Furlong, si no le subía el sueldo ofrecería sus servicios a la competencia.

Ese día no se trabajó, ni tampoco el día siguiente. Las locomotoras permanecían inmóviles bajo un sol que las achicharraba, los pasajeros entraban en la estación inseguros y salían desolados. La paralización de las actividades se extendió a lo largo y ancho de toda la retícula tejida por Gould, y llegó a alcanzar a la Unión del Oeste y a sus telegrafistas. Fue el esbozo de un paro laboral generalizado. El ala más combativa de los Caballeros del Trabajo parecía haber tomado el control, desde Chicago hasta el Sur profundo.

Pero duró poco. Ninguna de las hermandades profesionales se sumó a la huelga y las chimeneas de las locomotoras volvieron a humear al cabo de unos días. Sus silbidos ya no anunciaban la revuelta, sino las llegadas y salidas. Empleados nunca antes vistos tomaron posiciones en los convoyes. Un comunicado de Jay Gould, publicado en todos los rotativos de los estados por los que circulaban sus trenes, aclaró el misterio. Era fácil de resumir, como hizo una agencia de noticias.

> *En respuesta a las falsas noticias difundidas por el señor Powderly, autodenominado Gran Maestre de la sociedad secreta subversiva conocida como los Caballeros del Trabajo, el señor Jason* Jay *Gould declara lo siguiente:*
>
> *No se ha llegado a ningún acuerdo vinculante entre sus sociedades y el autoproclamado Gran Maestre. Es posible constituir un comité de mediación, pero únicamente entre la propiedad y los trabajadores en activo, no con los que se niegan a trabajar. Dicho comité sería convocado por el señor H. M. Hoaxie, vicepresidente de la Misuri Pacífico. Este, que goza de la plena confianza de Jason Gould, se asegurará de que todos los agitadores sean reemplazados por operarios diligentes y disciplinados.*

La mayor parte de los trenes ya circulan con normalidad y desde hoy mismo estarán en circulación todos, para el pleno respeto de los viajeros y de sus derechos.

Bob leyó el comunicado en el *Sedalia Democrat* mientras desayunaba leche, copos de avena y galletas.

—Esa es la jugarreta que había previsto Hoaxie —comentó.

Olivia le sirvió café humeante.

—¿A qué te refieres?

Bob no le contestó. Leyó el titular del artículo que estaba debajo del anterior.

—«La Iglesia católica de Quebec excomulga a los Caballeros del Trabajo». Bien. «Pide que la excomunión sea ratificada por el Sumo Pontífice». Casi me dan ganas de hacerme papista.

Olivia se santiguó y exclamó:

—¡Era lo que nos faltaba!

—Estoy bromeando, es obvio. Pero hay que reconocer que los católicos son una fuerza real y espero que en Estados Unidos sigan el ejemplo de Quebec. —Bob dio buena cuenta del desayuno y se levantó—. Olivia, lleve usted a los niños a la escuela. Yo debo irme ya para estar en la estación antes de que abran las puertas.

—¿Por qué tanta prisa?

—Creo que va a ser una jornada decisiva.

Y en cierto modo lo fue. Al llegar a la explanada Bob vio a Martin Irons despuntando, desde lo alto de una mesa, de una masa de simpatizantes consistente pero no demasiado poblada. El agitador gesticulaba, tratando de proteger el sombrero y la bufanda de las ráfagas de viento impetuoso.

—¡Hermanos, nos jugamos el todo por el todo! —voceó—. ¡Pobres de nosotros si cedemos, porque no levantaríamos cabeza en una década! ¡Debemos seguir adelante con la huelga!

La ventolera le quitó la gorra. Mientras intentaba cogerla, las gafas se le cayeron de la nariz y se rompieron a los pies de la mesa. La concurrencia aplaudió sin mucha convicción, a juicio de Bob.

7. Epílogo rojo sangre

La cosa terminó como era de esperar. La huelga promovida por Martin Irons y por la rebelde Asamblea de Distrito 101, contra la voluntad del Gran Maestre Obrero Terence Powderly, fue una debacle. Powderly denunció la traición de Gould, pero siguió arremetiendo contra Irons por su radicalismo. Lo expulsó nuevamente, sin recordar que ya lo había hecho, pero luego revocó esa medida. La comisión de mediación que reclamaba ni siquiera llegó a formarse. Hoaxie entabló negociaciones únicamente con las hermandades profesionales, las cuales se contentaron con algunas mejoras selectivas. El paro laboral, que afectó a toda la Sudeste, no se prolongó durante mucho tiempo. Los telegrafistas se echaron atrás a las primeras de cambio. Los convoyes, a pesar de percances puntuales, reanudaron su marcha por las vías.

El día que se decidió el desenlace del conflicto (el 9 de abril de 1886), Bob Coates partió para San Luis en un tren con huelguistas a bordo, puesto en circulación excepcionalmente y conducido por dos de los pocos maquinistas y fogoneros que se habían sumado a la agitación. Los vagones iban tan cargados de insubordinados que hubiera sido muy difícil tomar nota del nombre de todos ellos. Se dirigían a la capital de Misuri para manifestarse bajo las oficinas de Gould.

Bob se sentó en el último vagón, en compañía de huelguistas negros, cosa que no le gustaba nada. Tuvo que resignarse, porque el tren estaba lleno y los afroamericanos eran mayoría. El que iba sentado frente a él estaba leyendo el periódico con una lupa; algo más bien insólito, puesto que muy pocos obreros de piel oscura sabían leer o escribir.

—Eh, escuchad esto —dijo el negro de la lupa a sus compañeros—. Hay una carta de Powderly al señor Gould. Le *ruega*, usa exactamente ese término, que inicie negociaciones con Irons y que conceda al menos un pequeño aumento salarial. Asegura que él piensa en el bien de la industria y del conjunto de los pasajeros. Está dispuesto a hacer cualquier concesión.

—¡Es un gallina! —comentó con aspereza uno de los presentes.

Bob lo conocía de vista, era un mozo de estación, casi un adolescente, al que apodaban Gordito por el tamaño de su vientre, una característica que lo exponía a todo tipo de burlas, sobre todo por parte de sus compañeros blancos. Su nombre figuraba en una de las listas que le entregó a Furlong para que se las hiciera llegar a Hoaxie.

—Sí, un cobarde nato, palabra de Dick Kennedy —afirmó el negro que sabía leer antes de soltar el periódico con una mueca de desprecio—. Si no fuera por Martin Irons, yo me cuidaría mucho de seguir a los Caballeros del Trabajo. Esos tienen en la cabeza ridículas ceremonias más que propuestas concretas. Y Powderly es un grandísimo burgués al que solo le preocupa fotografiarse con personajes ilustres.

—Son los únicos que nos defienden.

—En Sedalia sí, en otros lugares no estoy seguro.

Bob, que había tomado nota mentalmente del nombre de Dick Kennedy (su apellido, demasiado señorial para ese personaje, sin duda provenía de alguna antigua familia propietaria de esclavos), consideró conveniente sondear a los interlocutores.

—No son solo los Caballeros del Trabajo —comentó—. ¿Dónde situáis a los socialistas y a los anarquistas?

Kennedy se encogió de hombros antes de responder:

—Son un hatajo de charlatanes. No les importan tus problemas reales; prometen la revolución, pero no la hacen.

—Es cierto —manifestó Gordito—. El único socialista bueno es Martin Irons, los demás son chupatintas de periódicos y fuleros.

El tren ya estaba entrando en la estación de San Luis, que Bob conocía muy bien. Había una multitud esperándolo con estandartes de las Asambleas Ciudadanas de los Caballeros del Trabajo y algunas banderas de barras y estrellas. Se veía por doquier el símbolo del círculo con la estrella de cinco puntas y figuras geométricas concéntricas. Lo que hasta pocos años antes había sido una sociedad secreta ahora se estaba convirtiendo en un sindicato demasiado llamativo.

Martin Irons descendió de uno de los vagones delanteros y fue recibido por una ovación y por los sones de la banda de música, que interpretaba *John Brown's Body* con notas estridentes, entre el balanceo de carteles y el ondear de banderas; a un lado de la explanada las había también rojas, del Partido Socialista Laborista, y negras, de los anarquistas. No faltaban los estandartes de algunas organizaciones sindicales, aunque eran minoría. La jornada pertenecía por completo a la santa y noble orden otrora conocida como Las Cinco Estrellas.

Bob poco menos que cayó en los brazos de Frank O'Hagan en cuanto se apeó del tren. No era un encuentro muy agradable para él, pero debía sobrellevarlo, así que correspondió al abrazo de su cuñado.

—¿Cómo está mi madre? —preguntó Frank.

—Va tirando —contestó Bob—. Tiene ya sus años, pero aún se vale bien. Me fue de gran ayuda para cuidar de la pobre Elly y de mis hijos.

—¿Charlie y Thelma crecen bien?

—Yo diría que sí —respondió Bob antes de cambiar de tema—. Frankie, ibas a ir a verme a Sedalia, pero no he sabido nada de ti. ¿De qué querías hablar conmigo? ¿Hay algún problema en la familia?

—No, o tal vez sí… Mi tía Boutica se está consumiendo día a día. Sospecho que tiene cáncer.

—Lo siento. Si necesitas ayuda…

Frank le dio una palmada en un brazo.

—Gracias, no hace falta. Ahora tengo un buen puesto de trabajo como taquillero aquí, en la estación. Claro que sería mejor si la huelga acabara y Gould cediera. Powderly se ha mostrado razonable, hasta el punto de que…

No completó la frase, porque Martin Irons, al que habían aupado al techo de un vehículo, se puso a vocear, desaforado, como de costumbre, con la cara enrojecida y tratando de retener constantemente las gafas, que resbalaban por su nariz porque los cristales pesaban demasiado. Logró que dejara de tocar la banda de música, enfrascada en la interpretación de una versión aproximativa de *La Marsellesa*.

—¡Hermanos, todos sabéis por qué estamos aquí! La nuestra es una batalla por la civilización y la democracia. Lo reconoce incluso un sacerdote católico, el padre Edward McGlynn, quien acaba de enviarme un telegrama de apoyo desafiando la injusta excomunión con la que nos ataca el Vaticano. Pero he recibido también otro telegrama en el que se me notifica que está llegando a San Luis un tren cargado de esquiroles.

Se alzó un rugido iracundo entre el público. Muchos agitaron los puños, algunos blandían martillos y otras herramientas de trabajo. Los más exaltados propusieron desmontar un tramo de vías o buscar en los depósitos cartuchos de dinamita.

A Irons le costó restaurar la calma en esta ocasión.

—¡Hermanos, ahora es momento de actuar con nervios de acero! No tenemos armas ni las queremos, pero tenemos la fuerza numérica. ¡Hagamos saber a esos trabajadores descarriados que también estamos luchando por ellos! ¡El proletariado vence cuando está unido!

—¡Ahí viene el tren! —gritó alguien, a poca distancia de Bob.

En efecto, a lo lejos se veía una columna de humo negro deshilachándose en el cielo mientras comenzaban a vibrar los raíles. En ese momento se abrieron las puertas de la estación e irrumpieron cientos de milicianos que sería difícil definir como «fuerzas del orden». Entre ellos, eso sí, había policías con cascos y largas porras, pero también burgueses armados con rifles de caza, hombres de la oficina del *sheriff* revólver en mano y rufianes nada recomendables (Bob reconoció entre ellos a Dreyer) con cuchillos, cadenas y pistolas. Un funcionario de policía advirtió:

—¡Esta reunión es ilegal! ¡Disuélvanse inmediatamente! ¡No repetiré la advertencia!

Paradójicamente, la multitud de huelguistas prestó escasa atención al requerimiento, porque estaba pendiente de la llegada del convoy de esquiroles. El tren empezó a frenar, con el habitual chirrido ensordecedor. Los vagones venían repletos de anómalos pasajeros con el aspecto de destripaterrones arrancados de los campos, de desdichados, de canallas... La amalgama de agresividad y desesperación típica de los esquiroles. Muchos eran negros, otros eslavos o italianos. No se veían chinos; tras una década importando chusma con coleta, ni el más cínico de los patrones hubiera recurrido a esa escoria.

Irons trató de dirigirse a los hombres de los vagones con un discurso que se vio superado por los gritos furiosos de los huelguistas. Se escucharon solo palabras sueltas de su alocución: «Unidad de los explotados... solidaridad... uníos a nosotros... os recibiremos como...». Demasiado tarde. La multitud, apiñada en la explanada, se precipitó hacia el convoy y volaron piedras, trozos de madera, botellas vacías, paletas, herramientas... Todo lo que tenían a mano.

Los tipos más duros, armados con bates de béisbol y de críquet, fueron los primeros en bajar de los vagones. La avalancha de objetos arrojados por los manifestantes los alcanzó de lleno. Retrocedieron un poco para proteger a los que estaban descendiendo de los vagones. Algunos de los hombres con bates sufrieron heridas superficiales, uno de ellos se desvaneció.

Mientras tanto, ignorado por todos, el funcionario que estaba al mando de la policía y de sus ayudantes gritó:

—¡Alto! ¡Disuélvanse o daré la orden de abrir fuego!

¿A quién le importaba? Entre la gente de la explanada y la de los vagones ya se estaba librando un enfrentamiento directo, encarnizado, brutal, a base de puñaladas y de golpes que apuntaban al cráneo. Frank O'Hagan, a pesar de sus propósitos pacifistas, también se había enzarzado en la refriega. Bob lo siguió a distancia, su instinto natural le incitaba a unirse a las fuerzas del orden o a los esquiroles, pero no podía hacerlo. Tenía presente el consejo de Furlong sobre el hecho de que un detective debía actuar, ante todo, como un experimentado actor. Se sumó al ala más rezagada de los asaltantes y compensó su no participación en el enfrentamiento cuerpo a cuerpo gritando, como el más exaltado de los manifestantes:

—¡Muerte a los esquiroles! ¡Viva la clase obrera!

—¡Muy bien, compañero! ¡Sujétala! —le dijo un desconocido que estaba a su lado. Bob se hizo cargo de la bandera negra, mientras el que se la había entregado, un rubio con acento ruso, se lanzaba a la contienda. Se sentía incómodo con ese regalo inesperado, pese a lo cual se puso a agitar la bandera gritando:

—¡Muerte a los esquiroles! ¡Muerte a los esquiroles!

Un estrépito atronador de rifles y pistolas puso fin a la refriega. Disparaban sobre todo los burgueses de la milicia civil, algunos agentes y unos personajes que no se sabía a qué cuerpo antihuelga pertenecían. Dos manifestantes cayeron de inmediato, heridos o muertos. Bajo sus cuerpos se extendió una amplia mancha de sangre. Varios de sus compañeros trataron de socorrerlos, pero también ellos acabaron en el punto de mira y tuvieron que retroceder.

El grueso de los huelguistas se dio a la fuga sin orden ni concierto, en un intento de alcanzar la salida y buscar una vía de escape. Bob vio que un rubio canijo con frac marrón le estaba apuntando con un Colt Dragoon ya humeante. Arrojó la bandera al suelo y echó a correr con los demás, en dirección a un pasadizo que había al fondo de la estación, cerca del depósito de agua. El disparo del rubio canijo alcanzó en plena frente a un desconocido que estaba detrás de él, y Bob, a su vez, se vio alcanzado por una salpicadura de sangre y posiblemente también de materia cerebral.

Los esquiroles ya se habían apeado del tren y estaban persiguiendo a los huidos con garrotes y armas improvisadas. Hubo peleas aisladas, breves duelos, palizas… Afortunadamente, la entrada en la que había pensado Bob estaba abierta de par en par y eran muchos los que la atravesaban para alcanzar la calle principal.

Se disponía a tomar la salida cuando alguien lo agarró por el hombro. Se giró aterrorizado. Era Dreyer, alzando sobre su cabeza un bate de béisbol. El bruto lo bajó al instante y se echó a reír.

—Estaba a punto de acabar contigo. ¡Créeme, amigo, no te conviene seguir con Furlong! —le dijo antes de salir corriendo tras otro huelguista.

La situación no era mejor para los que escapaban por la calle del Mercado. *Sheriffs*, ayudantes de *sheriffs* y agentes se habían desplegado bajo la torre del reloj como si se tratara de una batida de caza. Disparaban, recargaban y volvían a disparar. Había cuatro o cinco cuerpos sobre el empedrado y quienes intentaban auxiliarlos se convertían también en objetivos. Los civiles se felicitaban mutuamente cada vez que hacían diana. Arroyos de sangre se ramificaban entre los pequeños cubos de pórfido del pavimento.

Bob corrió hacia el único refugio seguro en los alrededores: la sede de la Agencia Furlong, en la avenida Clark. Lo reconocieron y le dejaron entrar. Estaba el director y no tuvo problema para que lo llevaran ante él.

El detective lo recibió con una sonrisa benevolente y le dijo:

—Te veo fatigado, imagino por qué. Los subversivos están recibiendo lo que ellos mismos se han buscado. ¿Eso te afecta?

Bob estaba sin aliento, pero no se atrevía a sentarse sin permiso de su jefe.

—No, no me afecta en absoluto. El hecho es que yo mismo he estado a punto de perder el pellejo. Disparaban a todos, incluso a mí.

—¿Ha habido muertos?

—Calculo que ocho o nueve, y muchos heridos.

—Pensé que serían más. —Furlong, sin dejar de sonreír, comenzó a humedecer un cigarro con la lengua, más violácea que roja y cubierta por una pátina blancuzca—. Esas bajas harán reflexionar a los facinerosos. Del resto se encargarán los tribunales y los mecanismos ordinarios de la ley, prácticamente ya tenemos la sentencia en el bolsillo.

—Sí, señor. Pero…

—Habla, chico.

—Casi me matan los de mi propio bando.

Furlong estaba buscando una cerilla. La encontró en el fondo de un cajón.

—¿Y qué esperabas? Cuando nos infiltramos interpretamos un papel. Recuerda cómo jodieron a los Molly Maguires, un gran artista se hizo pasar por uno de ellos y desafió a la muerte quién sabe cuántas veces antes de conseguir que los llevaran a la horca.

—¡Era de la Pinkerton! —protestó Bob.

Ese comentario irritó a Furlong.

—¿Qué me quieres decir con eso? —Por la irritación dejó sobre el escritorio el cigarro humedecido y el fósforo—. Habla, soy todo oídos.

—Los de la Pinkerton sabían perfectamente lo que iba a suceder hoy. Tomaron posiciones y estaban en el sitio justo, en medio de la milicia y de los voluntarios de la Cámara de Comercio, listos para actuar.

—¿Y tú no?

—Yo, a fuerza de tener que camuflarme entre la chusma, era un objetivo más —se quejó Bob, que a continuación hinchó el pecho—. Señor Furlong, llevo años espiando a los Caballeros del Trabajo. Todos sus secretos han dejado de ser desconocidos para quienes se atienen a la legalidad, al orden cristiano del mundo y al respeto de la propiedad privada. Infiltrarse está bien, pero en el momento oportuno hacen falta escuadras de acción. No tiene sentido estar sometido constantemente al peligro de que te tomen por lo que en realidad no eres, estar expuesto al fuego amigo, o a un bastonazo que te parta el cráneo, por parte de los que están de tu lado en la lucha contra esa gentuza variopinta.

La respuesta de Furlong, tras encender finalmente el puro, fue tajante:

—Mi agencia proporciona investigadores que se infiltran, no brigadas que actúan a garrotazos, como hacen la Pinkerton o la Burns.

—Sabia elección… para quien nunca pisa la calle —contestó Bob—. Estar expuesto al fuego amigo no es una experiencia agradable.

Furlong arqueó una ceja.

—Se te paga, y bien, para que asumas también ese riesgo.

—Sí, pero no estaría mal tener un arma y algún compañero al lado.

—¿Debo entender que esa queja implica tu intención de presentar la dimisión? —Furlong expulsó el humo de la boca con actitud desdeñosa—. Ándate con ojo, no vaya a ser que acabes hundido de nuevo en la miseria. La única actividad que sabes ejercer es la policial, la aprendiste conmigo, así que no la desaproveches.

—¿Policial? Diría más bien que se me considera un espía ramplón, destinado a rellenar listas y a transcribir conversaciones, que puede ser sacrificado si es necesario. Por ahora no dimito, debo pensarlo. Ahora me voy a casa.

Furlong arrojó el cigarro al suelo y lo pisoteó con rabia.

—¡Largo de aquí, miserable! ¡No quiero volver a verte! ¡De mí no vas a recibir ni un solo centavo más!

—La decisión la ha tomado usted. —Bob se sorprendió de su propio coraje. El miedo que había pasado media hora antes provocó en él un efecto disruptivo.

Se fue sin despedirse. La señorita Duff, aunque no había escuchado la conversación, algo debió de intuir, porque lo miró aviesamente. Bob tampoco se despidió de ella.

En la calle del Mercado ya no quedaba nadie. Ni manifestantes, ni agentes ni paseantes. Ni tan siquiera los habituales coches de caballos. Los cadáveres ya habían sido retirados. Bob pudo ver, a distancia, los charcos de sangre coagulada repartidos por el adoquinado frente a la estación. Unos cuantos limpiadores, armados con cubos de agua y cepillos, estaban fregando la zona.

Él sabía bien a dónde debía ir. Cruzó la calle y entró en un edificio de cuatro plantas con una fachada sencilla. No había portería, tomó directamente las escaleras. En el segundo piso una discreta placa anunciaba: «William J. Burns, Agencia de Detectives». Tocó el timbre y abrió la puerta un viejecito que llevaba una especie de delantal sobre los pantalones y la camisa a cuadros.

—¿Puedo ver al señor Burns? —preguntó Bob.

—¿Tiene cita?

—No.

—No importa. Está allí, en su despacho. Seguramente le recibirá.

—Me llamo…

—Dígaselo a él. Le recibirá de todas formas.

Burns estaba detrás de una mesa. Era un hombre todavía joven, bien vestido, de aspecto agradable, ligeramente corpulento. Si no fuera por su edad, no sería fácil distinguirlo de un Thomas Furlong o de un Allan Pinkerton, porque tenía la misma apariencia de buen burgués.

Se levantó con gracia y fue a estrecharle la mano al visitante como si lo conociera de toda la vida.

—¡Bienvenido a mi cuartel general, señor Coates! ¡Hacía tiempo que le esperaba!

Bob se quedó anonadado.

—¿Me conoce?

Burns soltó una carcajada.

—En persona no, hasta ahora. Sin embargo, mis hombres de vez en cuando les echan el ojo a los que trabajan en la competencia. Se llama Robert Coates, vive en Sedalia, está viudo y tiene dos hijos: un niño y una niña. Ha sido fiel de diferentes iglesias, en la actualidad lo es de la congregacionalista. Pertenece, aparentemente, a la Asamblea de Distrito 101 de los Caballeros del Trabajo. Se presenta como mecánico, lo es de verdad, pero en realidad su labor consiste en hacerle llegar periódicamente a Gould, por medio de Furlong, listas de trabajadores que debe despedir.

Bob se quedó sin palabras. Todas esas revelaciones podían parecer triviales, pero expuestas de un tirón y en conjunto denotaban una capacidad de deducción fuera de lo común. Eso explicaba por qué Burns era un personaje que llenaba las dobles columnas de las novelas por entregas.

El ya célebre detective señaló una butaca, que no era cómoda ni elegante, y le dijo:

—Señor Coates, siéntese, por favor. Está usted empapado de sudor. ¿Tanto ha tenido que correr?

—Me he jugado el pellejo, nadie sabía que yo era uno de los antihuelga.

Echó mano al bolsillo y sacó un paquete de tabaco casi doblado a la mitad. El contenido, milagrosamente, estaba en condiciones aceptables. Burns se alarmó.

—¡Haga el favor, no está permitido fumar en mi presencia!

Bob estrujó y rompió el delgado cigarro que se había llevado a los labios. Fue un sacrificio menor, únicamente fumaba en ocasiones especiales. A falta de cenicero, guardó los restos en el bolsillo.

—Le pido disculpas. El caso es que aún estoy en tensión, no esperaba que se produjera una masacre.

—¿Masacre? No es la palabra adecuada. Clase contra clase, el que sucumbe debe esperar lo peor... —Burns hizo una pausa. Abrió la ventana para que se disipara el posible olor a tabaco y fijó la mirada en su invitado, con su barba corta apuntando hacia él—. Bob, mi agencia ofrece a los propietarios, tanto industriales como agrícolas, equipos bien preparados. Masacre, dice usted... ¿De qué estamos hablando? Por lo que sé, los muertos son nueve en total. ¿Demasiados? Cualquiera que se involucre en una guerra debe asumir que sufrirá bajas. Hay quienes pretenden subvertir el sistema estadounidense por cualquier medio, desde la huelga hasta las bombas pasando por los revólveres. Otros persiguen fines opuestos. Es inevitable que haya pérdidas sobre el terreno. ¿No cree, señor Coates? —Bob asintió con un gesto, no muy convencido. Burns se paró delante de él, a pesar de la pobreza del entorno se movía con una elegancia que parecía transmitir a todas las cosas que le rodeaban. Gesticulaba mucho y con garbo, emanaba un ligero perfume de jazmín—. Señor Coates, olvídese de la emotividad, confíe en lo que le estoy diciendo, porque es un reflejo de sus creencias más profundas. Para aplastar al monstruo socialista en América es necesario combatir. Fue lo que usted hizo con Goldstein, aquel médico que mientras predicaba a favor de la revolución socialista desatendía a sus pacientes.

El asombro de Bob se hizo abrumador. Sintió que estaba en manos de un mago.

—¿También sabe eso? —masculló.

—Sí, y se puede decir que también contaba con su visita —contestó Burns con una discreta sonrisa burlona—. Viene en busca de trabajo, y lo tendrá. Yo empleo métodos diferentes de los de Furlong. El espionaje es importante, la infiltración es fundamental, pero los días de los Molly Maguires quedaron atrás. Ahora nos las tenemos que ver con sociedades que ya han dejado de ser secretas, con masas organizadas que pueden paralizar ramos enteros de la producción, hasta el punto de poner de rodillas a toda una nación.

—Es cierto —convino Bob.

—Por supuesto que es cierto. De modo que una agencia de detectives no puede limitarse a rellenar listas, como cree el anticuado de Furlong. La agencia debe actuar como centro de reclutamiento de patriotas que se comprometan, cuando sea preciso, a luchar a cara descubierta y que sean expertos en el uso de las armas, de los explosivos, de la propaganda... Hay que instaurar la contrarrevolución permanente; con la palabra, la escritura, el rifle, el puñal y la dinamita, parafraseando a un rebelde ruso. Bob, ¿te sientes preparado para eso?

Bob se dio cuenta de que Burns había empezado a tutearlo.

—Sí —contestó con voz trémula.

—Quiero oírtelo decir. ¿Estás dispuesto a jugarte la piel para que Estados Unidos se mantenga a salvo de la subversión?

—Sí.

Esta vez su voz sonó más segura.

—¿Estás preparado para trasladarte, si es necesario, dondequiera que precisemos de tus servicios?

—Por supuesto, siempre que el sueldo me lo permita.

Burns frunció los labios.

—¿Cuánto te pagaba Furlong?

—Cuatro dólares diarios.

—Desde hoy serán cinco. Con una condición: que dejes de fumar. Ningún agente a mi servicio fuma. Están prohibidos también los bigotes, las barbas y el pelo demasiado largo. ¿Estás de acuerdo?

—Sí.

—Entonces espera, te daré un formulario de ingreso. Bienvenido a mi agencia, Bob.

Se dieron la mano.

Segunda parte

PRUEBAS DE FUEGO

8. En barco

Robert W. Coates se despidió de Charlie y Thelma a primera hora de la mañana en la estación de San Luis. Los dos críos ya estaban acostumbrados a sus ausencias y tenían edad suficiente para ir solos a la escuela. Tras la muerte de Olivia, dos años antes, la persona que cuidaba de ellos y que les daba de comer era una vecina, una señora galesa amable, simpática y que cada mes estaba más gorda. A pesar de que tenía media docena de hijos, ya creciditos, se las arreglaba para ocuparse también de esos otros, a cambio de una pequeña gratificación.

—Portaos bien, muchachos —les pidió Bob—. Obedeced a la señora Gillan, no la volváis loca, como la última vez.

—No te preocupes, papá —respondió Thelma, en nombre suyo y de su hermano. Se había vuelto realmente guapa, con su pequeña nariz respingona y su flequillo rubio rojizo cayéndole por la frente—. La señora Gillan es una exagerada.

—Id a la iglesia los domingos.

—Sí, el problema es que la señora Gillan es presbiteriana, no congregacionalista —se quejó Charlie—. Cuando rezan, muchas veces no conocemos las oraciones.

—Lo importante es que se rece y que se sirva al Señor de corazón —dijo Bob, al que le hizo gracia ese comentario. Se subió al tren, que en segunda clase tenía la mitad de las plazas libres; donde se aglomeraban los viajeros era en tercera. Colocó la maleta en el portaequipajes y bajó el cristal de la ventanilla—. Marchaos ya o llegaréis tarde a la escuela.

—Sí, papá. Vuelve pronto —dijo Charlie, que se alejó llevando de la mano a su hermana.

Bob, mientras tomaba asiento, pensó que volver a vivir en San Luis había sido una decisión sensata. En Sedalia le habría resultado más difícil encontrar una madre de familia tan afable como Mary Gillan. Además, aquella pequeña ciudad, con sus casas de juego y sus burdeles, era un entorno demasiado insano para criar a dos adolescentes. En cambio, la capital de Misuri, con el piso que había adquirido en la calle Cole gracias a la generosidad de la Agencia Burns, garantizaba una tranquilidad mucho mayor, a pesar de su proximidad a Union Station y al consiguiente tráfico propio de cualquier nudo ferroviario. Disponían de jardines con árboles, buenas escuelas, bonitos negocios y, a pocos pasos de casa, uno de los tramos más agradables del río.

Lástima que tuviera que viajar con frecuencia, debido a su trabajo. Los hijos de Bob no sabían a qué se dedicaba, pensaban que era un mecánico especializado (en cierto modo lo era realmente) cuyos servicios reclamaban aquí y allá porque era competente. Un día descubrieron el revólver, el cargador y la caja de proyectiles que escondía en la bolsa de las herramientas. Le resultó fácil explicar que, dado que lo enviaban a trabajar a lugares desconocidos, debía prever la posibilidad de que en alguna ocasión tuviera que defenderse, y evocó la fabulosa Texas, los últimos pieles rojas, los bandidos mexicanos… Thelma y Charlie no tenían aún edad suficiente para revelarles la verdad: que su padre era un combatiente por las libertades americanas contra la canallesca, mayoritariamente extranjera y judía, que ponía en tela de juicio el derecho a la propiedad privada.

El periódico que abrió mientras el tren se ponía en movimiento llevaba la fecha del día anterior, el 3 de julio de 1892. Era un rotativo de Pensilvania, el *Pittsburgh Post-Gazette*. Bob se había hecho con él porque Burns lo enviaba a la región industrial que se extendía entre Pittsburgh y Cleveland, en el estado de Ohio. Era el reino de Andrew Carnegie, el soberano del hierro y del acero, posiblemente el hombre más rico de Estados Unidos.

Un pasajero, procedente de uno de los asientos traseros del vagón, llegó hasta él e hizo que apartara la atención del periódico.

—¿Me permite que cierre su ventanilla? Usted no lo nota, pero atrás el aire nos llega con mucha fuerza.

—Hágalo, hágalo —consintió Bob—. Olvidé cerrarla.

Tras subir la ventanilla, el desconocido se sentó en uno de los asientos de enfrente, en contradicción con el supuesto propósito de su acto. Bob dedujo que quería hablar y para evitarlo levantó el periódico parapetándose tras él.

No había pasado ni medio minuto cuando el pelmazo dijo:

—Los titulares de su periódico son los de siempre. Más huelgas, esta vez en Homestead. En Estados Unidos no hay más que huelgas. —Bob no respondió. Elevó aún más su cortina de papel impreso y fingió concentración, aunque lo cierto es que no estaba leyendo nada. Solo esperaba que lo dejaran en paz—. Los subversivos no han tenido suficiente con la lección de Haymarket, siguen fomentando revueltas que acaban en nada.

Se refería a un suceso muy sonado que ocurrió en Chicago el 4 de mayo de 1886. Ese día, en la plaza Haymarket, la policía mató a varios manifestantes que reclamaban la jornada de ocho horas como tiempo máximo de trabajo. Un artefacto explosivo mató a un agente cuando la multitud ya se estaba dispersando y fueron detenidos al azar ocho anarquistas, ninguno de los cuales estaba presente en el momento de la explosión. Un juicio fraudulento condenó a la horca a cinco de ellos, uno de los cuales se quitó la vida en la cárcel. La sentencia fue ejecutada el 11 de noviembre de 1887, a pesar de las protestas masivas que se sucedieron en todo el mundo. Se trataba, claramente, de una advertencia para quienes trataran de alterar el sistema democrático estadounidense, basado en las urnas.

—Me importa un rábano —murmuró Bob, que seguía cobijado tras el periódico—. En el caso de Haymarket los jueces cumplieron con su deber. Puede usted volver a su sitio, ya no hay corriente de aire, estará divinamente.

—Estaría aún mejor en compañía de un viejo amigo.

Sorprendido, Bob bajó el diario a la altura de las rodillas. Le llevó unos segundos reconocer al hombre que tenía ante él, vestido como un próspero burgués regordete, con sombrero redondo de paja, chaqueta elegante y una cadena de plata del reloj que sobresalía de un bolsillo del chaleco.

—¡Dreyer! ¡Sam Dreyer! —exclamó—. Pero ¿qué haces en este tren? ¿Adónde vas?

El hombre de acción de los bajos fondos había adquirido un aspecto más que decoroso. Seguía teniendo la cara picada, pero sus amplias patillas ocultaban una parte de las secuelas de la viruela. Sonrió mostrando dos dientes de oro.

—Voy a Chicago, como tú —contestó Dreyer—. Y creo que haremos juntos el resto del viaje. Los dos nos dirigimos a Ashtabula, ¿no?

A Bob no le disgustaba reencontrarse con su antiguo socio al cabo de seis años, especialmente ahora que iba bien vestido y hablaba sin soltar vulgaridades o disparates. Y podría contarle mucho sobre una misión de la que él todavía sabía muy poco. Le estrechó la mano y le preguntó:

—¿Tú también te has unido a la Agencia Burns?

—No, sigo en la Pinkerton. Frick, el director de la acería de Homestead, le ha pedido a Robert Pinkerton, el hijo de Allan, que le proporcione trescientos hombres, y para llegar a esa cifra Pinkerton ha tenido que pedirle una veintena a William Burns. Son competidores, pero también amigos. Por eso tú y yo estamos juntos de nuevo.

Bob desconocía esos entresijos.

—¿Sabes qué tenemos que hacer exactamente? ¿Debemos proteger a los esquiroles?

—Creo que sobre todo nos necesitan para repartir estopa. Si no, Pinkerton no me habría escogido a mí. —Dreyer le guiñó el ojo—. Lo que está claro es que ya no tendrás que infiltrarte en los Caballeros del Trabajo. ¡Cómo les atizamos en su momento! ¡Deberíamos aparecer en los libros de historia!

Una oleada de buenos recuerdos inundó la mente de Bob. En efecto, tras los nueve muertos de San Luis en la Union Station, Powderly se había visto obligado a presentarse ante Gould, sombrero en mano, poco menos que disculpándose por haberle causado molestias. La huelga de ferroviarios terminó al instante, para júbilo de los órganos de prensa locales y nacionales. A los salarios de los trabajadores no especializados se les aplicó la bajada prevista. A los agitadores los pusieron de patitas en la calle y en la lista negra de todas las compañías ferroviarias de Estados Unidos. Martin Irons ahora se ganaba la vida como camarero, gracias a las propinas, en un antro con ínfulas de café.

A resultas de esa derrota los Caballeros del Trabajo implosionaron, a pesar de que fue revocada la excomunión vaticana. Pasaron de contar con casi un millón de miembros a unas pocas decenas de miles. Powderly, que tenía fama de benefactor, disfrutaba de la riqueza acumulada y ya no pintaba nada como político y líder de la clase obrera. El nuevo enemigo del orden que se estaba perfilando era completamente diferente.

—¿Qué sabes de la Federación Estadounidense del Trabajo? —preguntó Bob.

—Nada de nada —reconoció Sam Dreyer mientras encendía un cigarrillo. El tren iba atravesando campos ordenados y poblados de casuchas agrupadas en torno a campanarios blancos—. ¿Qué sabes tú?

—Es un sindicato bastante potente. Representa únicamente a obreros cualificados, divididos por ramos. Nació en Nueva York, entre los cigarreros. —A Bob le vinieron a la mente en ese momento los O'Hagan, que se dedicaban a manipular tabaco. Ahuyentó ese pensamiento para no incurrir en el recuerdo doloroso de la pobre Elly—. De hecho, tenían de jefe a un cigarrero, un tal Gompers. A la FET[1] pertenece la Asociación Unificada de Tra-

[1] American Federation of Labor, AFL, en inglés. Fue la central sindical mayoritaria en los Estados Unidos durante la primera mitad del siglo XX, desarrollando un sindicalismo gremialista que rechazaba la unión de los trabajadores de distinta cualificación profesional incluso dentro de un mismo sector industrial. *(Todas las notas son del traductor.)*

bajadores de la Siderurgia, la organización de los huelguistas de Homestead.

—¿Tan organizados están los obreros del metal? —preguntó Dreyer.

—Solo una minoría, por lo que dice aquí. —Bob señaló el periódico que tenía sobre las rodillas—. El sindicato es cosa suya y los demás obreros se han convencido de que deben defenderlo, porque de lo contrario todos saldrán perdiendo.

—Son una manada de estúpidos.

—Desde su punto de vista no tanto, hasta el último de los peones sabe que si hay un sindicato acabará favoreciéndole también a él.

Dreyer sonrió burlonamente.

—Se engañan a sí mismos.

Llegaron a Chicago en una mañana calurosa y luminosa. En el andén encontraron a un hombre con sombrero flexible que parecía conocer tanto a Dreyer como a Bob. Este último tenía un vago recuerdo de él, debía de haberlo conocido en el transcurso de una operación anterior. Llevaba la señal convenida: un clavel blanco en el ojal de la chaqueta.

—Seguidme. Llegáis con retraso, ya casi es mediodía —les dijo. Era muy serio y hablaba deprisa.

—Es nuestro tren el que ha llegado con retraso —replicó Bob—. Como de costumbre.

—Un poco más y nos habríamos ido sin vosotros.

Los condujo, a través de las vías, a un convoy de cuatro vagones con cristales tintados. La locomotora echaba humo y el maquinista estaba mirando a su alrededor. El jefe de estación se mostraba nervioso, con las manos a la espalda y el silbato entre los labios.

El hombre de sombrero flexible abrió la puerta de un vagón.

—Subid —les ordenó, y antes de montar también él se dirigió al jefe de estación—. Ya estamos todos, da la señal.

Dreyer y Bob se separaron tras subir al tren. El primero se puso a saludar a sus compañeros de la Pinkerton, mientras que el segundo fue en busca de la minoría de la Agencia Burns. Todos los pasajeros vestían de manera idéntica, con traje negro, corbata estrecha de cuero y bombín. Algunos de ellos eran auténticos matones. Era bien sabido que, cuando andaban escasos de efectivos, los Pinkerton hacían que pusieran en libertad a unos cuantos convictos y los reclutaban a cambio de redimirles la pena.

Bob encontró a los suyos en el vagón de cola, sentados en los bancos del fondo. Su vestimenta era más variada, aunque no difería mucho de la de los hombres de la agencia competidora. Estrechó algunas manos mientras le hacían sitio. Colocó la bolsa en el portaequipajes y se sentó al lado de un tal Jack Murphy, de la delegación de Chicago, al que había conocido durante los disturbios por la reclamación de la jornada de ocho horas. De los otros dos, que ocupaban el banco de enfrente, reconoció por su cabellera rubia al joven Fred Cahill, también de Chicago. El otro, en cambio, le era desconocido; un hombre de mediana edad, muy elegante, que estaba fumando un cigarro. Dijo que se llamaba Paddy Woolsey y que procedía de Nueva York.

—¿Sabéis cuánto es la paga? —preguntó Bob para romper el hielo.

—Lo mismo de siempre, cinco dólares diarios —respondió Murphy—. Pero en este caso el pagador es el señor Henry Clay Frick. Los *pinks* cobran lo mismo, según tengo entendido.

—No es mucho para tratarse de una misión especial.

—Ni es poco, teniendo en cuenta que Burns nos paga los gastos de viaje, comida y alojamiento. También ha hablado de una gratificación si tenemos éxito.

—Por fuerza tendremos éxito —intervino Cahill—. Muchos huelguistas no ganan ni dos dólares diarios y están más delgados que una anchoa. Algunos además están chamuscados por las salpicaduras del metal fundido. En Homestead muere de media un obrero al mes, y muchos resultan heridos. Otros enferman por el tremendo calor de las fundiciones y por el aire insalubre.

—¿Tú cómo sabes eso? —preguntó Bob.

—Estuve infiltrado en Homestead casi cuatro meses, en la fundición número seis. El señor Frick es un hombre astuto, un estratega. Mientras hacía creer que negociaba con el sindicato estaba preparando las defensas contra una posible huelga. —Cahill sonrió irónicamente—. Ahora la acería de Homestead es una fortaleza, algunos la llaman Fuerte Frick. Está rodeada por una alambrada de varios metros de altura, tiene torretas para los guardianes y una barrera de madera para que desde el exterior no se pueda ver lo que sucede dentro del complejo.

Woolsey dejó caer la ceniza del cigarro en el suelo del vagón. La estricta regla antitabaco de Burns se había relajado con el paso de los años.

—Los periódicos de Nueva York han publicado desde el pasado mes de abril diversos anuncios invitando a ir a trabajar a Homestead. Yo lo interpreté como una invitación a potenciales esquiroles —dijo el fumador.

—Así es —confirmó Cahill—. Aunque aún no se hablaba de la huelga, Frick ya estaba tomando sus medidas. De acuerdo con Carnegie, imagino.

Bob reflexionó. El ambiente resultaba propicio. Eran las horas más luminosas de la tarde, pero parecía de noche debido a los cristales oscurecidos y a las luces encendidas en el interior del convoy. Una pregunta rondaba insistentemente por su mente y acabó formulándosela a Cahill.

—Fred, ¿qué es lo que está en juego? ¿La apuesta es tan alta como para prever que haya una resistencia numantina? ¿Por qué se fortifica Frick como si temiera la invasión de los bárbaros?

Cahill dio a entender con un movimiento afirmativo de cabeza que había comprendido el significado de las preguntas.

—Hay mucho en juego, sí. Los obreros de la acería tenían un salario mínimo semanal de veinticinco dólares. Una parte variable del sueldo estaba vinculada a la cantidad de barras de metal producidas por día. Una tercera parte, que se negociaría en verano entre la empresa y la Asociación Unificada de Trabajadores de la Siderurgia, iría en función de las variaciones del precio del hierro, el acero y el plomo en el mercado mundial.

—Parece razonable —opinó Bob.

—Lo habría sido, pero la tendencia actual de la economía no permite tanta generosidad. El señor Frick, a pesar de los acuerdos alcanzados con un sindicato monopolista, ha reducido la parte correspondiente al salario base y ha adelantado al próximo invierno el ajuste de costes previsto para junio del año siguiente.

Bob se encogió de hombros antes de afirmar:

—Poca cosa.

—No creas. Supone recortes salariales de entre el veinte y el ochenta por ciento. Yo he estado sobre el terreno, el daño es considerable.

Woolsey se sacó el puro de la boca.

—No es asunto nuestro. Si la industria norteamericana quiere progresar, debe tener las manos libres. Eso traerá bienestar para todos, sin imbéciles sindicalistas. ¿Tengo razón o no?

Bob, el más convencido de todos, dio su aprobación fervientemente.

—Si estamos aquí es porque creemos que es así.

El viaje se hizo largo. Unos se dedicaron a jugar a las cartas, otros a charlar, otros a dormir. Lástima no poder ver los montes de Allegheny, que bordearon a través de Youngstown camino de Bellevue, donde los hombres, aburridos ya, descendieron por fin del tren. Era de noche y había poca iluminación, debían de ser más o menos las diez.

—Seguidme —les dijo el personaje de sombrero flexible, que condujo al grupo a lo largo del fuerte de la carretera Wayne hasta el río Ohio.

La luna iluminaba un par de barcos de vapor y el contorno oscuro de dos barcazas (que se asemejaban a gabarras de grandes dimensiones) amarradas más allá, bajo la avenida del Castor.

—¿Vamos a ir por el agua? —preguntó Bob a sus compañeros, asombrado.

Fue Cahill el que respondió:

—¿No lo sabías? Es el medio de transporte más seguro para llegar a Homestead sin que los huelguistas se den cuenta. Confiamos en cogerlos desprevenidos.

—¿Y luego qué?

—Bastará con darles un susto para hacer que huyan del poblado ellos y sus familias. Ahora mismo en Chicago están reuniendo a cientos de desempleados dispuestos a ocupar sus puestos de trabajo y sus casas.

Bob no se esperaba un plan tan drástico.

—Pero ¿eso es legal?

—¡Claro que sí! Te lo van a confirmar ahora —aseguró con una sonrisa burlona.

El hombre del sombrero flexible había subido al embarcadero. Levantó las manos para pedir silencio y cuando todos obedecieron empezó a hablar.

—Muchos de vosotros no me conocéis. Soy William McCleary, el *sheriff* de Homestead. Me han encargado que os reciba y que os acompañe cuando lleguéis a mi ciudad. —Señaló las barcazas, visibles bajo los rayos de luna—. Esas dos embarcaciones, la Iron Mountain y la Monongahela, os llevarán a vuestro destino. A bordo encontraréis comida y mantas. Encontraréis también los trescientos rifles Winchester adquiridos por el señor Robert Pinkerton, uno para cada uno de vosotros, así como otras tantas cartucheras con cincuenta cartuchos cada una. Procurad hacer un uso razonable… ¿Dónde está el capitán Heinde?

—Estoy aquí —contestó un rubio de poca estatura con fino bigote y complexión nada imponente.

Cahill le susurró a Bob:

—Es el responsable de la Pinkerton en esta operación. Es más duro de lo que parece.

—Señor Heinde —prosiguió McLeary—, confío en usted: una acción decidida, rápida, de pocas horas de duración. Mi ciudad necesita librarse de esa chusma de subversivos, siempre y cuando se haga para restablecer la calma y no para crear más desorden.

Heinde hinchó el pecho antes de contestar:

—Ya conoce mi agencia y su seriedad, *sheriff*.

—Cuento con ello. Una cosa importante… Los huelguistas han apostado vigías a lo largo del río, de modo que sus barcazas deben parecer inofensivos transportes de mercancías, sin armamento a la vista.

—Quede tranquilo.

—Bien, nos veremos en Homestead dentro de unas horas. Buen viaje.

Heinde se dirigió a continuación a sus voluntarios.

—Muchachos, ahora embarcaréis ordenadamente en los dos barcos de vapor que están atracando, el Little Bill y el Tide. Os conducirán en pequeños grupos a las barcazas. No hay prisa, no os empujéis unos a otros para subir. Cuando se llene la primera barcaza, los que falten montarán en la segunda. En veinte o treinta minutos deberíamos completar el embarque. Después zarparemos, con las gabarras remolcadas por el Little Bill.

Al cabo de veinte minutos Bob ya estaba bajo la techumbre de madera de la Iron Mountain tras hacer trasbordo desde el Tide. Le entregaron el rifle y la cartuchera, y acarició el arma (un modernísimo Winchester 1892, con una palanca de recarga parecida a un anillo muy amplio) con sentimientos enfrentados. Hasta ese momento había utilizado contra el populacho sobre todo el garrote y la porra larga, y solo en una ocasión la pistola, para disparar al aire. Ahora, en cambio, tenía en las manos un arma concebida para matar. Pensó que se avecinaba un enfrentamiento muy duro y en cierto modo lo temía, aunque al mismo tiempo se dejaba llevar por la fascinación de esa joya de la industria armamentista recién salida de fábrica. Bastaba con empuñar el rifle para sentir el deseo de usarlo.

La Iron Mountain se puso en marcha. Numerosos agentes se quitaron los sombreros y las chaquetas, y se acurrucaron bajo las mantas que tenían a su disposición para intentar dormir unas horas. Otros les hincaron el diente a las abundantes reservas de emparedados, salchichas, lonchas de pavo, pan y galletas. La embarcación había sido equipada a conciencia, había incluso un rincón de cocina para calentar las viandas. Sin embargo, el interior de la toldilla, que recibía escasa luz de tres lámparas de aceite colgadas del techo, estaba demasiado oscuro para cocinar.

Bob no tenía hambre ni sueño. Se acercó a una hendidura que había entre los tablones para tratar de divisar la ribera. Estaba todo en tinieblas, solo pudo entrever que abandonaban el río Ohio para adentrarse en el Monongahela. Hacía un poco de frío.

Dreyer fue hasta él y le dio una palmada en el hombro con su gran mano. Bob no se sobresaltó, lo había visto llegar.

—¿Tú tampoco puedes dormir? Yo estoy demasiado nervioso, no por miedo, sino por la emoción. Me pasa siempre que la cosa va de dar leña.

—A mí también —dijo Bob, que seguidamente señaló la grieta en la madera—. No se ve nada, solo alguna luz muy lejana de cuando en cuando. Creo que se trata de casas aisladas en los bosques.

—¿No has tenido la impresión de que podrían ser señales?

—No, para nada. Son sin duda viviendas, de pescadores o de granjeros. Además, no llega ningún ruido desde la orilla.

—Nosotros tampoco lo hacemos. —Dreyer guiñó el ojo marcado por la cicatriz—. Bob, seamos sinceros, tú no eres del tipo de los que usan un Winchester. ¿De verdad podrás disparar a la multitud? Apuesto a que nunca lo has hecho.

Bob se tensó ante tal comentario.

—Si es por una causa justa estoy dispuesto a cualquier cosa. Ya disparé en Chicago y estoy preparado para volver a hacerlo. Pero estamos aquí solo para asustar, no para matar, eso dijo el *sheriff*.

—Bueno, yo me tomaría con todas las reservas esa intención piadosa… El discurso de la causa justa a mí no me interesa, personalmente no me ocupo de eso, me limito a trabajar para quien me paga.

—Esa es la diferencia entre nosotros dos —replicó Bob, escandalizado, que se dejó llevar por un pronto—. Hay quienes han venido a este país con el propósito de socavar el sistema de vida norteamericano y el conjunto de valores, incluidos los religiosos, en los que se fundamenta: trabajo duro, afirmación personal… Las masas de desposeídos envidian la riqueza ajena, se creen que son miserables por casualidad o por la maldad de los que sí han sabido hacer fortuna. Y se agrupan para tratar de afirmarse con la fuerza del colectivo. Si no les paramos los pies con cualquier medio a nuestro alcance, acabarán imponiéndose, y si eso ocurre ya podemos ir despidiéndonos de América.

Dreyer bostezó.

—No pienso en ese tipo de cosas. A mí me gusta atizar, y por suerte los sabios como tú me dan la razón.

—No soy el único que lo dice. Insisten en ello las autoridades, las confesiones religiosas, los periódicos de más difusión, los intelectuales ilustres, los mejores políticos…

—Mejor aún, así golpearé con más convencimiento. —Dreyer soltó otro bostezo—. Me voy a dormir, nos vemos por la mañana.

Bob decidió quedarse un rato con el ojo pegado a la rendija, pero el sueño fue apoderándose de él. Se dirigió a su lecho, en la zona central de la barcaza: un colchón delgado y un par de mantas. Los compañeros de alrededor ya dormían, muchos de ellos estaban roncando. Se durmió en cuanto se quitó los zapatos y se acostó, acunado por el monótono balanceo de la embarcación.

Lo despertaron los gritos procedentes del exterior: maldiciones, golpes, ruidos atronadores de diversa procedencia… No sabía cuánto había dormido, aunque en todo caso no había sido mucho.

—Hemos llegado a Homestead —anunció Cahill desde el colchón de al lado mientras se calzaba apresuradamente.

9. Batalla fluvial

Los *pinks* abandonaron las camas a toda prisa y cambiaron los trajes oscuros del viaje de ida por los uniformes azules de su agencia. En cambio, Bob y los demás miembros de la Burns no mudaron su vestimenta. Se oían los chasquidos metálicos de las balas empujadas hacia el cañón por la palanca de los Winchester. Nadie hablaba, la excitación era máxima. Todos y cada uno se colocaron en bandolera la cartuchera con los proyectiles de calibre 44-40.

Desde el exterior llegaban coros de voces, mayoritariamente femeninas, pero también infantiles. Heinde se asomó a la pequeña puerta que daba a la cubierta y comentó:

—Esos malditos nos han descubierto, tenían centinelas a lo largo del río. La orilla está llena de mujeres y niños insultándonos. Nada que temer, hay un embarcadero justo debajo de la fábrica principal. Pondremos una pasarela, bajad en fila india.

—¿Podemos disparar? —preguntó uno de los Pinkerton.

—Claro que sí. Fuego a discreción mientras desembarcáis. Hemos venido a darle a esa chusma una lección inolvidable para que aprenda a obedecer.

—¿Disparamos también a las mujeres y a los niños?

—A esos sobre todo. Así los padres y maridos sabrán que no les conviene resistirse. Basta de charla, en fila hacia la pasarela. En cuanto pongáis pie en tierra corred y disparad a todo lo que se mueva.

Sin pretenderlo, Bob se vio al lado de Heinde y fue uno de los primeros en salir. Al igual que a los *pinks*, en la cubierta y en la pasarela tendida hacia el muelle le llovieron los insultos, maldiciones y gritos furibundos. La orilla estaba abarrotada de esposas e hijos de huelguistas, tan numerosos que parecía que todo Homestead había confluido en el río. Agitaban los puños y arrojaban piedras.

—¡Marchaos, rufianes!

—¡Condenados esquiroles, volved al infierno!

—¡Que Dios os maldiga, opresores!

—¡Muerte a los rompehuelgas!

Bob apenas podía captar los detalles de la escena que lo rodeaba. Debían de ser las cuatro de la madrugada, la luz aún era escasa. En lo alto se cernía un imponente puente de metal. La colina de poca altura que bajaba hacia el Monongahela estaba cubierta por los contornos negros de chimeneas altísimas, naves, fábricas y almacenes. El poblado propiamente dicho, una mísera aglomeración de casuchas todas iguales, estaba más atrás, al lado del complejo industrial.

Las piedras llovían con tanta intensidad como las injurias. Bob no llegó a saber quién fue el primero en disparar, posiblemente uno de los *pinks*. El caso es que mecánicamente él también abrió fuego sobre las mujeres, que gritaron aún más fuerte apretando a sus mocosos contra sus faldas. Retrocedieron un poco, pero no se dispersaron.

Seguidamente, partió de lo alto de la colina una descarga de fusilería. Ocultos entre pilas de barras de acero, los obreros comenzaron a acribillar la Iron Mountain y la pasarela con un sinfín de proyectiles. Los disparos eran muy imprecisos, pero densos y constantes.

—¡Alineaos! ¡Alineaos en la orilla! —gritó Heinde desde la cubierta. Era una orden imposible de cumplir, él mismo se dio cuenta al cabo de unos instantes y ordenó lo contrario—. ¡Volved a bordo! ¡Volved a bordo!

Bob obedeció con mucho gusto. Dos *pinks* ya habían sido heridos y uno de ellos había caído al agua. Lo subieron a la cubierta con mucho esfuerzo, perdía sangre por un brazo y por un costado.

Ya no disparaba ninguno de los agentes y también los huelguistas habían cesado el fuego. Los ocupantes de la segunda barcaza ni siquiera habían salido al descubierto, se habían limitado a efectuar unos cuantos disparos desde un ventanuco de la toldilla.

Se hizo el silencio. Las mujeres dejaron de gritar. Los heridos entre los atacantes resultaron ser tres; el tercero era Woolsey, al que una bala le rozó el cuero cabelludo. Arrojó el Winchester y estaba sujetándose la cabeza. Lo acostaron con los otros dos sobre los tablones de la cubierta, en la proa.

—Estos hombres necesitan atención médica —advirtió uno de los *pinks*, que aparentaba ser veterano en combates de esa índole.

—No podemos perder tiempo —dijo Heinde.

—Capitán, al menos uno de ellos corre el riesgo de no contarlo.

—Vale, está bien —murmuró Heinde, airado—. Que alguien le haga señales al Little Bill para que acoste. Llevará a los heridos a Pittsburgh o donde quiera que haya un hospital.

Bob ayudó a trasbordar a los compañeros y diez minutos después el barco de vapor se separaba de las barcazas para remontar el río. El comandante había dejado en las gabarras a un par de marineros capaces de maniobrar y de fondear las naves. Lo primero que hicieron fue retirar la pasarela, para evitar un asalto directo. Se había levantado una ligera neblina que hacía que los adversarios parecieran aún más insidiosos. En la orilla que daba a Homestead rojeaba el fuego de uno de los hornos altos, todavía en funcionamiento.

Bob volvió bajo la techumbre. La moral, como era de prever, estaba baja. Se sentó junto a Cahill, que parecía abatido.

—No te preocupes —le dijo Bob—. Había que contar con que encontraríamos cierta resistencia.

—¡Sí, pero no con semejante humillación! ¡Ni siquiera hemos logrado desembarcar! —respondió el joven—. ¡Nos ha puesto en jaque una multitud de mujeres vociferantes con su prole y cuatro pordioseros!

—Calma, queda aún mucho día. —Bob no supo decir otra cosa para consolar al colega—. Céntrate en recargar tu rifle, estoy seguro de que nos volverá a hacer falta en breve.

Para predicar con el ejemplo, se sentó en el borde de su colchón y comenzó a insertar cartuchos en la recámara bajo el cañón.

Fue Heinde el que aportó un soplo de energía. Ya había hablado con los hombres de la segunda barcaza. Entró por la puerta de la Iron Mountain y les advirtió, erguido y con los puños en las caderas:

—No quiero ver caras tristes. Nos han cogido por sorpresa, eso sí, pero solo ha sido un primer enfrentamiento. Hemos tenido tres heridos, ellos como poco dos muertos. Nos estuvieron espiando a lo largo del río, aprovechando la oscuridad y la niebla. Cuando el sol esté más alto se convertirán en un blanco fácil. No temáis, vosotros sois combatientes profesionales y ellos son solo unos miserables. Cada disparo vuestro debe…

Heinde interrumpió su soflama ante la entrada de uno de los marineros del Little Bill.

—Señor, hay un tipo larguirucho en la orilla que quiere dialogar con el jefe de la expedición.

—¿Lo veis? —Heinde les guiñó el ojo a sus hombres—. Saben lo que les espera y se disponen a negociar la rendición.

Bob se asomó por la rendija que le había permitido seguir la navegación a través del río y vio únicamente la ribera, no la cubierta de la barcaza. La luz del día ya alcanzaba para divisar una parte del escenario. En lo alto del embarcadero había un hombre alto, rubio, de mostacho caído, con los brazos cruzados. Fue el primero en hablar en cuanto vio aparecer a Heinde. A Bob le llegaron nítidamente las palabras del negociador.

—Señor, me llamo Hugh O'Donnell. Me dirijo a usted en nombre de cinco mil personas. No sé quiénes son ustedes. Nosotros solo estamos defendiendo el derecho a la vida, al trabajo y a un mínimo de dignidad. No hemos causado daños, no tenemos intenciones hostiles y no habríamos reaccionado así si ustedes no hubieran recurrido a la violencia en primer lugar. Les ruego, en nombre de Dios y de la humanidad, que se vayan. No pintan nada aquí, esto no va con ustedes. Si desembarcan nos veremos obligados a defendernos hasta las últimas consecuencias. Sería una tragedia, aún se puede evitar.

La respuesta de Heinde, que solo Bob escuchó, no fue arrogante, sino más bien imperiosa, y modulada entre el desprecio, el sarcasmo y el formalismo.

—Señor O'Donnell, somos agentes de la Pinkerton. Venimos a devolver la industria siderúrgica de Homestead a sus legítimos propietarios. Desalojen la zona, quítense de en medio, les abriremos paso. De lo contrario, nos veremos obligados a usar la fuerza, y esta vez será en serio.

Hubo un largo silencio y tras él O'Donnell contestó:

—Tomo nota de sus intenciones. Ustedes quieren pasar por encima de los cuerpos de miles de honrados obreros, pero le advierto de que les resultará menos sencillo de lo que piensan. Correrá más sangre.

—Es un riesgo calculado. La ley está de nuestra parte, la legalidad republicana es nuestro evangelio y ustedes la están violando. Les daré dos horas para que vuelvan a sus casas. —Heinde tal vez miró el reloj en ese instante, Bob no podía saberlo—. Si lo hacen seremos generosos, si no seremos despiadados. No tengo nada más que decir.

O'Donnell dio a entender con un gesto que lo había entendido y volvió sobre sus pasos con la cabeza gacha.

Bajo la techumbre muchos agentes se habían tumbado en sus colchones para echar una cabezada con la que compensar las pocas horas de sueño. Bob hizo lo mismo, completamente vestido y con el rifle junto a la almohada. Se adormeció, a pesar de que había varios *pinks* charlando en voz alta. Cahill roncaba ruidosamente.

Esa calma duró apenas una hora, luego se escuchó la voz atronadora del canijo Heinde ordenando:

—¡Todos en pie, marmotas! ¿Os creéis que estáis de vacaciones? ¡Hay trabajo que hacer!

Bob se levantó de mala gana, un poco atontado. El jefe señaló las paredes.

—En menos de una hora vence el ultimátum que les he dado a los rebeldes. Los que desembarquen necesitarán fuego de cobertura, así que agrandad las ranuras entre los tablones. Abrid huecos lo suficientemente anchos para poder apuntar al objetivo y disparar con precisión.

—No tenemos hachas —objetó un agente.

—Sí las tenéis. Están en vuestro equipo, dentro de una de las bolsas. Poneos manos a la obra.

La actividad en la barcaza se volvió frenética. Perforaron la madera en numerosos puntos y el sol entró a raudales. Eran cerca de las ocho de la mañana, la niebla se había disipado. Bob ensanchó la rendija que le había servido como punto de observación. Vio a Heinde caminando por estribor y gritando hacia la cima de la pequeña colina:

—¡El ultimátum ha expirado! ¡Exijo una respuesta! ¡Qué habéis decidido, en nombre de la ley!

—¡Aquí tienes tu respuesta, cabrón!

Partió desde lo alto una descarga de fusilería. Simultáneamente las mujeres, de nuevo apiñadas en el margen del río, prorrumpieron en contumelias y volvieron a lanzar piedras. Heinde se apresuró a buscar refugio bajo la techumbre.

—¡Fuego! ¡Fuego a discreción! —ordenó. A punto estuvo de atragantarse, el grito tensó al máximo sus cuerdas vocales.

Bob obedeció. Subió el proyectil desde la recámara al cañón del Winchester, disparó y recargó. Enseguida se dio cuenta de que los disparos eran inútiles, porque en las horas de tregua los rebeldes habían amontonado planchas de acero para formar un parapeto inexpugnable. En la práctica, el producto de su sudor como obreros se había transformado en una barricada. Se asomaban para disparar y después volvían a ocultarse tras las protecciones.

—Nunca lo conseguiremos —le comentó Bob a Cahill, que estaba disparando desde una abertura adyacente—. Nosotros somos un blanco fácil, ellos no.

—Espera, han bajado las planchas —advirtió el joven—. Están empujando algo. ¿Qué será?

Bob acercó la cara a la rendija, consciente del riesgo que corría con esa acción. Aunque había suficiente luz y la niebla había desaparecido por completo, le costaba interpretar lo que estaba sucediendo en la cima de la colina. Cuando lo dedujo se apartó rápidamente de su puesto de observación.

—¡Dios santo! —exclamó.

—¡Dime qué pasa! —lo apremió Cahill.

—¡Tienen un cañón!

Al cabo de un instante se oyó una explosión más estrepitosa que las demás. A un lado de la Iron Mountain se elevó una columna de agua coronada de espuma. Sobre la colina apareció una nube de humo blanco que se expandió. Desde la cubierta llegó la voz de Heinde, que le estaba hablando al marinero del Little Bill; seguía siendo rabiosa, pero ahora delataba una evidente angustia.

—¡Suelta amarras! ¡Zarpa, zarpa!

—La barcaza zozobrará con la otra detrás.

—¡Pues que zozobre! ¡Haz lo que te digo o te pego un tiro en la cabeza!

Los hombres que había en las ranuras volvieron a abrir fuego apuntando a la pieza de artillería, aunque para su desgracia estaba bien protegida por la barrera de metal. Además, la oscilación de las barcazas, empujadas por las corrientes hacia el centro del Monongahela, hacía difícil acertar en el blanco.

Retumbó un segundo cañonazo, que tocó a la otra embarcación, la que llevaba el nombre del río en el que navegaba. Faltó poco para que le arrancara un costado.

Bob vio que la gabarra que iba a remolque se escoraba ligeramente. Se apartó de la rendija y se secó con la manga el sudor que le goteaba por la raya del pelo, y no era debido al calor.

—Otro disparo y nos mandan a pique —murmuró—. Tienen incluso un cañón, quién lo iba a imaginar.

Cahill disparó y seguidamente lo miró con severidad.

—No nos mandarán a pique porque el Iron Mountain tiene en los costados planchas de metal y su cañón es de un calibre demasiado pequeño para penetrarlas. Pinkerton ha previsto todas las posibilidades… No estarás pensando en la rendición, ¿verdad?

—No, no. Confío en un milagro.

Sonó un silbido.

—Ahí viene tu milagro.

Bob fue a la pared de enfrente para ver qué estaba pasando. También en ella habían abierto algunas brechas, si bien el combate se libraba por estribor.

Era el Little Bill, que regresaba tras haber transportado a los heridos a un lugar seguro, posiblemente a Port Perry. Puso proa al muelle y Bob se sintió aliviado. El barco de vapor engancharía las barcazas para conducirlas a un recodo del río más protegido, pensó. Se engañó a sí mismo, porque desde lo alto de la colina llovió sobre el Little Bill tal salva de fusilería que el puente de mando fue prácticamente arrasado por una tormenta de metralla. El piróscafo se detuvo de golpe, como si el timonero hubiera muerto. No era eso, sino que el Little Bill volvía al centro del cauce para alejarse a toda máquina. Solo dejó tras de sí, en su huida nada gloriosa, la nube de humo negro que vomitaban las dos chimeneas.

Bob, desmoralizado, volvió con Cahill.

—Nos han abandonado —susurró—. Debemos seguir en este infierno.

—¿Y qué? Seguiremos. Tenemos suficiente munición para resistir hasta la noche. Tú piensa solo en disparar.

En ese momento, tras el enésimo cañonazo, un objeto penetró por una abertura y degolló limpiamente a uno de los *pinks*. Bob se estremeció al ver que el proyectil le segaba la carótida al compañero, salpicando de sangre los colchones de alrededor.

—Deben de haber agotado las balas de cañón allí arriba —musitó—. Están disparando recortes de acero, fragmentos metálicos, rollos de alambre de espino… ¡Su propósito no es hundirnos, sino evitar que abandonemos este ataúd flotante!

Esa idea debió de pasar por la mente de muchos, porque redujeron la intensidad del tiroteo. Heinde, nervioso de por sí, ahora era un perro rabioso.

—Pero ¿qué estáis haciendo? ¿Pretendéis ganar tiempo? ¡Al que se eche atrás lo mato con mis propias manos! —les advirtió desgañitándose. Su tono era colérico, pero agrietado por un toque de desesperación difícil de ocultar.

Siguieron combatiendo con poca convicción. Nadie tenía ya una noción precisa del tiempo, debía de ser mediodía cuando el cañón, que casi había demolido a la Monongahela, enmudeció.

—Me ha parecido ver que un artillero se ha alcanzado a sí mismo, diría que lo ha matado una esquirla voladora —explicó Cahill—. Están trasportando la pieza a otra posición.

—Tal vez aún haya esperanza —comentó Bob, sin creérselo demasiado.

Su optimismo fue creciendo con el paso de las horas. El cañón, tras ser conducido más abajo y asegurado con protecciones de acero, ya no tenía la eficacia de antes. La metralla de escombros apenas rozaba el casco escorado de la Monongahela y rebotaba en las planchas que protegían la Iron Mountain. La pieza de artillería acabó enmudeciendo, mientras el intercambio de balas se fue alternando con intervalos de silencio cada vez más prolongados.

—¡Allá vamos, muchachos! —anunció Heinde exultante—. ¡Esos bastardos están al límite! ¡En veinte minutos podremos desembarcar!

Fue desmentido poco después por una explosión atronadora que sacudió violentamente la barcaza y ensordeció a sus ocupantes. Bob perdió el equilibrio, se aferró al hueco desde el que disparaba y logró ver lo que sucedía, con el coste de las numerosas astillas que se clavaron en su mano. Los huelguistas bajaban corriendo por la ladera, a campo raso, con un puñado de cartuchos de dinamita que tenían la mecha encendida. Los arrojaban contra las embarcaciones y a continuación se replegaban para ponerse a salvo. Muchos barrenos acababan en el agua, otros alcanzaban el objetivo. Cada explosión se traducía en una fuerte sacudida, sin llegar a dañar la techumbre.

Heinde rodó por el suelo con el primer estallido y se levantó con esfuerzo, apoyándose en los colchones que el balanceo desmedido estaba amontonando en el fondo.

—¡No temáis, el techo está reforzado! ¡Ni siquiera la dinamita puede hundirlo! ¡Manteneos en pie y disparad a todo el que baje de la colina!

La voz del capitán era potente, pese a lo cual no resultaba difícil percibir el hilo de miedo que vibraba en ella.

No era tan sencillo obedecer la orden. Bob trató de hacerlo, pero las continuas sacudidas hacían que el agarre de sus pies fuera precario. Apuntó con el Winchester a un dinamitero que pudo ver nítidamente: un hombre mayor con un gran mostacho, vestido con camisa a cuadros, tirantes y unos pantalones azules holgados, que corría como una liebre empuñando un cartucho con la mecha encendida. El disparo le dio en una pantorrilla y dejó caer el barreno, que instantes después explotó en la orilla. El viejo trató de regresar cojeando al bastión de los huelguistas, cayó y se levantó un par de veces, y a la tercera una bala disparada por otro, mientras Bob recargaba, lo alcanzó por la espalda. Se desplomó boca abajo y varios huelguistas abandonaron rápidamente su línea defensiva para rescatar el cuerpo.

La entrada de la Iron Mountain se abrió y por ella pasaron un gran número de hombres, exhaustos. Eran los ocupantes de la Monongahela, que finalmente habían conseguido hacer el trasbordo gracias a unas cuerdas y a una escalera de mano tendidas entre las dos barcazas. El último en pasar cortó el cabo que unía la Iron Mountain con la gabarra que naufragaba.

Un agente de uniforme azul, que respiraba con dificultad, se cuadró ante Heinde haciendo el saludo militar.

—Hemos perdido nuestra embarcación, señor. Estamos todos, salvo el agente McCurry, muerto por un cañonazo.

—¿Habéis traído con vosotros las armas?

—Algunos sí, otros no. Hemos tenido que efectuar el trasbordo en una situación complicada, bajo el lanzamiento de dinamita. Varios rifles se han quedado en la Monongahela.

—Bueno, aquí aún tenemos suficientes —afirmó Heinde con una mueca de insatisfacción—. Abrid más hendiduras o utilizad las que ya hay. Los rebeldes han visto que ni siquiera con explosivos logran doblegarnos. En mi opinión, no resistirán mucho más.

—Eso espero, señor —dijo el agente, aunque con escasa convicción.

Bob y Cahill se reencontraron con Murphy, que se agachó a su lado. Otro cartucho de dinamita explotó sobre la techumbre y sacudió la barcaza. Siguieron a ello otras dos explosiones. Los huelguistas corrían tan deprisa que era imposible apuntar. Tras el lanzamiento regresaban zigzagueando a las barricadas, donde sus camaradas los recibían con gritos de júbilo.

Murphy se sentó en uno de los colchones, colocó el rifle entre las piernas y encendió un cigarrillo. Le temblaban los dedos.

—No os imagináis lo que hemos pasado a bordo de la Monongahela —les dijo a sus colegas—. Temíamos hundirnos en cualquier momento. El señor Burns es mucho más juicioso que ese fanfarrón de Robert Pinkerton, es mejor infiltrarse entre los subversivos y erosionarlos desde dentro que enfrentarse a ellos en el campo de batalla, porque nos superan en número y conocen el terreno.

Cahill hizo dos disparos seguidos. Estaba sudando, la tarde parecía diez veces más calurosa que la mañana.

—Gilipolleces, están a punto de ceder.

—Aunque así fuera, hemos tenido dos muertos y no sé cuántos heridos. Las cosas deberían haber ido de otro modo.

—Esa chusma ha tenido por lo menos ocho o diez muertos.

—El que no se consuela es porque no quiere.

Bob, que seguía la conversación con distracción mientras concentraba la mirada en la orilla, abrió los ojos como platos.

—Pero ¿qué están haciendo? ¿Qué demonios están tramando ahora? —se preguntó en voz alta.

Los demás también habían visto la escena y se escucharon gritos de terror.

—¡Están vertiendo barriles de petróleo en el agua! ¡Quieren prenderles fuego y quemarnos vivos!

Muchos se retiraron de las aberturas y soltaron sus rifles. Uno de ellos descubrió una escotilla en el techo. Trepó con la agilidad de un mono y salió al exterior, pero al cabo de un instante fue alcanzado por una andanada de proyectiles y cayó rodando por la borda. Entre tanto, la pieza de artillería reanudó el cañoneo.

Uno de los *pinks*, posiblemente perteneciente al grupo de expresidiarios, se acercó decididamente a Heinde, lo agarró por el cuello y le espetó:

—¿Qué hacemos aquí, pedazo de mierda? ¿Hacemos de héroes, de aspirantes a suicidas, para mayor gloria de Frick y tuya? ¡Rindámonos!

—¡Sí, rindámonos! —bramaron un centenar de voces.

—Tenemos órdenes —aseguró Heinde, en un último intento de resistencia.

—Pues ahora escucha la contraorden —replicó el cafre—. Pide una tregua ahora mismo o te ahogo como si fueras un gatito.

—Está bien —dijo Heinde con voz apenas audible.

10. Estado de guerra

Heinde pidió una tregua a regañadientes y dos veces, aunque las dos veces le fue negada entre gritos e insultos provenientes de la colina.

—¡No habrá paz para los mercenarios!

—¡Vais a morir todos, cabrones esquiroles!

Las más feroces eran las mujeres, que se habían concentrado al sur del muelle y mantenían una actitud impávida (Bob habría dicho «insolente»), a pesar de que muchas de ellas habían resultado heridas. Habían estado en vela toda la noche, con los niños durmiendo a su lado. Empleaban el lenguaje procaz propio de su condición de plebe.

—¿Queríais que nos muriéramos de hambre? ¡Desembarcad y os cortamos los huevos!

—¡Ánimo, hombres! ¡Lanzad otro buen cañonazo sobre ese barco de acojonados!

—¡Rubito, ¿sabes por dónde te puedes meter la tregua?!

Sus vulgaridades caían en saco roto, porque nadie de la barcaza superviviente les estaba prestando atención. En sus ocupantes prevalecía, entre muchos sentimientos tumultuosos, la cólera contra Heinde. Improvisaron una bandera blanca con un asta y una sábana, y un *pink* de tamaño descomunal la puso en manos de su capitán. Acompañó el regalo con un bofetón.

—Ahora vas a salir y les vas a dejar claro que nos rendimos. Si crees que vamos a morir por ti y por la agencia estás muy equivocado, gusano. ¡Venga, antes de que te reviente el culo a patadas!

Pálido como un cadáver, Heinde salió al descubierto con la bandera en la mano. De nuevo se escucharon gritos hostiles en la colina.

—¡No hay tregua!

—¡No pueden salir vivos de aquí!

—¡Muerte! ¡Muerte!

Hugh O'Donnell se adelantó. A su lado caminaba un personaje mayor que él, barrigudo, que vestía mucho mejor.

—Ese es William Weihe, el presidente de la Asociación Unificada de Trabajadores de la Siderurgia —informó Cahill—. Estoy por agujerearle el vientre.

—¡Quieto! —le gritó Bob, al tiempo que soltaba un manotazo sobre el cañón del Winchester de su compañero—. ¿No ves que están negociando la rendición? ¿Quieres ponernos a todos en peligro?

Tampoco debían de faltar extremistas en el otro bando, porque en ese momento varios cartuchos de dinamita atados entre sí explotaron sobre la techumbre de la embarcación, abriendo finalmente un amplio boquete. El ambiente se vio invadido por un humo denso, irrespirable. Los hombres empezaron a toser y se agolparon en la única vía de salida. Algunos parecían enajenados, gritaban como posesos, empujaban a sus colegas y los pisaban.

En el exterior, tras la explosión, Weihe se encorvó cruzando los brazos sobre su cabeza, O'Donnell gesticuló airadamente en dirección al bastión de los huelguistas y exclamó:

—¡Ya es suficiente! ¡Hemos vencido!

Estalló una auténtica ovación.

—¡Victoria! ¡Victoria!

A Heinde le costó contener a los suyos, que se empujaban para desembarcar y corría el riesgo de que lo arrollaran. A punto estuvo de caer al agua. Se volvió hacia O'Donnell y le comunicó:

—Señor, nos rendimos, sí, pero reclamamos un trato respetuoso.

El hombre clavó en él su mirada severa.

—Lo tendrán. Nosotros no somos bárbaros mercenarios como ustedes. Han matado a nueve trabajadores y han herido a un centenar, pero a pesar de eso comprobarán de qué lado está la humanidad.

La barcaza fue enganchada con unos cabos y amarrada al muelle. Se inició el desembarco, prolongado, convulso y penoso. Obreros armados con rifles se hicieron cargo de los *pinks*, desarmados y alineados en la orilla, donde formaron una larga hilera.

Cuando le tocó salir a Bob cobró conciencia por primera vez de lo numeroso que era el enemigo. Estaban sobre el puente, bajo sus arcos, detrás de los depósitos de agua, en la otra parte del río, incluso en lanchas. Millares de obreros armados y sus mujeres, madres y hermanas empuñando piedras y palos, unidas para defender su poblado. Frente a tamaño despliegue, daba la impresión de que los trescientos detectives eran un rebaño asustado.

Bob se estremeció cuando vio bajar a la carrera hacia las barcazas a varias decenas de individuos. Se tranquilizó al descubrir que eran periodistas llegados de Pittsburgh, Chicago y Boston. Querían ver a toda costa el interior de la Iron Mountain para informar a sus lectores, se tapaban la nariz con los dedos previendo la pestilencia.

Uno de los reporteros retrocedió nada más entrar en la embarcación y exclamó:

—¡Eh, hay un cadáver ahí dentro! ¡Se habrá asfixiado por el humo!

Dos de sus colegas salieron con un cuerpo en sus brazos. A Bob no le costó reconocerlo; era Cahill, inmóvil, con los ojos abiertos y una expresión atormentada en su rostro, rígido y muy pálido. A pesar de que no apreciaba a ese joven sintió algo de lástima. Seguramente se había quedado atrás, cuando empezó el éxodo de sus compañeros, para efectuar unos últimos disparos con el rifle. No tuvo en cuenta el humo hasta que le taponó las vías respiratorias, y entonces ya era demasiado tarde para escapar de la trampa.

La emoción de Bob fue muy breve, tenía otras cosas de las que preocuparse. Los prisioneros echaron a andar en fila por la calle Pemicky, la arteria que conducía desde el puente al corazón del poblado bordeando las fábricas con sus altas chimeneas apagadas.

Marchaban entre un enjambre de obreros cada vez más nutrido y con actitud grave hacia ellos, preñada de hostilidad. Todo fue bien hasta que una mujer joven, pero con rasgos de vieja consumida, gritó:

—¡Carroña, me lo habéis matado! ¡Solo tenía quince años!

Se separó de la multitud asiendo un garrote con el que atizó en el cráneo al primer *pink* con el que se encontró, que empezó a sangrar. Aquello fue como una señal y las dos líneas de trabajadores que flanqueaban el paso de los cautivos la emprendieron a palos con ellos, apuntando a la cabeza y golpeando con fuerza.

—¡Asesinos!

—¡Vendidos!

—¿Cuánto os han pagado por matarnos, miserables?

O'Donnell, respaldado por otro sindicalista apellidado Crawford, trató de impedir la escabechina. No lo logró hasta que un grupo de obreros bajó desde los depósitos y formó un cordón irregular para proteger a la columna. Antes de que eso sucediera Bob recibió un par de golpes, uno le provocó una herida sangrante en la frente y el otro le causó un intenso dolor en la espalda.

Una vieja negra le sacudió en la nariz con la fotografía amarillenta de un hombre veinteañero, negro también él, vestido con uniforme azul.

Combatió por vosotros, en el ejército de la Unión, cuando tenía toda la vida por delante. Y me lo habéis matado, tú y tus compinches. ¿Por qué?

Un obrero fornido agarró a la vieja por la cintura y la alejó diciendo:

—Déjalo, abuela. Este no tiene nada que ver.

—¡Sí tiene que ver! —protestó ella—. ¡Explícame por qué mi Bill les fue útil como soldado y ya no les servía como obrero que reclamaba el pan! ¿El primero que llega tiene derecho a matármelo?

—No ha sido este tipo. El culpable será castigado.

—No es verdad, tú lo sabes mejor que yo.

Bob, azorado, retomó la marcha como un autómata. La sangre se deslizaba por su frente y se detenía en las cejas, salvo las gotas que alcanzaban los ojos. Apenas podía ver a través de aquella cortina roja y cojeaba sobre el adoquinado. Los gritos parecían venir de lejos, distinguió únicamente un clamor colectivo de júbilo y se dio la vuelta: la muchedumbre había prendido fuego a la Iron Mountain y a los restos de la Monongahela.

Fueron llevados a una vieja pista de patinaje, sin hielo y abandonada desde hacía años, donde los recluyeron. Verse a salvo de la turba enfurecida fue un gran alivio. Muchos estaban heridos e improvisaron vendajes como pudieron. Algunos, entre ellos Bob, se acurrucaron tapándose con su ropa y lograron dormir unas horas. A la mañana siguiente fueron acompañados por ayudantes del *sheriff* McCleary hasta un tren especial fletado para ellos. El convoy partió en dirección a Pittsburgh y al hospital de West Penn.

Los heridos más graves eran los que habían sido alcanzados por la dinamita y otros con contusiones o fracturas por todo el cuerpo. Un *pink* de Nueva York, un tal George Wright, estaba agonizando. Paddy Woolsey, sentado frente a Bob, se sujetaba la cabeza, vendada, y de vez en cuando dejaba escapar un ligero gemido.

—Quince dólares, quince dólares —murmuraba—. Yo no volvería a pasar por algo así ni por quince mil pavos.

Con semejante interlocutor poco se podía conversar. Por otro lado, nadie en el vagón tenía ganas de charla. Bob se dedicó a mirar el monótono paisaje que discurría al otro lado de la ventanilla hasta que le entró el sueño. Se durmió y ya no despertó hasta que llegaron a Chicago.

En la estación se separó de sus compañeros sin despedirse de nadie y se abrió paso entre los camilleros que acudían en tropel. Fue a las taquillas y tuvo suerte, en diez minutos iba a salir un tren para San Luis. Compró un billete de primera clase y montó en un vagón que estaba prácticamente vacío.

Un mozo negro le preguntó:

—¿No lleva equipaje, señor?

—No, no sé dónde ha ido a parar.

—¿Necesita alguna cosa, señor?

—Sí. —Bob metió la mano en un bolsillo y sacó un billete—. Consígueme cigarrillos y cerillas, chico. Date prisa.

«¡Al diablo Burns y su prohibición de fumar!», pensó Bob.

—Enseguida, señor —respondió el «chico», que en realidad era un hombre de pelo gris con los hombros encorvados y un temblor constante en la mano izquierda. Se dirigió raudo y veloz al rincón de la estación que albergaba el restaurante y las tiendas.

Poco después Bob, que desde la admonición de Burns fumaba aún menos que antes, estaba casi echado sobre su asiento forrado de terciopelo aspirando humo con la soltura de un consumado fumador. Necesitaba calma, mucha calma. Soñaba con el momento de volver a ver su casa y a sus hijos, lejos de los disparos y las explosiones. Sin embargo, antes de entregarse al disfrute del dulce hogar debería informar al señor Burns, de modo que empezó a pensar en lo que iba a contarle.

Descendió en San Luis muy descansado y no se esperaba lo que sucedió a continuación. Nada más poner un pie en el andén vio que iba a su encuentro un indigente decrépito de pelo muy largo y blanco, apuntando hacia él con su frágil dedo índice.

—¿No me reconoces, soplón? —preguntó el viejo con un marcado acento ruso—. Te desenmascaré en un bar, hace muchos años. ¿A cuántos otros trabajadores has matado o has hecho que encarcelaran desde entonces?

El mendigo, que apestaba como una letrina rebosante de alcohol, apenas se sostenía sobre las piernas. Bob, impactado, lo observó con atención y le pareció reconocer en él a un borracho que lo había abordado en tiempos de los Caballeros del Trabajo. No pudo evitar sentir un estremecimiento. Aquel desecho humano seguía vivo y se acordaba de él.

—¡Chivato! ¡Chivato! ¡Chivato! —gritó el ruso—. ¡Lo primero que habría que hacer para redimir a los pobres es cargarse a los buitres como tú, asesinos profesionales!

Varios viajeros comenzaron a formar un círculo en torno a ellos. Llamar la atención era lo último que deseaba Bob. Cuando el ruso maldiciente se echó sobre él contuvo la respiración para que no le llegara el tufo a ajo y a *bourbon* casero. Lo derribó de un codazo, el pordiosero rodó por el suelo y poco faltó para que cayera a las vías. Algunos de los espectadores aplaudieron.

Bob, que había recuperado la calma perdida el día anterior, no quería que la perturbara un viejo chiflado. Salió de la estación y atravesó la avenida en dirección al edificio de cuatro plantas en el que estaba la Agencia de Detectives J. Burns, que ya ocupaba todo el inmueble. Tenía una puerta giratoria de cristal y un vestíbulo con dos secretarias y una telefonista. Un guardia de seguridad uniformado vigilaba las escaleras.

Las secretarias reconocieron a Bob. Una de ellas le sonrió y le preguntó:

—¿Desea ver al jefe, señor Coates?

—Sí, si está en su despacho.

—Está, y creo que le recibirá —dijo antes de girarse hacia la telefonista—. Informa de que se encuentra aquí Robert Coates y quiere una reunión.

La llamada telefónica culminó con un gesto de complicidad por parte del guardia de seguridad. Bob comenzó a subir las escaleras. El rellano de cada planta estaba decorado con exuberantes helechos y con un estucado digno de una villa renacentista. Era un edificio de viviendas populares reformado que ahora hacía ostentación de un lujo chabacano. La fortuna de la Burns estaba creciendo, de eso no había duda.

El cuarto piso era el único modesto, en cierta medida. A Bob lo recibió sin formalidades una secretaria joven y guapa que indicó una puerta.

—Entre, el señor Burns le está esperando.

El famoso detective olía a jazmín, como la primera vez que se habían visto. Conservaba su habitual aspecto distinguido y juvenil. El mobiliario había mejorado en calidad, pero sin alcanzar la elegancia: una mesa de madera maciza, unas pocas butacas tapizadas en cuero, una pequeña cantidad de archivadores y, en las paredes, la bandera de Estados Unidos y numerosas fotografías de hombres armados con rifles. La ventana había sido ensanchada y ahora las vistas abarcaban el edificio de la estación y todo el laberinto de vías, además de ofrecer una amplia panorámica de la ciudad, con los edificios cada vez más altos que señalizaban el centro.

Bob esperaba recibir una reprimenda y estaba listo para dar la réplica. Temió que el minucioso examen que Burns estaba haciendo de su semblante fuera el preámbulo de la bronca. Sin embargo, el detective comentó:

—Tú, al menos, no has salido malparado. Perder a dos agentes ya es bastante grave, pero tener a otros veintiocho heridos es incluso peor. —Su tono de voz era liviano, por no decir jocoso. Estrechó la mano de su empleado y la agitó enérgicamente—. ¡Muy bien, Coates! ¡Has tenido un comportamiento honroso! Acabo de recibir un telegrama del señor Carnegie en el que muestra sus respetos por las víctimas y nos elogia por nuestra entrega y valor. Diré en caja que, aparte de lo que te corresponde, te abonen veinticinco dólares de gratificación.

Bob estaba atónito. Se preguntó a qué venía esa exagerada cordialidad por parte de su jefe. ¿Lo hacía para anticiparse a una posible protesta por la misión suicida a la que los había enviado? Otra hipótesis más plausible se abrió camino en su mente: Burns estaba tranquilo e incluso alegre porque el peso de la responsabilidad de haber hecho el ridículo recaía por completo en Pinkerton, mientras que su agencia únicamente había intentado prestar auxilio en una expedición desesperada y pagando por ello un elevado precio, dado que había sufrido la mayor parte de las bajas.

Bob supo que era el momento de decir algo.

—Señor Burns, créame, aquello fue un infierno… Pero todos nosotros, incluyendo a los compañeros que murieron, cumplimos con nuestro deber.

—Lo sé perfectamente. Fuisteis, simple y llanamente, héroes. No cabe otra expresión.

—Si es preciso volver allí…

Burns lo interrumpió con una carcajada.

—¡Qué va! Serán otros los que se encarguen de someter a esos canallas. Tal vez no me creas, pero hemos vencido. Lee los periódicos de mañana y de los días siguientes… Primero intervenimos nosotros, después la prensa, luego los políticos y los tribunales, y finalmente intervendrá el ejército. Todos juntos formamos la fuerza que rige este país. ¿Lo sabías?

—No.

—Eso es porque tienes una idea imprecisa de lo que significa la democracia, que básicamente es una cadena de intereses mutuos. Ahora vuelve a casa y disfruta de tu familia. Descansa y cuídate. Cuando llegue el momento te convocaré de nuevo para las trincheras.

Bob hinchó el pecho involuntariamente y poco le faltó para hacer el saludo militar cuando dijo:

—Siempre listo, señor.

—Lo sé. Prepárate para acudir en el futuro a otros frentes, incluso en localidades lejanas, donde el modo de vida norteamericano se vea amenazado. En todas partes hacen falta patriotas convencidos.

—Lo haré, señor. Siempre a sus órdenes, señor.

Burns, sin previo aviso, cogió a Bob por los omoplatos y lo apretó contra su pecho. Fue un contacto breve, pero lleno de energía.

—Vete a casa a reponerte, amigo mío —le dijo el detective mientras regresaba a su escritorio—. Todo combatiente por la justicia necesita hacer una pausa entre batalla y batalla. Pasa por caja, en la planta baja, para recoger tu salario y tu gratificación.

Tras cobrar sus honorarios Bob se olvidó de todo: del enfrentamiento en Homestead, de los dos compañeros muertos, de unas instalaciones industriales envueltas en una neblina fluvial y sacudidas violentamente por las explosiones… Se subió, aún desconcertado, en un tranvía tirado por caballos y vio que había sitio al fondo. Las palabras de Burns habían borrado en él la sensación de derrota. Se dejó llevar a casa entre un sinfín de sacudidas.

¡Qué gusto volver a la calle Cole y a casa! Lo recibió en la entrada la señora Gillan, tan amable como siempre.

—¡Bienvenido, señor Coates! Los chiquillos todavía no han vuelto de la escuela, pero es cuestión de minutos —afirmó la mujer, que reparó en el esparadrapo que llevaba en una ceja—. ¡Está usted herido!

—No es nada, ya he recibido atención médica. Lo que tengo, más que nada, es hambre.

—¿Le apetece pollo frío? Si no, puedo calentarle algo.

Bob sonrió.

—No, gracias, me vale el pollo. Y un poco de pan, si hay.

—Claro que hay. ¿Y de beber?

—Estaría bien una cerveza.

—Se la traigo ahora mismo, bien fresca.

Sentado a la mesa de la cocina, Bob saboreó plenamente el placer de encontrarse de nuevo en el hogar. Su ausencia había sido corta, pero a él se le había antojado muy larga. Ya no debía temer cañonazos, disparos o dinamita. La cabeza le seguía doliendo un poco, pero se sentía en el paraíso.

Metió la mano en la cartera y sacó de ella cinco dólares para entregárselos a la señora Gillan. Ella de entrada le dijo que era demasiado, pero acabó aceptándolo.

Al cabo de unos minutos llegaron Charlie y Thelma. Ya tenían doce y diez años, respectivamente, y verlos era una alegría. Corrieron sonrientes a abrazar a su padre.

—¡Papá, papá! ¿Qué te hiciste en el ojo?

—Nada grave. ¿Cómo están mis granujillas? —comentó Bob, que correspondió al abrazo antes de asumir un tono de voz fingidamente arisco—. Apuesto a que habéis tenido un montón de malas notas en la escuela.

—No es verdad —replicó Charlie—. La escuela es muy aburrida, pero a mí no me va mal.

—A mí me gusta ir a la escuela —afirmó Thelma.

Charlie hizo un gesto de desacuerdo.

—Las clases de las niñas son más interesantes que las de los niños. Vosotras coséis, bordáis, no tenéis que aprender de memoria nada.

—¡No es cierto! —gritó su hermana, enojada.

—Sí que lo es. Solo os enseñan los rezos.

—¡Qué estás diciendo!

Bob, aunque le estaba divirtiendo la discusión, pensó que había llegado el momento de intervenir y recurrió a un tema sobre el que sabía que sus hijos estarían de acuerdo.

—¡Silencio! Este pollo está riquísimo, ¿quién quiere un poco?

Los niños no se hicieron de rogar. Mientras mordisqueaba un ala, Thelma comentó:

—Rosy hoy estaba muy triste, tiene miedo de que su padre vaya a la cárcel. Es raro, no lo ve casi nunca.

—¿Quién es esa Rosy?

—¡Ya te hablé de ella! Es mi mejor amiga, Rosy O'Donnell. Su padre se pasa meses y meses fuera de casa, trabaja en una fábrica de acero que está más al norte.

Bob se alteró al escuchar el apellido.

—Dime, ¿el padre de esa Rosy no se llamará Hugh?

—No sé —respondió Thelma encogiéndose de hombros—. Ella dice que defiende a los pobres que trabajan con él. Por eso está convencida de que lo van a detener.

—¿Por casualidad reside en Homestead?

—No me lo ha dicho. —Thelma dejó caer sobre el plato el ala de pollo, mordisqueada por la parte tierna—. No tengo hambre, nos dieron de merendar pan, mermelada y mantequilla en la escuela. Voy fuera a jugar.

La niña se cruzó al salir con una mujer joven que entraba y que la saludó con una caricia en el pelo. Bob se quedó gratamente sorprendido al verla. Hacía tiempo que no se relacionaba con sus dos hermanas, menores que él y ambas casadas, más allá del envío de felicitaciones navideñas. La entrada de Mary Ann, acompañada por la señora Gillan, provocó en él sorpresa y emoción. Hizo ademán de levantarse, pero no fue necesario porque la hermana corrió hacia él para darle un abrazo y estamparle dos besos en las mejillas.

—Siento presentarme aquí sin avisar. Ni yo misma sabía que iba a venir… Trabajo en Chicago, en la redacción del *Herald*, y he venido a San Luis como enviada especial de mi periódico. Tenía algo de tiempo libre y me he acercado a verte.

Mary Ann era la única de las dos hermanas de Bob que había podido estudiar, gracias a que se había casado, muy joven, con un hombre de buena posición y veinte años mayor que ella. Virginia, la menor, no había tenido tanta suerte; ella también se había desposado, pero con un hombre nada recomendable, y vivía en algún lugar de Illinois. Bob no tenía noticias de Virginia desde hacía mucho, solo sabía que tenía tres hijos y que trabajaba en el ferrocarril, como él mismo en el pasado. De taquillera o de telegrafista, suponía, porque las compañías ferroviarias solo empleaban a las mujeres para esas labores o como limpiadoras (estas últimas eran generalmente obesas y afroamericanas).

—Me alegra mucho que hayas venido —dijo Bob, que finalmente se puso en pie—. A veces me reprocho que os tengo olvidadas a ti y a Virginia, dejo que pasen los años sin dar señales de vida.

—¿Olvidadas? ¿Bromeas, Robert? Me fue bien gracias, entre otras cosas, a los dólares que me mandabas regularmente. Jeremy, mi marido, me apoyó, pero tu ayuda fue importante para conseguir un trabajo que me gusta.

Bob se separó de su hermana para contemplarla. Se había convertido en una mujer muy hermosa, segura de sí misma, inconformista, con labia… Iba vestida completamente de rosa, exceptuando el diminuto sombrerito de copa con velo, del que salían mechones salvajes e indómitos de pelo leonado. Su nariz quizás era demasiado pronunciada y su tez tiraba a un tono púrpura, pero se trataba de defectos menores en un físico cercano a la perfección estética.

—¿Quién es ese muchachito guapo? —preguntó Mary Ann.

—Es Charles, mi primogénito. Y al entrar posiblemente te habrás cruzado con mi hija Thelma, que tiene un año menos. Charlie, saluda a la tía Mary Ann.

—¡Hola, tía!

El crío, sin saber qué hacer, acercó hacia él los platos de los demás, que apenas habían tocado, y se puso a engullir la comida. Le satisfizo que la conversación entre hermanos lo dejara a él al margen.

—Si te han enviado a San Luis será por lo de Homestead, ¿no? Allí están los brazos, pero el corazón late aquí.

—No, late en Washington. Los politicastros están inquietos, un nivel tan elevado de subversión les resulta intolerable. Antes alborotaban los judíos de Nueva York, los jornaleros latinos del Sur y los mineros de Colorado, y ahora están esos que la emprenden a cañonazos. Se ha alcanzado un nivel de alerta. Son cosas que tú desconoces... Deberías leer mi periódico, sobre todo las últimas noticias.

—¿Cuáles son?

—En Homestead han declarado el estado de guerra. Se dirige hacia allí el ejército, que acampará alrededor de la ciudad. Los de Homestead están jodidos. Hay una ordenanza que impone el regreso al trabajo, quienes se resistan serán procesados.

Bob percibió en la voz de su hermana una nota de ambigüedad y quiso salir de dudas.

—No me queda claro si apruebas o no lo que está pasando.

Mary Ann esbozó un gesto de indiferencia.

—Está claro que esa chusma tiene razón, pero me abstendré de escribirlo. Se dice que en Homestead están en guerra. Cuando un conflicto se agudiza tienes que elegir bando, yo elijo el de la estabilidad y el instinto de conservación. ¿Me equivoco?

—Creo que no. —Bob le ofreció a su hermana un muslo de pollo—. Siéntate y pruébalo, está guisado con almendras. No parece pollo, sabe más bien a pavo.

Mary Ann, cautivada por el aroma de la carne, se sentó al lado de Charlie, le acarició el pelo y le pidió a Bob:

—Llama a la niña, Thelma. Quiero volver a verla.

—Ahora voy —contestó Bob, alimentando mentalmente el espejismo de que desde ese momento y para siempre iban a ser una familia unida.

11. Nuevos conflictos

La huelga de Homestead concluyó como era de prever. La Guardia Nacional, enviada a petición del gobernador Robert E. Pattison, tomó Fuerte Frick y plantó allí sus tiendas. Carnegie no cedió ni un ápice, reclutó esquiroles aquí y allá e hizo que los escoltaran los soldados. A finales de julio un anarquista neoyorquino llamado Alexander Berkman disparó contra el magnate Henry Clay Frick en su despacho, pero solo consiguió herirlo. Los huelguistas perdieron a sus líderes, condenados a varios meses de prisión en un juicio sumario. En noviembre, después de meses de huelga a trompicones, los trabajadores de la acería capitularon. Hubo despidos masivos, pero la prensa no informó de ello; se limitó a recordar la violencia de la que habían sido responsables.

Fue un periodo tranquilo para Bob Coates, que solo recibió encargos comunes, los típicos de cualquier investigador privado: seguimiento de personajes anónimos, protección de ricachones, escapadas extraconyugales de gente más o menos famosa… Era evidente que Burns, inmerso en el frente antisindical en rivalidad con Pinkerton, lo estaba reservando a la espera de empresas de más envergadura. Y ese momento llegó finalmente, tras casi dos años de labores de poca monta.

—Papá, vino a verte un hombre —le comunicó Thelma cuando Bob regresó a casa tras dedicar la jornada a seguir a un tranquilo profesor de ideas socialistas, por encargo de los padres de varios alumnos del enseñante. Algo había descubierto: además de que no era seguidor de ninguna iglesia, el docente ejemplar se estaba acostando con una negra, una viuda atractiva (hasta donde podía serlo una afroamericana) con la que se veía al terminar las clases. Eso bastaba para arruinar su reputación.

—¿Un hombre? ¿Qué hombre? —preguntó Bob, un poco alarmado.

—Uno con bombín y abrigo, bajo y delgado. Dijo que el señor Burns te espera, quiere encargarte un trabajo.

Estaba cayendo la tarde y el sol de finales de mayo parecía resistirse a un atardecer demasiado rápido.

—Iré enseguida —dijo Bob.

—¿No vas a cenar nada, papá?

—Cenaré de noche. No llegaré muy tarde.

Bob no esperaba que el vehículo público al que se subió acabara aprisionado por un desfile de vagabundos. Era algo que ocurría de vez en cuando en los últimos meses. El 4 de mayo de 1893 había quebrado la Compañía Nacional de Cordelería, después de que el año anterior hubiera repartido dividendos del cien por cien. Siguió a ello una crisis de proporciones nunca vistas: la bolsa enloqueció y cerraron cientos de industrias y bancos. Se produjo una bancarrota general. Las fábricas fueron colapsando una tras otra ante la falta de crédito. Cientos de miles de obreros, millones tal vez, se vieron sumidos en la miseria de la noche a la mañana.

¿Cómo reaccionaban? Tomando las calles, al margen de las minorías socialista y anarquista. Se movían en manadas, tratando de presionar a los políticos. Se extendió la idea de que una marcha colectiva sobre Washington resolvería la situación y rescataría de la miseria a los desempleados. Un tal Jacob Sechler Coxey, apodado *el General*, era el promotor de esa hipótesis. Prometía un ambicioso programa de obras públicas, comenzando por proyectos de navegabilidad de los ríos, que creía que interesarían al ala progresista del Congreso. Entre tanto, las hordas de hambrientos seguían marchando en un caos absoluto, sin objetivos concretos.

Bob se bajó del vehículo al verlo asediado por los parias, disimulando la repugnancia que le provocaba el contacto con aquellos cuerpos inmundos que marchaban hacia la nada. Su hermana Mary Ann describía perfectamente a esa turba en el *Chicago Herald.*

> *Vagos de profesión, amorales, subversivos, pedigüeños por naturaleza. Gente que no encuentra trabajo porque nunca lo ha buscado realmente. Una chusma que vaga de pueblo en pueblo viviendo de la caridad y que tiene como arma el chantaje: exige limosna y a cambio acepta trasladarse a otro lugar. Entre ellos hay negros, italianos, balcánicos y, para vergüenza de su raza, algún blanco. Es una suerte que muchos* sheriffs *estén familiarizados con el uso de la porra y que recurran a ella sin contemplaciones. ¿Queremos que haya otros Homestead? Yo diría que no. Pues entonces es preciso propinarles a esos vagabundos unas saludables palizas, no hay otro modo de hacerles saber a esos canallas cómo deben comportarse.*

Bob estaba orgulloso de Mary Ann. Deseaba tener noticias también de Virginia, la hermana menor, aunque no era el momento adecuado para contactar con ella. Encontró a Burns en la planta baja del edificio que llevaba su nombre. Ahora había allí un bar interno y el detective estaba tomando un margarita en la barra. Dejó el taburete y llevó a Bob hasta unos sillones en una pequeña sala destinada a conversaciones informales. Puso una mano sobre su hombro mientras con la otra mano mordía una tableta de chocolate. Cada uno de sus gestos estaba inspirado por una elegancia un poco impostada, pero indiscutible.

—Amigo mío, ha llegado el momento de llevar a cabo una operación delicada —anunció Burns—. ¿Con qué andas ahora?

—Estoy vigilando a un profesor socialista.

—Olvídalo. Se avecina un problema mucho mayor.

—¿De qué se trata?

—Del ferrocarril, nuevamente. —Burns soltó un suspiro y masticó un trozo de chocolate—. No podía ser de otra forma. El crecimiento de este país se basa en el metal: el de las vías, el de las acerías, el que se extrae de las minas... Y los alborotadores siempre están ahí, en el meollo del nacimiento de un sistema. Son el óxido que corroe el metal recién forjado, el equivalente a las termitas en la madera. ¿Entiendes lo que quiero decir?

—Sí, creo que sí —respondió Bob.

—Te invito a un trago. ¡Dos cervezas! —le gritó a la única camarera del local, una hermosa joven europea, polaca o húngara quizás. Antes de seguir hablando frunció las cejas, bastante pobladas—. Tengo pocos investigadores experimentados, tú eres uno de ellos. Considero experimentado a cualquiera que haya estado en Homestead y que haya sufrido en sus propias carnes las consecuencias de la estupidez de Pinkerton. ¿Sabes cómo terminó la cosa allí?

Bob recordó lo que había leído en los periódicos y contestó:

—Con juicios a los sindicalistas y condenas de cárcel, la contratación de esquiroles y la expulsión de casi todos los ocupantes de las casas propiedad de la acería de Carnegie. Una debacle para aquellos insolentes.

—Mejor llámalos ingratos, es el adjetivo justo —lo corrigió Burns—. Ahora estamos a las puertas de otra situación de crisis, aún más grave. Y su fundamento vuelve a ser la ingratitud... Seguro que te suena el nombre de George Pullman.

—Sí, es un empresario del ferrocarril. El inventor del coche cama de lujo que lleva su nombre.

Burns movió la mano con lo que le quedaba de chocolate, como haría un profesor con la regla delante de una pizarra.

—El término correcto es *benefactor.* Basta con ver a Pullman para advertir su bondad natural, es la generosidad hecha persona. Al acabar la guerra de Secesión quedó conmocionado por la pobreza de los obreros y de los desempleados, que vivían en la inmundicia, carecían de agua corriente y de instrucción. —A Bob le vinieron a la mente las escenas que había visto en su juventud, que seguían siendo habituales en la periferia de las metrópolis y en las zonas agrarias del sur. Él lo atribuía a la degradación provocada por la inmigración incontrolada y a ciertas características inherentes a la población latinoamericana y afroamericana—. Tras poner en marcha la industria de los vagones de lujo, el señor Pullman se propuso crear para sus empleados una ciudad idílica. Nació así la localidad que lleva su nombre en Illinois, a poca distancia de Chicago. Tiene parques, negocios, una biblioteca, tiendas de comida sana y de máxima calidad, una iglesia... Las fábricas, en el fondo, son solo un detalle de un paisaje humano y civil que yo definiría como utópico.

—¿Y qué es lo que va mal? —preguntó Bob, encandilado por esa imagen tan sugestiva.

—Algo que tiene un nombre concreto: sindicato. La Unión Estadounidense del Ferrocarril, nacida de la fusión de varias hermandades de categoría. Pertenece a la Federación Estadounidense del Trabajo, pero al frente de ella no hay un personaje razonable como Samuel Gompers, sino un exaltado llamado Eugene Debs. Era el cabecilla de los maquinistas y ahora es el líder de todos los ferroviarios.

Bob reflexionó y, con suma cautela, preguntó:

—¿Qué tengo que hacer, señor Burns? No quisiera verme implicado en una batalla campal como la de Homestead. Ni yo ni la Pinkerton, con toda su vanagloria, estamos preparados para algo así.

—¡No, no! No te estoy pidiendo que vuelvas a caer en la trampa de los *pinks*, ya perdí allí suficiente gente válida. La Agencia Burns vuelve a operar como de costumbre, con el método de la lenta infiltración y el sabotaje desde el interior. ¿Sigues estando cualificado como mecánico?

—No tengo ningún diploma que lo acredite, pero eso no importa. Recuerdo bien el oficio.

Burns sonrió y afirmó:

—Contarás con las referencias necesarias. Vivirás en Pullman, como un obrero más. ¿Te ves con fuerzas para estar lejos de tu familia durante cuatro o cinco meses?

—Mis hijos están acostumbrados a mis largos periodos de ausencia —respondió Bob, aunque al instante sintió cierto remordimiento. Dejar solos a sus hijos le pesaba, si bien debía asumir algunos sacrificios para poder mantenerlos.

Burns le ofreció chocolate.

—Disculpa, no te he preguntado si quieres un poco.

—No, gracias. —Bob notó que un hilo de saliva colgaba de la tableta—. ¿Qué es lo que tengo que hacer, señor?

—Por ahora no mucho —aseguró Burns tras hincarle el diente nuevamente a la golosina que sostenía en la mano. Babeó sobre ella, pero no demasiado. Se secó los labios con la muñeca derecha—. Te contratarán para trabajar en la Pullman. Afíliate al sindicato, como mecánico te resultará fácil. Trata de intimar con Eugene Debs y de estar cerca de él. Estas son las directrices generales, paso a paso irás recibiendo instrucciones específicas.

—A sus órdenes, señor.

Burns eructó, posiblemente porque digería mal el chocolate. Ciertamente su apariencia elegante se resintió. Hizo una señal de despedida.

—Ahora vete. Te haré llegar un billete para Pullman, me refiero a la ciudad. Allí te espera una vivienda. Y Debs, como podrás comprobar, está deseando conocerte. Pero no quiero anticiparte las sorpresas que te esperan. Haz las maletas de inmediato, recibirás instrucciones y notificaciones de mano de gente de confianza.

Volvió a eructar. Bob, un poco asqueado, se preguntó qué había sido del cortés caballero que conocía. Tal vez Burns se estaba haciendo demasiado rico y dejaba que aflorara una vulgaridad latente que había ocultado cuidadosamente hasta ese momento. No es que le importara demasiado, el Rey de los Detectives pagaba bien y con eso a él le bastaba.

Al llegar a casa le comunicó a la señora Gillan:

—Tengo que dejar a los niños otra vez. He encontrado trabajo en la empresa Pullman, la que fabrica vagones de lujo. Necesitan mecánicos y con la crisis que hay no puedo dejar pasar esta oportunidad.

Mary Gillan, que estaba secando los cubiertos y los platos que acababa de lavar, se limitó a decir:

—Charlie ha ido a jugar al béisbol junto a la casa del reverendo con sus amigos de la iglesia. Thelma ha salido con Rosy O'Donnell, la compañera de escuela.

Bob reaccionó con una mueca de disgusto.

—No me gusta que se relacione con ella. ¿Su padre sigue preso?

—No, salió hace ya tiempo. Perdió el puesto de trabajo y no quiso contratarlo nadie. Creo que está en Chicago, empleado como barrendero por el alcalde Hopkins.

La mueca de Bob se acentuó. El gobernador de Illinois, John Peter Altgeld, y el alcalde de Chicago, John Patrick Hopkins, habían respondido al colapso de la economía con una serie de iniciativas caritativas: apertura de comedores populares, reparto de alimentos básicos entre los parados con familias a su cargo, creación de puestos de trabajo públicos de emergencia... Los había que cortaban leña, pero la habitual ocupación de los pobres en las calles de Chicago era la limpieza urbana. Una legión de indigentes, equipados con escobas, recogían la basura por medio dólar al día, y en algunos casos entorpecían el tráfico en la metrópoli industrial.

Bob detestaba la simple idea de que recompensaran a los holgazanes con trabajos subsidiarios que podían desincentivar la iniciativa individual. Aprobaba de todo corazón las encendidas palabras que escribía su hermana Mary Ann, a veces a cuatro manos con su marido, Jeremy, en el *Chicago Herald*.

> *¿Quién iba a imaginar que tendríamos a unos socialistas gobernando este estado y esta ciudad? Puede parecer una definición muy fuerte en referencia a Hopkins y a Altgeld, pero no hay ninguna mejor para ellos, que destinan ríos de dinero público a fomentar el vicio y el parasitismo. No hay arteria vial en la que no veamos cada mañana a individuos mal vestidos, de raza incierta y aspecto siniestro, fingiendo que trabajan. La mejor limpieza, todo el mundo lo sabe, sería deshacernos de ellos: enviarlos al campo, donde los terratenientes se resienten por la escasez de braceros para trabajar la tierra. O mandarlos de vuelta por mar a los territorios de los que provienen, que seguro que están más sucios que nuestra Chicago.*

Bob estaba totalmente de acuerdo. Se sentó en la mesa de la cocina, apoyó los codos sobre ella y le confesó a la señora Gillan:

—Thelma no debe ser vista en público con la hija de un pordiosero que encima es un delincuente recién salido de la cárcel. Si es quien creo que es, fue el cabecilla de los agitadores de Homestead.

—Pero Rosy es tan guapa y tratable… —objetó Mary Gillan—. Sus padres hacen todo lo posible para que vaya bien vestida. Se las arreglan incluso para pagarle la escuela, a saber con cuántos sacrificios.

—Es una muerta de hambre. Thelma debe mantenerse lejos de ella. Tal vez haya llegado el momento de darle una buena lección con el cinturón a mi hija, sería la primera vez que le pusiera la mano encima.

Bob pronunció esas palabras con tal vehemencia que la señora Gillan guardó silencio. Él, malhumorado, sacó del aparador una botella de George Dickel que guardaba para las visitas. A pesar de que era prácticamente abstemio, se sirvió un vaso y se lo bebió de un trago. Le provocó tos y solo pudo calmar el ardor que le quemaba la garganta con un segundo trago. No tenía intención de convertirse en un alcohólico, de modo que devolvió el güisqui a su sitio. Con la cabeza dándole vueltas subió a su habitación a preparar el equipaje para el viaje inminente.

Su hija regresó media hora después. Bob bajó las escaleras a toda prisa, tambaleándose ligeramente. Vio a Thelma en el umbral de la casa y a Rosy en la calle, despidiéndose de su amiga. La visión de la muchacha sofocó en él todo atisbo de agresividad; Rosy O'Donnell no era guapa, era realmente hermosa. Su pelo era de color rubio tirando a rojizo, tenía ojos azules, una naricita respingona y un cuerpo muy delgado, pero indudablemente muy femenino a pesar de su edad, realzado por su sencillo vestidito confeccionado a mano.

Al mirarla, Bob experimentó una sensación que no tenía desde la muerte de Elly: una intensa excitación. Hacía años que no sentía nada parecido. No le atraían las prostitutas, los rígidos mandamientos de la iglesia congregacionalista lo mantenían a salvo de las tentaciones. Tenía los mismos deseos sexuales que un anciano religioso acostumbrado a la castidad. Sin embargo, sintió que ese bloqueo se rompía de repente en presencia de una adolescente de ojos claros y delgada como un palillo. Ella saludó y Bob, casi sin querer, respondió al saludo.

Se desvaneció en él cualquier posible intención punitiva hacia Thelma. Ante el asombro de la señora Gillan, que se esperaba lo peor, Bob cogió los libros de su hija, unidos por una goma, y acompañó a Thelma a la cocina. Se abstuvo de hacer las preguntas que le interesaban, se sentó a la mesa y le preguntó:

—¿Cómo te va en la escuela? ¿Bien?

—En matemáticas no mucho, pero me está ayudando Rosy.

Ese era el pretexto que él estaba buscando inconscientemente para hablar de su amiga.

—No la conozco, pero debe de ser buena.

—Sí, lo es. Algunos profesores le recuerdan que su padre estuvo preso y que ahora barre las calles de Chicago, y lo que dice un profesor pasa a formar parte de las burlas de los compañeros. Hay veces que Rosy está a punto de echarse a llorar, pero se contiene. Es una chica muy valiente.

—Me gustaría conocerla mejor. —Bob se despreció a sí mismo nada más formular ese comentario espontáneo. Ni siquiera él podía entender los motivos que le impulsaron a hacerlo, posiblemente motivos sexuales, de momento circunscritos al plano estético—. La próxima vez dile que entre, me gustaría conocer bien a la mejor amiga de mi hija.

—Como quieras, papá. Dime cuándo.

—No lo sé, tengo que irme de nuevo. Trabajar como mecánico tiene sus inconvenientes… Reclaman mis servicios en Pullman, una ciudad cerca de Chicago. Acabo de preparar la caja de herramientas.

—¿Estarás fuera mucho tiempo?

—Espero que no. Tú obedece a la señora Gillan y cuida de Charlie. —El hijo volvía en ese preciso momento, se oían sus risas y las de sus compañeros en el porche—. Pienso que tú eres más madura que él. ¿Cómo has dicho que se llama tu amiguita?

Thelma no sospechó que esa amnesia era fingida. En Mary Gillan sí levantó alguna sospecha y parecía preocupada.

—Rosy O'Donnell.

—Mantente a su lado y protégela. Su padre puede ser un delincuente, pero ella no tiene la culpa.

—Lo haré, ya la estoy protegiendo.

—Bien —dijo Bob con la voz ligeramente pastosa.

Subió las escaleras sin esperar a que Charlie entrara en casa. Iba con pies de plomo, como si el güisqui que había ingerido hiciera efecto en ese instante. Preparó el equipaje con apatía y cerró la bolsa. Metió en el bolsillo de su chaqueta un revólver Webley Bulldog de dimensiones mínimas que había sacado del fondo de un cajón. No era el original británico, sino una imitación fabricada en Estados Unidos por la Forehand & Wadsworth. La cabeza le daba vueltas, así que se echó en la cama y cerró los ojos. Su idea era descansar unos instantes, pero se quedó dormido como un tronco, completamente vestido y con los zapatos puestos.

Durmió toda la noche del tirón. A la mañana siguiente saludó, un poco avergonzado, a la señora Gillan, que estaba sirviéndoles el desayuno a los críos. Ella se echó a reír mientras le decía:

—Ayer subí no sé cuántas veces a tratar de despertarle, pero no hubo manera. Respiraba con normalidad, pero seguía durmiendo. Lo intenté incluso zarandeándole, pero fue inútil. Cerré la ventana y le dejé en paz.

—Es culpa del cansancio acumulado —refunfuñó Bob—. Trabajo mucho.

—Sí, lo sé. Me imagino que tendrá hambre… He recalentado la cena que le había dejado preparada para anoche. —Mary Gillan le puso delante un bistec con espinacas y a continuación le entregó un sobre—. Le ha traído esto un repartidor, no era de correos y no ha dicho quién lo enviaba. Supuse que usted ya estaría al corriente.

Mientras abría el sobre, Bob le preguntó a Charlie:

—¿Y tú cómo estás, jovenzuelo? Ayer ni siquiera nos vimos.

—Estoy bien, aunque ayer Fred Cinnisi me insultó. Él lo niega, pero yo sospecho que es católico, no sé qué hace en una escuela congregacionalista. Hoy le voy a partir la cara.

—¡Tú no vas a partir nada! —le advirtió Bob con severidad, a pesar de que en ese momento estaba distraído. El sobre contenía veinte dólares en billetes de cinco, un billete de tren y un breve mensaje sin membrete ni firma que decía:

Salida hacia Pullman, vía Chicago, en el día. Te dará alojamiento la viuda Wilson, justo al lado de la Compañía de Vehículos Palacio Pullman. Tu contacto se llama Elmer y es un agente de la ADG. *Te acompañará al trabajo, donde ya te esperan. Cualquier comunicación con nosotros será a través de Elmer. Esto vale también para futuras instrucciones.*

Seguía la fecha: 4 de mayo de 1894.

Charlie se revolvió en su silla y replicó:

—Si no le pego a Fred a tiempo se hará cada vez más abusón y al final será él el que me pegue a mí.

—Encárguese usted de este tema —le pidió Bob a la señora Gillan—. Sabía que tenía que irme de un momento a otro… Confiaba en poder disfrutar de un día de calma, pero debo partir enseguida. Por suerte ayer lo dejé todo preparado.

—¡Termine al menos el filete, le queda más de la mitad!

—No, comeré algo durante el viaje —contestó Bob, que le entregó a la mujer diez dólares—. Tenga, para los gastos más urgentes. El resto se lo daré a mi regreso o, si tardo en volver, se lo mandaré por correo.

Cuando bajaba por las escaleras, con la bolsa en la mano y con la chaqueta lastrada por el revólver, Thelma le gritó desde el umbral:

—¡Protegeré a Rosy, papá, no te preocupes!

Bob Coates ya se había olvidado por completo de la amiga de su hija y de los insólitos sentimientos que había despertado en él el día anterior. Estaba avergonzado. ¿Qué le había ocurrido? Para pasar página se concentró en las siglas ADG, que no le decían nada. ¿Podría tratarse de una nueva agencia de investigación?

El sol ya lucía en el cielo cuando salió de casa en busca de un cochero que lo llevara a la estación. Los carruajes públicos pasaban por la calle Cole con muy poca frecuencia.

12. La ciudad idílica

Robert Coates se apeó del coche de caballos que lo llevó desde Chicago a Pullman. Lo recibió un cielo gris con una incierta amenaza de lluvia. Se encontró con calles dispuestas como una serie de anfiteatros concéntricos que rodeaban el Palacio Pullman, el conjunto de instalaciones industriales que dominaban el poblado: talleres, ferrerías, chimeneas y torres humeantes reunidas bajo la bóveda de plomo. En cambio, más allá se divisaban campanarios, jardines y altos edificios. Bob se puso en camino con la bolsa, que no pesaba poco. Notó la extrema limpieza y la ausencia total de tabernas. Paró al primer transeúnte con el que se cruzó: un tipo de poca estatura, posiblemente un ordenanza, que caminaba con paso rápido y con una pequeña pipa entre los dientes.

—¿Conoce a la viuda Wilson?

—¿Quién no la conoce? —respondió el hombre, que sacó la pipa de la boca y rio—. Aquí todos los hombres la conocen.

—¿Dónde vive?

El hipotético ordenanza indicó con la boquilla de la pipa el fondo de la calle.

—Siga de frente. A la altura de los talleres verá muchas casas pequeñas, pero solo hay una con cancela. Es la de la Wilson.

Rio de nuevo y se alejó apresuradamente. Bob, perplejo, siguió las indicaciones. Todo se le antojaba espantosamente triste, debido tal vez a aquel cielo bajo y amenazante. No se encontró con nadie en su camino, las viviendas (de madera y de una sola planta) parecían todas iguales. A medida que avanzaba empezaron a llegar a sus oídos ruidos cada vez más fuertes: un fragor metálico, resoplidos... Destacaba sobre todos ellos el jadeo periódico de una especie de émbolo.

Descubrió la vivienda de Wilson entre un denso humo emitido por una chimenea y que un viento molesto mantenía cerca del suelo. La cancela estaba abierta. La casa, bonita aunque demasiado estrecha, tenía las paredes de ladrillo ennegrecido, a diferencia de las demás, que eran de tablones.

Las bocanadas de neblina debían de ser frecuentes allí. Bob recordó que sus antepasados en Irlanda, mineros durante generaciones, habían vivido en aldeas no muy diferentes de esa. Se percató de que en el pequeño jardín delantero no había plantas vivas, exceptuando unos pocos arbustos sin hojas capaces de proliferar en cualquier parte.

La puerta se abrió poco después de que él llamara. La viuda Wilson apareció en el umbral con un gato rollizo en sus brazos.

—Aquí no se viene sin cita —dijo la mujer taxativamente.

Bob posó la bolsa en el suelo y se quitó el sombrero, algo deformado.

—Discúlpeme, señora. Me llamo Robert Coates, vengo de San Luis. Deben de haber reservado una habitación a mi nombre.

Ella asumió una expresión alegre al escuchar eso.

—Ah, sí. ¡Entre, pase usted!

Bob cogió su equipaje y la siguió. La mujer sin duda había sido una belleza en su juventud. Tenía ojos verdes y su pelo, ya canoso en su mayor parte, sugería un color original leonado. Su cuerpo, aunque se había vuelto pesado con los años, conservaba vestigios de su pasada potencialidad seductora. La viuda lo acompañó a la planta superior y le mostró una habitación sencilla pero limpia, con un cama y todo lo esencial: un lavabo, un escritorio, varias sillas y un pequeño armario. Había un crucifijo colgado en la pared.

—Estaré bien —comentó Bob, que dejó el equipaje en una silla—. ¿El precio?

—Eso ya está arreglado —contestó ella cordialmente—. Una sola condición... Por las noches recibo la visita de algunos amigos. Le ruego que se quede en su habitación o que no vuelva a la casa hasta tarde, hasta que las luces ya estén apagadas.

A Bob le quedó claro que ejercía la prostitución, lo había intuido por la conversación con el ordenanza o lo que fuera. Si bien ya era una mujer mayor, la viuda tenía unos pechos generosos y una figura un poco corpulenta, pero para nada despreciable. Una evaluación que, en todo caso, a él le traía sin cuidado.

—¿Dónde puedo comer en Pullman?

—En mi mesa, ya le he dicho que está todo pagado. Baje cuando se haya instalado. Se come y se cena en la cocina, deberá adaptarse. Tengo asado de ternera, lo he mantenido caliente para usted. Con una abundante guarnición de guisantes y una jarra de buena cerveza, de la que hacen aquí.

Al cabo de diez minutos Bob, sentado en una mesa sin mantel, estaba degustando la carne asada, cortada en rodajas de un rollo que contenía también trozos de tocino. Estaba buena. Le preguntó a la viuda:

—¿Se come esto habitualmente?

Ella estaba secando unos platos y meneando el trasero, un movimiento que probablemente formaba parte de su oficio complementario. Ciertamente era insinuante, dadas las reducidas dimensiones de la falda.

—No, rara vez. La gente que vive aquí se ve obligada a recurrir a las tiendas del señor Pullman y los precios son muy elevados, la carne está carísima. Los empleados de George Pullman tienen que residir en esta ciudad, pagar el alquiler de la vivienda que les imponen y comprar en los negocios creados por el empresario, con los precios que él decide.

—A usted parece que le va bien —se aventuró a decir Bob.

Wilson arqueó la espalda, en un movimiento que parecía denotar orgullo.

—Mi trabajo es duro, pero rentable. Otras viudas, y hay muchas, son más remilgadas y pasan hambre. Yo no, para mí es importante tener una casa decente y algo más que un plato de sopa para comer.

—¿A qué se dedica usted? —preguntó Bob con involuntaria malicia.

—Alquilo habitaciones —respondió ella, sin que le preocupara mentir descaradamente—. En concreto, se las realquilo a jubilados. —Dejó en la mesa una gran jarra de cerveza espumosa y un vaso amplio—. Está fresca, viene de la bodega. No me mire así, yo pago regularmente los servicios religiosos. El reverendo Carwardine sabe que conmigo tiene ingresos garantizados. Algunas familias de aquí tratan de seguir los oficios religiosos gratis, si hay algún acto deshonesto que merece ser reprobado es ese.

Bob se sorprendió al escuchar eso.

—¿Aquí hay que pagar para ir a la iglesia?

—No siempre directamente. La mayoría de los obreros financian a la iglesia con un descuento que les hacen en su nómina.

—¿Y están de acuerdo con eso?

—No mucho. —Wilson se sentó en una silla de mimbre con las piernas abiertas, sin molestarse en cubrirlas con la falda estampada, ya de por sí corta. Es más, colocó las manos en el regazo y la levantó por encima del límite del recato—. Aunque lo que les irrita no es el dinero para el reverendo o para el párroco católico, sino los alquileres. El señor Pullman ha anunciado que por culpa de la crisis tendrá que reducir los salarios, pero los precios de los alquileres y de los productos de las tiendas seguirán siendo los mismos.

—Usted también es inquilina, no parece preocupada.

—No tengo motivo para ello —aseguró la viuda guiñándole el ojo—. Me paga el alojamiento un capataz que viene a visitarme a menudo, a él no le afecta ningún tipo de crisis.

—Entiendo.

Bob ya había vaciado su plato y había apurado un vaso de cerveza; no estaba demasiado fría, pero estaba buena. Se sentía relajado. La viuda comenzó a recoger la mesa.

—Si quiere le preparo un café. Tengo también ginebra casera, la hace una vecina escocesa. Es un excelente digestivo, dicen que es afrodisiaca —comentó irónicamente, riendo.

Bob ignoró esa enésima insinuación diciendo:

—No, no quiero nada. Estoy esperando a alguien, a un tal Elmer. ¿Lo conoce?

La viuda Wilson se quedó parada ante el fregadero, con un plato sucio en las manos.

—¿Elmer Gallagher? ¡Claro que lo conozco! ¡Es mi amigo el capataz!

—Subiré a echar una siesta. Avíseme cuando llegue.

Fue a su habitación y se acostó. Durmió, pero fue un sueño ligero. Cuando despertó ya casi era de noche. Encendió la lámpara de queroseno y salió al rellano, iluminado con gas, en busca del cuarto de baño. Había uno, un meadero indecente y maloliente, totalmente a oscuras. Para tener luz tuvo que dejar la puerta abierta. Había que apoyar los pies sobre dos plataformas y orinar desde lo alto, o agacharse y asomar el trasero sobre un agujero negro embadurnado con excrementos ajenos.

Se estaba abrochando los pantalones cuando la viuda Wilson lo llamó desde la planta baja.

—¡Señor Coates! ¡Baje, tiene visita!

Bob se apresuró a vestirse y se dirigió a la cocina. Allí se encontró con un hombre de mediana estatura, con patillas rojizas, escaso pelo y nariz de boxeador. Vestía un uniforme de color celeste adornado con una insignia difícil de descifrar.

—¿Es usted Robert Coates? Yo soy Elmer Gallagher, su contacto. —El apretón de manos fue vigoroso, excesivo. Gallagher tenía las manos de un hombre que trabaja duro, con dedos gruesos y callosos—. Sentémonos ahí —dijo señalando la mesa, y seguidamente se dirigió a la viuda Wilson—. Liz, tráenos algo de comer. Y cerveza en abundancia.

La lámpara que colgaba del techo hacía lo posible por iluminar el entorno, pero su luz era tenue y solamente caía sobre el centro de la estancia. Gallagher apoyó los codos en la mesa y entrelazó los dedos. Se insinuaba la robustez de sus antebrazos bajo el uniforme.

—Señor Coates…

—Llámame Bob.

—Bob, me pidieron que te consiguiera un puesto de mecánico y lo he hecho. Mañana por la mañana estarás registrado y contratado. He hecho correr el rumor entre los obreros de que va a llegar desde San Luis un socialista fanático, casi un anarquista, entregado en cuerpo y alma al sindicalismo.

—¿Se supone que soy yo? —preguntó Bob con perplejidad. Le vinieron a la mente las enseñanzas de Furlong sobre la necesidad de representar un papel, aunque ese papel en concreto le parecía descomedido.

—Por supuesto que eres tú. Un comunista convencido que hace apología del sabotaje y del uso de la dinamita, un ardiente defensor de las teorías subversivas.

—Ni siquiera estoy familiarizado con esas teorías.

—No hace falta. Tendrás que improvisar, despotricar contra el capitalismo y los explotadores, incitar a la huelga contra el sistema ferroviario y contra la Pullman. Eso es lo que quiere la ADG.

La curiosidad de Bob por fin iba a verse satisfecha.

—¿Qué es la ADG?

—La Asociación de Directores Generales, la liga de las mentes más brillantes de este país en gestación. Forman parte de ella todo el sector ferroviario y muchos otros capitalistas de las finanzas: los que hacen que circulen los trenes, los que operan con los metales, los que hacen que fluya el dinero... Pertenecemos a ella, en calidad de agentes, tanto tú como yo. Nos han acogido en la mesa de los poderosos, ¿puedes creerlo?

Bob recordó el Comité de Salud Pública, en el San Luis de 1877. La idea debía de haber evolucionado, con ramificaciones a escala nacional. Eso no le molestaba, pero no llegaba a complacerlo, por motivos que no podía precisar; era una simple intuición.

—¿Concretamente qué debo hacer?

—Te lo acabo de decir, mostrarte como el más extremista de los extremistas. Ya sabrás cómo hacerlo en cada situación que se vaya presentando. Hay un objetivo número uno.

—¿Quién es?

—Un individuo llamado Eugene Debs. No trabaja en Pullman, pero es el jefe de la UEF, la Unión Estadounidense del Ferrocarril, que agrupa a todas las hermandades profesionales, lo cual supone un peligro. El fogonero se solidariza con el mozo de estación, el guardafrenos cree que tiene intereses comunes con el taquillero... Se forman cadenas fuera de control que se expanden como un cáncer industrial capaz de bloquear toda una rama de actividad económica.

A Bob le impresionó. Los Caballeros del Trabajo habían apoyado en su día algo parecido, pero la aplicación de ese principio de unidad había resultado poco sólida. Ahora se estaba hablando de una red aterradora que podría paralizar el progreso estadounidense. Tuvo un escalofrío.

—¿Qué debo hacer?

—En primer lugar, destacar entre los trabajadores como una figura relevante, carismática —afirmó Elmer con decisión—. En segundo lugar, si Debs viene aquí, como parece probable, ganarte su confianza, hacerte amigo suyo. La ADG te irá dictando los siguientes movimientos a través de mí.

—¡Eso me llevará meses! —replicó Bob.

—No, días. Tienes que estar a la altura de las circunstancias. Lo de Homestead no fue nada comparado con el enfrentamiento al que nos encaminamos. Sé que allí tuviste un comportamiento honorable. El desafío en Pullman será mucho más importante para el porvenir de esta nación. Eres un soldado del ejército del bien, de ti se espera que muestres valor.

Eran las palabras apropiadas para inspirar en Bob un sentimiento de orgullo, y la cerveza que la viuda Wilson sirvió en la mesa ayudó a reafirmar ese sentimiento. La cena consistió en albóndigas, patatas y verduras. Estaba todo rico, aunque sin llegar a la cima de la exquisitez. Hubo poca charla mientras cenaban. Al final, antes de irse, Gallagher estrechó la mano de Bob.

—Cuento contigo —le dijo.

—Puedes confiar en mí.

—Elmer, ¿no te quedas? —intervino Wilson.

—Esta noche no, Liz. Volveré pronto.

Mientras subía a la habitación, Bob notó el torpor por la cerveza que había bebido, no estaba acostumbrado. Durmió un sueño sereno y profundo, con la ventana abierta. Despertó poco después del amanecer y bajó a la cocina. Wilson ya estaba levantada y le esperaba un plato de huevos con beicon. Cuando estaba terminando el desayuno, la mujer le entregó una fiambrera aún caliente.

—Es su comida, forma parte de lo convenido. Hay huevos cocidos, jamón ahumado y pan.

—Gracias. Supongo que usted ya se imagina a qué he venido aquí.

—Sí, a trabajar como espía. Que Dios bendiga a la gente como usted. El señor George Pullman me permite vivir en una casita con jardín. Cuesta lo suyo, pero me pasan el dinero necesario para pagarla. Solamente los ingratos no son conscientes de que estamos viviendo en una ciudad idílica y tengo miedo de que cuando se convenzan de ello ya será demasiado tarde para que podamos seguir disfrutándolo.

Era sábado por la mañana. El aire, con la complicidad de un viento frío, resultaba helador. Bob se vio caminando en medio de la niebla y de una multitud dispersa de obreros, cada cual con su fiambrera. La meta común era el Palacio Pullman, lleno de chimeneas ya humeantes a esa hora. Buscó la oficina del personal, el papeleo fue rápido.

—¿Nombre y apellido? —le preguntó una empleada algo miope, con la nariz pegada a un registro.

—Robert William Coates.

La mujer recorrió con el dedo pulgar la página que había abierto.

—Ah, aquí está. Perfecto, ya ha sido dado de alta, no hace falta nada más. Le han destinado al taller número quince.

—¿Dónde está?

—A mano derecha saliendo de aquí, cerca de la chimenea más grande. Es la sección de carrocería. ¿Trae sus herramientas?

—Sí.

Bob le mostró la bolsa que sostenía junto con la fiambrera.

—Pues ya puede ir. Un capataz le indicará la labor que debe llevar a cabo.

Bob llegó a una gran nave en la que estaban con el acabado de los vehículos ya montados. Se trataba de vagones ferroviarios con una pequeña terraza en la parte trasera, vistosas marquesinas y escaleras de acceso alfombradas. Los obreros estaban trabajando en diversas tareas: unos fijaban los sillones de terciopelo y las mesas para los pasajeros, otros pintaban en los laterales el nombre de la compañía, otros martilleaban los revestimientos de madera... Resultaba fácil identificar a los mecánicos, manchados de aceite, soldando piezas metálicas y apretando tornillos. El resultado de todo ello era el legendario vagón Pullman, una obra maestra de elegancia y confort reservada a un público derrochador: hombres de negocios, políticos, alta burguesía, industriales y periodistas de renombre. Al concluir el trabajo, el vagón era enganchado a una locomotora que lo llevaba al exterior sobre unos raíles especiales. Iba a parar a una especie de foso circular, donde examinaban los bajos una última vez antes de unir el vagón a otros para transportarlos en un convoy hasta la compañía ferroviaria que los había encargado.

Todo eso en teoría destilaba elegancia, pero poca había bajo el amplio tejado del taller quince, la última de una serie de naves similares, alineadas en el vasto hemiciclo que constituía el corazón de la fábrica. El calor resultaba insoportable y la mugre era repugnante. El ruido ensordecedor dañaba los tímpanos y solo lo hacía soportable la costumbre. Y eso no era nada en comparación con los talleres en los que fundían, moldeaban y ensamblaban las distintas partes.

Bob tuvo que gritar para que lo escuchara uno de los obreros, un negro empapado de sudor.

—¿Dónde está el capataz?

—¿Cuál de ellos? Hay varios.

—El de mayor categoría.

—Supongo que te refieres al señor Robinson, Ted Robinson. Allí lo tienes, detrás de la locomotora que está entrando.

En efecto, una máquina automotora de pequeñas dimensiones estaba entrando lentamente marcha atrás, lista para enganchar el vagón y llevarlo fuera. Sus bufidos hacían que el aire fuera aún más irrespirable. Robinson, al pie de los raíles, agitaba los brazos para dirigir la maniobra. Al maquinista y al fogonero, asomados para interpretar sus gestos, se los veía cubiertos de hollín y daba la impresión de que estaban grasientos, como la mayor parte de los obreros que operaban en aquella barahúnda.

Bob se dirigió a Robinson, un hombre de bigote gris, completamente calvo, con ojos pequeños y azules. Llevaba un uniforme verde con las letras CP bordadas en el bolsillo del pecho.

—Señor…

El capataz ni siquiera lo miró.

—¿Eres tonto? ¿No ves lo que estoy haciendo? ¡Quítate de en medio! —gruñó.

Bob se echó a un lado y esperó a que los topes de la locomotora, incrustados en el depósito de carbón, tocaran los del vagón. Una pequeña multitud de peones corrió a unir los dos vehículos en cuanto se produjo el topetón. Fue entonces cuando Ted Robinson apartó su atención de la escena. Se giró y vio nuevamente a Bob.

—¿Sigues aquí? ¿Quién eres? ¿Qué quieres?

—Me llamo Robert Coates, soy un mecánico recién contratado. Me dijeron que me pusiera a sus órdenes.

—¿Y empiezas a trabajar un sábado? Qué raro. Eso significa que tu salario esta semana va a ser de cuatro cuartos. ¿Tienes experiencia?

—Sí, soy mecánico desde 1877, y anteriormente trabajé como aprendiz. Estuve al servicio de varias compañías, entre ellas…

Robinson se encogió de hombros y lo interrumpió.

—Olvídalo. ¿Ves aquel vagón de allí, al final del taller? El armazón chirría como un hatajo de chinos quejicas. Coge martillo, alicates y destornillador y déjalo mudo.

Bob obedeció y la labor le llevó toda la mañana. Tenía compañeros de diversas razas y nacionalidades, pero no intercambió ni una palabra con ellos, no hubo tiempo. Cuando sonó la sirena a la una de la tarde, para anunciar la media hora destinada a la comida, devoró el contenido de la fiambrera sin ni siquiera saborearlo. Nadie lo conocía y nadie le hablaba. Únicamente captó fragmentos de conversación, pronunciados por gente que guardaba las distancias con él.

—La semana pasada cobré tres dólares en total —estaba comentando un negro—. En la tienda nos roban, si al menos pudiéramos hacer la compra fuera ahorraría algo.

—Yo más bien temo por mi casa —dijo un obrero de pelo canoso y tez pálida—. Con lo que gano, casi todo el sueldo se me va con el alquiler. Tendré que sacar a mis hijos de la escuela, debo elegir entre pagarles la matrícula o darles de comer.

—Deberíamos irnos de aquí.

—¿Adónde? Hay desempleo por todas partes.

Bob volvió a la faena en su vagón una vez terminada la pausa del almuerzo. De vez en cuando Robinson y otros supervisores iban a echar un vistazo a lo que estaba haciendo. La ausencia de comentarios indicaba que estaban satisfechos con su labor. Menos lo estaba Bob, exhausto, cubierto de grasa, polvo y hollín de la cabeza a los pies. Dio su último golpe de martillo cuando ya apenas podía sostener la herramienta. Un instante después sonó la sirena para poner fin a la jornada de trabajo.

Solo eran las seis de la tarde del sábado, día de pago. Bob se unió a la interminable fila formada en el pabellón de oficinas para recibir en la caja la remuneración semanal. Vio signos evidentes de mal humor entre los primeros de la cola. El obrero que le precedía protestó cuando le llegó su turno.

—¿Seis dólares y veinte centavos por una semana de duro trabajo? —preguntó.

La empleada que había tras la rejilla de la caja, una mujer corpulenta e impasible, señaló con el dedo índice el registro y afirmó:

—Es lo que le corresponde. Descontando el alquiler de vivienda, las compras en la tienda y la matrícula escolar de los niños le quedan exactamente seis dólares y veinte centavos.

—¿Quieren que me muera de hambre?

—No es mi problema. Puede presentar una reclamación ante la dirección de la Pullman. Los formularios están en la mesa que hay junto a la puerta de salida. ¡El siguiente!

El siguiente era Bob. Dijo su nombre, su apellido y su categoría. La mujer corpulenta, más inexpresiva que una esfinge, hojeó el registro.

—Sí, aquí está. Un solo día de trabajo, lo que supone un montante de cuatro dólares. El alquiler ya está pagado y no tiene ningún pago pendiente en la tienda. Hay que descontar dos dólares por los servicios religiosos, cincuenta centavos por el usufructo de los parques y veinte por el alumbrado. En total, le corresponde un dólar con treinta.

Bob aprovechó la ocasión para hacerse notar.

—Señora, ¿de qué rito es la iglesia de aquí?

—Católico, metodista-episcopal, luterano... Hay para todos los gustos.

—Yo soy norirlandés y congregacionalista. Como mucho podría aceptar el rito anglicano, así que haga usted el favor de devolverme los dos dólares por el culto. No pienso dárselos a los papistas.

—Imposible, es el señor Pullman el que decide qué confesiones religiosas son buenas para la comunidad. Le he dicho que un dólar con treinta, no recibirá ni un centavo más.

Bob se giró hacia los obreros que hacían cola y les dijo:

—¿Lo habéis oído, amigos? Me dirijo también a los que sois católicos. Nos explotan de todos los modos imaginables e incluso pretenden decidir a qué iglesia debemos encomendarnos. ¿Se supone que esto es la ciudad idílica? ¡Yo os digo que es una cárcel, tan insoportable como cualquier prisión!

Hubo un aplauso. Bob se quedó de piedra al ver que Ted Robinson salía del fondo de la fila para acercarse a él, darle un abrazo y susurrarle al oído:

—Muy bien, compañero. Ya era hora de tener en Pullman a un hombre con tus agallas.

La empleada entre tanto, con un visaje de desprecio, pasó bajo la rejilla un dólar y treinta centavos.

—Puede patalear todo lo que quiera, pero esta es su paga.

Bob se soltó de Robinson, derribó la jaula de un puñetazo y abofeteó a la mujer.

—¡Conque esa es mi paga, ¿eh?! ¡Pues esta es la tuya!

Detrás de él estalló un entusiasta rugido colectivo.

13. Enfrentamiento abierto

El día siguiente era domingo. Robert Coates salió de la casa de la viuda Wilson a última hora de la mañana y caminó por la calle 111 en dirección a la colina que había al final del poblado y a los parques que la rodeaban. No había recorrido muchos metros cuando le salió al paso un policía desde un callejón lateral, apuntando hacia él con una larga porra.

—¡Te estaba esperando, canalla! —exclamó el agente—. ¿Dónde crees que vas? ¿No sabes que estás en busca y captura?

Bob no se alteró demasiado. Sospechó que el agente no pertenecía a la policía oficial. Su indumentaria se asemejaba al uniforme policial en el color y en la forma, pero con varias diferencias; por citar una, la insignia en el pecho llevaba el logotipo de la Pullman. Su pistola no era reglamentaria, sino más grande, como las que todavía se usaban en los estados fronterizos con México. El hombre calzaba botas en lugar de zapatos comunes. Se trataba de un simple agente ferroviario.

A Bob se le escapó una sonrisa antes de contestar:

—Si alguien me busca lo tiene fácil para encontrarme.

—Sé quién es usted. Hay muchos ojos mirándonos, así que tengo que hacer el numerito. Insúlteme —le susurró el agente antes de empezar a gritarle a pleno pulmón—. ¡Malnacido, agrediste a una empleada! ¡Da gracias a que no presentó denuncia! ¡Ahora me vas a dar tus datos!

Bob, que se estaba divirtiendo interiormente, dio un paso atrás.

—¿En busca y captura sin denuncia? ¿Por quién me tomas, granuja? Tú no eres un policía de verdad, búscate un trabajo serio y déjame en paz.

El agente alzó la porra en actitud amenazante. Bob esquivó el golpe y le atizó una patada en la rodilla al guardia, que cayó sobre la acera.

—Se ha excedido —murmuró el policía—. Esto no era lo previsto.

—Perdone, tenía que resultar creíble —se justificó Bob en voz baja antes de echar a correr hacia los árboles de la colina—. ¡Maldito cerdo, lacayo de los patrones! ¡Cuando hagamos la revolución serás el primero al que ahorcaremos! ¡Lacayo rastrero!

Alguien aplaudió en los alrededores, pero Bob no tuvo tiempo de comprobar quién era. No aflojó el paso hasta llegar a las proximidades de un parque cercano al colosal edificio conocido como Arcadia. Se estaba disputando un partido de *rugby* entre obreros, aparentemente irlandeses e ingleses, aunque más que jugar se estaban zurrando de lo lindo ante un enfervorizado público interracial. Él no llegó a sentarse en la grada, porque lo agarró por el brazo Robinson.

—Olvídate del deporte, tenemos un encuentro en un prado cercano. Ha venido a visitarnos Eugene Debs, el jefe de la UEF. ¿Te gustaría conocerlo?

—¡Claro que sí!

—Pues ven conmigo. Y no te preocupes por el resultado, todos los encuentros entre irlandeses y británicos terminan en una trifulca monumental, alentada por la cerveza. Lo normal es que tengan que suspender el partido antes del final.

—¿Tú con quién vas?

—Yo, con la cerveza. Camina detrás de mí.

En un claro entre los árboles, con una pequeña fuente y un quiosco de música en el centro, había una treintena de obreros y cuatro mujeres más bien jóvenes sentados en círculo sobre la hierba. Hasta allí llegaban, amortiguados, los sonidos del partido. Unos estaban comiendo bocadillos que se habían traído de casa, otros fumaban, otros bebían a morro de una botella que se iban pasando de un compañero a otro. La sombra se extendía sobre el prado, pero aun así hacía bastante calor. El cielo, visto desde aquella posición, aparecía algo más límpido que en la periferia de la ciudad o junto a las fábricas.

Debs era fácil de reconocer: sin pelo en la cabeza, calvo y barbilampiño, flaco y sin embargo de imponente presencia, ya fuera porque vestía un traje oscuro de buen paño y pajarita o por sus ojos oscuros y penetrantes, que en cualquier otro hombre habrían parecido temibles. Sentado sobre un periódico desplegado cerca de la fuente, tenía abrazadas las rodillas. Sin sacarse de la boca la colilla de un puro, posiblemente apagada, estaba hablando con frases secas, martilleantes.

—El peor patrón es el que asegura que es vuestro amigo, el que habla de intereses comunes, de crecimiento colectivo, de cooperación por el bien nacional... Esa es la patraña más desvergonzada de la historia. Lo de que «el beneficio para la industria es el beneficio para todos» es una tremenda falacia. Si escucháis decir eso a alguien tomadlo por lo que es: un embustero redomado. Ya habéis visto lo que ha quedado del Pullman benefactor con los primeros atisbos de crisis. No ha tocado los beneficios de los accionistas, pero ha recortado vuestros salarios y no ha rebajado los alquileres de las casas en las que os veis obligados a vivir ni ha reducido los precios de los alimentos que él mismo os vende.

—Es cierto —comentaron unos cuantos.

Debs clavó su mirada en Bob mientras se sentaba en los márgenes del círculo. El hombre que estaba a la derecha del dirigente le susurró unas palabras al oído y él asintió.

—Todo intento de negociación ha sido inútil —siguió hablando Debs—. El «bueno» de George Pullman no quiere sindicatos en su empresa. Punto final. La delegación de la UEF se ha encontrado con un montón de palabrería en primera persona del plural: «Todos estamos en crisis», «Debemos asumir sacrificios», «Sufrimos los efectos de una competencia despiadada»... ¡Y un cuerno! La expresión «todos» debe ser abolida de la jerga sindical cuando no se refiera a los propios obreros. Y aquí no importan las categorías especializadas ni el componente de raza, sexo o nacionalidad. Nadie que trabaje para la Pullman comparte intereses con el señor Pullman. ¿Os queda clara esta noción? —Un aplauso colectivo evidenció que compartían dicha idea—. Veo que estamos de acuerdo. A vosotros os corresponde decidir si procede o no iniciar una huelga. La UEF no os induce a esa forma de agitación, pero tampoco se echa atrás. El sindicato está dispuesto a poner a vuestra disposición todos sus medios. Las redes de solidaridad ya están tejidas y atraviesan Norteamérica de un lado a otro. Y están presentes no solo en el ferrocarril, sino también en las actividades vinculadas a él, desde los muelles de mercancías a las agencias de viaje, pasando por el transporte de equipaje o las empresas de limpieza de vagones. Tanto aquí como en Canadá e incluso en México. Contamos además con una caja de resistencia para ofrecer una pequeña ayuda económica a quienes secunden un paro.

El escenario esbozado por Debs era tan triunfal que provocó una verdadera ovación.

—¡Huelga! ¡Huelga! —proclamaron los asistentes, solapando con sus gritos el distante alboroto de los hinchas del *rugby*.

Debs aplacó el entusiasmo con un simple gesto, tajante, que restituyó el silencio.

—No vendamos la piel del oso antes de cazarlo. Reflexionad sobre la magnitud de la confrontación, porque será una batalla durísima. Vuestros hermanos, en Estados Unidos y más allá de la frontera, barruntan que el enfrentamiento que se librará aquí será decisivo. Imaginaos que se imponga la tesis de la ausencia de representantes sindicales en la negociación, como pretende George Pullman. Tendríais que encomendaros, única y exclusivamente, a su caridad, que varía en función de la fluctuación de los beneficios. Cualquier derecho pasaría a ser una concesión que habría que suplicar de rodillas. Y eso supondría retroceder al escenario previo a la guerra de Secesión, en el que sería el patrón, y solo él, quien decidiera qué limosna dar y a quiénes.

Desde el círculo se alzó la voz de un anciano obrero, tal vez un fogonero, que preguntó:

—¿Qué piensa Gompers de todo esto?

Era bien sabido que Samuel Gompers, presidente de la Federación Estadounidense del Trabajo, a la que pertenecía la UEF, estaba en contra de las huelgas que no fueran de una categoría profesional concreta.

Eugene Debs mostró por primera vez signos sutiles de inseguridad. Carraspeó antes de responder:

—Debo decir que el señor Gompers no os apoya, pero tampoco está en contra. Le he escrito para informarle de lo que hay en juego y no parece que se oponga. Le he contado lo que he visto aquí y no me ha respondido, lo cual considero un asentimiento.

—¿No nos traicionará en el último minuto?

—Eso depende únicamente de vuestra fuerza y de la capacidad de evitar actitudes irreflexivas. Ya sabéis cómo acabó la cosa en Homestead. Hubo una batalla épica y una derrota final, con las instalaciones ocupadas por la milicia estatal. El Estado siempre está en el bando contrario cuando llega la hora de la verdad, la «legalidad» es una trampa. —La mirada inquisitiva de Debs apuntó a Bob en ese momento—. Tú eres Robert Coates, ¿verdad?

Bob, al que cogió por sorpresa la pregunta, tragó saliva. Por un instante temió que lo hubieran descubierto.

—Sí, señor.

—Nada de señor. Los verdaderos señores están ahora mismo en los restaurantes disfrutando de bistecs con patatas y buen vino. —Pese a su serenidad, la voz de Debs sonaba tajante, agresiva—. Me han contado que ayer abofeteaste a la empleada que te pagó un salario de miseria y que esta mañana incluso has tumbado a un guardia. ¿Es cierto?

—Sí —respondió Bob.

—Pues no lo vuelvas a hacer. Te comprendo, pero los gestos de rebelión individuales no resultan útiles. Al contrario, corremos el riesgo de que nos perjudiquen. Tienes una masa que te apoya, actúa con ella. ¿Me entiendes?

—Sí, perfectamente.

—Bien, confío en tu sagacidad. Y ahora id a ver el partido de *rugby*. Que se queden aquí solo los miembros de las hermandades de categoría, hay que formar un comité para organizar la lucha.

Bob se percató de que Ted Robinson se quedaba. Él se puso en pie y, al igual que la gran mayoría de los allí presentes, se dirigió al campo de deportes, al que llegó a tiempo para presenciar cómo el equipo de los ingleses infligía una soberana derrota al de los irlandeses; algo que hubiera preferido no ver. Dejó la colina, regresó a la ciudad y se dedicó a callejear.

Aunque la calle 111 le parecía más bien sórdida, bajo el tenue sol de aquella mañana dominical no ofrecía una imagen de miseria. Las casitas de madera, todas de una sola planta, una al lado de otra, tenían buen aspecto y disponían de una pequeña escalera que conducía a la entrada. Ninguna tenía jardín, salvo la vivienda de ladrillo de la señora Wilson, aunque a lo largo de la calle habían plantado pequeños árboles que, si bien eran un poco endebles, daban sombra.

El núcleo de Pullman estaba situado en el lado opuesto a la colina, en posición lateral respecto a los talleres. El parque Arcadia, inmenso, daba al imponente Palacio Arcadia, que se podría pensar que había sido arrebatado a París y llevado por los aires a Estados Unidos. Era una construcción solemne, muy alta y maciza, con arcos y vidrieras; una mezcla entre la Ópera de París y el también parisino Palacio del Luxemburgo. Albergaba el Teatro Arcadia y la biblioteca, en la que estaban inscritos obligatoriamente todos los obreros, que contribuían a financiarla. No eran mucho más modestas las dimensiones de la escuela y de la iglesia, subvencionadas también con cargo a las nóminas de los trabajadores.

Bob fue hasta el lago Pullman, indudablemente bonito si no reflejara en él un cielo plomizo. En la orilla había amarradas numerosas embarcaciones que se diría que habían sido abandonadas hacía mucho tiempo. Por otro lado, durante su paseo se había cruzado con muy pocos transeúntes: un par de familias con niños y algunos caminantes sin rumbo, como él. No había visto señal alguna de cafés o de restaurantes.

Volvió sobre sus pasos. La viuda Wilson fue a abrirle la puerta en bata.

—Está aquí su amigo, o quizás debería decir nuestro amigo —comentó esbozando una sonrisa pícara.

Elmer Gallagher estaba sentado en la mesa de la cocina, con la camisa remangada a la altura de sus musculosos antebrazos, leyendo un ejemplar del *Harper's Weekly*, que inmediatamente posó a un lado, junto a una taza de café.

—Imagino que tienes cosas que contarme, Bob.

—Sí, bastantes.

—Yo también tengo que darte instrucciones. Siéntate, hablaremos después de que esta linda dama nos prepare uno de sus suculentos almuerzos —dijo guiñándole el ojo a Wilson.

Aquel fue uno de los últimos encuentros directos entre Elmer y Bob.

El 11 de mayo de 1894 cuatro mil trabajadores de la Pullman iniciaron la huelga. Acudieron a sus puestos de trabajo solamente trescientos, pero la empresa declaró el cierre patronal y los echó. En la entrada de los talleres apareció la siguiente notificación: «Suspendida la actividad hasta nueva orden». Las sirenas dejaron de sonar.

El comité de huelga, formado por representantes de las federaciones gremiales adheridas a la Unión Estadounidense del Ferrocarril, demostró una eficacia inesperada. Situó voluntarios en los talleres y en el mercado de la empresa —una estructura amplia y baja que albergaba todo tipo de negocios con productos a precios elevados— con el fin de evitar saqueos. Con el apoyo de la UEF abrió en el cercano suburbio de Kensington un economato que ofrecía a los trabajadores en lucha los alimentos básicos para subsistir. El propio sindicato, tras algunas dudas iniciales, comenzó a compensar a los huelguistas con una pequeña aportación económica que, a falta de salario, les permitía hacer frente a los gastos esenciales.

El comité de huelga trató de abrir vías de diálogo con la empresa, pero sus ofrecimientos cayeron en saco roto. George Pullman no tenía la menor intención de negociar con los insurgentes. Respaldado por la Asociación de Directores Generales, hizo saber que la única opción para los que habían escupido sobre su generosidad era volver a los talleres tras pedir perdón. El 26 de junio, por medio de unas declaraciones que difundieron todos los órganos de prensa de Estados Unidos, Eugene Debs comunicó: «Estábamos abiertos a cualquier posible mediación, nos mostramos moderados y prudentes, pero ahora ya no queda otra vía que la que decidió hace cuatro días el comité de huelga: el boicot. Desde este momento ningún ferroviario estadounidense acoplará vagones Pullman a los trenes, ningún camarero prestará servicio en ellos, ningún mozo de estación llevará equipajes a ellos y ningún taquillero venderá billetes para viajar en ellos. George Pullman ha puesto a prueba la paciencia de los trabajadores y ahora le vamos a demostrar la fuerza que estos tienen».

Nadie, posiblemente ni siquiera Debs, se esperaba lo que sucedió en los días siguientes en todo el centro y el oeste del país. El boicot a los vagones Pullman llegó hasta los nudos ferroviarios menores, secundado incluso por obreros de servicios generales y por empleados de servicios secundarios. Según los periódicos, los trabajadores que respondieron al llamamiento de apoyo a la lucha de la Pullman rondaron la cifra de 125 000, con picos máximos en Chicago y en las ciudades californianas de Oakland y Sacramento. En California se paralizó todo el tráfico ferroviario, cuando salía del depósito un convoy con alguno de los vagones de lujo de la empresa de Illinois los fogoneros se negaban a subir a la locomotora, los sirvientes se negaban a hacer la limpieza y los jefes de estación se negaban a dar la señal de salida.

En toda la historia de Estados Unidos nunca había habido una movilización de tales proporciones, ni siquiera con la Comuna de 1877. Daba la sensación de que la clase trabajadora norteamericana aprovechaba el boicot a la Pullman para manifestar un descontento que se había ido estratificando durante décadas. Incluso quienes no se vieron involucrados en la movilización se solidarizaron con colectas a favor de los huelguistas, donación de ropa y de alimentos, recogida de firmas… El moderado Gompers no sabía muy bien qué hacer ante el ímpetu del movimiento. Seguía con sus llamamientos al diálogo, que la patronal seguía rechazando. Por otra parte, no se atrevía a llevarle la contraria a la masa de asalariados por temor a perder el control definitivamente.

Bob siguió los acontecimientos disfrutando de unos días de tranquilidad en casa de la viuda Wilson, preocupado únicamente por el hecho de que, debido a que el bloqueo afectaba también al correo, no le resultaba fácil enviar noticias a sus hijos ni recibirlas de ellos. Las instrucciones de Elmer eran que no debía hacer nada hasta que llegara «el momento justo». Él se conformó e incluso se acomodó a aquel estado de ocio. Se había convertido en un amante ocasional de la viuda, que a pesar de su edad parecía estar aún muy lejos de perder la voluptuosidad. A cambio de ello Bob obtenía favores y atenciones más propios de un hijo que de un amante.

Una mañana soleada de principios de julio estaba sentado en los escalones de la casa de Wilson leyendo el *Chicago Herald*. El gran titular de primera página reflejaba lo mismo que los de todas las gacetas de Illinois: «De la huelga a la revolución. Debs se adueña del país. Escuadrones de anarquistas y socialistas llegan desde Europa».

El contenido de los artículos era tan fantasioso como los titulares: conspiraciones, desembarcos nocturnos de terroristas profesionales, manipulación de dinamita en sótanos mohosos... Bob sonreía y al mismo tiempo se sentía agradecido a los periodistas; fáciles de comprar, dispuestos a difundir cualquier mentira, eran los más firmes aliados de gente como él, fiel al orden establecido.

Cuanto más colosal era la mentira, más convincente resultaba. Si él no hubiera sido un agente infiltrado entre los subversivos y si supiera escribir se habría dedicado al periodismo, un modo como otro de servir a la patria.

Lo apartó de la lectura del diario la voz seca de Elmer Gallagher, que surgió entre las sombras de la calle 111.

—Es cómodo pasarse el tiempo sentado con el periódico en la mano —le echó en cara—. Llevas dos meses descansando, ya está bien. Es hora de actuar.

—He hecho lo que tú me dijiste: esperar —se defendió Bob.

—Bien, pero la espera se ha terminado —afirmó Elmer mientras subía los escalones—. Mañana será un día decisivo. Va a llegar un tren cargado de esquiroles, es tu momento. Siempre y cuando tengas tiempo y dejes a un lado tus placeres cotidianos, claro.

Bob tuvo la sospecha de que la hostilidad de Elmer se debía a su relación, que se había vuelto íntima, con la señora Wilson. Ciertamente, la viuda tenía decenas de visitantes, si bien habían disminuido desde el comienzo de la huelga, pero Elmer y él eran los únicos que podían meterse en su cama sin pagar, por lo que había entre ellos una rivalidad objetiva.

—Mide tus palabras —le advirtió Bob—. Yo no he estado de brazos cruzados. He participado en todas las asambleas, y ha habido al menos tres cada semana. He intervenido con discursos incendiarios, algunos me consideran un peligroso anarquista, acólito de Johann Most. Hablo constantemente de sabotajes y de explosivos, finjo que interpreto el pensamiento de Debs. Y funciona.

Elmer se sentó en el extremo del mismo peldaño en el que estaba Bob, sin dar muestra alguna de afabilidad.

—Tonterías. Mañana será el día crucial. La ADG se mantiene firme y el señor Pullman ha estado reclutando esquiroles por todas partes. Son en su mayor parte negros, y se sienten discriminados por la UEF, que solo admite blancos. Tiene que haber incidentes graves, la misión de gente como tú es hacer que la situación sobrepase los límites de lo aceptable.

—¿De qué modo?

—Eso lo dejo a tu imaginación. Para ellos ya eres un líder reconocido, ¿o estoy equivocado? Te toca a ti desencadenar la segunda fase.

—¿Y cuál se supone que es?

Elmer bajó la voz para decir:

—La intervención de la Guardia Nacional, o incluso del Ejército. La Asociación de Directores Generales ha logrado que se asigne a los vagones Pullman en exclusiva el traslado de correspondencia, y bloquear el transporte de correo supone un delito federal. El Gobierno de la nación o los propios estados afectados por la huelga se verán obligados a intervenir con las Fuerzas Armadas o por cualquier otro medio.

—Eso sería una masacre.

—Es lo que buscamos.

En ese momento apareció por la puerta la viuda Wilson.

—Muchachos, en lugar de confabular en las escaleras deberíais entrar en casa —les dijo—. Voy a servir la tarta de manzana, nunca habéis comido una tan buena como esa.

Bob y Elmer pasaron dentro. Bob hubiera preferido un par de salchichas en una cervecería con una buena pinta de cerveza negra, solo que en Pullman City no había cervecerías. George Pullman velaba por la salud de sus empleados: nada de alcohol, poco humo y trabajo muy saludable. Esa era la norma de la ciudad idílica antes de la huelga.

A la mañana siguiente Bob madrugó para ir a la concentración ante la Compañía de Vehículos Palacio Pullman. La entrada de las instalaciones estaba abarrotada de gente, como siempre, pero había más animación que otras veces. Las mujeres estaban distribuyendo cupones para canjear en el economato de Kensington mientras los hombres formaban corrillos. Muchos de ellos empuñaban palos, manivelas de guardafrenos, incluso escopetas de caza. Portaban ese armamento con soltura, como si se tratara de material deportivo. Los guardias de la empresa estaban parapetados tras las puertas trancadas, vigilando los vagones sin vender que acumulaban polvo bajo el techo de las naves industriales.

De repente alguien gritó:

—¡Ahí vienen, ya casi están en la estación!

No era una alusión a una estación propiamente dicha, sino a la terminal de un ramal ferroviario proveniente de Chicago que se desviaba hacia Pullman City y que empalmaba con la vía por la que, en periodo de normalidad, remolcaban desde los talleres los vagones recién fabricados con destino a las compañías ferroviarias que los habían encargado.

La multitud de huelguistas corrió en la dirección indicada. Estaba llegando un convoy humeante y retumbante, tan sobrecargado que el pasaje desbordaba los vagones y había viajeros sentados en el morro de la locomotora, ocupando las marquesinas o apiñados en las plataformas y en las escaleras de las puertas. La mayor parte eran de piel negra, mal vestidos, con grandes ojos y miradas perdidas. Pero había también un buen número de blancos, algunos de los cuales iban armados con pistolas. Se veían rostros demacrados de indigentes captados en las calles y también muecas burlonas de malhechores. Quién sabe de cuáles y de cuántos suburbios provenían, la ADG parecía haber rastreado los bajos fondos de Chicago y de ciudades de los estados colindantes con Illinois en busca de esquiroles.

Los huelguistas comenzaron a gritar:

—¡Malditos esquiroles!

—¡Volved a vuestras casas!

—¡No nos robaréis el pan!

Se inició el habitual lanzamiento de piedras mientras la locomotora aflojaba la marcha. Bob supo que era su momento. Sacó el revólver, disparó un tiro al aire y bramó:

—¡Volquemos la locomotora! ¡Incendiemos los vagones! ¡Hagamos descarrillar el tren!

—¡Sí, hagamos que descarrile! —exclamaron un buen número de entusiastas.

Bob echó a correr, seguido por una horda de exaltados. La mayor parte de los esquiroles saltaron del convoy en marcha y se dispersaron en todas direcciones, otros abrieron fuego a discreción. Bob llegó hasta la locomotora, que ya casi se había detenido, e indicó a sus compañeros armados con palancas las ruedas bajo la caldera.

—¡Empujad ahí! ¡Levantadla! —les ordenó apuntando con la pistola al maquinista y al fogonero, que abandonaron la automotora aterrorizados saltando por el otro lado para unirse a los demás esquiroles en fuga.

Requirió un esfuerzo hercúleo, pero con el empuje de la masa y la acción de las palancas y manivelas, encajadas en los radios de las ruedas, la locomotora osciló, se inclinó y finalmente cayó de lado provocando un fuerte estruendo. Todos los vagones volcaron o acabaron fuera de las vías. El fuego de la caldera salió en llamaradas y alcanzó al carbón esparcido por el suelo, que comenzó a arder.

Las llamas se extendieron hasta los vagones, ya vacíos, y los envolvieron. Se alzó tal nube de humo negro que oscureció el sol y seguidamente empezó a caer en forma de ceniza y de *lapilli*. Los huelguistas lanzaron un rugido colectivo de júbilo, muchos de ellos seguían intercambiando disparos de armas de fuego con los esquiroles que huían. Otros rompehuelgas, demasiado lentos, yacían en el suelo tratando de protegerse de los bastonazos.

Al cabo de unos instantes, mientras el humo se disipaba, las vías empezaron a vibrar. Estaba llegando otro convoy, encabezado por una segunda locomotora. Bob sintió un enorme regocijo. Era lo que esperaba, ese tren venía cargado de soldados de la Guardia Nacional, equipados con armamento de guerra. Lo escoltaba un regimiento de caballería, que trataba de mantener la misma velocidad que el convoy.

La locomotora frenó a poca distancia del tren en llamas. Los militares descendieron rápidamente y se alinearon: la primera fila, rodilla en suelo, y la segunda, de pie. Todos iban armados con fusiles Spencer de repetición y llevaban las bayonetas caladas; esta última era un arma obsoleta, pero la milicia seguía utilizándola. Un oficial se adelantó y, tratando de hacerse oír en medio del estruendo, gritó:

—¡En nombre de Richard Olney, fiscal general de Estados Unidos, disuélvanse o abriremos fuego! ¡Están ustedes obstruyendo el transporte postal!

Nadie lo escuchó. La fiesta salvaje de la destrucción continuaba. Bob seguía espoleando a la muchedumbre para que se ensañara con la chatarra en llamas. Lo detuvo la mano de una mujer deslizándose bajo su antebrazo.

—¿No me reconoces? —preguntó ella.

—No —contestó Bob, desconcertado. Era una joven muy hermosa, un poco pálida quizás.

Ella rio.

—¡Soy tu hermana, Virginia! ¡Hace años que no nos vemos, pero déjame que te diga que estoy muy orgullosa de ti! ¿Puedo darte un beso, hermanito?

—Por supuesto —balbuceó Bob, todavía estupefacto—. ¿Qué haces aquí? Ten cuidado, porque…

Estaba acercando sus labios a la mejilla de su hermana cuando la Guardia Nacional abrió fuego. El cráneo de Virginia, atravesado de lado a lado por una bala, explotó entre sus dedos y salpicó materia cerebral. A su alrededor los huelguistas caían como moscas, heridos o muertos.

Bob, presa del pánico, abandonó el cadáver de su hermana y echó a correr con desesperación.

Tercera parte

LA GUERRA DE BOB COATES

14. Un único y gran sindicato

Once años después Robert Coates le narró los sucesos de Pullman a su hijo Charlie, un joven de veinticinco años, con buen porte y bien vestido, del que se sentía muy orgulloso. Estaba acompañándolo a la sede de la Agencia Burns en Chicago para presentárselo a su jefe, William J. Burns. Charlie había decidido seguir los pasos profesionales de su padre, algo que parecía responder más a una inclinación natural que a un legado hereditario.

La carrera escolar de Charlie había sido la antítesis de la de Thelma: una sucesión de fracasos. Sin embargo, fue el primero al que Bob le reveló la naturaleza de su trabajo, porque veía que le fascinaban las historias de detectives de las novelas de diez centavos de la serie titulada Servicio Secreto. Era prácticamente la única lectura del muchacho, que por lo demás se mostraba ajeno a los libros. Confesarle su verdadera profesión le sirvió a Bob para ganarse la admiración del joven y para sentar las bases de unas aspiraciones laborales que hasta entonces habían sido indescifrables.

—Tras los disturbios de los que te he hablado, se produjeron otros precisamente aquí, en Chicago, y en otras ciudades no solo de Illinois —le dijo Bob—. Trenes volcados, incendios, tiroteos... El señor Pullman, que era un hombre recto, se mantuvo firme, respaldado por Richard Olney y por numerosos magistrados que emitieron órdenes judiciales contra los huelguistas. Obviaron la indecisión de John Peter Altgeld, el gobernador, y movilizaron a la Guardia Nacional allí donde se hizo necesario. Murieron un total de veinticinco subversivos y cerca de sesenta resultaron heridos.

—Espero que no hubiera ninguna víctima entre la policía —comentó Charlie mientras observaba maravillado unos automóviles que, traqueteando, tomaban junto a las carrozas tradicionales la calle Ohio Oeste, probablemente en dirección al ayuntamiento. Se veían también algunos de esos autos en San Luis, pero aún era un espectáculo muy raro.

—No, ni policías ni soldados. Los huelguistas estaban desarmados o tenían muy mala puntería.

—Debió de ser terrible ver morir en tus brazos a mi tía..., a tu hermana.

Bob endureció el gesto. Cogió a Charlie por un brazo para hacer que detuviera el paso al borde de la acera, cerca de una boca de incendios. Lo miró severamente y le dijo:

—Hijo, no fue agradable, pero cada cual se labra su destino. Virginia decidió llevar una vida libertina, unirse a una ralea de socialistas. Se encontraba en Pullman porque su marido había ido allí a soliviantar a las masas. La familia Coates siempre ha estado del lado de la ley y del orden, primero en Irlanda y después en Estados Unidos. Ella escogió otra vía y acabó suicidándose, lo cual resulta doloroso, y como buenos cristianos lloramos su pérdida, pero eso no la exime de la grave culpa que la condujo a ese final. ¿Lo entiendes?

—Lo entiendo, papá —aseguró Charlie.

—Y esto vale también para los obreros que en lugar de trabajar humildemente optan por los desórdenes y con ello se exponen a las balas.

—Claro.

Bob, satisfecho, entró con su hijo en el edificio. El aumento del poder de William J. Burns se evidenciaba en las dimensiones del edificio de seis plantas que albergaba su cuartel general. La agencia contaba con decenas de delegaciones por todo Estados Unidos, solo la superaba en número la Pinkerton. La mayoría de los agentes de la Burns trabajaban en horario de oficina, desde las seis y media de la mañana hasta la tarde; no así los agentes especiales, un selecto núcleo del que formaba parte Bob, ni tampoco los detectives, que eran la élite de la élite. Estos disfrutaban de largos periodos de descanso, pero cuando los enviaban a alguna misión tenían que entregarse en cuerpo y alma a la agencia hasta la conclusión del caso o del conflicto.

—El señor Burns no está —les informó una secretaria. La amplia ventana que había tras ella, medio cubierta por unos helechos, daba a los barrios más elegantes de Chicago y, en perspectiva, a unos rascacielos en construcción. Toda la metrópolis parecía una gran obra—. Está alguno de sus ayudantes: el señor Doyle, el abogado Heney…

—Vaya a buscar al abogado —le pidió Bob, que, aunque sabía que Heney tenía mal genio, lo conocía bien. Con D. A. Doyle, en cambio, tenía poco trato; se trataba de un detective joven y ambicioso, poco fiable a pesar de que era el predilecto de Burns.

—Ahora lo llamo. Siéntense en los sillones, puede que tengan que esperar unos minutos.

—No importa.

Mientras esperaban, hundidos en los suaves y acolchados asientos de la espaciosa sala de espera, Bob le contó a su hijo:

—No creas que nos ocupamos únicamente de cuestiones sindicales. En los últimos años yo he llevado sobre todo casos criminales. A Heney y superficialmente a Doyle los conocí durante la investigación relacionada con la Oficina General de Tierras, un caso de concusión estatal en Oregón, la habitual corrupción de funcionarios…

—¿Por eso ibas tanto a Oregón? —preguntó Charlic.

—Exacto.

—Cuéntame más sobre Pullman. ¿Cómo terminó la cosa?

Bob sonrió.

—El plomo dio resultado. Los agitadores, incluido su cabecilla Eugene Debs, fueron juzgados. Todos los huelguistas fueron despedidos y acabaron en la lista negra de todas las compañías ferroviarias del país. Finalmente intervino Gompers, el presidente de la Federación Estadounidense del Trabajo, hombre sabio y juicioso. Pidió que volvieran a contratar al personal especializado afiliado a las hermandades de categoría y lo logró a cambio de proclamar el final de la huelga y del boicot.

—¿Ese Debs es el mismo que el año pasado se presentó a las elecciones presidenciales por el Partido Socialista de Estados Unidos?

—Sí. Cuando lo conocí no era socialista, se hizo después.

—¿Dónde fueron a parar los obreros no especializados?

—No sé. Los expulsaron de Pullman City, al igual que a sus familias. Me imagino que ahora, los que sigan vivos, estarán recolectando manzanas en California o picando roca en las minas de Colorado.

Llegó el abogado Francis Heney. Era un hombre apuesto, elegante y bien peinado, sin atisbo alguno de barba o bigote, con patillas cuidadosamente recortadas, nariz delgada, labios estrechos y ojos grises.

—Me alegro de volver a verte, Bob. No te levantes —dijo estrechándole la mano—. Burns no está, ¿hay algo que yo pueda hacer?

—Abogado, he venido con mi hijo Charles —contestó con vacilación y con cierto embarazo—. Le encantaría convertirse en detective…

—¡Una excelente decisión! —exclamó Heney—. Es un momento inmejorable, la agencia está en plena expansión y el servicio secreto nos sobrecarga de trabajo. Me aseguraré de que tu Charles sea admitido en uno de los cursos de reclutamiento.

El servicio secreto del Departamento del Tesoro, el mismo de las novelas por entregas que Charlie devoraba ávidamente (en las que Burns aparecía con el nombre del Viejo Rey Brady), era el único órgano policial del que disponía el Gobierno federal. Se ocupaba de todo un poco: espionaje, actividades del hampa que rebasaban las fronteras de un estado, corrupción, falsificaciones, bandas de atracadores itinerantes, anarquistas y sindicalistas… Debido a que contaba con escaso personal, a menudo contrataba a agencias privadas para que llevaran el peso de las investigaciones. Por lo demás, el mantenimiento del orden público se encomendaba a las policías locales.

—¡Muchas gracias! —dijo Bob.

A Heney pareció asaltarlo un pensamiento repentino y le preguntó:

—¿Qué relación tenías con Debs en Pullman City?

—¿Relación? Yo no lo llamaría así —contestó Bob, perplejo por la pregunta—. Solo cruzamos unas cuantas frases.

—¿Llegó a descubrir para quién trabajabas?

—No, abogado, creo que no.

—Entonces, ven conmigo a mi despacho, tengo un encargo para ti —afirmó Heney, que se levantó y le dio una cordial palmadita en la espalda a Charlie—. Perdona por robarte a tu padre unos minutos, joven. Pronto sabrás por ti mismo que aquí el secreto es la norma.

El despacho de Heney, en la tercera planta, no era especialmente lujoso. Si acaso, sugería una idea de confort gracias a las butacas tapizadas en terciopelo amarillo, las lámparas de pie con filamento de tungsteno y el amplio escritorio con dos teléfonos de modelo sueco colocados a ambos lados. A través de la cristalera se podía apreciar la rápida transformación que estaba experimentando la ciudad de Chicago. Edificios cada vez más altos se superponían en el horizonte y armazones de metal anunciaban construcciones aún más elevadas. El panorama ofrecía un tramo de la vía férrea y permitía ver el paso frecuente de convoyes entre nubes de humo. Los extremos de la ciudad estaban llenos de chimeneas. Estados Unidos iba tomando forma gracias al hierro, al acero y al carbón: una revolución industrial en plazos vertiginosos. El cuarto factor, las finanzas, no estaba a la vista, pero espiaba y en el fondo gobernaba esa evolución.

Heney le pidió a Bob que tomara asiento y él hizo lo propio en su sillón, detrás de la mesa.

—Era de prever —comentó sin preámbulos—. Hemos salido de la crisis de finales de los años noventa y estamos entrando en un periodo de prosperidad. Hay trabajo, hay producción y la riqueza aumenta. Los pobres ya no andan por las calles ejerciendo trabajos inútiles, colocados por sindicatos y por gobernadores buenistas. ¿Y quiénes son los que sacan los pies del tiesto? Los rompecojones de siempre: los sindicalistas, los socialistas, los anarquistas…

—No estoy muy al tanto de eso, abogado —reconoció Bob—. Después de lo de Pullman solo me he dedicado a casos penales, ya lo sabe.

—Por supuesto que lo sé. —Heney sacó de una caja con incrustaciones un cigarrillo, una alternativa reciente al antiguo cigarro destinada a un consumo más rápido. Tras encenderlo cayó en la cuenta de que tenía compañía y le ofreció a su interlocutor la caja, en la que al abrirla sonaba el *Yankee Doodle* por medio de un carillón—. ¿Quieres uno?

—No, gracias, no fumo. —Bob constató con sorpresa que los principios antitabaco de Burns parecían haber prescrito. Pocos años atrás un agente que fumara se arriesgaba a ser despedido.

—Mal hecho. El tabaco purifica los pulmones, de igual modo que la fumigación mata a los insectos —aseguró Heney echando una calada—. Tu viejo amigo Debs, empoderado con los votos que sacó como candidato presidencial, va a causarnos problemas.

—¡Nunca ha sido amigo mío! —aclaró Bob con vehemencia.

Heney se echó a reír y dejó caer un poco de ceniza en una especie de cuenco de cristal.

—Lo sé, te estaba tomando el pelo. No solo Debs, hay otros buscarruidos que también se han propuesto fundar un nuevo sindicato. Y, aunque no se ha constituido aún, ya tiene nombre: Trabajadores Industriales del Mundo.[2] ¿Has oído hablar de él?

—No, sinceramente.

—Celebrará su congreso fundacional precisamente aquí, en Chicago, el 27 de junio, en el Lado Norte. Quieren que sea un

[2] Industrial Workers of the World, IWW, en sus siglas en inglés. Organización sindical estadounidense aún viva cuyo momento álgido tuvo lugar entre 1905 y la década de 1920. Propugnaba un sindicalismo revolucionario a partir de organizaciones sectoriales de una misma industria que incluían a los trabajadores de diferentes categorías, algo radicalmente opuesto al gremialismo de la FET. A sus afiliados se los conocía popularmente como *wobblies*.

sindicato muy diferente de los demás y que agrupe, más que a trabajadores cualificados, a aquellos que rechaza la Federación Estadounidense del Trabajo: los obreros ocasionales, los inmigrantes, incluidos los chinos, los jornaleros y los parados, ya sean desempleados por infortunio o por vocación. En definitiva, la escoria humana.

Bob se permitió soltar una pequeña carcajada.

—Un sindicato de esa clase no tiene ningún futuro —sentenció.

—Eso mismo pienso yo. Pero el servicio secreto no lo ve así, y debemos tenerlo en cuenta. Por una vez no ha contratado a la Pinkerton, ha encomendado directamente al señor Burns la vigilancia de los TIM. Nuestra agencia deberá vigilar a esos pordioseros, decidan lo que decidan hacer.

Bob recobró la seriedad y dijo:

—Entiendo, es un encargo importante. ¿Debo ir al congreso de esos muertos de hambre?

Heney dejó caer la ceniza del cigarrillo, que ya había fumado a medias, en el recipiente de cristal.

—Sí, y si puedes, tienes que afiliarte al sindicato. Aparte de la chusma ordinaria acudirán Debs, su viejo adversario Daniel de León, del Partido Socialista Laborista, y los representantes de la Federación de Mineros del Oeste, que en los últimos dos años han causado infinidad de problemas en Colorado. Y organizaciones menores, los disidentes de Gompers y de la FET, curas populistas, agitadores varios, supervivientes de los Caballeros del Trabajo, seguidores de Jacob Sechler Coxey decepcionados con el cabecilla…

—Para que me inviten a ir debería volver a ver a Debs. Es el único al que conozco.

—No, conoces también a uno de sus ayudantes… Ahora vives en Chicago, ¿no es cierto?

—Sí, desde hace un año, con mis dos hijos. El señor Burns tiene mi dirección.

—Entonces irá a verte el hombre al que me refiero —aseguró Heney mientras apagaba el cigarrillo. Tenía una expresión irónica en el semblante, era como si estuviera saboreando la sorpresa que iba a darle—. Se llama Elmer Gallagher.

Bob no ocultó su asombro.

—Lo recuerdo. ¿Se ha vuelto socialista?

—¡Qué va! —Heney soltó una ruidosa carcajada—. Ahora es de los nuestros. No podíamos limitarnos a presenciar el éxito de Debs sin ponerle remedio, ¿no crees? Formalmente Gallagher pertenece al servicio secreto, fue contratado justo después de lo de Pullman. Pero ahora también nosotros lo tenemos en nómina, a él le debemos muchos de los encargos que nos han hecho.

—Estaré encantado de volver a verlo —murmuró Bob, ocultando el asomo de envidia por la carrera de su colega.

—Y él también —afirmó Heney, que seguidamente se levantó y le ofreció la mano—. Ya nos veremos, Bob. Y no te preocupes por tu hijo, considéralo reclutado.

—Gracias, abogado.

Bob y su familia vivían en la calle 93, en el extremo norte del Lado Este de Chicago, lejos de donde él y su hijo se encontraban en ese momento. No había podido conseguir vivienda en una ubicación mejor. Fijar su residencia en la ciudad más importante de Illinois se había hecho indispensable para poder presentarse ante el señor Burns con prontitud cuando tenía necesidad de él.

—¿Qué te ha dicho el abogado Heney? —le preguntó Charlie mientras esperaban el coche de caballos que los llevaría a casa.

—No es asunto tuyo —respondió Bob con brusquedad—. Lo importante es que has encontrado trabajo. Aprenderás que en este oficio es necesario guardar silencio siempre, con tus seres queridos y con quien sea.

—¿También con Thelma?

—Con Thelma y con Rosy, sobre todo con Rosy.

Hacía cinco años que Rosy O'Donnell se había convertido en pareja de Bob, a pesar de la considerable diferencia de edad entre ambos. Ella tenía veinticuatro años, la misma edad que su hija Thelma. Era una joven muy alta, con una figura singular: pelo rojo, cara atractiva, no tenía pecho; sus senos se reducían a dos pequeñas copas de sujetador apenas perceptibles, aunque eso se compensaba con unos grandes pezones. Todo lo que le faltaba en la parte superior del cuerpo se había transferido a la inferior: trasero prominente, piernas perfectas y pubis tentador.

Inicialmente, el interés de Bob hacia ella fue de índole sexual. En su primer encuentro, cuando era aún menor de edad, prácticamente la violó (aunque su versión, si hubiera tenido que darla, habría sido otra). La brutalidad inicial se transformó más tarde en un sentimiento diferente. Rosy, por la que seguía sintiendo una atracción sexual superior a la que pudiera experimentar con cualquier otra mujer, se había revelado como una persona ingeniosa, irónica y desinhibida. Apenas recordaba a su padre, Hugh O'Donnell, y no sabía qué había sido de él. Bob y ella terminaron viviendo juntos, dada la poderosa atracción mutua. La relación ilícita que mantenían hería un poco los sentimientos religiosos de Bob, aunque eso no había modo de arreglarlo con una boda, porque ella ya estaba casada, quién sabía con quién. No importaba, había aceptado a Thelma y a Charlie, y Bob y ella formaban una pareja *grosso modo* feliz.

Bob y su hijo descendieron del carruaje a pocos pasos de su casa. Vivían en la tercera planta de un edificio de nueve pisos que era de los más bajos del barrio. Nada más entrar en el portal, sus fosas nasales sufrieron la agresión de una oleada de olores penetrantes de verduras hervidas, pasta demasiado cocida, fritos y asados especiados. Un sinfín de etnias estaban preparando el almuerzo en cada una de las viviendas. Un solo olor hubiera resultado agradable, pero la mezcla de todos ellos era un atentado contra el olfato.

—¿No podríamos irnos a vivir a otra parte? —se quejó Charlie.

—Lo haremos tan pronto como tengamos la posibilidad, hijo.

Abrió la puerta Rosy, que llevaba un mandil alrededor de la cintura.

—Pensé que ibais a venir mucho antes. Sentaos, la comida se va a quedar fría. Thelma ya ha comido y se ha ido con una amiga.

—¿Alguna novedad? —preguntó Bob mientras se quitaba la chaqueta.

—No. ¿Tú tienes alguna?

—Una solo, pero importante. Charlie ha encontrado trabajo... Mejor dicho, la vía de acceso a un trabajo estable: un curso de formación que le asegurará un empleo.

—¿Formación en qué?

—Se preparará para entrar en la policía —mintió Bob, confiando en que su hijo no lo desmintiera.

Rosy reaccionó con un gesto de desaprobación.

—No me gustan demasiado los polizontes, con todo lo que le hicieron a mi padre...

—De polizonte nada, Charlie entrará en una de esas unidades que se encargan de la seguridad. Patrullará las calles y se ocupará de la pequeña delincuencia común. De momento se limitará a aprender las nociones técnicas necesarias. —Bob se alegró de que su pareja le diera pie a cambiar de tema—. Hablando de tu padre, ¿sabes algo de él? ¿Sigue tocando en una orquesta ambulante?

—No, creo que ha encontrado trabajo aquí, en Chicago, como redactor de una pequeña revista.

—Menudo padre, vive en la misma ciudad que su hija y ni siquiera intenta contactar con ella —comentó Bob con desdén.

Rosy se entristeció al escuchar eso.

—No creo que sepa dónde estoy. Además, no olvides que es un O'Donnell, se moriría de vergüenza si alguien viera que vive en situación de miseria. Para los de nuestra familia eso es una cuestión de dignidad.

Los O'Donnell habían sido una de las estirpes más ilustres de Irlanda, Bob lo entendió y dejó ese asunto. Después de comer llevó a Charlie a su habitación, se sentó en el borde de la cama, sobre la manta estampada, y le pidió a su hijo que se sentara frente a él, en una silla.

—Ya habrás imaginado por qué le he mentido a tu madrastra, ¿no? —le preguntó.

Charlie, a pesar de su edad adulta, reaccionó como un niño, con el rubor de quien debe decir a cuál de sus progenitores quiere más.

—Me lo explicaste esta mañana, es un trabajo que hay que ejercer en secreto.

—Eso es. Nunca hables de ello con las mujeres, que son chismosas por naturaleza. Pero ten presente, Charlie, que nosotros no hacemos nada malo. Trabajamos encubiertos para echarles el guante a los malvados, para frustrar sus complots y para castigarlos. ¿Quieren subvertir Estados Unidos, entregar el poder a los ociosos y a los inútiles? ¡Que lo intenten! Nosotros, los justicieros, ocultamos nuestra identidad para salvar el país.

—Lo entiendo y creo en ello.

—Muy bien. Los verdaderos héroes actúan sin hacer ruido, con humildad —aseguró Bob, que en ese momento pensó en algo que le pesaba desde que estaba con Rosy y vivía en Chicago. Lo que le dijo a continuación al joven fue, en cierto modo, confesión—. Llevamos una vida diaria aburridísima, de burgueses que no llegan a ser ricos, con una continua repetición de hábitos: las comidas dominicales, las cenas con la familia reunida, charlas insulsas, las esporádicas escapadas fuera de la ciudad en días festivos... Si lo piensas, la única distracción propiamente dicha, aparte de algún que otro espectáculo de teatro, son los oficios religiosos.

Charlie asintió con la cabeza y afirmó:

—Era todo más entretenido cuando iba a la escuela. Entonces tenía amigos, ahora no tengo ninguno.

—La carrera profesional que se te presenta pondrá remedio a eso. La grisura pasará a ser solo el color de un uniforme —aseguró Bob con un sincero entusiasmo—. Nueve de cada diez días llevarás una vida monótona, pero en ese décimo día cumplirás con tu deber de servir al orden público, ya se trate de resolver un delito o de reventar una huelga. Ese será el momento que te rescate de la banalidad y que te haga redescubrir la aventura. Nadie lo sabrá, y eso añadirá encanto a tus hazañas. ¿De verdad me estás entendiendo?

Charlie no respondió directamente. Preguntó, en cambio:

—Cuando desapareces durante semanas diciendo que has encontrado un empleo como mecánico, ¿vas a hacer trabajo policial?

—Sí, aunque «policial» no es el término más apropiado. Voy a hacer trabajo de investigación.

—Thelma se pregunta a menudo cómo puedes mantenernos trabajando solo ocasionalmente.

—Thelma es demasiado perspicaz y se hace más preguntas de las que debería. Se parece a Rosy en algunos aspectos. —Bob oscureció el gesto durante unos instantes—. Tú y yo nos entendemos hablando de hombre a hombre. Y ahora ve a leer una de tus novelas mientras yo duermo un poco. Y recuerda: ¡chitón!

—Por supuesto, papá.

Al irse su hijo, Bob se quitó los zapatos y se echó en la cama. No había quedado satisfecho tras esa charla con Charlie, similar a la que mantiene un padre de edad madura con un hijo que aún está en la pubertad. No obstante, el joven, sin ser especialmente inteligente, no era en absoluto un memo. Pensó en una solución: desde que alcanzó la mayoría de edad le estaba dando a Charlie dinero para ir a un burdel una vez al mes, y decidió incrementar esa asignación. Le pareció que era la única forma de que se hiciera un hombre de una vez por todas.

La siesta de Bob fue corta. Todavía no había alcanzado el sueño profundo cuando sonó el timbre de la casa. Rosy fue a despertarlo.

—Hay un amigo tuyo en la puerta. Dice que tenéis una cita.

—¿Amigo?

—Se llama Gallagher, Elmer Gallagher.

Bob se calzó los zapatos deprisa. Encontró a Gallagher en el rellano, no había cambiado mucho respecto a la época de Pullman. A pesar de que nunca habían sido verdaderos amigos se abrazaron. Fue cosa de la nostalgia, nada más.

Elmer miró a su alrededor antes de decir:

—Tengo que hablar contigo en privado.

—Hay un café en esta misma manzana.

—Vayamos allí entonces. Encantado de haberla conocido, señora.

Rosy esbozó una sonrisa y no dijo nada. Mientras bajaban las escaleras, Elmer le preguntó:

—¿Cómo te va, Bob?

—No me puedo quejar. Me habían anunciado tu visita, pero no la esperaba tan pronto.

—¿Qué es esta peste?

—Aquí viven familias de todas las razas y cada una cocina a su manera. Puedes distinguir a los italianos de los chinos por el olor a ajo más o menos intenso, y los eslavos preparan carne macerada de todo tipo.

Tom's Corner, ubicado donde terminaba la calle 101 y comenzaba el bulevar Jeffrey, era un bar como muchos otros: cuatro paredes, cuatro pequeñas mesas, una barra y un tabernero negro como la pez. Disponía de tres tipos de güisqui, dos de cerveza y un café preparado en una gran cafetera de piezas atornilladas y fabricación napolitana; se servía en vasos transparentes que quemaban los dedos y para enfriarlo se añadía leche si lo pedía el cliente.

—¿Güisqui? No, gracias. Hace tiempo que ya no bebo alcohol —aseguró Bob cuando Gallagher le ofreció un vaso.

—Es hora de volver a él. Haz un esfuerzo.

Bob engulló el líquido con un trago exagerado. Se quedó con la boca abierta, como si necesitara aire. El impacto del ardor fue breve, poco a poco comenzó a aflorar la vieja y agradable sensación de ligereza y soltura.

—¿Qué sabes del sindicato Trabajadores Industriales del Mundo? —le preguntó a Gallagher—. Al parecer, está relacionado con mi nueva misión.

—En enero se reunieron en secreto en Chicago… Tan en secreto que estaba yo. Se proponen fundar «un único y gran sindicato», abierto a todos los desarrapados, incluyendo a los negros y a los parados.

—Eso ya lo intentaron otros —afirmó Bob con una sonrisa.

—Eso mismo digo yo, esto acabará como las otras veces. Pero en el servicio secreto se lo han tomado muy en serio y a nosotros, simples peones, no nos queda otra que perder un poco de tiempo con este asunto. Ahora te diré cómo puedes encontrar a Debs en cuanto llegue a Chicago.

15. Tipos Infames y Maleantes

A primera hora de la mañana del 27 de junio de 1905, martes, Robert Coates estaba en la cola para entrar en el Brand's Hall, en el Lado Norte de Chicago. Mientras esperaba pacientemente que la fila fuera absorbida por la entrada del pabellón, se entretenía leyendo lo que su hermana Mary Ann había escrito sobre el evento ese día en el *Herald*.

> *Antes incluso de reunirse y de dotarse de unos estatutos, ya tienen nombre:* TIM. *¿Qué significan esas siglas? Hay quien dice que Tipos Infames y Maleantes, o también Truhanes Inmorales y Maniobreros. Son interpretaciones malévolas, es cierto, pero no están muy alejadas de la realidad. El nuevo sindicato parece que está llamado a agrupar a todos los vagabundos de este país, desde los trabajadores ocasionales hasta los meros sinvergüenzas, pasando por los negros. No faltan las mujeres fumadoras y propagandistas de los métodos anticonceptivos. ¿Y quiénes son sus jefes supremos? El habitual Eugene Debs, el habitual Daniel de León, una viejecita con un sombrero grotesco que hizo fortuna soliviantando a los mineros y un cura católico suspendido* a divinis, *un tal padre Hagerty. Y William Haywood, secretario general de la Federación de Mineros del Oeste y promotor, a golpe de revólver, de una infausta guerra civil en las montañas de Colorado. ¿Son peligrosos todos estos? Para el olfato lo son, me imagino la peste que soltarán.*

A Bob le hizo gracia el artículo de su hermana. Aunque él, honestamente, no notaba esa peste, la gente que tenía delante encajaba en cierta medida en esa descripción. Eran personajes con la dentadura incompleta, con sombreros de mala calidad, con blusas de trabajo… La idea de que de semejante mezcolanza pudiera nacer un sindicato, además con pretensiones de universalidad, desafiaba lo probable y se adentraba en el terreno de lo muy incierto.

Eugene Debs, que estaba pasando junto a la fila y fue recibido con un aplauso, se percató de su presencia.

—Ven conmigo, Bob. Entraremos por el lado de los invitados, será más rápido.

Ya se habían visto el día anterior, por intercesión de Elmer Gallagher, en el modesto hotel de Chicago en el que Debs había reservado habitación. El líder socialista, que parecía tener una salud delicada, reconoció de inmediato al militante que había visto en acción en Pullman.

—Me alegro mucho de volver a verte, Robert. ¿Puedo presentarte a un amigo? Ten cuidado, es más cercano a De León que a mí —comentó con un guiño de ojo—. Pero es un escritor prometedor, así que se le perdona todo.

El amigo en cuestión se llamaba Jack London. Era un hombre joven, de cabellera rubia y singular belleza viril. Había ejercido todo tipo de oficios y ahora estaba tratando de vivir de la literatura. No se hallaba en Chicago para participar en el congreso, sino solo para verse con Debs y desplazarse después a la zona de los Grandes Lagos. La velada fue agradable, amenizada con las anécdotas que contó London. Los camareros del hotel, socialistas también ellos, no solo rechazaron las propinas, se negaron incluso a cobrarles la cuenta.

—Toma asiento, aún quedan puestos libres —le dijo Debs a Bob cuando entraron en el Brand's Hall—. Yo debo estar en el escenario.

Bob se sentó al final, bajo un gran reloj que dominaba la pared, y echó una mirada a su alrededor. Los participantes en el congreso, teniendo en cuenta a los que aún estaban esperando fuera, debían de ser unos doscientos. Los había de todas las edades, hombres en su mayor parte, aunque también un discreto número de mujeres, agrupadas en el centro de la sala. Un hecho notorio unía a todos aquellos personajes: si bien no eran los miserables malhechores de los que hablaba Mary Ann, saltaba a la vista que no pertenecían a la clase alta y ni siquiera a la clase media; los jornaleros del sur eran reconocibles por su manifiesta pobreza. Otro hecho común era que, al margen del sexo, todos allí fumaban. La sala era grande y las ventanas estaban abiertas, lo cual no evitaba que se condensara una espesa niebla azulada.

En el escenario, detrás del atril, había tres enormes banderas de las barras y estrellas enrolladas a modo de festón. En la pared colgaban unas vistas enmarcadas de parajes de Estados Unidos, o eso parecía a distancia. Un hombre muy alto y musculoso, con una chaqueta que no le quedaba nada bien, saludaba a los invitados más ilustres, que poco a poco iban llegando para unirse a él en el escenario. La acogida especialmente cálida la reservaban para Debs y para un individuo bajo y barbudo que posiblemente era De León, el intransigente fundador del todavía más intransigente Partido Socialista Laborista. El encuentro entre él y Debs comenzó con un apretón de manos renuente que dio paso, con cierta reticencia, a un abrazo.

Un tipo con un sombrero deforme, que estaba conversando en la butaca que Bob presionaba con sus rodillas, dejó la charla con sus amigos (todos ellos con idénticos sombreros), se giró y le ofreció un petaca metálica.

—Pruébalo tú también, compañero —le dijo—. Es de calidad, lo hago yo. Auténtico güisqui, de ese que te quema las tripas. En toda Florida no hay nada tan genuino.

Más que entenderlas, Bob dedujo las palabras del desconocido, que tenía la dentadura maltrecha. Trató de esquivar aquella prueba diciendo:

—Gracias, pero es mejor que lo reserves para el comienzo del congreso.

—No te preocupes, tengo otro frasco, y los compadres también tienen —aseguró guiñándole el ojo—. Ya se sabe que los discursos, por buenos que sean, provocan sed.

Bob acercó la petaca a los labios y dio un pequeño sorbo. Casi se atragantó por la tos y devolvió el recipiente con los ojos llorosos y la garganta ardiendo.

—Es bueno, ¿a que sí? —El paleto se echó a reír—. Si quieres más no tienes más que pedirlo.

—Ya he tenido suficiente.

Bob seguía tosiendo cuando Elmer Gallagher se sentó a su lado. El colega le puso una mano en el hombro como tratando de ayudarlo a superar la tos, y a continuación le ofreció una tarjeta.

—Toma esto, te será de utilidad —le susurró.

—¿Qué es?

—Un carné a tu nombre de la Unión Estadounidense del Trabajo, una filial de la Federación de Mineros del Oeste. Podrás participar en las votaciones alzándolo.

—¿Para votar qué o a quién?

—Eso te lo diré yo.

La Federación de Mineros del Oeste. Bob recordó los artículos sobre ella que en los años anteriores habían llenado páginas en el *Chicago Herald* y en otros rotativos. Unos matones que en Colorado se habían enfrentado a tiros con revólveres y rifles a la Guardia Nacional, enviada por el gobernador James Hamilton Peabody. Un conflicto similar había estallado en Idaho, con otro gobernador, Frank Steunenberg, como protagonista. Los mineros, que se oponían a un nuevo recorte salarial, murieron a mansalva. Sus esposas e incluso sus hijos recibieron brutales palizas y penas de cárcel. Y a pesar de ello los trabajadores resistieron todo lo que pudieron. En las montañas y las colinas de esos dos estados era frecuente oír el eco de las explosiones de dinamita; antes, pero sobre todo después de la derrota de los obreros.

—¿Ves a ese? —preguntó Elmer—. Me refiero al gigante que está en el escenario. Es Bill Haywood, dirigente de la Federación de

Mineros del Oeste. También lo es el personaje menos grande que está a su lado, Charles Moyer.

Bob ya había advertido la presencia de Haywood. Lo observó con atención y afirmó:

—Tiene un ojo cerrado.

—No tiene ese ojo, es tuerto. Dicen que resultó herido en una mina cuando tenía diez años y apenas llevaba un año trabajando. Es gracioso verlo vestido como un figurín, porque él suele llevar cinturón y un colt.

—¿Quién es la viejecita del sombrerito a la que él y Moyer están saludando?

—La llaman Mamá Jones. Una fanática utópica que combate el trabajo infantil en las minas. No se cree que sin la utilización de niños nuestra industria extractiva se iría a la ruina, en las galerías estrechas se necesitan cuerpos pequeños.

En la sala, ahora que ya había entrado todo el mundo, reinaba un barullo infernal. Haywood trató de decir algo, pero nadie lo escuchó. Se hizo con un listón de madera y golpeó con él el atril hasta romper ese útil de percusión.

—¡Silencio, por Dios! —gritó. El público finalmente guardó silencio—. ¡Da comienzo el congreso constituyente de un nuevo y gran sindicato: los Trabajadores Industriales del Mundo!

Hubo una avalancha de aplausos. Haywood trató de colocar sobre el atril las hojas de su discurso, pero le cayeron al suelo una y otra vez. Al final, cansado de agacharse, le dio un manotazo a lo que quedaba de la carpeta lanzándola lejos. Avanzó hacia el centro del escenario con los puños en las caderas, era una imagen planificada para sorprender.

—Estamos aquí para agrupar a los trabajadores estadounidenses en un movimiento de la clase obrera que tenga como fin liberarla de las cadenas del capitalismo. —La vozarrona de Haywood era proporcional a su tamaño—. El objetivo de esta organización es darle a la clase trabajadora el poder económico, los medios de subsistencia y el pleno control de los mecanismos de producción y distribución, sin necesidad de patrones y capitalistas. La Federación Estadounidense del Trabajo, que pretende representar a los asalariados de este país, no es un movimiento de clase. ¡No representa en absoluto a la clase obrera!

Esas palabras provocaron un rugido de entusiasmo y un huracán de aplausos. Gallagher le susurró a Bob al oído:

—Los mineros pertenecían a la FET hasta hace poco. Apuesto a que muchos de los aquí presentes todavía están afiliados.

—Entonces, ¿por qué aplauden con tanto ardor?

—Eso es lo más preocupante.

Haywood levantó los brazos para restituir la calma.

—La organización que nace hoy se fundamenta en la lucha de clases. Sin concesiones, sin renuncias y con un objetivo preciso: ¡devolverles a los obreros todo el producto de su trabajo!

Fue inevitable una nueva y potente ovación. Muchos delegados se pusieron en pie, entre ellos los paletos de la fila de delante de Bob. Tuvo que levantarse también él, más que nada para poder ver algo. Aplaudió blandamente.

Tras el discurso de Haywood hubo una serie de intervenciones de aprobación. Debs y De León, cada uno a su modo, hicieron hincapié en la necesidad del socialismo, defendieron indirectamente la importancia de sus respectivos partidos y pasaron por alto las divergencias (todos los socialistas de Debs tenían tendencia a votar, mientras que los de De León por principios mostraban animadversión hacia las elecciones). La anarquista negra Lucy Parsons, viuda de uno de los ahorcados por los sucesos de Haymarket, abogó por los derechos de las mujeres y de la minoría de color con una intervención apasionada que conmovió a los asistentes. El padre Hagerty y William Trautmann, director del *Brauer-Zeitung* (órgano de comunicación de los cerveceros de lengua alemana), plantearon la necesidad de crear una estructura basada en la homogeneidad de los sectores industriales.

Bob abandonó la sala a última hora de la tarde, algo aturdido ante tanta demostración de elocuencia. Él y Gallagher se dirigieron a un bar cercano, se sentaron en la barra y pidieron güisqui y cerveza. El pequeño vaso de licor lo vaciaron de un trago, la cerveza la saborearon. Ambas bebidas eran de pésima calidad, pero poco importaba, porque los dos sentían en ese momento una aguda necesidad de alcohol.

—No he entendido casi nada —reconoció Bob, al que se le escapó un bostezo—. Hablaban con un lenguaje complejo o se referían a episodios irrelevantes. Y se dedicaron más que nada a meterse con Gompers y con su federación.

—Tendrás que acostumbrarte —contestó Gallagher mientras pedía una segunda ronda de güisqui—. Está previsto que el congreso dure varios días, vas a tener que escuchar mucha más palabrería.

Bob se horrorizó ante esa advertencia.

—¿Y va a ser como hoy, repitiendo las mismas cosas de forma machacona?

Elmer Gallagher le sonrió con indulgencia.

—No conoces a los marxistas, cuando hablan es preciso captar los matices. Puede parecer que están de acuerdo, pero disienten entre sí constantemente. Hoy yo he distinguido al menos cuatro posiciones divergentes.

—¿Puedo saber cuáles?

—No, quiero que pruebes a averiguarlo por ti mismo.

—Hay decenas de intervenciones. ¿A quiénes debo seguir, en particular?

—Por ejemplo, al hombre que acaba de llegar en este preciso momento, ese cura tan peculiar. —Elmer señaló con un gesto la entrada del local, en la que se perfilaba la espigada figura del padre Hagerty, que destacaba sobre cualquier otro cliente. Lo seguía un trío de acólitos, intimidados por el aspecto del local, que estaba atestado de prostitutas y borrachos—. Él es de los pocos que tienen un proyecto claro, o al menos esa es la impresión que me ha dado.

Hagerty deambuló entre las mesas, todas ellas ocupadas, en una infructuosa búsqueda de un asiento. Gallagher lo llamó y le indicó unos taburetes libres en la barra.

—¡Padre, siéntese con nosotros!

Hagerty no se hizo de rogar. Se subió al taburete y sus amigos hicieron lo mismo.

—¿Quiénes son ustedes? —preguntó el clérigo dirigiéndose a Gallagher y a Bob.

—Congresistas —respondió Gallagher—. Afiliados a la Unión Estadounidense del Trabajo.

—¿Qué están tomando?

—Güisqui y cerveza.

—Estupendo, tomaré lo mismo. ¿No han pedido que les echen una yema de huevo crudo en la cerveza?

—No. ¿Para qué sirve?

—Para evitar la embriaguez.

El cura le hizo el pedido al joven camarero, que se mostró algo sorprendido. Hagerty golpeó el huevo contra el borde de la jarra hasta romper la cáscara y vertió el contenido en la cerveza. Meneó el vaso, bebió de esa mezcla y para combatir el mal sabor se echó en la garganta el güisqui. Guardó silencio durante unos segundos y un eructo liberador dejó claro al fin que el conflicto entre líquidos se había resuelto.

Los demás siguieron su ejemplo, con peor resultado. Uno de sus partidarios salió corriendo a la calle para vomitar. Bob a punto estuvo de hacerlo también, pero tras una serie de borborigmos su estómago se asentó y un tercer güisqui lo devolvió a la normalidad. La cabeza empezaba a darle vueltas, aunque era algo con lo que ya contaba. Bostezó de nuevo.

—¿Usted es cura de verdad? —le preguntó Gallagher a Hagerty.

—¿No ve el alzacuellos que llevo? —El sacerdote abrió la chaqueta—. Soy más católico que el papa, si quiere le confieso.

—No, gracias. Su intervención en el congreso ha sido incendiaria. ¿Qué tiene en mente?

—¿No han visto ustedes la rueda?

El religioso sacó de su bolsillo un ejemplar doblado del *Voice of Labor*, el periódico mensual de la Unión Estadounidense del Trabajo, y lo abrió por las páginas centrales, donde estaba representada una rueda segmentada en ocho partes por los diferentes radios.

Cada una de ellas tenía una denominación: «Departamento de Transportes», «Departamento de Construcción», «Departamento de Minería», «Departamento de Manufacturas» (el segmento más grande), «Departamento de Servicios Públicos», «Departamento de Distribución», «Departamento de Alimentación» y «Departamento de Agricultura». En ellas se enumeraban las especializaciones conocidas en cada ramo de actividad. Todas las partes convergían en un círculo central con la leyenda «Administración central» y, en medio, la palabra «Presidente».

Gallagher examinó el dibujo y luego le pasó el periódico a Bob, que comentó:

—Magnífica labor.

En efecto, elaborar un esquema tan preciso requería una encomiable paciencia.

Hagerty, complacido por el elogio, manifestó:

—Como pueden ver, se trata de la perfecta definición de un sindicato industrial moderno. Más aún: la rueda representa la organización de una futura sociedad igualitaria, en la que el propio sindicato serán el gobierno y la administración.

—¿Y los partidos políticos? —preguntó Gallagher—. ¿Los socialistas?

—Con una buena organización sindical ya no tendrán ningún papel que representar.

—Eso no creo que le guste a Debs, posiblemente tampoco a De León.

Hagerty se encogió de hombros.

—Lo siento por ellos. Eso lo debatiremos en los próximos días… Veo que el güisqui se ha acabado —comentó el sacerdote, que se giró hacia el camarero—. Muchacho, pon otra ronda, esta vez pago yo. Pero sin huevo para la cerveza, estamos completamente sobrios.

Bob no habría apostado por la veracidad de esa última afirmación. Ese cura católico despertaba en él curiosidad, no se parecía a ningún otro que hubiera conocido anteriormente.

—Padre, ¿tiene usted parroquia en alguna parte? —le preguntó.

—La tenía, en Las Vegas. Pero cometí el error de tomar partido por los obreros mexicanos, explotados hasta el tuétano, y a partir de ahí empezaron los traslados y las amenazas.

—¿Amenazas? ¿Por parte de la cúpula eclesiástica?

—No, por parte de los patrones. En Texas un magnate del ferrocarril se atrevió a enviarme dos matones para decirme que lo dejara. Les enseñé mi cinturón con los dos revólveres y les dije: «Amigos, os advierto de que puedo perforar una monedita de un centavo a veinte pasos de distancia». No supe nada más de ellos.

Bob volvió a casa entrada la noche, borracho como una cuba y dando tumbos. Rosy no se lo tomó bien, le abrió la puerta en camisón y comenzó a lanzarle reproches.

—¿No eres tú el que les recomiendas a todos la virtud? Pues mira cómo vienes. ¿Qué crees que van a pensar de ti tus hijos? ¡Ni siquiera te tienes en pie! ¡A la cama!

Rosy lo empujó escaleras arriba sujetándolo cada vez que amenazaba con caerse hacia atrás. La lámpara de la habitación ya estaba encendida, por suerte. Lo echó sobre el colchón, que emitió un chirrido agudo. Bob cayó como un peso muerto.

—No pienso dormir contigo, apestas como un cerdo. Prefiero el sofá de la sala de estar —dijo Rosy. Lo descalzó y al quitarle la chaqueta se salió el Colt Webley Bulldog que llevaba desde hacía años. Ella contempló el arma diminuta con horror—. ¡Pero tú en qué trabajas para tener que llevar un revólver! ¡No es una herramienta de mecánico!

Bob tenía los ojos cerrados, estaba consciente solo en parte. Balbuceó:

—No es asunto tuyo… Además…, ¿sabes qué eres? Una nulidad… Un peso muerto… Solo sirves… como puta. Tu padre era un delincuente y tú eres una zorra… Los dos sois inmorales.

Eso fue la gota que colmó el vaso. Rosy arrojó el arma al suelo de madera, cerró de un portazo y bajó las escaleras furiosa.

Cuando Bob se despertó no recordaba nada. En la planta baja encontró a Thelma, que lo miró con frialdad. Se había hecho una espléndida chica de veinticuatro años, alta y con una mirada penetrante. Tenía un garbo natural y vestía con clase. Bob sabía que estudiaba provechosamente en el Wellesley College, que era una de las raras universidades privadas femeninas, de inspiración baptista, gracias a Alice Freeman Palmer, defensora en Chicago del acceso de las mujeres a los estudios. Thelma se pagaba parte de la matrícula dando clases a niños en la iglesia congregacionalista. Bob no sabía mucho más, de Thelma se ocupaba Rosy; a él solo le preocupaba la educación de Charlie, que le parecía que se asemejaba a él.

—Ya veo que no está preparado el desayuno. ¿Dónde está Rosy?

—Se fue esta mañana temprano —respondió Thelma—. Cogió unas pocas cosas y se marchó.

—¿Y eso por qué? —preguntó Bob, que había olvidado lo ocurrido la noche anterior.

—No me lo dijo. Se refirió a ti como «un borracho que va armado». ¿Quieres que te prepare algo?

Bob estaba desconcertado. Se limitó a decir:

—Volverá.

—No sé… ¿Te preparo un par de huevos?

—Déjalo, ya llego tarde.

Salió de casa sin despedirse de su hija, sin hacer más preguntas ni informarse sobre el paradero de Charlie. Estaba mareado, tenía la lengua seca y un ligero dolor de cabeza. Dejó que el vehículo público lo transportara dando botes hasta el Brand's Hall. Tenía muchas ganas de dormir, pero las sacudidas del coche de caballos lo mantenían despierto a la fuerza.

Sentía un profundo rencor hacia Rosy. El hecho de que ella desconociera los sacrificios que él había hecho para mantener a la familia no servía como excusa. Ella debería haberlo deducido por la magnífica paga que él llevaba a casa cada semana. Los chicos vestían bien, Thelma incluso estudiaba. ¿Cuántas familias de origen humilde de Chicago podían decir lo mismo? Rosy recibía un buen trato, no pasaba hambre y podía permitirse no pocos caprichos. Todo eso gracias a que él, Bob, desempeñaba un oficio en el que se jugaba el pellejo entre dinamiteros y apóstoles del caos. Reprocharle que tomara una copa de más o la posesión de un arma era a todas luces injusto. A no ser que… Esa sospecha se le antojó atroz, pero no lo descartó. Sí, tal vez la puta —recordó entonces que la había llamado así la noche anterior— tenía un amante. Eso explicaría muchas cosas.

Bob llegó a la sala del congreso del TIM con la oscuridad en el semblante, y sobre todo en el ánimo. Esa misma noche Rosy, que sin duda iba a regresar a casa, se las tendría que ver con él, porque por primera vez iba a pegarle, como solía recomendar el pastor a los maridos; no mucho ni muy fuerte, lo necesario para que Rosy renunciara a cualquier veleidad de rebelión. Después de todo, la familia era una sociedad a pequeña escala, de modo que eso solo iba a suponer una extensión en el plano doméstico de su quehacer cotidiano.

Para reponerse, antes de entrar en la sala fue al bar de la noche anterior. Pidió un güisqui —un clavo saca otro clavo— y una cerveza con huevo. Esta vez no le disgustó el sabor e incluso le pareció que aumentaba su lucidez. Con las fuerzas recobradas regresó al pabellón, que estaba tan abarrotado como el día anterior.

Nuevamente tomó asiento en la última fila, donde ya estaba sentado Gallagher, que le presentó a un hombre rubio, rechoncho y vestido con formalidad.

—Bob, ¿conoces a Luke Grant? Es de la Federación Estadounidense del Trabajo, se encuentra aquí como observador.

Bob estrechó la mano callosa que le tendió y preguntó:

—¿Es de los nuestros?

Gallagher y Grant se miraron y se sonrieron mutuamente.

—No, aunque en cierto sentido sí —respondió Gallagher—. Digamos que defendemos una causa que en parte es común. Luke está aquí por encargo del señor Samuel Gompers —le reveló bajando la voz—. Está tan interesado como nosotros en frenar la proliferación de la ilegalidad en el movimiento sindical.

—Muy bien —comentó Bob, aunque en realidad en ese momento no le importaba nada.

Se acomodó en el asiento y cruzó las piernas. Cuando el paleto del día anterior se giró y le ofreció la petaca, echó un buen trago que le quemó la garganta y se sintió todavía mejor que antes.

Se esforzó en escuchar las intervenciones de los oradores mientras los párpados se le cerraban. Solo Charles Moyer logró mantenerlo despierto un poco más. Con voz débil, y a pesar de ello vibrante, habló de las luchas de la Federación de Mineros del Oeste, de una locomotora que saltó por los aires mientras transportaba esquiroles, de tiroteos de Winchester entre huelguistas y fuerzas gubernamentales, de obreros llevados a la fuerza al desierto para abandonarlos allí sin agua ni víveres. Todo eso hasta que se produjo una derrota que la FMO[3] no consideraba definitiva.

Los demás discursos trataron más sobre el socialismo que sobre el sindicalismo, tenían como tema las tradicionales divisiones entre reformistas, revolucionarios y anarquistas. Fue entonces cuando Bob se rindió al sueño. Lo despertó Gallagher, a última hora de la tarde, dándole un sacudión.

—Eh, amigo, una cosa es dormir y otra es ponerse a roncar.

—¿El congreso termina hoy?

—No, durará unos días más. ¿Vienes a tomar un trago?

Bob recordó la huida de Rosy y el castigo que pensaba aplicarle.

—No, me esperan en casa.

—Vete entonces. No te pierdes nada, aquí solo hay palabrería.

Bob se fue con paso inestable, logró subir en el transporte público y descender en la parada justa. Le abrió la puerta de casa Thelma.

—¿Y Rosy?

—No ha vuelto —contestó la chica, con tanta frialdad como por la mañana—. Entra, papá, casi no te tienes en pie.

[3] Western Federation of Miners, WFM, en inglés.

16. James McParland

Rosy no regresó a casa. El congreso del Brand's Hall se prolongó hasta la tarde del 8 de julio de 1905. La clausura fue solemne, con la aprobación por una amplia mayoría de un preámbulo que comenzaba con estas palabras: «La clase trabajadora y el empresariado no tienen nada en común». Y terminaba con una invitación a paralizar la actividad laboral ante huelgas o cierres patronales en el mismo ramo industrial, o en todos los ramos si fuera necesario. La consigna final era una versión más incisiva que la que habían hecho suya los Caballeros del Trabajo y, en general, el ala más combativa del movimiento sindical: «Si tocan a uno, nos tocan a todos».

Por último, los delegados entonaron *The Red Flag*, «La bandera roja», la canción escrita dieciséis años antes con un vocabulario culto y obsoleto por el socialista inglés Jim Connell, con versos adaptados a la música del villancico alemán *O Tannenbaum*:

La bandera del pueblo es de un rojo intenso,
amortajó muchas veces a nuestros mártires muertos;
y antes de que sus miembros se pusieran rígidos y fríos
la sangre de sus corazones teñía todos sus pliegues.
Levantad alto el estandarte escarlata,
bajo sus pliegues viviremos y moriremos;
aunque los cobardes retrocedan y los traidores se burlen,
¡aquí seguiremos ondeando la bandera roja!

Bob no se entusiasmó con el coro y la escenografía, a pesar del alcohol que había trasegado en la pausa para el almuerzo, acompañado por Elmer Gallagher y Luke Grant. Le alegró, eso sí, el hecho de que terminara aquel tedioso concilio y la idea de que no tendría que volver a sentarse junto a mineros y jornaleros malolientes.

Decidió ir con Gallagher y con el informante de Gompers a tomar algo por última vez en el bar habitual, lleno de gente y de humo.

—Yo sigo pensando lo mismo que antes: estos Trabajadores Industriales del Mundo no van a durar mucho —comentó Bob de camino a la taberna.

—Eso está claro —coincidió con él Gallagher—. Hay demasiadas divisiones internas. Habrá que ver por cuánto tiempo son capaces de llevarse bien Debs y De León, por no hablar de los anarquistas.

—Y encima han elegido al presidente equivocado —aseguró Luke Grant.

—Conozco bien a Charles Sherman, el hombre al que han elegido. Es el secretario general de la Unión Internacional de Trabajadores del Metal: ambicioso, oportunista, un profesional del sindicalismo… Lo único que le interesa es tener un puesto de mando con un cargo asociado a él, nada que ver con el idealismo de Hagerty o de Haywood. Hundirá a los TIM antes aún de que tengan alas para volar.

Pasaron más tiempo que otras veces en la barra del bar con el pretexto de que no sabían cuándo iban a volver a verse. Bob tenía un motivo más para retrasar su regreso a casa: ese era a diario el momento más penoso para él. La relación con Thelma era constantemente tensa desde que Rosy se fue. La hija parecía reprocharle la huida de la madre adoptiva, suponiendo que fuera lícito llamar madre a una coetánea. Se mostraba insolente y desobediente.

Y no es que Charlie lo ayudara mucho. Participaba diligentemente en los cursillos para investigadores de la Agencia Burns, pero el resto del tiempo lo pasaba durmiendo o inmerso en la lectura de sus revistillas. Cuando el padre lo mandaba al burdel con unos dólares en el bolsillo daba la impresión de que iba más por deber que por placer.

Bob subió tambaleándose las escaleras del edificio de nueve plantas en el que vivía, en la calle 93. Rebosaban los olores desagradables y sobre todos ellos predominaba el del repollo hervido, que a Bob le daba náuseas. Probablemente ya era hora de mudarse a otro lugar, pensó.

Thelma le abrió la puerta con la mirada adusta de costumbre.

—Otra vez borracho… Entra, papá.

—No te atrevas a juzgarme, niña. ¿Dónde está Rosy?

—No lo sé, supongo que lejos de ti.

Bob tosió tan fuerte que parecía que se ahogaba. Expulsó de la garganta una flema que resbaló por sus labios, cayó a sus pies y manchó la pequeña alfombra de la entrada. Tras eso se sintió mejor.

—Llévame a la cama, no me encuentro bien.

—Agárrate a mí, papá. Tu habitación está cerca.

—¿Y Charlie?

—Durmiendo. Haría falta un cañón para despertarlo.

—Es un buen hijo.

—Sí, no hay duda. No te dejes caer, no dobles las piernas. Yo te sujeto, papá.

Bob durmió en un estado cercano al coma, le pasaba cada vez más a menudo. Cuando se despertó y salió del cuarto se cruzó con su hija, que estaba a punto de irse.

—Me voy a la universidad, papá. Te he preparado huevos, beicon y salchichas para desayunar. Todavía estará caliente, lo he tapado con un plato. Para beber tienes té y leche.

—No veo a Charlie.

—Sigue durmiendo. Él se despierta mucho más tarde. —Justo antes de irse Thelma se giró hacia su padre, que estaba sentándose en la mesa—. Papá, olvidaba una cosa.… En el Wellesley me han pedido que te avise de que vas con retraso en el pago de la matrícula. Te conocen y saben que no hay ningún problema, pero…

—Que sean pacientes. Pasaré por allí cuando tenga un momento libre.

—Puedes darme el dinero a mí.

Él reaccionó con un gesto de indiferencia.

—Vete, lo hablaremos esta noche.

El hecho de que Thelma estudiara tanto, y que incluso enseñara, molestaba a Bob de una manera sutil pero persistente. La idea de que la chica recibiera educación había sido de Elly, y luego Rosy la hizo suya fervorosamente. Bob la había aceptado por respeto a su mujer, pero no le hacía mucha gracia. Muchas jóvenes respetables del barrio se dedicaban a confeccionar encajes en casa o trabajaban en las industrias locales para aportar algo de dinero a sus familias. Thelma a él no le costaba demasiado gracias a las clases que impartía a niños de la iglesia congregacionalista, pero aun así le suponía un gasto, por modesto que fuera.

Llegó desde la calle un estrépito ensordecedor que sacudió todo el edificio. Bob dejó en la mesa la taza de té y corrió hacia la ventana.

—Lo que nos faltaba —murmuró.

Estaba pasando el tranvía eléctrico, destinado a sustituir (según aseguraban los optimistas) a los tradicionales vehículos públicos tirados por caballos. En buena parte de Chicago apenas habían podido dormir durante meses debido a que los peones golpeaban día y noche, incluso los domingos, para excavar los pequeños canales y clavar los raíles. El este de la ciudad se había librado parcialmente; ver acero adentrándose en sus recovecos era tan raro como ver policías en el Pool, un área de desechos humanos de la civilización industrial. Pocos habitantes del este de Chicago se podrían permitir pagar el billete en un medio de transporte tan costoso como el tranvía, según el razonamiento de los administradores de la metrópoli. Pero la calle 93 se hallaba en el límite del barrio de mala muerte y había conseguido su línea. Ahí estaba el resultado: pequeños vagones que pasaban retumbando a cada hora.

El ruido atronador logró despertar a Charlie, que salió de su cuarto bostezando.

—¿Qué pasa, papá?

—Nada, es el nuevo tranvía —respondió Bob antes de señalar la cocina—. La comida debe de estar templada, caliéntala un poco.

—No sé cómo se hace.

—Pues yo sé aún menos, arréglatelas —le espetó el padre, al que en ese momento le asaltó un pensamiento repentino y molesto, demasiado fuerte para desecharlo—. Charlie, ¿tú sabes si tu hermana está saliendo con algún jovenzuelo? En la universidad andan mezclados los hombres y las mujeres…

Charlie soltó otro bostezo mientras se servía huevos y beicon fríos, porque era demasiado vago para tratar de calentarlo.

—No lo sé, conmigo no habla de esas cosas —aseguró antes de tragar un bocado. Reaccionó con un gesto de desagrado, pero siguió comiendo como si tuviera apetito.

—He aquí una misión para un aspirante a investigador policial, cursillos aparte —dijo Bob, que parecía estar hablando con un niño, sin que eso le desagradara—. Sigue a Thelma y dime con quién anda. Es importante.

—¿Importante en qué sentido? —preguntó Charlie, que a pesar de que seguía masticando daba la impresión de que estaba a punto de volver a dormirse.

—La noto hostil. No me gustaría que se hubiera enamorado de algún subversivo.

—Lo dudo. Al salir de la universidad pasa por la iglesia y después de dar clase a los niños vuelve a casa.

Bob se encogió de hombros.

—Eso parece, pero trata de averiguar con quiénes se relaciona durante el día e infórmame.

—Lo haré —musitó Charlie, concentrado en vaciar su plato. El beicon frío se asemejaba a escamas rígidas de color negruzco, las sobras de huevos batidos formaban grumos y el té se había vuelto una mezcla insípida.

—Cuento con ello —comentó el padre camino de la puerta—. Voy a trabajar, nos vemos esta noche.

—Te olvidas la caja de herramientas.

—Hoy no la necesito.

Bob, que disponía de tiempo suficiente, descartó la idea de subirse al vagón retumbante y caro del tranvía eléctrico, optó por ir paseando hacia el norte. Algunas calles estaban invadidas por los mercaderes, por una multitud multicolor y por un olor invasivo a ajo y a especias variadas. En algunas esquinas el Ejército de Salvación trataba de atraer a los pobres hacia sus comedores a toque de tambores e instrumentos de viento. Activistas judíos y alemanes voceaban los titulares de su prensa socialista en sus respectivos idiomas. Mutilados en accidentes de trabajo pedían limosna mostrando los muñones de las piernas o los brazos, sentados junto a las aguas residuales que fluían en las cunetas.

Bob tenía como destino el edificio Burns, en las inmediaciones de la estación. Llevaba consigo el informe, que había escrito laboriosamente a mano, del congreso fundacional de los TIM. Se quedó de piedra cuando William Burns, tras ojearlo, lo tiró en la papelera de su despacho.

—Palabras vacías, tiempo perdido. El servicio secreto del Tesoro pretendía reírse de nosotros al encargarnos que hiciéramos seguimiento de esos idiotas —aseguró el jefe—. No te preocupes, te pagaremos de todas formas. Ahora te asignaré algún caso delictivo de más enjundia sobre el que indagar.

Bob no volvió a oír hablar de los TIM en los meses siguientes. Cuando se tuvo que ocupar, marginalmente, del movimiento sindical fue para relacionarse con afiliados de base de hermandades profesionales vinculadas a la Federación Estadounidense del Trabajo. Sus delitos no eran demasiado graves: extorsión a compañeros, pequeños chantajes a modestos empresarios, intentos de soborno a políticos de poca monta, vínculos con el crimen organizado… La FET había pasado a formar parte de la sociedad que la rodeaba y compartía con ella defectos y contradicciones. Eso era todo.

En cuanto a los socialistas, pataleaban incesantemente, pero su fuerza no parecía comparable a la que habían tenido en el pasado. El pragmático Debs se volvía aún más pragmático día a día y el doctrinario León resultaba estéril debido a que sus formulaciones categóricas no se prestaban a la generalización. El primero aún contaba algo, el segundo nada.

Lo cierto era que, a pesar de la persistencia de grandes franjas de pobreza, la economía de Estados Unidos se había recuperado. Impulsada por los sectores de la siderurgia y el transporte, a los que seguían la industria de la construcción y la mecánica, volvía a difundir la confianza colectiva en un progreso indefinido. Signo visible de ello eran los rascacielos cada vez más altos de Chicago, Nueva York y otras metrópolis inmersas en un crecimiento tumultuoso. El precio que había que pagar recaía en la mano de obra procedente de la inmigración reciente y de las minorías étnicas. Quienes estaban cualificados laboralmente sabían que podían encontrar empleo y consideraban que no tenían demasiados intereses en común con la masa de braceros y peones que trabajaban a jornal. Gompers, cada día más respetado y poderoso, jugaba la baza de esa división natural.

Las preocupaciones de Bob no guardaban relación con los socialistas, tenían su origen en el ámbito familiar. A Rosy parecía que se la había tragado la tierra y Charlie le informó de que Thelma no parecía que tuviera novio, pero la rondaban bastantes jovencitos; especialmente uno de su misma edad, que desempeñaba diferentes trabajos ocasionales, tanto en la ciudad como en el campo, y solía bajar a los estados del sur para recolectar fruta o subir a los del norte para cortar leña, en función de la estación del año. No obstante, Thelma, que lo había conocido en la parroquia y lo consideraba un amigo más, al parecer no se planteaba iniciar con él una relación de pareja. Bob, en ese aspecto, no tenía motivos para reprenderla, aunque le hubiera gustado poder abroncarla.

Su hija mantenía una actitud arisca hacia él. Las maneras formalmente respetuosas no lograban ocultar la distancia abismal que se había abierto entre ambos.

—Dime la verdad, sigues culpándome de la marcha de Rosy, ¿no es cierto? —le preguntó un día de setiembre, cuando ella estaba sirviendo la cena. Charlie había salido con los amigos.

—Sí, pero no solo de eso —respondió la chica, muy seria, mientras dejaba en la mesa una botella de cerveza con una etiqueta que decía «Union Made», «Hecho por trabajadores sindicados»; no era la marca, sino el certificado de que había sido producida en una de las cerveceras que no se mostraban hostiles con la FET ni con la presencia de sindicatos en sus fábricas.

—¿De qué más? ¡Hace meses que no me excedo bebiendo! ¿Me has visto borracho alguna vez en este tiempo?

—No es eso, papá. Hay varios motivos… Por ejemplo, el constante retraso en el pago de la mensualidad en la universidad, que hace que me avergüence.

Bob dio un puñetazo encima de la mesa, casi sin pretenderlo. Los platos, los vasos y los cubiertos tintinearon.

—¿Avergonzada? ¡Cómo te atreves a decir eso, yo siempre pago! ¡Si alguna vez me retraso es porque aún no tengo claro qué pintas tú en la Wellesley, una institución fundada por una pervertida lesbiana! Las chicas de tu edad ya se han casado o trabajan duramente, no pierden el tiempo aprendiendo tonterías. Ni siquiera sé qué estás estudiando.

—Física, química y matemáticas.

—Eso y nada es lo mismo. No sabes bordar, ni coser una camisa, ni quitarle el polvo a los muebles, y lo que cocinas es incomible. ¿Qué clase de mujer eres?

En la cara de Thelma afloró una mueca de sarcasmo.

—¿Y tú qué clase de trabajo haces, papá? No me digas que eres mecánico, porque no te cree nadie.

Bob, aunque no era de carácter agresivo ni propenso a la violencia, se armó de paciencia para no emprenderla a bofetadas con su hija. Pasaron la cena en silencio, todas las cenas transcurrían así, bajo un manto de hostilidad recíproca.

En diciembre hubo novedades. Bob estaba entrando en casa, con cuidado de no resbalar a causa del hielo, cuando Charlie, que acababa de bajarse del tranvía, alcanzó a su padre, lo agarró por el brazo antes de que empezara a subir las escaleras y exclamó:

—¡Papá, tengo una noticia importante!

—¿Sobre el caso que estás investigando?

Bob sabía que su hijo, que ya había terminado los cursillos de formación en la Agencia Burns, se estaba ocupando de una serie de robos perpetrados en pisos de lujo del centro de la ciudad.

—¡No! —Charlie no pudo contener su emoción—. ¡He descubierto que Thelma lleva meses viéndose a diario con Rosy O'Donnell!

—¿Estás seguro? —preguntó Bob con incredulidad.

—Totalmente. Me lo ha contado la señora Mary Gillan, ¿te acuerdas de ella? Está decrépita, pero conserva las facultades mentales. Me la encontré por casualidad en la estación, vino a Chicago para visitar a un nieto y estaba esperando el tren de regreso.

—¿Y te habrá dicho la verdad?

—Sí, ella no sabía que tú y Rosy estabais juntos. Se encontraron y ella le dijo que sigue en contacto con Thelma, no añadió mucho más. Yo mantuve la boca cerrada.

Bob estaba desconcertado, pero al mismo tiempo sentía una indignación creciente que hacía que le costara respirar.

—¿Dónde se supone que se ven?

—En un pequeño restaurante que hay cerca de la universidad.

Bob subió a casa dando zancadas, cegado por una ira que contuvo, haciendo un sacrificio doloroso, al cruzar el umbral de la vivienda. Thelma estaba cerrando las puertas de cristal del aparador, del que había sacado dos vasos y una botella de güisqui Old Valley, ese que en las imágenes publicitarias contemplaban con agrado tres caballeros ancianos. En la mesa de la cocina estaban sentados dos personajes con abrigos negros y bombines sobre sus rodillas. Bob reconoció de inmediato al primero, era Elmer Gallagher. El segundo le preguntó:

—¿Te acuerdas de mí?

Pasaron unos segundos antes de que Bob exclamara:

—¡Claro que sí! ¡Dreyer, Sam Dreyer!

No le fue fácil reconocer a ese energúmeno, ahora con barba gris y vestimenta elegante. Lo que mantenía intacto del pasado era el corte feroz de sus pequeños ojos.

Bob se dispuso a ejercer de hospitalario anfitrión tras los pertinentes apretones de manos, pero Elmer bebió de un trago el güisqui que le había servido Thelma y se puso en pie, seguido por Dreyer.

—Tienes que venir con nosotros. No hay mucho tiempo, debemos reunirnos con una persona.

—¿Con quién? —preguntó Bob, intrigado.

—Te lo contaremos por el camino —respondió Gallagher, que a continuación se dirigió a Thelma con una cortés inclinación de cabeza—. Muchas gracias, señorita.

En cambio, ni se dignó a mirar a Charlie, que acababa de entrar y se hallaba cerca del tapiz floral que cubría la pared.

Ya estaban bajando las escaleras cuando Bob escuchó la voz de Thelma, que le preguntó:

—¿Dónde has dejado el sobre para pagar la universidad, papá? Mañana por la mañana tengo que madrugar para entregar el dinero a secretaría.

Su padre, sin darse siquiera la vuelta, le espetó:

—Ya no hace falta. Desde hoy dejas de estudiar.

Al salir a la calle, Dreyer le preguntó:

—¿Problemas familiares?

—No, ningún problema.

Guiados por Gallagher caminaron hacia el norte, donde un horizonte de rascacielos cada vez más altos invadía el cielo. Era última hora de la tarde, hacía algo de frío, el sol se ponía prematuramente y mientras desaparecía tras el bosque de cúpulas, techos y pináculos irradiaba un resplandor rojo oscuro moteado de amarillo.

—Te voy a poner al corriente —comentó Gallagher cogiendo a Bob por el antebrazo—. Ya sabes que el servicio secreto del Departamento del Tesoro ha encargado a la Agencia Burns la vigilancia de los llamados Trabajadores Industriales del Mundo y de los sindicatos agrupados en torno a ellos.

—Ninguno de ellos es gran cosa, por lo que sé —opinó Bob.

—Solo hay uno importante: la Federación de Mineros del Oeste. ¿Te acuerdas del congreso del pasado verano?

—Claro, la mayoría eran mineros. Creo recordar que los jefes se apellidaban Haywood y Moyer.

—Eso es, William Haywood y Charles Moyer. Hay un tercer cabecilla, un tal George Pettibone. No acudió al congreso, pero tiene tanto peso en la FMO como los otros dos. —Gallagher tuvo que esperar a que pasara el tranvía eléctrico para seguir hablando, porque el ruido del vehículo acallaba su voz—. Esos aparatos hacen un ruido del demonio.

—Dímelo a mí, hay una línea que pasa justo por delante de mi casa —se quejó Bob—. Es como sufrir un terremoto cada hora.

—Me ha parecido que a bordo solo iban negros.

—Así es, todo el este de Chicago se está llenando de ellos. Tarde o temprano tendré que buscar vivienda en otro sitio.

Gallagher se encogió de hombros.

—¿Por dónde iba? —preguntó—. Ah, sí… Los TIM tienen muy poca implantación, pero aun así los mineros siguen incordiando en Colorado, un día con una reivindicación y al día siguiente con otra. Reclaman la jornada laboral de ocho horas y la abolición del trabajo infantil incluso en las tareas en el exterior de las minas, además de supuestas medidas de seguridad. En el pasado había tiroteos y asesinatos, y aunque ya no los hay no se puede decir que haya vuelto la calma propiamente dicha.

—Me imagino que la FMO estará incendiando los ánimos entre los descontentos.

—Exactamente. Y los empresarios de Colorado y de Idaho, apoyados por los gobernadores de esos dos estados, han recurrido a la Agencia Pinkerton.

Bob se inquietó ante esa revelación.

—Al señor Burns no le hará gracia, el servicio secreto había prometido…

—El servicio secreto siempre mantiene su palabra —lo interrumpió Gallagher—, pero no puede impedir que un particular o un administrador local contrate a quien le parezca. La reunión que vamos a mantener tiene un carácter «diplomático», en cierto sentido. La Agencia Pinkerton puede ser contratada por quien sea, nosotros desde luego no somos hostiles a ella. La presencia aquí del amigo Dreyer lo demuestra… —Sam Dreyer, que hasta ese momento había guardado silencio, emitió una especie de gruñido—. Sin embargo, el servicio secreto quiere que los hombres de la Burns continúen con la misión que se les encomendó. La FMO forma parte de los TIM, de modo que es competencia vuestra. Tú has sido designado por Williams Burns en persona como el indicado para actuar de enlace, porque ya estuviste operando en Homestead con los *pinks* y tienes algunos amigos entre ellos. —Dreyer emitió un segundo gruñido, con el cual posiblemente quiso expresar que él entraba en esa categoría—. ¿Tienes alguna objeción?

—No, ninguna.

—Pues prepárate para conocer a una persona excepcional, el mejor agente con el que han contado Allan Pinkerton y actualmente su hijo Robert.

Habían llegado al número 333 de la calle Pozos del Sur, en pleno centro. La luz diurna ya era escasa y, a la espera del encendido de las farolas, las lámparas del interior de la taberna El Puerco Ciego brillaban tras los cristales empañados de las ventanas. Era un *pub* típicamente irlandés, comenzando por el letrero, que representaba a un cerdito con los ojos vendados sobre las palabras «Casa de Bebidas». Gallagher abrió camino en el interior del local, que olía a tabaco, cerveza negra y salchichas ahumadas. Hombres con bombín ocupaban la barra y las mesas con jarras y botellas casi vacías. Seguramente arrancarían a cantar en breve, aunque aún no había llegado el momento.

En una pequeña mesa rodeada por unas butacas libres, en contraste con lo abarrotado que estaba el local, había un personaje robusto con bigote espeso y cabello entre blanco y gris que llevaba sobre su pequeña nariz unas gafas redondas. Tenía tez rosácea, mirada gélida y actitud circunspecta. Con la llegada de Bob, Gallagher y Dreyer sacó de un bolsillo de los pantalones un reloj, miró la hora y sentenció:

—Llegan ustedes con un retraso de más de tres cuartos de hora.

Elmer Gallagher se quitó el sombrero y contestó:

—Discúlpenos, señor McParland. Robert Coates volvió tarde a casa.

—Siéntense.

Gallagher, antes de aceptar la invitación, le dijo a Bob:

—Este es el señor James McParland, jefe de la Agencia Pinkerton en Denver. Habrás oído hablar de él.

Bob no contestó, estaba emocionado y le faltaba la saliva. McParland era el decano y el modelo a seguir para todos los detectives. Había desarticulado a los Molly Maguires y había hecho que ahorcaran a una veintena de ellos; Pinkerton le debía a él su gloria. Bob, con las manos temblorosas, tomó asiento en una de las butacas.

McParland entrelazó los dedos de ambas manos antes de comenzar a hablar.

—Vamos al grano. Tenemos un problema: la Federación de Mineros del Oeste. Veamos cómo podemos solucionarlo.

17. Un secuestro

La noticia que Bob estaba esperando apareció en todos los periódicos de Estados Unidos en enero de 1906, pocas semanas después de su encuentro con McParland. La explosión de una bomba en Caldwell, una localidad del estado de Idaho, había matado al exgobernador Frank Steunenberg. Este, elegido con la candidatura del Partido del Pueblo y el apoyo de los mineros, se había convertido a partir de 1903 en el peor enemigo de ellos al recurrir a la Guardia Nacional para aplastar las huelgas y hacer que detuvieran o deportaran a los dirigentes de la Federación de Mineros del Oeste. El sindicato fue completamente desmantelado en todo el territorio controlado por Steunenberg, que lo consideraba inútil y dañino, tan pernicioso para los trabajadores como el alcoholismo. Durante todo su mandato se mostró contrario a la jornada laboral de ocho horas, que los gobernadores de otros estados estaban comenzando a aceptar. «¿Quién soy yo para prohibirle a un obrero que supere determinado horario de trabajo? ¡Supondría un atentado contra su libertad!», aseguraba.

Los pedazos del exgobernador populista acabaron reunidos en una bolsa, pero la policía de Idaho seguía encontrando restos suyos dispersos a gran distancia del punto en el que se produjo la explosión. Los periódicos, que siguieron informando sobre el asesinato en las semanas siguientes, no dejaban de acusar a la FMO. Bob, que estaba leyendo el *Chicago Herald* una mañana de febrero en el porche de su nueva casa, ubicada en el norte de la ciudad, se congratuló de la virulencia de la pluma de Mary Ann Coates, su hermana.

Se ha permitido que crecieran ante nuestros ojos las malas hierbas del socialismo, del anarquismo, de la protesta salvaje y homicida, traídas de Europa. Se ha consentido, con una despreocupación generalizada, que proliferara una clase de sindicatos que incluso un alborotador nato como Gompers repudia. Algo sabe de eso el gobernador de Illinois, siempre propenso a moderar el sacrosanto uso del bastón, a hacer regalos a los mendigos, a dialogar con quienes no escuchan…

Un hombre probo como Frank Steunenberg se quedó solo y perdió la vida. ¿No fue Lucy Parsons, la viuda negra de un asesino, quien preconizó el uso de la dinamita? ¿Ahora quién les pedirá perdón a la esposa y a los hijos inocentes de ese clarividente hombre? Si yo estuviera en el lugar de la pusilánime clase política estadounidense, ni siquiera me hubiera atrevido a dejarme ver en su funeral.

«Cierto», murmuró Bob para sí mismo mientras disfrutaba del sol, infrecuente en esa estación del año, que se elevaba sobre la casa de la calle Augusta en la que ahora residía.

Oyó un ruido de platos y cubiertos que provenía del interior, debía de ser Thelma poniendo la mesa. Esa era ya una de sus pocas actividades, aparte del bordado y de sus ingenuos intentos de dibujar con un lápiz. Desde que la había obligado a abandonar tanto los estudios como la enseñanza, su padre le tenía prohibido que saliera de casa, incluso para hacer la compra. Cuando Bob se ausentaba era Charlie el encargado de vigilarla, y si estaban fuera los dos la encerraban con llave en su habitación, que tenía barrotes en la ventana. Únicamente podía salir los domingos, acompañada por su hermano, para asistir a los oficios religiosos de una iglesia congregacionalista mucho más lujosa que la que frecuentaban anteriormente en el este de la ciudad.

Bob había sido categórico al respecto. «Ya has visto que no te he pegado, y no tengo intención de hacerlo en el futuro. No soy de esos», le había dicho. Desde que se controlaba con la bebida ya no había vuelto a tener pulsiones violentas. «Sin embargo, no recobrarás la libertad plena hasta que me digas dónde está Rosy».

Thelma guardaba silencio, llevaba más de dos meses callada, y en ese tiempo parecía haberse marchitado. Tenía la mirada apagada, caminaba un poco encorvada, como si hubiera envejecido. Hacía todas las labores domésticas con dedicación, pero de un modo mecánico, con la mente en otra parte.

—No tiene ganas de hacer nada —le había dicho Charlie a su padre mientras pasaban una Navidad muy triste comiendo unas descoloridas rodajas de pavo que habían comprado, ya cocinado, en una tienda—. Es una vaga.

—Cállate —contestó Bob, que a veces se preguntaba si no estaría obrando con excesiva severidad.

El día de Nochevieja habló con el pastor, el padre John K. Stoker, un australiano anciano y cordial con la voz y los modales de una viejecita y unos ojos dulces detrás de sus gruesas gafas.

—No estás haciendo nada malo, Bob —lo tranquilizó el reverendo—. Un hijo está obligado a obedecer a su padre, con mayor razón una hija. Tenla cerca de ti, no dejes que salga a la calle sola. ¿Quién no mantendría a una potra salvaje en un cercado? Controla lo que lee, porque los libros de los que me has hablado no la ayudarán a convertirse en una buena esposa. Quítaselos, yo mismo te iré proporcionando cada semana textos que la distraigan y que favorezcan una sana educación. Y ya verás que llegará un día en el que te lo agradecerá.

—Le encanta dibujar. ¿Debo permitírselo?

—Eso sí. Y también bordar, coser, cocinar… Son muchas las actividades creativas adecuadas para una mujer joven. Ya tenemos demasiados científicos y son dañinos, una científica es aún peor.

Bob dejó el periódico que estaba leyendo y cuando se disponía a entrar en casa para el almuerzo oyó dos toques de bocina. Era Sam Dreyer al volante de un suntuoso Rambler 15 descapotable, un costoso automóvil de cuarenta caballos de potencia y capacidad para cinco personas. Se trataba del modelo más vendido de la marca Jeffery, con un precio de dos mil quinientos dólares; un vehículo que pocos podían permitirse.

—¡Coge lo imprescindible, te espero! —le gritó Sam—. ¡Date prisa, me envía McParland!

—Me disponía a sentarme en la mesa. ¿No quieres comer algo?

—No hay tiempo, nos espera un largo viaje.

Mientras Bob llenaba una bolsa con ropa escogida al azar en la planta superior de la casa, apareció Charlie. Se acababa de despertar y, parado en la entrada de la habitación, se balanceaba ligeramente. No cabía duda de que había pasado la noche de juerga.

—¿Te vas a una misión, papá?

—Sí, pero no creo que me lleve mucho tiempo —contestó Bob al tiempo que guardaba entre el equipaje un revólver de bolsillo, un Harrington & Richardson del calibre 22, ligero pero con cañón largo. No se trataba de un arma potente, pero era cómoda de manejar—. Si es lo que pienso, estaré fuera dos o tres días. No dejes salir a tu hermana de casa durante mi ausencia.

—Por supuesto que no.

—Y cuando tú salgas no olvides encerrarla con llave en su habitación.

Lo haré todas las noches. Esa furcia tiene que…

—¡Cómo te atreves a llamar eso a Thelma! —Bob, indignado, no le dejó terminar la frase—. ¡Tendría que darte vergüenza! ¡Que no se te ocurra volver a pronunciar una palabra así en mi presencia! ¡Debería maldecirte!

—Perdóname, papá. —Charlie agachó la cabeza mientras se disculpaba—. Se me escapó esa palabra, pero no pienso que sea eso.

—¿La quieres?

—Claro que la quiero. Es mi hermana, ¿no?

—Entonces, procura respetarla. Si ella se ha equivocado nos toca a nosotros devolverla al buen camino. Con la firmeza necesaria, pero sin dejar a un lado el amor y la delicadeza. —Volvió a sonar en la calle la bocina del coche—. Me voy.

Bob bajó deprisa las escaleras con la bolsa en la mano. En el recibidor se puso el abrigo y se caló el bombín en la cabeza. Thelma, una pequeña sombra con los ojos muy abiertos, lo estaba observando desde un rincón de la cocina. Él no consideró necesario despedirse de ella.

Poco después estaba viajando en el Rambler descapotable de Dreyer. El vehículo, que circulaba a toda velocidad, daba botes frecuentes sobre las vías del tranvía eléctrico, obligando a Bob a sujetarse el sombrero para que no saliera volando.

—¿No podrías ir más despacio, Sam? —le preguntó al colega.

—Ya te he dicho que tenemos un largo camino. ¿Cómo van las cosas en casa?

—No muy bien. Estaba viviendo con una tal Rosy, pero se evaporó hace ya unos meses.

—¿Se evaporó? Es extraño oír decir eso a un investigador privado.

—Pues así es. Descubrí que solía ir a un restaurante cercano a la universidad de Wellesley y he pasado por allí casi a diario, pero sin ningún resultado… En fin, dejemos de hablar de mis asuntos. ¿Se puede saber a dónde diantres vamos?

El automóvil ya había dejado atrás Chicago y sus rascacielos, y se dirigía al oeste a través de carreteras heladas que bordeaban campos cubiertos de nieve. Sin embargo, el cielo parecía sereno y el frío no mordía demasiado la piel, así que de momento no parecía necesario levantar la capota del vehículo, lo cual además habría hecho que la comodidad del viaje fuera muy relativa.

—La cita con McParland es en Denver, Colorado —le informó Dreyer—. No sé si conseguiremos llegar en el día, aunque él nos espera mañana por la tarde o por la noche. Los gastos de hotel y restaurante corren de su parte…, mejor dicho, corren de parte de la Agencia Pinkerton. Eso vale también para los agentes «prestados» de la Burns, según lo decidido por el servicio secreto.

—Tiene pinta de que se trata de una operación importante.

—Lo es. Han movilizado a más de treinta hombres, muchos provienen de las sedes de Nueva York y Chicago. Por no hablar de los efectivos de las policías locales…

Bob se inclinó hacia adelante para encender un cigarrillo con la protección del parabrisas. Las viejas prohibiciones de Burns habían ido cayendo una tras otra con el paso del tiempo. Tenía los dedos helados, con las prisas por salir se había olvidado en casa los guantes.

—Vamos, Sam, adelántame algo. De todas formas, mañana lo sabré.

—Yo tampoco conozco los detalles, Bob. Solo sé que la misión está relacionada con la muerte de Steunenberg. ¿Te acuerdas de lo que nos dijo McParland en aquel *pub* de Chicago? «Hará falta un hecho clamoroso que nos permita acabar no tanto con el TIM, moribundo desde su nacimiento, sino con su germen: la Federación de Mineros del Oeste». Tengo la impresión de que el atentado formaba parte de ese plan.

Bob se quedó inmóvil, con el cigarrillo en la mano.

—¿A Steunenberg lo mataron los Pinkerton?

—Eso no lo sé. Lo dudo, pero con su muerte se ha presentado una ocasión inmejorable.

Prosiguieron viaje entre campos nevados, bordeando pequeños bosques y granjas blancas, como el resto del paisaje. Se cruzaron solo con un par de automóviles y se saludaron alegremente a toque de bocina. Eran mucho más numerosos los hombres que viajaban a pie o a caballo.

Como era de prever, no lograron llegar a Colorado en el día. El sol se ponía pronto en febrero y el frío se volvía insoportable. Pararon a hacer noche en Kearney, en el condado de Buffalo, Nebraska. Era un pueblo no muy pequeño, a orillas del río Platte, que al igual que el poblado estaba semihelado. Contaba con algunos edificios importantes y con calles amplias y escuadradas. Encontraron alojamiento en la Posada de la Viuda, propiedad de una tal señora Hammond, que de hecho era la viuda a la que hacía referencia el nombre del hospedaje: una mujer mayor, rechoncha, simpática y por suerte poco habladora.

Se sentaron a la mesa frente a la chimenea y mientras devoraban unas estupendas salchichas asadas, Dreyer le comentó a Bob:

—Apuesto a que no sabes cómo murió exactamente Steunenberg.

—Solo sé lo que leí en los periódicos. Fue por una explosión en su residencia, me parece.

—Cierto, pero eso no es todo —indicó Dreyer con una sonrisa burlona—. El exgobernador tenía la costumbre de hacer una parada al mediodía, antes de volver a casa, en el Saratoga, un hotel de Caldwell, para tomar algo y hojear los periódicos. Quienes estaban al corriente de ese hábito sabían que durante ese par de horas el domicilio de Steunenberg se hallaba vacío, porque no tenía esposa y el servicio doméstico trabajaba solo media jornada.

—No sé a dónde quieres llegar —dijo Bob, que aceptó el vaso de ron caliente que le ofreció la viuda Hammond.

—La prensa aún no lo sabe, pero justo después del asesinato el *sheriff* de Caldwell hizo un registro en el Saratoga y descubrió que uno de los clientes, un tipo llamado Harry Orchard, ocultaba en su habitación dinamita, mecha y detonadores. Está claro que esperó a que Steunenberg hiciera su pausa habitual a mediodía y mientras este leía los periódicos fue a su casa y colocó los explosivos.

Bob reflexionó unos instantes antes de preguntar:

—¿Cómo es que sabes tanto cuando ha pasado tan poco tiempo? Yo no he leído esa información en ninguna parte.

—Fíate de los *pinks*, ellos saben lo que va a pasar antes incluso de que suceda —respondió Sam Dreyer soltando una carcajada. Alzó el vaso mirando a la viuda, que estaba al otro lado de la barra—. Oiga, señora, su ron hace entrar en calor, pero no lo suficiente. ¿No tendrá algo más fuerte?

Ella sonrió.

—Tengo relámpago blanco, aunque no es apto para todo el mundo.

—Así llaman al aguardiente casero de esta zona —le explicó Dreyer a su compañero—. Para hombres duros, es más corrosivo que el ajenjo, con un ligero sabor a boñiga de vaca. Si no quieres, pasamos.

Bob no se atrevió a confesar que hacía varios meses que se había vuelto prácticamente abstemio.

—No, nos vendrá bien tomar algo fuerte.

—¡Viuda, una botella de relámpago blanco! —gritó Dreyer.

Durmieron en una habitación en la que las cucarachas desfilaban en fila por el suelo mientras otros insectos, enigmáticos e inertes, se apiñaban en algunos rincones de las paredes. Despertaron tarde, con la mañana ya avanzada. Dreyer pagó la cuenta y, llevado por el entusiasmo de abandonar aquel estercolero, tuvo la pésima idea de darle un beso en la mejilla a la viuda. La proximidad de la boca de la mujer hizo que sintiera un tufo horroroso.

—¡Dios santo, qué cloaca! —comentó con malestar al ponerse de nuevo al volante del Rambler.

Bob, que estaba ocupado girando la manivela de arranque en la parte delantera, se echó a reír.

—¡Tú te lo has buscado, no hay que dar besos a cualquiera!

La berlina partió en dirección oeste. Brillaba en el cielo un hermoso sol invernal y mientras abandonaban el estado de Nebraska el espesor de la nieve iba disminuyendo. Al entrar en Colorado vieron por fin prados, colinas y montañas en las que el hielo sucio se reducía a unos pocos cúmulos en las laderas y en las cumbres. La carretera principal estaba un poco embarrada, pero libre de obstáculos, por lo que era fácilmente transitable.

—¿Qué ha sido de los Trabajadores Industriales del Mundo en estos últimos meses? —preguntó Bob, que se acurrucó en su chaqueta. El frío, con la capota bajada, resultaba molesto—. Quiero decir, aparte de los mineros.

—Sus bases han ido creando una serie de sindicatos donde la chusma no tenía a nadie que la defendiera y han intentado organizar huelgas, pero la Federación Estadounidense del Trabajo las ha boicoteado. Sus dirigentes, en cambio, están enzarzados en luchas intestinas. Mary Ann Coates es tu hermana, ¿verdad?

—Sí.

—Fue ella la que pronunció el epitafio de los TIM, que se publicó incluso en el *New York Times*. Te lo cuento de memoria, aunque su texto era más fino: «El flautista reúne a las ratas, pero después, si no es capaz de conducirlas hacia un fin constructivo, hace que se ahoguen. Eso es lo que ha pasado con los Trabajadores Industriales del Mundo, una masa indiscriminada de borrachuzos. Lo que queda del proyecto se está yendo al garete por las luchas en la cúpula de la organización. No han sido capaces de mantener unido al proletariado ni siquiera un minuto en la búsqueda de una solución sensata. Lo único que han hecho es señalarles a las ratas el lago al que arrojarse, una tras otra. Y solo quedará un superviviente: el que toca la flauta. ¿Su nombre? Eugene Debs». Es buena tu hermana, una gran periodista.

—Desde que era una niña se notaba que tenía talento. ¿Quiénes son los oponentes de Debs en los TIM?

—A decir verdad, Debs mantiene a nivel personal una actitud neutral. La contienda enfrenta fundamentalmente a Charles Sherman, el presidente, que desearía que fuera un sindicato «normal», por así decirlo, con William Trautmann, cercano a las posiciones intransigentes de Daniel de León. No me preguntes más, porque lo único que me interesa de las ratas subversivas de las que habla tu hermana es el rabo, para cogerlas por él, levantarlas y estamparlas contra el muro.

—Coincido contigo.

Estaban atravesando el estado de Colorado, reconocible por los bosques y por las Montañas Rocosas, altas y cubiertas de nieve tanto en invierno como en otras estaciones del año. No hicieron ninguna parada, llegaron a Denver por la tarde. La sede de la Agencia Pinkerton ocupaba las dos primeras plantas de un edificio vetusto y elegante que daba al río Platte. Fueron conducidos de inmediato al despacho de McParland, una estancia espaciosa, aunque no especialmente elegante. Había varios agentes sentados en sillones o apoyados en la pared. Bob no conocía a ninguno de ellos.

McParland estaba leyendo en voz alta un artículo del *Rocky Mountain News and Times.*

—«Se dice que ya ha sido identificado el autor del atentado, si bien el *sheriff* continúa negándolo. Nuestro corresponsal…». —Interrumpió la lectura y saludó con la cabeza a los recién llegados—. Bien, con ustedes dos diría que ya casi estamos todos. Me refiero a los miembros del comando de acción... Podríamos actuar esta misma noche.

Bob tuvo la impresión de que todos los allí presentes menos Dreyer y él sabían en qué consistía eso a lo que el detective se refería. Se sintió molesto y lo disimuló encendiendo con desgana un cigarrillo, uno de los pocos en los últimos meses. Estaban fumando la mayoría, incluyendo a McParland. Afortunadamente este recapituló el caso, por deferencia a los dos recién llegados.

—En pocas palabras, el autor del atentado es Harry Orchard, un asesino a sueldo. Me lo estoy trabajando. Ya ha confesado los nombres de los mandantes, tres agitadores de la FMO: Charles Moyer, que es el presidente, William Haywood y George Pettibone. El problema es que ninguno de los tres se encuentra en Idaho, estado al que pertenece Caldwell, el escenario del crimen. Dos de ellos, Haywood y Pettibone, están aquí, en Denver. A Moyer lo detuvimos en la estación cuando se disponía a partir hacia Dakota del Sur. Extraditar a sus compinches por medios legales resultaría imposible debido a la falta de pruebas sólidas. De ahí nuestra misión, que consiste en secuestrarlos y llevarlos a Idaho para que sean juzgados.

Ni Bob ni nadie planteó duda alguna sobre la legitimidad de esa acción. Dreyer únicamente preguntó:

—¿Cuándo lo haremos?

—Mañana, 17 de febrero, divididos en dos equipos. Iremos con el rostro cubierto.

—¿La policía está de acuerdo?

—Por supuesto, tanto la de Colorado como la de Idaho. Están todos de acuerdo, desde los dos gobernadores hasta el último de los *sheriffs*. Y el servicio secreto, tras hablar con el presidente Roosevelt, ha dado su consentimiento. —No había nada que añadir. McParland miró a los allí reunidos y sonrió mientras apagaba la colilla en el cenicero—. Muchachos, tenéis unas horas libres. En secretaría os asignarán alojamiento y os facilitarán vales de comida. Nos vemos mañana a las seis de la tarde, aquí abajo. Os quiero armados, enmascarados y frescos, así que olvidaos de la cerveza y de los licores. Brindaremos juntos cuando concluya esta aventura. —Inspiró profundamente como si se dispusiera a hacer un anuncio dramático—. Estamos a punto de desarticular una sociedad secreta que en crueldad y en número de asesinatos está a la altura de los nihilistas rusos. La dirección clandestina de la Federación de Mineros del Oeste ha derramado sangre suficiente como para llenar un río. Debéis estar orgullosos de participar en esta operación de limpieza, con la que no salvaréis a uno ni a dos estados, sino a toda una nación.

El elogio, dicho por un personaje de ese calibre, resultaba extremadamente seductor. Fue recibido con un aplauso.

Bob y media docena de agentes más fueron enviados a un pequeño hotel del barrio Arroyo de los Cerezos. Perdió de vista a Dreyer, que fue alojado en otro establecimiento. Le tocó compartir habitación con un colega taciturno que hablaba por sílabas. Mejor, pensó Bob. Se duchó, se cambió de ropa y comprobó el revólver. Sentía una excitación que hacía mucho tiempo que no experimentaba.

Pasó toda la mañana del día siguiente callejeando sin rumbo, con una parada para tomar un té en un humilde restaurante donde estaban sirviendo frituras a una clientela formada por obreros. Denver no ofrecía nada que resultara interesante a sus ojos, salvo las lejanas montañas. Era una ciudad industrial rodeada de chimeneas y su humo agrisaba los escasos monumentos.

A las seis en punto de la tarde se hallaba delante de la agencia, donde los automóviles ya estaban con los motores encendidos. Un hombre de la Pinkerton lo reconoció y le entregó una capucha.

—Eres del equipo Haywood. Tu coche es ese de ahí —le informó señalándole un Ford B.

—¿Cuáles son las instrucciones?

—No hay. El conductor es tu jefe de equipo, limítate a obedecer sus órdenes. Sube al coche y cúbrete la cabeza. Buena suerte.

La caravana de vehículos partió rugiendo y se dividió en dos en la primera curva. Bob, encapuchado y con la pistola en la mano, descendió del coche bajo las luces brillantes de lo que aparentaba ser un burdel. Encontraron a Bill Haywood semidesnudo en una habitación, en compañía de una chica totalmente desnuda y a cuatro patas en la cama, con sus ingles golpeando el trasero de la mujer.

La irrupción de los hombres enmascarados no causó demasiada sorpresa en el líder sindical, que únicamente mostró una gran vergüenza. Se apartó de la chica, se subió los pantalones y se abrochó el cinturón. Solo entonces levantó las manos.

—¿Qué quieren de mí? —preguntó.

El tamaño colosal del sindicalista, su ojo cerrado y su rostro feísimo impresionó a Bob tanto como la primera vez que lo había visto. El pecho de Haywood era tan peludo como el de un simio, pero el salvaje no amagó siquiera con oponer resistencia. Parecía triste, casi como si albergara sentimientos humanos. Tal vez estaba pensando en lo que le diría a su familia cuando descubriera dónde había sido capturado.

—Cogedme a mí, pero a ella dejadla, no tiene nada que ver.

La prostituta estaba vistiéndose apresuradamente al borde de la cama. A su corpiño le costó comprimir sus pechos. Cuando pasó a las medias fue peor, tenía los muslos demasiado gruesos. En cuanto asumió un aspecto decente se marchó sin que nadie la importunara.

Haywood fue llevado en silencio a la estación, donde esperaba un tren especial. Media hora más tarde llegó Pettibone, conducido por el segundo equipo. Su detención debió de ser más accidentada, a juzgar por las abrasiones que presentaba por toda la cara. Un agente lo hacía avanzar sujetándolo por el pelo. Dreyer tiró del hombre por la corbata y amenazó con abofetearlo.

El tren no partió hasta la mañana siguiente por las trabas burocráticas derivadas de la flagrante ilegalidad de aquellas dos detenciones. Cuando Bob lo vio desaparecer, al amanecer, con destino a Idaho, pensó que ya podía regresar a Chicago, pero Dreyer se acercó a él y aplacó su prisa.

—Tenemos que quedarnos aquí, órdenes de McParland —le informó su compañero—. Hay que esperar hasta que Moyer sea extraditado también a Idaho y la situación se haya normalizado. Pero no te preocupes, todos recibiremos una compensación económica, nos la abonarán de inmediato. Y la manutención seguirá corriendo a cargo de la Pinkerton.

A la mañana siguiente Bob le envió un telegrama a Charlie para informarle de que tardaría en volver. Las dos semanas siguientes, tanto duró la espera, fueron muy aburridas. Ni en el *Rocky Mountain News and Times* ni en los demás periódicos se mencionó siquiera lo que había ocurrido. En cambio, se sucedían, al ritmo monótono de una letanía, los artículos plagados de insinuaciones sobre el carácter criminal de la FMO y sobre la presunta omnipotencia de su «núcleo duro». A menudo se elogiaba al sindicato rival, Trabajadores Mineros Unidos de Norteamérica, que lideraba el moderado John Mitchell, vinculado a la Federación Estadounidense del Trabajo.

Bob trataba de matar el tiempo de la mejor forma posible en una ciudad sin atracciones como era Denver. A veces salía a comer o a cenar con una pandilla de compañeros, pero no eran precisamente una compañía rutilante. Había una rivalidad innegable entre los agentes de la Pinkerton y los de la Burns. Algunos *pinks* incluso blasfemaban o se emborrachaban, por no hablar de los que se jactaban abiertamente de ser católicos irlandeses. Y en esa hueste no faltaban los desechos humanos de prisión, reclutados en las cárceles y ascendidos a investigadores de la noche a la mañana porque su predisposición al uso de la violencia podía resultar útil.

McParland los reunió a todos finalmente en la sede de la agencia y les comunicó:

—Muchachos, se acabó. La fase de instrucción judicial ya se ha completado. Haywood, Moyer y Pettibone han sido incriminados. Encargaron el asesinato de Steunenberg y otros. Os transmito mi gratitud y la de Estados Unidos.

Al salir del despacho Bob se topó con Elmer Gallagher, que llegaba en ese momento. El hombre del servicio secreto le sonrió y le estrechó la mano.

—Muy bien, Bob. Y muy bien también tu hijo Charles, contribuyó con gran ímpetu al secuestro de Moyer.

—¿Charlie? ¿Está en Dakota del Sur? —preguntó Bob, sorprendido.

—Estaba, ahora está aquí. Si bajas, lo encontrarás en la acera.

Bob abandonó el edificio y vio al instante a Charlie, que llevaba un sombrero de fieltro. Estaba charlando con varios *pinks*, apoyado en el pequeño muro de la orilla del río Platte, tras una berlina estacionada. El joven mostró alegría y asombro al ver a su padre.

—¿Tú también estás aquí, papá? ¡No me lo esperaba! ¿Acabas de volver?

Enervado por motivos aún no revelados, Bob le preguntó a su vez:

—¿Volver? ¿No recibiste mi telegrama?

—¿Qué telegrama? Salí para Dakota del Sur el día después de que tú te fueras. Órdenes del señor Burns.

—¿Y Thelma?

—No te preocupes, la dejé encerrada en su habita… —Charlie dejó de hablar repentinamente, palideció por completo y contrajo el rostro como un niño que va a romper a llorar—. ¡Oh, Dios bendito!

Bob lo agarró por la corbata y lo zarandeó.

—¿Le dejaste comida? ¿Agua?

—¡Sí, pero solo para dos días! —Charlie estaba a punto de sollozar, tenía la voz rota—. ¡Me dijiste que volverías en un par de días!

Bob, sacudido por un escalofrío, miró a los agentes allí presentes y preguntó:

—¿De quién es este coche?

—De la Pinkerton —respondió un joven.

—Me lo llevo. —La febrilidad de Bob estaba en su punto más alto, pero aun así mantenía un atisbo de lucidez. Buscó la manivela y se la lanzó al *pink*—. Arráncalo.

Empujó a su hijo para que ocupara el asiento de copiloto y él se puso al volante. Durante todo el trayecto, mientras Charlie se sujetaba la cara con las manos, no dejó de repetir:

—¡Dios mío, haz que lleguemos a tiempo!

18. La bestia decapitada

Al funeral, oficiado por el padre Stoker en la iglesia congregacionalista, asistió incluso William Burns. Envuelto en su chaqueta cruzada negra, con el sombrero de fieltro en la mano, su presencia austera y compungida se hacía notar. Bob, trastornado aún por la desesperación, se lo agradeció. Era un consuelo, relativo pero importante, tener a su lado a un hombre reputado que se mostraba sensible ante su dolor.

Con mano temblorosa echó en la fosa un puñado de tierra y murmuró:

—Que Dios te conceda descansar en paz, Thelma.

—Amén —dijeron al unísono todos, incluido el pastor.

Charlie Coates lloraba como un niño.

—¡Ni siquiera he podido verla por última vez! —repetía entre sollozos a los que estaban cerca de él, aunque nadie lo escuchaba.

El cadáver de Thelma no había sido expuesto. La muerte por hambre, y sobre todo por sed, habían dejado señales inequívocas en su cuerpo consumido: manchas, úlceras, llagas… Sus brazos se hallaban llenos de cortes, cicatrizados pero visibles. Al descubrir que estaba condenada a muerte rompió la ventana para sacar los brazos entre los barrotes. Gritó pidiendo ayuda durante casi dos días, hasta que se quedó sin fuerzas y su voz se redujo a un lamento. En el anterior edificio del este de la ciudad la hubieran oído enseguida, pero donde vivía ahora no. Un seto separaba la casa de la calle, por la que pasaban tranvías eléctricos y ruidosos coches. Si alguien llegó a verla probablemente la tomó por una loca. Exhausta, se arrastró hasta una esquina de la habitación y esperó la muerte sobre un charco de sangre y orina. Padre e hijo llegaron para «liberarla» dos días más tarde.

El señor Burns ciñó los hombros de Bob con un robusto abrazo y le dijo:

—No tienes nada que reprocharte, amigo mío. Has sido víctima de una serie de circunstancias desafortunadas. No tienes culpa alguna.

El padre Stoker le había dicho eso mismo. Bob miró a su superior con gratitud, bajo un velo de lágrimas.

—Ojalá fuera verdad, señor.

—¡Es verdad! La policía ya no te molestará más. He hablado con funcionarios de alto rango, saben la verdad y el caso será archivado. Tú estabas lejos de casa cumpliendo una misión por la que merecerías una medalla. No la recibirás, dada la situación, pero te concedo gustosamente un periodo de descanso cobrando el sueldo máximo. Acepta ese obsequio, es una especie de certificado de tu valía.

—Gracias, gracias.

Tras un último apretón de manos William Burns se dirigió a su espectacular berlina. Bob no se sentía mucho mejor que antes. Se unió a él su hermana Mary Ann, que lo abrazó y le dio un par de besos en las mejillas.

—Estoy contigo. Lo sabes, ¿verdad? —le comentó. Al notar perplejidad en Bob se sintió obligada a añadir la frase de rigor que todos repetían—. No debes sentirte culpable en absoluto, solo intentabas hacer lo mejor para tu hija…, para mi sobrina. Tu único error fue liarte con esa mujerzuela, Rosy O'Donnell. Sin ella esta tragedia nunca se hubiera producido.

Bob observó a su hermana, una mujer con un gran encanto y ante todo elegante, refinada tanto en sus facciones como en sus maneras. Sus aptitudes como periodista —mejor dicho, como polemista— le habían abierto las puertas de los mejores salones de Chicago. Tras un primer divorcio se había vuelto la eterna prometida de un magnate de las comunicaciones, un hombre de avanzada edad del que se decía que tenía al alcalde en nómina.

—¿Cómo es que conoces esos detalles? —preguntó Bob, que nunca había hablado más de la cuenta sobre Rosy con Mary Ann.

—Diría que no eres el único investigador de la familia —contestó ella con una sonrisa—. Bromas aparte, estoy en contacto con Charlie, viene a verme de vez en cuando y me da algunas noticias sobre las investigaciones en las que participa y sobre vuestra situación familiar.

—Charlie es un buen chico —afirmó Bob tajantemente—. Él no ha tenido nada que ver.

—Claro que no. Ni tú tampoco... Ahora vete a casa. La tristeza que sientes hoy durará aún bastante, pero irá disminuyendo poco a poco.

Bob recibió el delicado beso que Mary Ann posó en su mejilla. Llegó el momento más doloroso, había que terminar de dar sepultura a Thelma. Tras eso vinieron los apretones de manos de las pocas personas presentes, la entrega al reverendo de un sobre con un generoso donativo y, lo más penoso, la colocación de la lápida.

Charlie continuó llorando durante un buen rato en el carruaje descubierto que los llevaba de vuelta a la calle Augusta. Dejó de hacerlo de un modo bastante brusco, tal vez porque la brisa cortante le secó los lagrimales, aunque sus párpados seguían enrojecidos.

—¿Y ahora qué vamos a hacer, papá?

Bob miró a su hijo sin saber a qué se refería exactamente.

—¿Quieres decir para superar esta pérdida?

—No, me refiero a quién nos preparará la comida, quién hará las camas... Todo eso eran labores de Thelma.

A Bob ese comentario le pareció de un cinismo insoportable. Iba a recriminar duramente a su hijo, pero en el último instante se contuvo. Charlie seguía siendo un niño para algunas cosas, ese paso tan rápido de la conmoción a la previsión formaba parte de su carácter pueril. Gritarle no hubiera servido de nada, así que se limitó a decir:

—Buscaremos una criada, podemos permitírnoslo.

—Pero que sea guapa, no una vieja cascarrabias. Los Palmer, que viven dos números más allá de nuestra casa, tienen una rubita rusa que no está nada mal.

—Le haremos una oferta —aseguró Bob, que a partir de ese momento guardó silencio.

Los meses de licencia laboral le resultaron vacíos y sin sentido. La casa, a pesar de la llegada de la primavera y de la sombra fragante de los árboles, le parecía gris, melancólica. Faltaba Thelma y, contra todo sentimiento racional, sentía resentimiento. Hizo que quitaran los barrotes de las ventanas, que cambiaran el cristal roto y que sustituyeran los muebles que habían pertenecido a su hija. Arrancó con dolor los dibujos y los tiró con rabia a la basura, al igual que todos los demás recuerdos de ella: libros, cartillas escolares, juegos infantiles, vestidos… La sensación de vacío se mantenía, el sentimiento de culpa un poco menos; el reverendo Stoker era persuasivo y estaba siempre pendiente para sofocar los restos de remordimiento que quedaban en él.

Charlie pasaba mucho tiempo fuera, ocupado con las misiones que William Burns le encomendaba. Las noticias que traía al volver de esos viajes eran a veces reconfortantes, otras no tanto.

—¿Te acuerdas de los TIM, papá? Pues se están desmoronando. La corriente de Trautmann y la de Sherman se están zurrando de lo lindo. En el próximo congreso que celebrarán, en otoño, es fácil que se venga abajo ese castillo de naipes. Los mineros, en su mayoría leales a Sherman, ya van por libre.

—Recuérdame cuáles son las diferencias.

—Dicen que Trautmann está en la órbita de De León, no sé si es verdad. Aboga por un sindicato puro y odia como a la peste a la Federación Estadounidense del Trabajo de Gompers. Solo un líder carismático se ha posicionado de su parte: Vincent Saint John, conocido como *el Santo*, un tipo de poca estatura, pero con un par de revólveres siempre a la vista. Es el ídolo de los mineros de Nevada.

Bob esbozó un gesto de indiferencia antes de preguntar:

—¿Qué hay de Sherman?

—A él le gustaría alcanzar pactos con la FET de Gompers, llegar a un acuerdo y moderar las reivindicaciones. No se sabe cómo terminará la cosa.

A Bob todo eso no le importaba lo más mínimo. Sumido en sucesivas oleadas de remordimiento, nostalgia y dolor, se mostraba indiferente ante los acontecimientos del día a día. Bebía, pero sin excederse, y fumaba cigarros pestilentes tras arrancar con indignación la etiqueta que decía «Hecho por trabajadores sindicados».

De vez en cuando se acostaba con la criada rusa de pechos enormes que le había arrebatado a los vecinos. Charlie, a pesar de que había sido sugerencia suya contratar sus servicios, por ahora no lo había conseguido y se consolaba en los burdeles. Bob en realidad se mantenía al tanto de la actualidad únicamente pensando en su reincorporación al servicio. El resto era tristeza, incluidos los coitos rápidos con la empleada doméstica.

Faltaban dos días para el final de su licencia cuando Charlie regresó a casa irritado. Arrojó un periodicucho sobre la mesa de la cocina y le pidió:

—Mira lo que escribe este gilipollas.

El gilipollas era Jack London, famoso y controvertido escritor. Bob recordó su breve, y poco significativo, encuentro con él. A partir de aquel momento London hizo carrera. Era casi rico y rivalizaba con Upton Sinclair, del que había promocionado al máximo su novela *La jungla*, una de las lecturas favoritas de los pordioseros que no eran analfabetos. En sus obras retrataba hombres o animales fuertes y situaciones de alto riesgo. A veces parecía que sus héroes se decantaban por el bando contrario, el de los enemigos del movimiento obrero, pero cuando tomaban ese camino terminaban mal. De hecho, Jack London era un socialista convencido, siempre dispuesto a subirse a una caja de fruta o al escenario de un teatro para arengar a las masas incitándolas a la insurrección.

El periodicucho arrojado en la mesa por Charlie se llamaba *Daily Socialist* y constaba de cuatro páginas en total. El titular del artículo de London, resaltado en primera página, decía: «Algo huele a podrido en Idaho». En él desmontaba, con calculada crueldad, la confesión de Harry Orchard contra Haywood, Moyer y Pettibone.

Efectivamente, bastantes detalles revelados por Orchard resultaban incongruentes incluso para Bob. Por ejemplo, el sicario sostenía que el fin supremo de la dirigencia secreta de la Federación Minera del Oeste era acumular enormes recursos económicos para competir con los grandes capitalistas, comprar a algunos de ellos y doblegar al sistema. Semejante método para tratar de hundir a la burguesía le parecía a London, pero también a Bob, simplemente ridículo. Y muchos otros detalles de las decenas de asesinatos encargados a Orchard por el sindicato se antojaban extravagantes y poco acordes con los hechos probados.

—No hay de qué preocuparse —aseguró Bob dejando caer el *Daily Socialist* sobre la mesa, entre tazas y vasos sucios—. Las acusaciones contra Haywood y los otros son muy graves. Conociendo a nuestros jueces y jurados, en ningún caso saldrán airosos. Ni siquiera cuentan con una organización sólida detrás, los TIM que me has descrito tienen demasiados cabecillas y eso es como no tener ninguno. Era fácil prever desde el principio que el experimento nacía muerto.

Charlie maldijo en voz baja tratando de abrir una lata de carne de res en gelatina. La punta del abrelatas se estaba doblando en vez de agujerear la lata.

—La bestia ha sido decapitada, pero sus tentáculos parecen capaces de moverse por sí solos —afirmó, muy irritado—. No te imaginas cuántas secciones de los TIM están surgiendo, no solo en Chicago, sino por todo el país. Entre los mineros, por descontado, pero también entre leñadores, sombrereros, modistas, barrenderos, ferroviarios no cualificados... Tratan incluso de convocar alguna huelga, aunque por suerte casi siempre interviene la Federación Estadounidense del Trabajo para mantener a raya las protestas a palos.

—Los periódicos no hablan de eso —comentó Bob, extrañado.

—Porque se trata de pequeños episodios, solo aparece alguna mención en el *Industrial Union Bulletin*. —Charlie, desesperado, dejó caer en la mesa el abrelatas y arrojó la lata de conservas por la ventana—. ¿Por qué la rusa nunca está cuando hace falta? ¿Te la tiras tantas veces que acaba agotada?

—No te permito que uses ese lenguaje —le advirtió Bob.

Charlie reaccionó como alguien al que pillan en un renuncio. Agachó la mirada y dijo:

—Perdona, papá. No pretendía faltarte al respeto.

—Está bien. —Bob metió la mano en el bolsillo posterior de sus pantalones y sacó un billete de cinco dólares arrugado y grasiento—. Toma, vete al restaurante.

—Gracias, papá.

Bob se dirigió a la sede de la Agencia Burns tras agotar su largo periodo de descanso. Ya no tenía la energía de otros tiempos y rumiaba pensamientos oscuros. Confiaba, en su fuero interno, que le encomendaran un caso puramente detectivesco, capaz de estimular sus capacidades deductivas, suponiendo que hubieran sobrevivido. Ya estaba harto de sindicatos y de terroristas anarcoides, y al subir al tranvía eléctrico no se imaginaba que iba a encontrarse con esa gentuza en su camino.

El conductor frenó de golpe el tranvía y les comunicó a los pasajeros:

—Hay una manifestación, debemos esperar.

Un pasajero bien vestido se levantó de su asiento y agitó el puño en el aire.

—¡Tengo una cita importante en mi banco! —exclamó—. ¿Cuánto tendremos que esperar?

—No depende de mí, señor —contestó el conductor con voz acompasada—. Depende de los manifestantes.

Unas trescientas personas avanzaban por la avenida Wabash ocupando toda la calzada. Abría el cortejo, tras dos banderas estadounidenses, una pancarta en la que estaba escrito: «Libertad para Moyer, Haywood y Pettibone - Trabajadores Industriales del Mundo». Las astas las sostenían mujeres, con sombreros amplios y vestidos de fiesta. Tras ellas iba la amalgama más extraña que Bob había visto: obreros fornidos, probablemente de la construcción, mezclados con negros y con extranjeros variopintos, incluso asiáticos. Había más mujeres agrupadas bajo un estandarte que decía: «TIM local 179 - Nueva York». Se veían carteles escritos en idiomas o en alfabetos extraños, incluidos el yidis, el cirílico o el italiano. Una cola desordenada formada por personajes en mal estado precedía a una pequeña banda de música, que cerraba el cortejo interpretando voluntariosamente *The Red Flag*, en un intento de inducir a los manifestantes a marchar de forma ordenada; un propósito poco realista, salvo en las filas delanteras la gente marchaba como le daba la gana.

Un hombre grueso, y a su manera elegante, que iba en el tranvía se situó justo delante de Bob y comentó:

—Cantan villancicos en primavera, qué extraño. ¿No será una de esas sectas religiosas?

—Posiblemente lo es, en cierto modo —contestó Bob—. Y ahora le ruego que aparte su trasero de mi cara.

—Perdone usted —se disculpó el hombre corpulento antes de volver a sentarse.

La espera no fue larga. El tranvía eléctrico retomó la marcha en cuanto acabó de pasar la manifestación. Bob se bajó en la tercera parada. Hacía un día hermoso, vigorizante. Solo dos sombras separaban a Robert Coates de las ganas de vivir. La primera era la sombra solitaria de Thelma, muerta de una forma tan trágica. Se cernía sobre él, a pesar de que ya se había convencido de que debía atribuir esa muerte a una concatenación de fatalidades. La segunda sombra tenía un alcance más general. Aunque los TIM estaban casi disueltos, divididos en la cúpula y débiles en las bases, seguía topándose con ellos, con sus banderas y sus carteles. ¿Cómo era posible?

Al llegar a la agencia no pudo hablar con William Burns, porque había viajado a San Francisco para investigar un nuevo caso de corrupción. En su ausencia, la sede de Chicago estaba a cargo de Rex Hamlin, el secretario de Burns, un hombre con aspecto de burócrata y unos modales autoritarios que iban más allá de su poder real.

—Coates, los tiempos han cambiado. Ahora necesitamos agentes capaces de moverse de un lado a otro de Estados Unidos —le advirtió, sin asomo alguno de simpatía—. El enemigo tiene muchas sedes y nosotros también debemos tenerlas. ¿Está usted dispuesto a desplazarse?

Bob se mostró igualmente agresivo y preguntó:

—¿Qué pasaría si dijera que no?

—Que nos veríamos obligados a darle de baja en la agencia, a despedirle.

—¿Podrían asignarme casos delictivos comunes que no estén relacionados con el movimiento sindical o socialista? Yo ya trabajé en ese campo durante algún tiempo.

El rostro pétreo de Hamlin, que parecía aún más pálido por su pelo negro separado con precisión por la raya al medio, osciló de un lado a otro con gesto despiadado de negación.

—Toda la experiencia que ha adquirido usted se circunscribe al entorno de los agitadores, solo ahí puede sernos útil. Para las investigaciones comunes ya contamos con una legión de agentes.

Bob, viéndose acorralado, optó por jugar la única carta fiable.

—¿Podría hablarlo directamente con el señor Burns? Él sabe que estoy superando una tragedia familiar.

—Burns no está. Se encuentra en San Francisco, lejos de problemas como este. Sé lo que le ha ocurrido y tiene toda mi comprensión —aseguró Cara de Piedra fingiendo empatía—. Es hora de retomar la vida ordinaria, eso le ayudará.

—Gracias —murmuró Bob.

—Hay una zona de Nevada en la que están sucediendo cosas intolerables. Me refiero a Goldfield. Es una localidad minera como otras tantas, solo que allí los TIM al parecer no se han dado cuenta de que su sindicato ya prácticamente no existe. La sección 220 de la Federación de Mineros del Oeste se ha fusionado con la 77 de los Trabajadores Industriales del Mundo y han instaurado una especie de dictadura. Los dirige un tal Vincent Saint John, apodado *el Santo*. ¿Lo conoce?

Bob reflexionó unos instantes.

—He oído ese nombre y también ese apodo. Debió de estar en el congreso del año pasado, pero no recuerdo más.

—Un pendenciero, un delincuente. —Hamlin mordió y arrancó el extremo de un cigarro como si se tratara de la cabeza de un subversivo—. Necesitamos que vaya usted allí, con el carné de los TIM y crédito abundante, con todas las cartas de presentación que sean precisas. Billete en tren hasta Carson City y después carruaje público. Cinco dólares diarios, gastos de manutención cubiertos y una gratificación a su regreso.

La oferta era tentadora únicamente por una circunstancia: la misión serviría para que Bob se distrajera de los pensamientos agobiantes de los últimos meses, y eso le ayudaría a acabar de vencer el sentimiento de culpa. Tras un titubeo inicial, estrechó la mano que Hamlin le tendió. El personaje le causaba aversión, pero su ofrecimiento no tanto.

—¿Habrá más agentes nuestros allí?

—Nuestros y de la Pinkerton. Aquello es un campo de batalla, el único lugar, aparte de los de las tribus de leñadores y de las ramas industriales secundarias, en el que los TIM han echado raíces. Están tratando de moldear la comunidad a su imagen y semejanza, a nosotros nos corresponde hacer que fracase el experimento.

Tres días más tarde Bob iba camino de Carson City leyendo en el tren el *Industrial Union Bulletin*. Tenía el periódico doblado de modo que no se viera la cabecera, no quería provocar la ira de los medio burgueses que abarrotaban el vagón de segunda clase: burócratas, abogados con escasa clientela, empleados del sector privado, pequeños comerciantes... No había ningún negro ni ningún inmigrante oriundo de las zonas pobres de Europa, esos viajaban hacinados en tercera clase.

Bob descubrió varias cosas con la lectura del boletín de los TIM. La organización estaba en las últimas, eso era notorio. Las diferentes corrientes y subcorrientes iban a librar una lucha sin cuartel en el congreso previsto para el otoño en Chicago. Parecía, por suerte para la sociedad, que la extrema izquierda estaba constantemente enzarzada en debates sobre matices: votar o no, priorizar la organización de los obreros o poner en valor su espontaneidad... Mientras el capital se agrupaba rápidamente, su antagonista se perdía en diferenciaciones de dudosa relevancia.

Con todo, en la última página del *Industrial Union Bulletin* descubrió algunos ejemplos de resistencia frente al empresariado parcialmente exitosos. Se trataba de pequeños episodios, enfrentamientos reducidos, protagonizados por trabajadores negros, eslavos, italianos y judíos. La organización recurría a pasquines escritos en sus respectivas lenguas, algo que tenía muy buena acogida, para movilizarlos. Por regla general, si el conflicto crecía demasiado la Federación Estadounidense del Trabajo enviaba a sus matones o a cuadrillas de esquiroles reclutados entre sus simpatizantes.

Los TIM no podían alardear de ningún éxito real, todo habían sido intentos reiterados e infructuosos, pero el caso era que el sindicato estaba creciendo, casi a su pesar, al acercarse a los pobres, los desempleados y los obreros no cualificados. En casi todo el país, desde San Francisco a Nueva York, pasando por Portland o Austin, surgían nuevas secciones en un número increíble, por hiperbólico que sonara, aunque solían durar solo unos pocos meses.

Era un hecho que una oradora callejera famosa prácticamente desde la adolescencia, Elizabeth Gurley Flynn, había abandonado los círculos socialistas irlandeses para dedicarse en cuerpo y alma a los TIM. Numerosos intelectuales, desde Theodore Dreiser a Upton Sinclair, pasando por Jack London, mostraban simpatía por el sindicalismo radical. La defensa de Moyer, Haywood y Pettibone actuaba como catalizador, una organización dividida en todo exhibía al menos cierta unidad en la defensa de los compañeros encarcelados.

Bob, que estaba dormitando, se percató de que ya había llegado a Goldfield cuando el carruaje que había tomado en la estación de Carson City pasó bajo una pancarta que ensalzaba a Haywood y a Moyer.

—¿Hemos llegado? —le preguntó al viajero que tenía sentado enfrente, un minero itinerante con una abultada mochila llena de bártulos.

—Sí —aseguró el hombre—. El carro no hace más paradas, que yo sepa.

Bob se apeó en una explanada arenosa, constató con asombro lo que era Goldfield y comprendió de dónde venía esa denominación. La pequeña ciudad no había dejado de expandirse a ritmo frenético desde que descubrieron en aquella zona el yacimiento aurífero más extenso de Estados Unidos. No había indicio alguno de planes de urbanismo: quien llegaba allí levantaba una vivienda improvisada y si no tenía trabajo en la mina abría un comercio. El resultado era una sucesión caótica de edificios de madera, muchos de los cuales —dejando a un lado las casuchas— albergaban pequeños hoteles, casas de juego, salones que no ocultaban su condición de burdel, almacenes en mal estado en los que se vendían principalmente herramientas y lámparas mineras, y negocios en los que se compraba oro al peso.

Era primera hora de la tarde; lucía el sol, pero aun así hacía algo de frío. La fauna humana, escasa en ese tramo del día, que se movía por las calles inconexas y polvorientas resultaba incluso más sorprendente que las edificaciones. Tres cuartas partes eran hombres con aspecto desafiante que exhibían sin reparos cinturones con grandes revólveres, algo inconcebible en Chicago. Las mujeres, la cuarta parte restante, eran de dos tipos: la clásica madre de familia encorvada por el peso de las tareas domésticas y la elegante prostituta de estilo parisino, descarada tanto en la vestimenta como en el porte.

Bob callejeó sin saber muy bien hacia dónde ir. Su destino era la sede de los TIM, pero previamente le convenía hacerse una idea de la situación local. Abordó a un burgués que estaba descendiendo de una calesa con su corbata, camisa, chaqueta y bombín polvorientos.

—Disculpe, señor… Mi pregunta le podrá parecer estúpida, pero vengo de muy lejos. ¿Aquí hay periódico local?

El hombre, a pesar de su apariencia pudiente, llevaba un revólver en la cintura y no se molestaba en ocultarlo. Fijó la mirada en el forastero y pareció darse por satisfecho al comprobar que vestía ropa modesta pero limpia, dejando a un lado el polvo.

—Hay dos periódicos —respondió—. El *Goldfield Sun* y el *Tonopah Sun*.

—¿Dónde podría comprarlos?

—En ningún sitio —contestó el burgués frunciendo el ceño—. Los dos los distribuyen vendedores callejeros, pero llevan quince días en huelga. Me temo que ambos rotativos acabarán cerrando. A tomar viento la libertad de prensa estadounidense…

Bob, estupefacto, preguntó:

—¿Una huelga de los vendedores callejeros? ¿Se refiere a los chiquillos?

—Sí, los dos *Sun* estaban hablando mal de un sindicato, el TIM —afirmó el burgués bajando la voz—. Su sección 77 inició un boicot contra esos periódicos, desde hace dos semanas los vendedores se niegan a distribuirlos. A los impresores no les queda otra que resignarse, al igual que nosotros, los ciudadanos de bien.

Bob no salía de su asombro.

—¿Hasta los vendedores de periódicos están sindicados? ¡Es el colmo!

—Dígamelo a mí, que soy abogado de una compañía minera. En Goldfield los TIM han captado trabajadores de todo tipo: aparte de mineros e incluso ingenieros de minas, camareros, taquígrafos, telegrafistas, lavaplatos, ferroviarios, oficinistas, peones eventuales que están desocupados dos de cada tres días… Cuando los de una categoría laboral se movilizan, los de todas las demás los apoyan, y eso incluye a los vendedores de periódicos. Lo llaman «sindicalismo industrial», pero para mí no es otra cosa que una burda coacción al capital privado que no se debería tolerar en Norteamérica.

—Coincido con usted —afirmó Bob, y lo dijo de corazón—. Señor, ¿sabe dónde está la sede de los TIM? Me gustaría echarle un vistazo desde fuera.

El burgués señaló la parte alta del camino sinuoso en el que estaban.

—Allí al fondo. No le costará dar con ella, es la única construcción de piedra entre muchas de madera. Pero tenga cuidado.

—¿Cuidado con qué?

El hombre dio una palmada a su revólver.

—Esos están armados, usted no.

Bob levantó su bolsa y le guiñó el ojo derecho.

—Aquí dentro llevo lo necesario.

—Bien, buena suerte entonces.

19. Colt Peacemaker

En el frontón de la fachada de la sede local 77 de los Trabajadores Industriales del Mundo, que acogía también la local 220 de la Federación de Mineros del Oeste, figuraba un símbolo que, a pesar de que empezaba a verse por entonces, ya comenzaba a ser popular. Representaba, dentro de un círculo, el hemisferio norte del globo terráqueo, con la cuadrícula de los meridianos y los paralelos. Lo coronaban tres estrellas y tres letras mayúsculas: TIM, obviamente.

A un lado de la puerta se veía un panel en el que se exigía la puesta en libertad de Haywood y Moyer. Había fotos, recortadas de periódicos, de manifestaciones a favor de ellos en todos los rincones del mundo desde China a Canadá, pasando por Rusia o Europa. El tercer imputado, George Pettibone, aparecía mencionado menos veces, porque estaba gravemente enfermo de cáncer y pasaba más tiempo en el hospital que entre rejas. Y hacía tiempo que había abandonado la FMO para establecerse por su cuenta con una pequeña empresa de mecánica. Su absolución se daba por hecha.

Un segundo panel, al otro lado de la puerta, despertó aún mayor interés en Bob. Bajo el texto «Salarios diarios en vigor» se podía leer:

Mineros: cinco dólares.
Trabajadores no especializados: cuatro dólares y medio.
Administrativos: cinco dólares.
Ferroviarios: cuatro dólares y medio.

Seguían a ello numerosas categorías más, todas ellas con salarios que duplicaban o triplicaban lo que se ganaba en el resto de Estados Unidos.

Perplejo, Bob empujó la puerta y entró. Tras una mesa había un hombre menudo y rubio escribiendo. Sentados en sillas, otros tres personajes estaban leyendo; dos de ellos, el *Industrial Union Bulletin*, y el tercero tenía en sus manos una novela: *El pulpo*, de Frank Norris. Junto a *El pozo*, una segunda obra de Norris (muerto en 1902 con solo 32 años), y a *La jungla*, de Upton Sinclair, era de lectura obligatoria para cualquier norteamericano con convicciones socialistas.

Todos levantaron la cabeza. El rubio de detrás del escritorio elevó hacia Bob sus ojos azules y fríos, y se acarició el labio superior, desprovisto de bigote. Su rostro, barbilampiño, estaba un poco demacrado.

—¿Tú quién eres? Nunca te he visto por aquí.

Antes de hablar Bob posó la mochila, metió la mano en el bolsillo del chaquetón y sacó el carné rojo de los TIM.

—Soy un compañero de Chicago. Busco trabajo.

La mirada del personaje de detrás del escritorio se suavizó al instante. Es más, se volvió sumamente cordial, gracias también a la sonrisa que separó sus labios.

—Bienvenido. ¿Cómo te llamas?

—Robert Coates. Soy mecánico, nacido en San Luis y residente en Chicago. Estoy afiliado a los TIM desde el congreso fundacional.

—Vale, déjame ver el carné. No te imaginas cuántos se presentan con credenciales falsas. —El dirigente sindical observó el cartón por las dos caras—. Muy bien, diría que eres apto para entrar en la sección 77. —Vio que la mirada de Bob apuntaba a un colt llamado Peacemaker, la variante del calibre 45 del clásico Colt Frontier, el cual estaba sobre la mesa, junto a una pila de papeles—. No te sorprendas, así están las cosas aquí entre capitalistas y trabajadores. Hace cinco años en Telluride, Colorado, olvidé el revólver en casa y a punto estuvo de costarme el pellejo. No volverá a ocurrir.

El hombre obeso, con los pantalones ajustados a su prominente vientre por unos grandes tirantes, que estaba leyendo *El pulpo* afirmó:

—Este no puede convertirse en uno de los nuestros sin pasar antes la prueba de la cerveza.

—Es cierto —le dio la razón el dirigente, que se puso en pie y metió el Colt Peacemaker en la funda vacía de su cinturón, lleno de cartuchos—. Coge tu mochila y sígueme, Bob. De camino sabrás lo que tienes que aprender. El alojamiento y el trabajo están garantizados si eres de fiar.

—¿De fiar en qué sentido?

—Dependerá de tu reacción ante la cerveza. Tres litros al menos... Tras beber esa cantidad cualquiera que tenga algo que esconder termina confesando la verdad. Es nuestro método para detectar a los espías.

Empezaron a recorrer las accidentadas calles de Goldfield. El sindicalista caminaba alzando mucho los pies para evitar los guijarros y los montones de arena, Bob trataba de imitarlo.

—Me llamo Vincent Saint John, soy agitador de los TIM a tiempo completo —se presentó finalmente—. Recorro las zonas mineras como organizador. Por si estás informado sobre las distintas corrientes de la organización, yo pertenezco a la de Trautmann, no tengo nada que ver con la de Charles Sherman. La Federación Estadounidense del Trabajo es un sindicato amarillo, cómplice de la represión contra el sindicalismo revolucionario.

—No sé nada de corrientes.

—Mejor así. Lo hablaremos con calma cuando lleguemos a un salón como es debido.

El «salón como es debido» no era otra cosa que una sórdida taberna en la arteria principal de Goldfield. Ya estaba anocheciendo y se hallaba repleta de individuos molestos por naturaleza: desempleados con exceso de dinero, jugadores profesionales, prostitutas... Todos guardaron silencio con la llegada de Vincent Saint John, porque entraba en el local la única ley vigente en la pequeña ciudad nacida de la nada. Los TIM habían favorecido tanto a los trabajadores como a los delincuentes incorregibles.

La primera jarra de cerveza la trasegaron velozmente, a pesar de que no hacía para nada calor. Saint John preguntó:

—Así que mecánico, ¿eh? Mecánico en sí mismo no significa mucho... ¿Dónde has ejercido tu arte, si lo podemos llamar así?

—Sobre todo en el ferrocarril, pero también en la siderurgia —contestó Bob—. Estaba en Homestead cuando se produjo el enfrentamiento.

Saint John lo miró con atención mientras encendía un cigarrillo.

—Cielos, aquello fue una historia dura. Pronto pasará también aquí, estarás en tu salsa.

—En Goldfield parece que las cosas van mucho mejor.

—Has dicho bien: parece. No sé hasta cuándo seguirán aceptando los patrones que seamos nosotros los que dictemos las reglas. Aunque por el momento... —Saint John se dirigió al camarero—. Fred, ven aquí.

—Dime, Santo. ¿Otra ronda?

—Por supuesto, pero antes respóndeme a una pregunta. ¿De qué manera el sindicato ha mejorado tu situación?

El interpelado era un joven de pelo amarillo rojizo y ralo, nariz larga y barbilla saliente. Tenía en la comisura de los labios una colilla apagada que no soltaba y que movía al hablar.

—No sabría por dónde empezar.

—Inténtalo.

—A los camareros nos pagaban únicamente con las propinas. Ahora, en cambio, trabajamos ocho horas al día y cobramos seis dólares. Los que están empleados en un hotel o en un restaurante ganan menos, pero tienen una comida diaria y el alojamiento asegurado.

—¿Gracias a quién?

—¡A la sección 77! —exclamó el joven con una amplia sonrisa.

—La sección 77, que te lo retirará todo si no nos sirves inmediatamente a mi amigo y a mí otra cerveza; helada, claro está. Para los próximos días anuncian una oleada de calor, hay que prepararse —comentó antes de adoptar un tono serio para seguir hablando—. La situación es la que ves porque con el sindicalismo industrial hemos conseguido que se vuelvan un poco solidarios todos, desde los ingenieros a los mineros, pasando por los mozos de almacén o los parados. No obstante, no sé cuánto tiempo aguantaremos con una organización que se está desmoronando y con un empresariado que, por el contrario, está intentando hacer frente común… Conque mecánico, ¿eh? Podría conseguirte un puesto en el mantenimiento de los sistemas de bombeo de la mina. Tres dólares diarios, ocho horas de trabajo. En cuanto al alojamiento, de momento te mandaré a un pequeño hotel que es propiedad de un compañero. Siempre y cuando termines la cerveza que estás tomando y aceptes otra.

—Eso está hecho —aseguró Bob antes de vaciar la jarra que tenía en la mano.

A la tercera cerveza, trabucado ya por el alcohol, acogió sin reservas la nueva pregunta que le lanzó el Santo, a pesar de que antes de que la bebida entrara en acción había decidido que no aceptaría preguntas sobre su vida privada.

—¿Estás casado?

—Lo estuve, mi esposa murió. Después estuve viviendo con una buena mujer, Rosy O'Donnell, pero desgraciadamente me abandonó tras la muerte de nuestra hija. Está en paradero desconocido.

Saint John, que también empezaba a estar embriagado, se sobresaltó.

—¿Rosy O'Donnell? ¿La hija del veterano militante de Homestead?

En ese momento fue Bob el que se sobresaltó.

—¿La conoces?

—Un poco. Alta y delgada, rizosa y guapa de cara, si estamos hablando de la misma persona. Es de las nuestras, ahora está trabajando como obrera textil muy lejos de aquí. No me preguntes por el nombre de la ciudad, no lo recuerdo. Creo que es Portland, no estoy seguro.

La emoción provocó en Bob un efecto extraño, pues en vez de atenuar la borrachera la acentuó y balbuceó:

—Di… don… dime don…

—No te entiendo ni una palabra. —Saint John se dirigió nuevamente al camarero—. Fred, estos jóvenes no saben beber como los de antes. Me temo que tendrás que ayudarme a depositar a este tipo en alguna cama antes de que entre en coma. Mis piernas tampoco están muy estables, aunque en mi caso lo atribuyo a la edad.

—A tus órdenes, Santo.

Bob se despertó a la mañana siguiente en una buhardilla llena de festones de telaraña, vestido de la cabeza a los pies y acostado sobre las mantas. Su macuto estaba apoyado contra la cama. Una palangana con agua, un espejo y una especie de bidón eran los únicos servicios. La luz del sol entraba generosamente a través de un ventanuco. Descendió, sin afeitarse, a la planta baja a través de una escalera de madera que crujía. En el mostrador había un negro soñoliento y tras él se veían unos buzones. Para mantenerse despierto tensaba los músculos de su antebrazo, nada turgentes.

—¿Esto es un hotel? —le preguntó Bob al portero.

—Algunos optimistas lo definen así. No se preocupe, ya han pagado por usted una estancia de tres noches, no me debe nada.

—¿Está lejos la oficina de telégrafos?

—No, solo tiene que seguir la calle hacia el oeste. Tire por la izquierda al salir de aquí.

Bob siguió las indicaciones y al llegar al telégrafo le envió a Charlie el siguiente telegrama: «Localizada Rosy. Obrera textil no sé dónde. Quizá Portland. Intenta averiguarlo».

Estaba regresando al hotel cuando oyó unos disparos de pistola. En pocos pasos alcanzó un salón, el bar de Toby Silva. El dueño yacía en el suelo boca arriba mojando la calle de sangre. Aún empuñaba un Colt Peacemaker, la misma arma que el asesino: un joven bien vestido, con corbata negra, que estaba soplando en el cañón del revólver para dispersar el humo y enfriarlo.

—¿Qué ha pasado? —le preguntó Bob a un espectador con una larguísima barba blanca, posiblemente acostumbrado a espectáculos de ese tipo.

—Nada fuera de lo común. Toby Silva había despedido injustamente a una camarera y estaba sufriendo el boicot de los TIM.

Irritado, vio que se acercaba a su local desierto un socialista, ese de ahí, se apellida Preston. Silva salió con el colt en la mano, pero Preston fue más rápido. Las fundas modernas no son como las de antes, te aseguran que desenfundes velozmente. Dejó seco a Silva de un disparo en el corazón.

—Preston podrá alegar legítima defensa.

—Eso vale para los que tienen dinero, no para los sindicalistas ni para los agitadores profesionales.

Comenzó a formarse una nube de curiosos. Llegó el *sheriff*, flanqueado por dos ayudantes. Retiró el revólver de la mano de Preston sin ninguna resistencia por su parte y lo esposó con las manos a la espalda.

—¡Ha sido legítima defensa, *sheriff*! —exclamó el herrero desde la entrada de su taller—. ¡Yo lo he visto todo, Silva desenfundó primero! ¡Preston únicamente fue más rápido que él!

—¡Es cierto! —confirmó el viejo de barba blanca—. ¡El agresor era Silva, Preston ha hecho lo que hubiera hecho cualquiera en su lugar!

La pequeña multitud comenzó a protestar. El *sheriff*, indiferente, se llevó al detenido mientras sus hombres intimidaban a los más fogosos con rifles Mauser 1898 importados de México. El tumulto se prolongó varios minutos, mientras el cadáver del hostelero seguía sangrando sobre la tierra batida. Finalmente, dos empleados del bar salieron para trasladarlo a otro lugar.

A Bob lo perturbó esa escena. En la «civilizada» Chicago no se veían tiroteos, salvo entre los desesperados del este de la ciudad. Se alejó con las piernas temblorosas. En la sección 77, donde no se encontraba Saint John en esos momentos, le confirmaron que a la mañana siguiente entraría a trabajar en la Compañía de Minas Consolidadas como mecánico adscrito a las bombas. Los sindicalistas presentes en el local le pidieron que llevara consigo el carné rojo, indispensable para lograr un empleo.

Bob no tenía nada que hacer en todo el día. Volvió a la oficina postal y envió otro telegrama, en este caso a un falso bazar de Chicago tras el cual se ocultaba la Agencia Burns. En él pedía que le autorizaran a regresar por motivos personales (por Rosy, aunque eso no lo dijo). Después se sentó en un banco y esperó la respuesta, que llegó casi dos horas más tarde: «No. Te necesitamos allí». Lo firmaba William Burns en persona. Casi simultáneamente le entregaron un telegrama remitido por Charlie, que decía: «Haré lo posible. Iré a Portland. No será fácil sin nombre fábrica donde trabaja R.».

Bob vagó sin rumbo por Goldfield, que ofrecía placeres carnales de todo tipo, desde la comida a la bebida, pasando por las mujeres o entretenimientos complementarios como el juego. Por lo demás, no había otra cosa que polvo y casuchas. Los bosques y las montañas, agradables a la vista, estaban demasiado lejos. Más interesante podían resultar para los ociosos las innumerables obras con las que estaban levantando nuevas barracas sin orden alguno.

Se dijo a sí mismo que no podría aguantar más de una semana en un lugar tan anónimo. Un mes después seguía diciéndoselo. Entre tanto había conseguido alojamiento en la morada de un viejo que estaba sordo como una tapia, se había granjeado fama de buen mecánico y se había comprado un Colt Peacemaker, con un descuento en el precio al entregar a cambio su Harrington & Richardson; por aquellos lares su arma favorita provocaba risas incluso en los niños.

Entre tanto también el caso Preston había adquirido la dimensión de un caso Haywood-Moyer-Pettibone a menor escala, el porqué se lo explicó Saint John en la taberna.

—Cuando quieren incriminarnos hablan inmediatamente de «conspiración». Es un hecho fehaciente que la muerte de Silva fue el resultado de un duelo entre dos, de los que se estilan aquí, en el Oeste, y que Preston se limitó a defenderse. Para eludir la banalidad del asunto se sacan de la manga la acusación de complot. Según ellos Preston habría estado urdiendo durante meses, en connivencia con otros delincuentes, el asesinato de un simple hostelero, desde antes incluso de que despidiera a la camarera. La misma artimaña legal empleada en su día contra los Molly Maguires y ahora contra Haywood, Moyer y Pettibone. —Además de Preston, había sido detenido un tal Joseph W. Smith, un liberado sindical que en el momento del duelo se hallaba lejos de Goldfield—. No debemos hacernos ilusiones, la judicatura no es democrática. Hay jueces que tratan de actuar con honestidad, es cierto, pero la mayoría de los magistrados pertenecen a la clase que nos oprime. Ellos, el empresariado, la corrupta clase política y los sindicalistas vendidos al poder son uña y carne. Alternan con la misma gente, van a las mismas recepciones, intercambian opiniones en selectos clubes... El noventa por ciento de los magistrados no van a dudar en aplastarnos si les llega desde arriba la orden de que lo hagan. Tienen los medios y los recursos que a nosotros nos faltan.

—Entonces, ¿no hay nada que pueda hacer el proletariado?

—Resistir con todas las fuerzas que podamos reunir. Nuestra salvación no depende de los jueces ni de los políticos, incluidos gente honrada como Debs. La clase oprimida debe actuar con plena autonomía, como si fuera una sociedad dentro de la sociedad.

—¿Qué hay del Partido Socialista Laborista? Preston pertenece a él, si no estoy equivocado.

—Son unos doctrinarios que defienden que el partido lo es todo y el movimiento no es nada. De León respalda a los TIM porque le resultamos útiles, pero cuando se dé cuenta de que no servimos a sus fines nos abandonará. Él y Gompers no son tan diferentes en el fondo, ninguno de los dos ha tenido que combatir al empresariado a tiros.

Los meses siguientes parecieron desmentir la versión pesimista del Santo en relación con el proceso de Haywood y compañía, y respecto a la honestidad de los magistrados. McParland encontró un segundo testigo acusador que se unió a Orchard; su nombre era Steve Adams, presunto asesino a sueldo de la Federación de Mineros del Oeste. En principio admitió no se sabe cuántas cosas, pero después se retractó y denunció las presiones de la Pinkerton para forzarlo a confesar crímenes que no había cometido. El juez, un anciano que posiblemente ya no era corruptible, tomó buena nota de ello.

De modo que la fiscalía se quedó con Orchard como único acusador. Por momentos parecía delirar, invocaba a Jesucristo como testigo, confesaba crímenes diabólicos de los que nadie le culpaba, evocaba con ensoñación su bucólico pasado como pastor y vendedor de quesos de oveja… El público se partía de risa ante cada una de sus nuevas «revelaciones», especialmente cuando el abogado que estaba al frente de la defensa, Clarence Darrow, hacía temblar con los dedos la pajarita amarilla que llevaba al cuello mientras dejaba en ridículo a los fiscales a base de argumentos.

Bob se enteró de todo eso por medio del *Goldfield Daily Tribune*, el nuevo periódico nacido tras el hundimiento del *Goldfield Sun* y del *Tonopah Sun*, que cerraron a causa de la huelga unitaria de los vendedores callejeros, los correctores de textos y un puñado de periodistas y de mujeres de la limpieza. El *Tribune* no mostraba animadversión hacia los TIM, todo lo contrario. Contó en un artículo encandilador la insólita lucha de los obreros electricistas de Schenectady: cuando su empresa despidió a tres sindicalistas, en lugar de declararse en huelga hicieron una sentada en la fábrica y nadie los pudo desalojar. Se iniciaban por doquier luchas inspiradoras, pequeñas pero con un alto grado de innovación.

Bob enviaba cada semana desde la oficina postal un telegrama al «bazar» y recibía puntualmente la respuesta de Burns: «Quédate donde estás». Charlie no daba señales de vida.

Bob se moría de aburrimiento. Su plan de vida consistía en trabajo manual de día y consumo abundante de alcohol de noche con el Santo y con otros «correligionarios». Su verdadera identidad hacía que no pudiera entablar una auténtica amistad con nadie, lo cual le valió la reputación de hombre dado a la bebida, sí, pero reservado. Cuando renunciaba a salir, el sordo que tenía como casero le destrozaba los oídos tocando el violín y cantando a voces unas interminables baladas sobre el trabajo. La otra distracción eran los burdeles, pero en ellos era frecuente la presencia de borrachos alterados y predispuestos a iniciar peleas. Las chicas, acostumbradas a atender una demanda sobreabundante, se mostraban frías, apresuradas y excesivamente profesionales. Y cambiaban tan a menudo que no había forma de encariñarse de una u otra.

La situación comenzó a animarse tras ocho meses de estancia en Goldfield. Saint John salió al paso de Bob un día, cuando este volvía de la mina con su caja de herramientas, caminando con precaución para no resbalar a causa del hielo. Hacía un frío insoportable y la luz era escasa.

—Reunión extraordinaria esta noche —le comunicó el Santo—. En la 77.

—¿Ha ocurrido algo?

—Están ocurriendo bastantes cosas.

Bob supuso que la convocatoria urgente tenía que ver con las noticias que iban apareciendo cada semana en el *Industrial Union Bulletin*. En setiembre había tenido lugar en el Brand's Hall de Chicago el segundo congreso nacional de los TIM, en el que el moderado Charles Sherman, favorable a hacer las paces con la FET, no solo sufrió una estrepitosa derrota, sino que fue suprimido el cargo de presidente que ostentaba. Ahora el sindicato, mucho más menguado respecto al año anterior, estaba en manos del tesorero y secretario de organización, William Trautmann, respaldado por hombres como Saint John, a los que erróneamente consideraban cercanos a la corriente revolucionaria de De León. El asunto no acababa ahí, porque Sherman, apoyado por los socialistas de Debs, no aceptó la derrota e intentó, sin éxito, ocupar a la fuerza la sede de los TIM en Chicago, en el número 148 de la calle Madison Oeste. La cosa terminó en los tribunales, a los que acudieron ambas facciones buscando amparo.

Contrariamente a las suposiciones de Bob, no eran esos los temas que se iban a tratar en la reunión de la sección local 77. A Saint John, por lo general risueño, lo encontró apesadumbrado y bebiendo cerveza, aunque ni con esas se serenaba.

—Compañeros, sé de buena tinta que nuestra lucha contra los «faquires» le ha servido de pretexto a la patronal para organizarse y que ahora planea bajar los salarios y librar un combate despiadado contra nosotros. La Asociación de Propietarios de Minas ha implicado al gobernador Sparks y por medio de él ha logrado el apoyo del presidente Theodore Roosevelt, que está dispuesto a enviar al Ejército a Goldfield.

Faquires era como llamaban a los dirigentes y, por extensión, a los afiliados de la Federación Estadounidense del Trabajo, que en Goldfield solo tenía implantación en dos categorías laborales: los carpinteros y una parte de los impresores. Los TIM habían tratado de imponerles la obligatoriedad de tener el carné rojo para poder trabajar. La hermandad de carpinteros, adherida a la FET, se resistió negándose a completar la obra de un hospital para mineros y, como represalia, la sección 77 boicoteó la construcción del recinto deportivo que iba a albergar un combate de boxeo entre Battling Nelson y Joe Gans, valedero para el título estadounidense de peso pluma. De ese modo la disputa pasó de ser local a federal.

—Hay una aguda crisis de liquidez monetaria —prosiguió Saint John—. Los norteamericanos no confían en los bancos y están desinvirtiendo. La idea de los empresarios es dejar de pagar a los obreros con dinero y hacerlo con bonos retornables o con vales para obtener bienes de consumo en tiendas administradas por ellos mismos.

—Ningún trabajador con dos dedos de frente aceptará una solución como esa —afirmó un viejo minero de barba espesa y blanca.

—Hoy no, ¿pero mañana? ¿Qué pasará cuando llegue la Guardia Nacional con sus fusiles y sus bayonetas? Propongo que si eso sucede iniciemos una huelga en todas las categorías industriales, sin excepción alguna —manifestó Saint John, haciéndose valer—. Mineros, obreros generalistas, transportistas, dependientes, mecánicos, limpiadores… Si tocan a uno, nos tocan a todos. ¿Quién está conmigo?

Todos fueron alzando la mano. Bob esperó a ver hacia dónde soplaba el viento antes de sumarse a la propuesta. Poco después estaba regresando a su lugar de residencia bajo una aguanieve que era lluvia que se congelaba al caer. Lo abordó un tipo al que había visto en la reunión. Llevaba un chaquetón acolchado con capucha, se mostraba indiferente ante la lluvia.

—¿Qué tal? Me llamo Paddy Mulloney, soy de la Federación de Mineros del Oeste. Tú no me conoces, pero yo a ti sí. —El individuo, corpulento y de estatura imponente, emitió una pequeña risa—. Creo que trabajamos para el mismo jefe y que ha llegado el momento de darle una lección al Santo.

Bob siguió caminando.

—Te equivocas de persona, yo no me dedico a ese tipo de cosas.

—Pues en otro tiempo sí lo hacías —replicó Mulloney—. Al menos eso me aseguró un amigo común, Sam Dreyer.

Bob se detuvo al escuchar ese nombre y le preguntó:

—¿Eres de la Pinkerton?

—No, soy del ala del sindicato que no está dispuesta a permitir que los TIM arrastren a los mineros a la ruina. No hay más que ver la estúpida guerra contra la FET y la negativa a escuchar siquiera las propuestas de los empresarios. Si la Pinkerton o la Burns sirven al propósito de restablecer la paz en Goldfield, salimos ganando las dos partes. Después ya tendremos tiempo de volver a ser enemigos.

—¿Qué se supone que debería hacer?

—Saint John confía en ti, pídele para mañana por la noche una reunión a solas y ve a pasear con él. Del resto me encargo yo con unos amigos.

Esa petición despertó en Bob muchas dudas.

—Después sospechará de mí.

—No es probable, tú serás un mero espectador. Pasado mañana por la mañana te irás de esta ciudad para siempre y volverás a tu casa, ya hay tren directo de aquí a Chicago. —Mulloney le ofreció un sobre—. Aquí tienes dinero para el viaje de regreso y un plus por las molestias.

La idea de dejar definitivamente Goldfield le resultaba tentadora, pero persistía en él una sombra de desconfianza.

—¿Quién paga?

—Una parte, el ala razonable de la Federación de Mineros del Oeste; otra parte, tu propia agencia, otra parte el sindicato de carpinteros. Después está la Asociación de Propietarios de Minas. Ese rompecojones tiene muchos enemigos, hay mucha gente que te estará agradecida.

Al día siguiente, en una noche tan gélida como la anterior, Bob salió de la sección 77 en compañía de Vincent Saint John.

—¿De qué querías hablarme? —le preguntó el sindicalista—. Va a empezar en breve la reunión sobre Preston y Smith, y es necesario que yo esté presente.

—Te lo diré enseguida.

Bob llevó a Saint John hasta el punto en el que la calle giraba y la sede de los TIM ya no estaba a la vista. Cinco individuos enmascarados salieron de un porche y uno de ellos golpeó con una porra en la frente a Bob, que lanzó un quejido.

—¡Qué estáis haciendo, malnacidos! ¡Dejadlo en paz! —gritó el Santo, que buscó bajo su abrigo con impaciencia el Peacemaker. Lo sacó, pero antes de que pudiera armarlo una barra de hierro impactó en su cráneo.

Saint John, grogui, cayó al suelo con los brazos extendidos. Mulloney fue hacia él empuñando un revólver y con enorme frialdad le descerrajó dos tiros, uno en cada mano.

—Así no volverás a trabajar, cabrón.

Saint John soltó dos gritos consecutivos. Mulloney se acercó a Bob, que estaba taponando la sangre que le brotaba de la frente.

—Lo hemos hecho por tu propio bien —le dijo en voz baja—. Ahora desaparece, el primer tren sale a las seis de la mañana.

A la mañana siguiente, con la frente vendada y la herida doliéndole aún, Bob subió a un vagón de segunda clase. Su destino era Chicago, pero ya estaba pensando en el modo de llegar a Portland. Varios pasajeros se echaron a un lado para dejarlo pasar. Colocó la mochila en el portaequipajes y ocupó uno de los asientos. Apenas diez minutos más tarde el tren ya estaba en marcha.

Cuarta parte

LA FUERZA DEL ENEMIGO

20. La brigada de las blusas negras

James McParland fue coleccionando desaciertos. Por ejemplo, acusó a Vincent Saint John, que quedó lisiado tras la emboscada que sufrió, de asesinar a un vigilante de una mina de Goldfield, el cual en realidad estaba vivo y coleando, había abandonado la empresa discretamente y llamó a la prensa para revelarlo.

Además, Steve Adams, el segundo testigo descubierto por McParland para incriminar a Haywood, Moyer y Pettibone, volvió a admitir su complicidad con Orchard, pero al cabo de pocos días se retractó nuevamente; las coacciones de McParland le habían forzado a hacer esas confesiones inventadas. El detective más popular de Estados Unidos estaba haciendo el ridículo e incluso su célebre investigación sobre los Molly Maguires comenzaba a ser cuestionada.

Bob Coates tuvo conocimiento de todo ello en Portland, la ciudad por la que estaba vagando a finales de 1907 en busca de Rosy. No sabía ni siquiera por qué lo hacía. No era por amor, había dejado de tener ese sentimiento hacía mucho tiempo. No era por sexo, algo aún más ilusorio. Probablemente, aunque se negaba a reconocerlo, buscaba alguien con quien compartir la carga de la muerte de Thelma, o al menos alguien que estuviera dispuesto a hablar de ello. No tenía con quién hacerlo, aparte del cretino de Charlie. A veces Bob admitía para sí mismo que Charlie era medio idiota, pero seguidamente rechazaba ese pensamiento, que nunca compartió con nadie.

En Portland había una sede de la Agencia Burns, que ya estaba presente en todos los estados en los que tenían implantación los

TIM. El servicio secreto del Departamento del Tesoro seguía contando con sus servicios para investigaciones sobre los sindicatos. El joven que dirigía la sede, Jeff Smith, lo recibió con afabilidad.

—Ya sabrá que a Hamlin, el que era nuestro secretario en Chicago, lo hemos echado a patadas.

—No lo sabía —contestó Bob, que se sintió secretamente complacido con esa noticia.

—Descubrimos que revelaba información confidencial a cambio de dinero —afirmó el joven, que emitió un suspiro de pesar—. Está usted aquí sin mandato, señor Coates, pero podría sernos útil. ¿Qué le ha traído a Oregón?

—Estoy siguiendo el rastro de Rosy O'Donnell, una obrera textil que estuvo aquí.

—Le echaremos una mano para encontrarla, pero mientras tanto ocúpese también de los Trabajadores Industriales del Mundo. Portland es uno de sus principales bastiones, son fuertes entre los obreros marítimos y los trabajadores no cualificados de lengua extranjera. Usted tiene el carné rojo y unas referencias excelentes desde el punto de vista de los subversivos. Su líder se llama James H. Walsh: un fanático, un loco, un potencial terrorista... No puede ver a los dirigentes actuales de los TIM, los que se impusieron en la pugna interna con Sherman, porque los considera moderados. No quiere oír hablar de De León, de acuerdos con los socialistas ni de pactos con la FET, e incluso Saint John le parece un oportunista.

—¿Debería relacionarme con él? —preguntó Bob, que no las tenía todas consigo.

—Sí, pero a cambio la agencia encontrará a su Rosy y le compensará generosamente todos los gastos.

—Estuve implicado en la agresión a Saint John en la que le dispararon en las manos.

—Eso él no lo sabe. Le recuerda con la frente ensangrentada, él piensa que usted abandonó Nevada por temor a sufrir nuevas emboscadas.

—¿Está seguro?

—Créame.

A Bob no le resultó difícil encontrar la sede de los TIM en Portland, la sección local 319. Era una casucha de madera que no estaba lejos de uno de los muelles de la zona portuaria, con una gran bandera estadounidense en el techo y toda una colección de carteles decorando las paredes. Aparte del clásico lema «Si tocan a uno, nos tocan a todos» y de consignas que exigían la puesta en libertad de Haywood, Moyer y Pettibone, los tablones de anuncios reunían ilustraciones recortadas de los periódicos sobre la brutal represión en Goldfield. La pequeña ciudad de Nevada había sido invadida meses atrás por la Guardia Nacional, enviada por el gobernador Sparks, y por unidades del Ejército movilizadas con el beneplácito del presidente Theodore Roosevelt. La Asociación de Propietarios de Minas, por su parte, había enviado una horda de esquiroles, aventureros de gatillo fácil y jóvenes milicianos de buena familia reclutados por todo el estado. La FET no se había quedado atrás y se había sumado a la expedición de castigo con sus cuadrillas de matones. Los mineros muertos en Goldfield sumaban varias decenas. Preston había sido condenado a veinticinco años de cárcel y al pobre Smith lo habían sentenciado a diez años. Habían reducido los salarios y habían llevado a cabo innumerables despidos.

James H. Walsh era un lunático. De estatura un poco superior a la media, cabello espeso y bigote desproporcionado, bien podría asemejarse a Ernest Everhard, la «bestia rubia» descrita por el compañero Jack London en su novela, recientemente publicada, *El talón de hierro*. Una mezcla entre Marx y Nietzsche, un partidario de la fuerza y de la igualdad al mismo tiempo.

La elocuencia arrolladora de Walsh distaba mucho del tono afligido de Elizabeth Gurley Flynn y de otros renombrados oradores socialistas. Hablaba como le daba la gana, incluyendo locuciones jergales o dialectales, y fácilmente soltaba palabrotas. Arremetía contra los doctrinarios de toda clase; en particular, contra Daniel de León y sus seguidores, aunque también contra Sherman y contra los moderados que habían sido derrotados. Se mostraba algo menos beligerante con Debs, pero solo porque reconocía su inquebrantable integridad personal. En la fase más oscura del juicio a Haywood y a sus compañeros, Eugene Debs había propuesto formar un comando armado para sacarlos de la cárcel, y solo las súplicas de su esposa lograron calmarlo. La absolución de los tres sindicalistas, en mayo de 1907, zanjó el asunto.

Walsh blandió el puño ante una audiencia de cerca de cuarenta obreros, entre los que se encontraba Bob, que acudía a la asamblea general cada jueves con el propósito de rascar información para la Burns que justificara su estancia en Portland a expensas de la agencia.

—De los del Este no podemos esperar nada, lo suyo es todo palabrería. ¡Es aquí, en el Oeste, donde debe resurgir el sindicalismo industrial! ¡La gente necesita a los TIM, la gente quiere organización! Lo que no quiere son discursos mezquinos de politicastros que terminan con la petición de un trozo de papel en una urna electoral. ¿Y quién necesita a los socialistas y a los anarquistas? ¡El sindicalismo se basta por sí mismo, es más revolucionario que ellos, más socialista que ellos, más anarquista que ellos! ¿No es cierto, hermanos? —Explosionó un «¡Sí!» entusiasta de los asistentes a la asamblea: blancos y negros, portuarios, peones, desempleados… La edad media estaba entre los veinte y los treinta años. Había dos mujeres, una era la esposa del orador—. Entonces, os diré lo que haremos. Marcharemos sobre el puto cuarto congreso de los jodidos TIM, que tendrá lugar en Chicago en breve. Los aburguesados que quieren hacer la revolución desde la poltrona, los aspirantes a concejales, los amigos de los «faquires», los arrogantes profesoruchos manchados de tinta, polvo y talco tendrán que marcar 1908 en el calendario como el año de su desaparición. El Oeste caerá sobre ellos y los barrerá, los joderá vivos y tirará por la ventana sus papelotes. ¡Ya han mangoneado demasiado, ya es hora de que tome el timón la pura, santa y jodidísima lucha de clases! —Aplaudieron todos, felices al escuchar aquellas palabras. Walsh se señaló a sí mismo antes de proseguir—. Fijaos cómo voy vestido. ¿Llevo corbata? Por supuesto que no, me basta y me sobra con un pañuelo rojo al cuello. ¿Llevo camisa blanca? Solo faltaría eso, mi camisa es negra. Y en lugar de abrigo llevo una blusa, negra también. Todo lo contrario de los parásitos que se disputan en Chicago la propiedad de la sede central. Y a pesar de eso soy elegante, ¿no os parece?

Hubo una carcajada colectiva. La mujer de Walsh le gritó:

—¡Eres muy elegante!

—Lo sé —respondió el agitador, divertido y complacido—. Pues bien, este será el uniforme del comando de asalto de los TIM: blusa negra y pañuelo rojo. Vestidos así iremos a Illinois a ajustar cuentas. ¡Os aseguro, compañeros, que será una cruzada memorable!

El ambiente era festivo. Lo era también cuando los *wobblies* (esa palabra, de origen incierto, ya se había popularizado para designar a los TIM) tomaban las estaciones de Portland, Seattle o San Francisco para salir al paso de los *hobos* que viajaban furtivamente en los vagones de mercancías. Un *hobo* o *bum* era, en jerga, un vagabundo, aunque a partir de 1907 también un obrero que se había quedado sin trabajo por culpa de la crisis. Se unía a otros en su misma situación, y subían a los trenes en marcha al inicio del trayecto o cuando aminoraban la velocidad porque se aproximaban a una parada. En los furgones ferroviarios se formaban pequeñas comunidades que deambulaban por Norteamérica en busca de cualquier empleo, generalmente temporal. Dos terceras partes eran hombres y un tercio eran mujeres. Aproximadamente la mitad eran negros, eslavos, italianos y japoneses.

Los agentes de las compañías ferroviarias sentían un odio especial hacia los *hobos* y cuando los descubrían en los techos de los vagones trataban de hacerlos caer con largas cadenas que tenían un peso en el extremo. Igual de hostiles se mostraban los policías, que los capturaban en el momento de la entrada del convoy en la estación y les propinaban brutales palizas. El *hobo* contaba con un único amigo en el Oeste: el militante de los TIM, dispuesto a defenderlo, a proponerle que se afiliara al sindicato, a guiarlo en concentraciones ante el ayuntamiento para obtener un desayuno, un trozo de carne en el mejor de los casos… Numerosos *hobos* tenían el carné rojo y estaban orgullosos de ello, especialmente cuando ese mismo carné lo tenían los ferroviarios, porque en tal caso podían viajar tranquilamente hasta su destino.

Bob Coates se presentó en las oficinas de Portland de la Agencia Burns, en la primavera de 1908, completamente vestido de negro y con un pañuelo colorado alrededor del cuello.

—¿A qué viene esta mascarada? —le preguntó Jeff Smith tras acceder a recibirlo.

—Es el uniforme de la Brigada General —le informó Bob—. Rojo Especial, el comando de *wobblies* que se dirigirá al cuarto congreso de los TIM, en Chicago, para subvertirlo. He pensado en enrolarme.

—Has pensado bien —afirmó Smith, que no había saludado ni le había dado la mano a Bob, antes de devolver la atención a los papeles que tenía delante—. Me ocuparé de que te hagan llegar el salario en Chicago. Buen viaje.

Dio por terminada la conversación, pero Bob siguió en el sitio.

—Verá, señor…

—¿Qué pasa?

—Me había prometido que a cambio de mis servicios localizaría a una persona que es muy importante para mí. Una tal Rosy O'Donnell.

Smith resopló y buscó una carpeta en el archivador que tenía a su espalda. La abrió y la hojeó.

—Aquí está. ¿Qué quieres saber?

—Dónde vive y dónde trabaja —contestó Bob con un nudo en la garganta por la emoción.

—Parece ser que en la actualidad está empleada como obrera textil en algún lugar de Massachusetts. Puede que te encuentres con ella en el congreso de Chicago, porque es una sindicalista, de las más histéricas. Supongo que ya te imaginas a qué sindicato pertenece: Trabajadores Industriales del Mundo.

—Gracias, señor.

Su superior no respondió. Bob se despidió con un gesto.

Se aburría en Portland tanto como se había aburrido en Goldfield. La vida cotidiana era aún menos aventurera en la ciudad de

Oregón. La disputa más seria tenía como protagonistas a los japoneses, que estaban desembarcando en gran número allí y en toda la costa oeste. La Federación Estadounidense del Trabajo no los aceptaba, el Partido Socialista de Estados Unidos abogaba por poner límite a esa inmigración y el Partido Socialista Laborista los ignoraba directamente. Era exactamente lo mismo que había ocurrido, hasta una década antes, con los chinos. Solo los TIM se mostraron dispuestos a acogerlos, les concedieron el carné rojo y un buen número de «amarillos» de ojos rasgados se convirtieron en eficaces activistas. Se encaramaban a cajas de fruta en los cruces de calles de Portland para arengar a sus compatriotas en su propio idioma y conseguían que muchos de ellos se afiliaran.

Bob vivía en una pensión no muy diferente de otras por las que había pasado. Era una casa de tres plantas en la calle Flanders, regentada por una mujer de avanzada edad y por su decrépito marido. Los hospederos habían sido maestros y en ocasiones la vivienda se veía invadida por un enjambre de antiguos alumnos que se mostraban más bien ajenos al entorno y que mayormente se concentraban en sus asuntos (historias de primeros amores, sobre todo). Los huéspedes fijos tenían cierta semejanza con los de la novela de Balzac *Papá Goriot*, pero no había un Rastignac que supiera vencer la monotonía.

Bob se alegró cuando Walsh convocó para la batalla a la Brigada General, con un largo viaje por ferrocarril que los llevaría a Chicago. Corrió a la estación luciendo la blusa negra y el pañuelo rojo. Eran diecinueve hombres y una sola mujer, la señora Walsh, vestidos de idéntico modo. Se apostaron en el andén junto al depósito de agua, la policía ferroviaria debía de estar ocupada en otra parte. Un guardagujas, veterano militante de la FET y de la hermandad de categoría, fue a avisarlos de que el tren iba con retraso, pero que en breve llegaría. La posición era buena para subirse al convoy, porque allí necesariamente reduciría la velocidad.

Se oyeron dos silbidos y la locomotora llegó resollando, a paso de tortuga. Tras los vagones de pasajeros había varios furgones de ganado vacíos, con las puertas abiertas de par en par. El comando

Rojo Especial echó a correr junto al convoy y, uno tras otro, los hombres de negro se agarraron a los asideros para subir. El último fue Walsh, que antes de montar cogió a su mujer y la subió en volandas. En pocos minutos el tren fue ganando velocidad.

Fatigados pero contentos, los brigadistas se sentaron apoyándose en las paredes vibrantes del vagón. Tras recuperar el aliento, uno de ellos sacó del bolsillo una armónica y comenzó a interpretar una melodía. Todo el grupo se puso a cantar *Hallelujah! I'm a Bum!*, «*¡Aleluya, soy un vagabundo!*», el tema que se había convertido en el himno de los *wobblies* del Oeste tras la publicación de su letra, solo unos meses antes, en el *Industrial Union Bulletin*.

Oh, ¿por qué no trabajas,
como hacen otros hombres?
¿Cómo diablos puedo trabajar
cuando no hay trabajo?
¡Aleluya, soy un vagabundo!
¡Aleluya, vagabundo de nuevo!
¡Aleluya, dadnos limosna
para revivirnos!
Oh, me gusta mi jefe.
Es un gran amigo mío,
¡por eso paso hambre
y guardo cola para comer!
No puedo comprar un trabajo,
porque no tengo pasta,
así que voy en un vagón
y soy un hobo.

Fue posiblemente la canción, entonada a pleno pulmón, la que atrajo a un guardafrenos negro de mirada seria, pero en el fondo risueña. Entró en el vagón haciendo una acrobacia, apuntó con su linterna a los viajeros y comentó:

—Algo me dice que no tenéis la más mínima intención de enseñarle el billete al revisor.

—Exacto, hermano —contestó Walsh—. Y a mí algo me dice que tú no tienes intención alguna de pedírnoslo.

—Así es. —El guardafrenos soltó una amplia carcajada que fue imitada por los pasajeros clandestinos—. ¿Dónde tenéis pensado bajaros?

—¿Cuál es la primera ciudad por la que pasaremos?

—Centralia.

—Bien, nos bajaremos allí.

—De acuerdo, vagabundos. Nos llevará toda la noche. El tren saldrá de Centralia poco después. Buen viaje.

Ya estaba anocheciendo y Walsh aprovechó la luz que quedaba para leer por alto un ejemplar del *Industrial Union Bulletin*. Llevaban muchos con ellos, destinados a la venta, así como folletos con la declaración de principios de 1905 (ligeramente modificada en 1907) y chapas con el emblema circular del sindicato: el hemisferio coronado por tres estrellas y las siglas TIM.

—Le ha dado una buena estocada al jodido De León —comentó Walsh cuando acabó de leer un artículo—. De León sostiene que los salarios no pueden subir, de lo contrario los patrones incrementarán el precio de las mercancías y se perderá toda posible ventaja. Eso es como decir que los sindicatos no sirven para nada. Lo pone en su sitio James Connolly, un irlandés cojonudo. Es un *wobbly* de Newark, conoce las ideas de Marx como la palma de su mano. Le responde a ese viejo gilipollas que los salarios no tienen nada que ver con los precios, puesto que son calculados en base a lo que los obreros necesitan para vivir. Toda mejora económica amplía la autonomía de los asalariados. Si el patrón alza los precios, tendrá que vérselas con la competencia.

Muchos de los brigadistas ya estaban durmiendo. Bob seguía despierto y preguntó:

—¿Quiénes siguen a De León entre los TIM?

—Pocos ya. William Trautmann y Ben Williams, que eran cercanos a él, lo abandonaron hace tiempo. Vincent Saint John lo odia y James Connolly es su grano en el culo. Digamos que entre los *wobblies* las «acciones» de los socialistas están en caída libre

—aseguró Walsh, al que se le escapó un bostezo—. Es hora de dormir, mañana será un día largo.

La mención de Saint John alarmó a Bob, aunque lo disimuló. Sacó de los pantalones una petaca plana de acero.

—¿No quieres un trago para facilitar el sueño?

—¡Eres un verdadero hermano! —exclamó Walsh, y esa aprobación fue compartida por los compañeros que aún estaban despiertos. La petaca fue pasando de mano en mano.

El tren llegó a Centralia por la mañana, con las primeras luces del día. Había pasado por varias estaciones envueltas en la quietud nocturna. Cada vez que el tren reducía la velocidad montaban en él nuevos *hobos*, hombres y mujeres. Saludaban con educación y se echaban a dormir también ellos. La Brigada General descendió en la pequeña ciudad y acampó en un bosquecillo de las afueras para preparar café. Entre tanto la señora Walsh fue hasta la población con un fajo de octavillas para repartir.

Los brigadistas marcharon sobre Centralia cerca del mediodía. Una pequeña multitud, reunida en un parque, aguardaba su llegada. El *sheriff*, con los brazos cruzados, observaba a distancia y con recelo esa concentración. Walsh se subió a una caja, colocada bajo un árbol, mientras sus hombres vendían la prensa sindical y los pasquines.

—Hermanos —comenzó diciendo—, pretenden persuadiros de que el capitalismo es ineludible y de que el desempleo que azota el país es una catástrofe natural. Pues bien, yo os digo que no es así. La crisis no cae del cielo, tiene sus raíces en la ilícita explotación laboral a la que os someten y en la codicia de los explotadores, que viven del sudor ajeno. En este mismo momento los restaurantes de lujo de Chicago, San Luis o Nueva York están llenos, y vosotros lo sabéis. Parásitos ociosos consumen botellas de vino francés enfriadas en cubiteras llenas de hielo y trinchan el faisán y la ternera asada. Son los mismos que hablan de crisis, y los politicuchos y los periodistas a su servicio invocan la solidaridad nacional. Pero ha nacido una fuerza joven y vigorosa para revertir la situación, para unir sin distinción a los explotados en una lucha común. ¡Estoy hablando de los jodidos Trabajadores Industriales del Mundo!

Ese primer «jodidos», al que siguieron cinco «jodidísimo» en referencia a Gomper, provocó la huida de un grupo de señoritas con sombrillas y que se acentuara la mueca de disgusto del *sheriff*, el cual parecía no tener gana alguna de intervenir. El discurso se prolongó durante casi una hora y terminó entre aplausos, que arreciaron cuando los *wobblies* se reunieron en torno a Walsh para entonar en coro el *Hallelujah! I'm a Bum!* Los asistentes incluso les pidieron un bis.

—La próxima vez deberíamos traer una guitarra —comentó uno de los brigadistas mientras el grupo hacía el camino de vuelta a su campamento en el bosque.

—A veces una guitarra es más valiosa que un puto rifle —convino con él Walsh.

Cenaron carne salada y alubias con trozos de jamón, y luego se echaron a dormir en la hierba. Al día siguiente, hacia las dos de la tarde, ya estaban corriendo al lado de un convoy de mercancías que se dirigía a Tacoma para abordarlo. Y así discurrieron los días siguientes, entre un tren y otro, con mítines improvisados en remotos pueblos en medio de las praderas, canciones, comidas circunstanciales…

Bob vivía esa aventura absorto, con la esperanza de que el viaje —una especie de itinerario circular a través del Oeste— concluyera en algún lugar. Obviamente, no sentía la más mínima estima hacia sus compañeros, que no eran más que unos vagabundos vehementes, ebrios de unos ideales casi más religiosos que políticos. No obstante, no podía negarse a sí mismo que muchos de ellos, incluso algunos negros, le inspiraban una simpatía espontánea. Tenían una vitalidad irrefrenable, totalmente ajena al carácter de Bob; cantaban constantemente, reían y a veces bebían.

A él, al que le costaba mucho hacer amigos, le resultaba sorprendente la facilidad con la que los *wobblies* conectaban con los *hobos* que montaban en sus mismos furgones de mercancías. Aunque fueran los peores canallas, la solidaridad brotaba de forma inmediata. Eran los vagabundos los que, gracias a su experiencia, informaban a los sindicalistas sobre la buena o la mala predisposición de los *shacks* (los guardafrenos, en su jerga), sobre los tramos en los que convenía bajarse para evitar a la policía ferroviaria, sobre las localidades en las que cabía esperar una buena acogida por parte de la población…

Los *wobblies*, por su parte, distribuían entre los *boes* (así se llamaban a sí mismos los *hobos*) folletos e insignias, les enseñaban canciones y afiliaban a algunos. En Seattle los agitadores fueron delatados por *shacks* pertenecientes a la Federación Estadounidense del Trabajo, los detuvieron en grupo y los encarcelaron. Lograron ponerse en contacto con el abogado local de los TIM, un tal Brown, y a la mañana siguiente fueron puestos en libertad. Seguidamente, celebraron un mitin en el mismo Seattle y después se fueron a la caza de trenes. Estuvieron en Spokane, en el estado de Washington; en Missoula, Montana, y en numerosas otras ciudades de nombres excéntricos. Llevaron sus arengas a los campos de jornaleros (las *junglas*, en la jerga de los *hobos*), a pequeñas plazas semivacías, a centros de reunión de desempleados… Distribuían no solo el *Industrial Union Bulletin*, sino también *Il Proletario*, en italiano, y *The Harp*, dirigido a los trabajadores irlandeses.

Finalmente, ya de regreso en Portland, Walsh anunció:

—Muchachos, hemos reunido fondos suficientes con la venta de prensa e insignias, podemos permitirnos pagar un billete de tren. ¡Ha llegado la hora de ir al puto congreso de Chicago para volver las tornas!

Fue un viaje muy largo, pero cómodo. Después de todo, los bancos de tercera clase parecían un colchón de plumas en comparación con el suelo desnudo entre árboles y las fragorosas sacudidas de los vagones de mercancías. La Brigada General había partido con diecinueve militantes, además de la señora Walsh, y ahora contaba con veinticuatro. La pequeña nube negra con pañuelos rojos descendió en la estación de Chicago a los sones del *Hallelujah! I'm a Bum!*

La esperaba un nutrido grupo de compañeros. El sol estaba en su cénit y hacía calor.

Bob reconoció en primera fila a Vincent Saint John. A pesar de las garantías que había recibido se preguntó qué pasaría. El sindicalista simplemente corrió a abrazarlo.

—Me alegro de volver a verte, Bob. Luego me cuentas.

Entre tanto, una pequeña banda comenzaba a ejecutar *La Internacional*. Los músicos vestían blusas negras y pañuelos rojos en homenaje a los recién llegados.

21. Un nuevo comienzo

Vincent Saint John era uno de los grandes personajes de aquel cuarto congreso, junto a William Trautmann, Ben Williams, James Walsh, James Connolly, el italoamericano Joseph Ettor y el leñador Frank Little. Faltaban algunos de los protagonistas del congreso fundacional. El padre Hagerty había desaparecido tras apenas un año de militancia; de él solo quedaba el esquema de sociedad del futuro, que Gompers llamaba burlonamente «la rueda de la fortuna». Debs se había embarcado en una campaña presidencial prometedora, a bordo de un tren llamado Expreso Rojo. Mamá Jones estaba demasiado atareada con su denominada propaganda en los centros mineros. Charles Moyer, tras salir de prisión, había ido asumiendo posiciones cada vez más moderadas y había convencido a la Federación de Mineros del Oeste para que se separara de los Trabajadores Industriales del Mundo y, sin renunciar a su independencia, se vinculara *de facto* a la Federación Estadounidense del Trabajo. Bill Haywood, que mantenía posiciones diametralmente opuestas, no acudió porque estaba ocupado asistiendo a congresos socialistas por todo el mundo. George Pettibone se estaba muriendo de cáncer, se sospechaba que aquel año, 1908, iba a resultar fatídico para él.

La ausencia de líderes históricos y de algunas de las organizaciones fundadoras hacía que el clima del cuarto congreso, en el que había poco más de sesenta participantes, fuera peculiar. En la sala predominaban los delegados del Oeste: leñadores llegados desde sus cabañas en los bosques, pueblerinos con sombreros de paja y pantalones altísimos sujetos a los hombros con cortos tirantes, vaqueros que aún olían a establo, marineros sin empleo estable, parados de toda clase y trabajadores eventuales... Eran de muchas razas, hablaban muchos idiomas. En la platea, bajo la habitual nube de humo, destacaba el núcleo compacto de la Brigada General: agresivos, insolentes, orgullosos de los resultados cosechados en su odisea ferroviaria a través de Estados Unidos. Abrieron la primera sesión cantando desde el escenario *La Marsellesa*.

Bob estaba entre ellos. Había tenido el tiempo justo para volver a su vieja casa en la calle Augusta, desierta y polvorienta. Quién sabe por dónde andaría Charlie, los vecinos lo ignoraban y el joven —si así se podía llamar a alguien de veintiocho años— no había dejado nota alguna. Bob se había propuesto pasar antes del congreso por la Agencia Burns y tal vez por el cementerio para depositar una flor en la tumba de Thelma. La cama le resultaba demasiado blanda tras un mes durmiendo en los prados o sobre el duro metal de los vagones en medio de un estruendo infernal. Se despertó tarde y tuvo que correr para subirse al tranvía eléctrico que lo conduciría al Brand's Hall.

Confiaba en reencontrarse en el anfiteatro con gente de su bando, como Elmer Gallagher o Sam Dreyer, pero no acudió ninguno de ellos. El que sí estaba era el maloliente paleto con sombrero de paja del congreso de 1905, que abrazó a Bob con fogosidad y prácticamente le obligó a echar un trago de su petaca.

—Es una bomba, escocés canadiense con pis de yegua. Ya verás qué bueno está.

Bob estuvo a punto de vomitar, pero el líquido abrasador era realmente bueno. Antes de que pudiera protestar comenzó la sesión. Se sentó en una de las muchas butacas vacías cerca del escenario. La escenografía incluía la habitual bandera de Estados Unidos, drapeada como un festón, y justo encima el emblema circular del sindicato: hemisferio, tres estrellas y siglas TIM. Hacía buen tiempo y el sol, que entraba por los ventanales de la sala, realzaba la puesta en escena.

Vincent Saint John, recibido con aplausos, llegó hasta el atril situado en el centro y hubo unos instantes de conmoción al ver en qué estado se encontraban sus manos. Desde el momento en el que ya no pudo seguir trabajando desempeñaba el cargo de secretario de organización *wobbly* a tiempo completo. Se situaron detrás de él Trautmann, Walsh y Connolly, que parecían preparados para sostenerlo en caso de que le flaquearan las piernas. Estaba también Elizabeth Gurley Flynn, menuda y jovencísima activista de ojos azules acostumbrada a dar discursos por todo el país. Su hermana era la secretaria de la Federación Socialista Irlandesa de Nueva York, fundada y presidida por James Connolly.

—Compañeros, hay una moción preliminar —anunció Saint John—. El comité organizador del congreso decidió no admitir en las sesiones a representantes de ninguno de los dos partidos socialistas existentes, pero me dicen que está fuera Daniel de León exhibiendo su carné rojo. ¿Le permitimos que participe?

—¡No, no! —ululó la sala.

Se sometió a votación y la opinión mayoritaria fue desfavorable a De León. Bob se abstuvo de votar.

—Estoy de acuerdo —señaló Saint John—. Pero De León reclama el derecho a exponer sus razones, a mí me parece una petición aceptable y plenamente democrática. ¿Quién está de acuerdo?

Hubo débiles síes, ningún no. Bob, una vez más, evitó votar.

—No hay dudas sobre la voluntad de la mayoría —afirmó Saint John—. Que entre De León para exponer sus motivos, después el congreso decidirá si permanece aquí o no.

El viejo socialista entró con su imponente presencia, semejante a un profeta bíblico por su gran barba blanca y su mirada severa. Observó la sala con indisimulado desprecio. Los militantes que había en el escenario ni siquiera le dedicaron una mirada y él tomó posesión del atril como si se tratara de un trofeo conquistado en tierra enemiga.

—Sé que no soy bienvenido aquí —dijo en primer lugar—. No me sorprende, porque los TIM, que eran vanguardia del proletariado, se han transformado en adláteres de los mendigos. Cantan himnos ensalzando la mendicidad y se jactan de viajar en vagones de ganado infestados por el hedor a porcino. ¿Y quiénes son los líderes de esa turba? Individuos de dudoso oficio, pordioseros vocacionales disfrazados de negro, nacionalistas irlandeses que pretenden hacer pasar por lucha de clases su patrioterismo pequeño y burgués…

Herido en lo más profundo por esas palabras, James Connolly, un hombre bajo, regordete, con bigote y pelo bien cuidado, estalló.

—¡Daniel, te recuerdo que el año pasado las bases de tu partido me eligieron secretario y tu respuesta fue expulsarme de forma fulminante! —exclamó.

—¡Sí, porque eres un nacionalista! La verde Irlanda, el trébol de cuatro hojas, los fenianos y toda esa mierda —replicó De León imitando gestualmente una actitud ensoñadora.

—¡No, lo hiciste porque consideras al Partido Socialista Laborista tu propiedad privada! ¡Nadie puede llevarte la contraria, nadie puede criticar tu dogmatismo! Pides obediencia ciega, aquí no tienes nada que hacer.

Daniel de León enfocó con su mirada a la audiencia, que no rumoreaba ni murmuraba siquiera, se limitaba a seguir la confrontación con estupor, incluido Bob.

—Tal vez aún quede entre vosotros, milagrosamente, alguna persona honesta —prosiguió el anciano profesor—, alguien que todavía no se haya vendido a Debs o a Gompers. Yo me dirijo única y exclusivamente a ese hipotético oyente para decirle que es absurdo luchar contra mí y perdonar a los que vienen traicionando a la clase obrera desde hace ya tiempo. Sin un partido organizador, dirigido por auténticos trabajadores, la acción sindical no tiene sentido. ¿Qué clase de sindicato puede surgir de una alianza entre borrachos, dinamiteros, parados y haraganes? ¿Se supone que esos son los obreros industriales del mundo? ¿Esa chusma empapada en alcohol?

Fue entonces cuando la audiencia empezó a abuchearlo.

—¡Démosle su merecido al Papa! —gritó alguien, en referencia al modo en que apodaban a De León sus detractores.

Vincent Saint John consideró que había llegado el momento de intervenir.

—Ya es suficiente, compañero. Te has expresado con demasiada claridad. Apreciamos tu franqueza, y también tu valor, pero aquí no eres bien recibido.

Daniel de León le espetó:

—¿No te das cuenta de que estás usando el mismo lenguaje que la policía, estúpido?

El Santo no perdió la compostura.

—Puede ser, solamente te pido que te vayas, haz el favor.

Mientras lo escoltaban hasta la salida dos obreros fornidos, De León se giró para gritar, resentido:

—¡Los verdaderos TIM no están aquí! ¡Este congreso es ilegítimo! ¡El sindicato industrial resurgirá en otra parte, bajo las banderas del socialismo científico!

Walsh, que había mantenido la calma hasta ese instante, le mostró a De León el puño izquierdo con el dedo corazón levantado y gritó:

—¡Anda y que te jodan, viejo sinvergüenza!

La salida del líder socialista fue acompañada por una ovación colectiva.

Todos estaban agotados y Saint John decidió conceder una pausa que Bob aprovechó para correr al bar en el que paraba tres años atrás, donde conoció al padre Hagerty. Tenía ganas de comer una salchicha y tomar una cerveza. Confiaba en encontrar a algún espía como él, pero el que entró en la taberna fue el mismísimo James Connolly, que se sentó en un taburete a su lado.

—Otra cerveza para mí, negra —le pidió al camarero, un negro desdentado con rostro sombrío por razones fisionómicas.

—¿Quiere también una salchicha?

—¿Por qué no? Con abundante mostaza y unas rebanadas de pan —dijo Connolly, que seguidamente se giró hacia Bob—. Una sesión interesante. Nos hemos librado del Papa, es motivo de celebración, ¿no crees?

A Bob le causó un ligero fastidio esa intromisión, porque tras constatar la ausencia de compañeros suyos en el local hubiera preferido no tener que darle conversación a nadie.

—¿Por qué me lo preguntas a mí?

—Porque llevas blusa negra y pañuelo rojo, lo cual significa que formas parte de la Brigada General de Walsh. Sois los verdaderos vencedores de la sesión de hoy. Además, pareces irlandés, ¿lo eres?

Bob, contra su voluntad, tuvo que representar el papel.

—Es cierto, soy irlandés y estoy con Walsh —aseguró—. No trates de captarme para nada más, ya tengo demasiados carnés en el bolsillo.

—¡Y yo que quería convencerte para que te pasaras de la cerveza rubia a la negra! —bromeó Connolly, que soltó una carcajada sincera.

—Aquí tiene —le dijo el camarero depositando ante él la cerveza.

Connolly hundió los labios y el bigote en la jarra, rebosante de espuma gris. Poco después llegaron las salchichas, ennegrecidas en las partes que habían estado en contacto con la parrilla.

—La victoria de hoy es importante, pero insuficiente —afirmó el irlandés antes de masticar un trozo cilíndrico del embutido que había cortado con esmero y que acompañó con un sorbo de cerveza—. Nos hemos desembarazado de la tutela de los partidos políticos, de acuerdo. Hemos reafirmado la autonomía de la clase obrera, vale. Pero ¿qué viene después? ¿Cómo avanzamos hacia la revolución proletaria?

Bob solo tenía nociones básicas sobre esas cuestiones complejas.

—La rueda del padre Hagerty, si mal no recuerdo, delineaba un orden futuro basado en el trabajo.

—Sí, pero ¿cómo lo alcanzamos? ¿Con la acción política? ¿Con la dinamita?

—No, creo que no.

—En efecto, el arma suprema es la huelga general de duración indefinida. Se llega a ella paso a paso y mientras tanto vamos creando nuestras propias milicias de obreros armados… ¡Camarero, otras dos cervezas, una rubia y una negra! ¡Y dos chupitos de güisqui irlandés!

A Bob todo eso le sonaba a confusas utopías, pero rebatirlo no formaba parte de su cometido. Planteó una sola objeción.

—Estaría bien si no fuésemos una minoría. Y creo que vamos a seguir siéndolo durante mucho tiempo.

—Incluso una minoría, si está presente en los puntos clave de la economía y de la sociedad, puede doblegar a un país. En eso se engañan los socialistas de Debs o de De León, que creen que, con el tiempo, pueden llegar a controlar la mayoría de los votos. Los sindicalistas, en cambio, sabemos que un maquinista es capaz de paralizar toda una línea ferroviaria, que un telegrafista está en posición de interrumpir la transmisión de mensajes o que un electricista puede cortarle el suministro eléctrico a una ciudad entera. Si encima no se trata de individuos aislados, sino de núcleos bien organizados, su poder es enorme.

Bob supo que Connolly, espoleado por la cerveza, estaba exagerando bastante, aunque esa información resultaba muy valiosa. Empezaba a tener más o menos claro qué pretendían los TIM. Suponía una gran amenaza y tenía que alertar a la Agencia Burns con un detallado informe. Se moría de ganas de irse a casa rápidamente para redactarlo, pero consideró que sería mejor contenerse, porque necesitaba confirmar esa información.

Se unieron a ellos dos en el bar Frank Little y Ben Williams. El primero, tras desempeñar los más variados oficios, trabajaba como leñador; tenía físico para ello. Benjamin Hayes Williams (al que su padre había puesto ese nombre en honor al presidente reformista Rutherford B. Hayes) era un tipo completamente distinto: esmirriado, de modales tan refinados como los de Saint John, con una barba fina y rostro afilado y delicado. Había trabajado en una imprenta propiedad de su hermano, especializada en periódicos, folletos y libros subversivos. Así, al tiempo que padecía la explotación laboral a la que estaban sometidos los tipógrafos (en su caso, a manos de su hermano), se fue nutriendo de teorías encaminadas a desafiar esa explotación. Había tenido la constancia necesaria para estudiar y diplomarse con éxito. De todos los *wobblies* que se oponían a De León, era el único con traza de ideólogo.

Pidió una cerveza y Little hizo lo mismo.

—Si sobrevivimos a esta escisión nadie podrá detenernos —aseguró el leñador.

—¿Por qué hablas de escisión? De León no ha amenazado con nada parecido —replicó Connolly.

—Lo conoces mejor que yo, tras la humillación que ha sufrido hoy el viejo no seremos un enemigo, sino el enemigo. Nos ha llamado mendigos y dinamiteros, es un adelanto de lo que nos espera.

Ben Williams reaccionó con un gesto de indiferencia.

—Devolveremos golpe por golpe —afirmó—. Estamos acostumbrados a las balas, ¿qué nos pueden hacer las palabras?

Bob hubiera preferido permanecer en silencio, pero buscaba una confirmación, de modo que comentó:

—Tal y como yo lo veo, hoy nacen los nuevos TIM.

Little lo miró con cordialidad y le preguntó:

—Veo por tu indumentaria que eres de la escuadra de Walsh. ¿En qué trabajas?

—Soy mecánico, principalmente en el ferrocarril, pero no solo.

—Entonces, tendrás agudeza de sobra —señaló alzando la jarra espumosa—. ¡Vivan los renacidos Trabajadores Industriales del Mundo!

Los demás imitaron el gesto para secundar el brindis.

—¡Viva la revolución social! —exclamó Williams.

—¡Viva la huelga general! —proclamó Connolly.

A Bob no se le ocurrió ninguna consigna que viniera al caso, así que se limitó a sonreír y a apurar la cerveza.

El congreso avanzó a buen ritmo tras la pausa, parecía que la marcha de De León había supuesto un alivio generalizado. El punto principal en el orden del día eran las finanzas del sindicato, gravemente dañadas por la salida de la Federación de Mineros del Oeste. La fuerza misma de los TIM se había reducido a la mínima expresión. A medida que los *hobos* iban ocupando el lugar de los trabajadores profesionales, iban menguando los ingresos por cuotas de afiliación en las arcas del sindicato. Las deudas estaban alcanzando niveles inasumibles y peligraba la continuidad del *Industrial Union Bulletin*.

Igualmente estaba descendiendo el número de afiliados. Había un centenar de sedes en el Oeste y unas pocas secciones mixtas (por razas y por idiomas) en el Este. Mientras Trautmann, tesorero y secretario de organización a nivel nacional, desgranaba los datos, el desaliento se apoderaba de la sala de atmósfera azulada por los cigarros. En esos momentos los *wobblies* eran menos de seis mil en todo Estados Unidos, y esa cifra aún estaba pendiente de ser verificada. La salida de la corriente encabezada por De León auguraba una nueva hemorragia de afiliados.

El que infundió algo de confianza fue James Walsh cuando se acercó al atril, echó a un lado a Trautmann con cortés firmeza y tomó la palabra.

—¡Nosotros, los de la Brigada General, hemos señalado cuál es el buen camino! ¡Un montón de millas recorridas, cientos de dólares recaudados vendiendo prensa, insignias y cancioneros! ¡Somos cualquier cosa menos vagabundos, que fue lo que nos llamó el mamón barbudo al que echamos esta mañana! La organización debe adaptarse al proletariado que está en sus manos. Nuestros obreros un día trabajan aquí, otro día trabajan allí y al siguiente no trabajan. Pero todos son proletariado, el carné rojo los compacta. El dinero no vendrá de ellos, que no tienen ni un jodido centavo en el bolsillo. Olvidaos de las cuotas regulares, el dinero vendrá de las iniciativas que sepan poner en pie los trabajadores allá donde vayan. ¡Y cuanto más imaginativas sean, más dólares llegarán!

Esa intervención generó un frenesí de aplausos. Se eligió un nuevo comité ejecutivo, con Vincent Saint John (quién si no) como secretario de organización y William Trautmann como secretario y tesorero. James Connolly se haría cargo de la secretaría de cultura y propaganda.

Se asignaron tareas específicas a Walsh, a Fred Heslewood (exmilitante de la Federación de Mineros del Oeste), a Joseph Ettor y a otros reconocidos compañeros. La joven y aparentemente tímida Elizabeth Gurley Flynn fue ratificada como oradora de la organización. Ben Fletcher, trabajador portuario de Filadelfia, sería el portavoz de las demandas de los obreros negros.

El congreso concluyó con el canto colectivo de *Workingmen, Unite!*, «¡Trabajadores, uníos!», con letra del sindicalista sueco E. S. Nelson.

¡Trabajadores, uníos!
Debemos plantar batalla
para liberarnos de la esclavitud
y de la tiranía capitalista.
Esta lucha no es inútil,
hay un mundo que ganar.
¿Serás un tonto, una herramienta del capitalismo
sirviendo a tu enemigo?
¿Seguiremos siendo esclavos por un salario?
Es indignante, lo ha sido durante siglos.
Esta tierra pertenece por derecho a los trabajadores
y no a los saboteadores de la libertad.

Bob se marchó del congreso llevando en la mano la nueva declaración de principios de los TIM, que no difería mucho de la de 1905, aunque habían desaparecido las referencias a la lucha política en el plano institucional. Cuando llegó a casa notó cierta tristeza, se sentía solo. Rosy se había ido quién sabía adónde, Thelma había muerto, Charlie estaba desaparecido y él no podía ser amigo de ninguno de los *wobblies*, tan solo fingía que lo era cuando se relacionaba con ellos. En definitiva, no tenía a nadie.

Debería adecentar un poco la vivienda. Había polvo por todas partes, botellas vacías tiradas por el suelo y el armario de la cocina apestaba a carne enmohecida. Renunció a ese propósito y se acostó en la cama, vestido. Se quedó dormido rápidamente por el efecto del alcohol y durmió muchas horas.

A la mañana siguiente estaba hecho polvo, pese a lo cual se dirigió en tranvía eléctrico a la sede de Chicago de la Agencia Burns, en la avenida Wabash, no muy lejos de la estación principal de la ciudad. Hamlin había sido despedido y se preguntó quién ocuparía su lugar al frente de la delegación. Sabía que William J. Burns había trasladado su oficina a San Francisco y que iba a habilitar otra en Washington para estar cerca de las sedes del poder político.

Las empleadas de la planta baja lo miraron mal. Lo cierto es que no causaba buena impresión, con la chaqueta y los pantalones arrugados, y barba de varios días. Se ajustó la corbata, aunque eso no solucionaba nada.

Una chica tan guapa como hostil examinó su carné de agente y le comunicó:

—Veré si el señor Elmer Gallagher puede recibirle.

Ese nombre provocó en Bob un sobresalto, motivado por razones de naturaleza contradictoria. Por un lado, no podía creer que alguien con menos antigüedad que él, y con una trayectoria totalmente externa en la agencia, fuera ahora su superior, le resultaba escandaloso. Por otro lado, pensó que el hecho de que Gallagher fuera un viejo conocido suyo podía jugar a su favor.

Llegó a través del auricular del teléfono la autorización para que Bob subiera. Los pasillos y las oficinas estaban como él los recordaba, quizás con algunos helechos más y con algunos espejos menos. Por el contrario, los agentes con los que se cruzó eran unos perfectos desconocidos y parecían ajustarse todos ellos a un mismo patrón estético: pelo rapado, traje gris, corbata azul y gabardina oscura. Su sombrero, los que lo llevaban, era de ala ancha: el tipo de sombrero que poco a poco estaba sustituyendo al tradicional bombín.

Elmer Gallagher lo acogió con cordialidad, pero sin exagerar.

—Me alegro de volver a verte, Bob —le dijo mientras le estrechaba la mano—. Si no hubieras venido te habría hecho llamar yo.

—¿Por qué?

—Mira eso y lo entenderás.

Gallagher señaló el escritorio. A diferencia de lo que pasaba con los anteriores directores, estaba lleno de papeles.

—No lo capto.

—Pues es fácil, Bob. Eso que ves son informes semanales de nuestros agentes y detectives, y estoy hablando únicamente de los del estado de Illinois. Tu último informe data del año pasado, me lo reenviaron desde Portland. Y solo tenía tres páginas.

Bob estaba descolocado, no se esperaba esa amonestación.

—¡Porque he tenido que dar la vuelta a Estados Unidos en vagones de ganado con *wobblies* y vagabundos! ¡Esa era mi misión! ¿Cómo podía redactar un informe cada semana? —adujo en su defensa—. Y nada más llegar a Chicago tuve que ocuparme del congreso de los TIM, que se clausuró ayer. ¿De dónde iba a sacar tiempo para escribir?

—Eso no es lo correcto —dijo Gallagher, negando con la cabeza. No invitó a sentarse al subordinado, él mismo se quedó de pie frente a Bob y sacó del bolsillo una pitillera—. Hay cosas que no sabes y voy a tratar de explicártelas… La Agencia Burns se está transformando en algo diferente de lo que era cuando tú y yo éramos más jóvenes. El Departamento de Justicia creó hace poco la Oficina de Investigación, que ya demanda habitualmente nuestros servicios, como antes hacía el servicio secreto del Tesoro. La Pinkerton sigue siendo la agencia más grande e importante, con una sólida cartera de clientes privados. Nosotros, en cambio, gracias al ingenio del señor Burns nos estamos vinculando a las instituciones y poco a poco nos vamos convirtiendo en una institución más. ¿Te queda más claro ahora?

—Bueno, sí —murmuró Bob, no sin cierta incertidumbre.

—Esto conlleva algunas obligaciones, como documentar nuestras actividades para que desde instancias superiores puedan seguirlas paso a paso. Supongamos que un senador me pregunta qué ha hecho el agente Coates en los últimos meses. ¿Qué le respondo, que ha estado viajando en tren? Y también conlleva deberes de otra índole; por ejemplo, presentarse en la agencia debidamente vestido. Nuestros agentes son libres de llevar harapos si la misión lo requiere, pero cuando se personan en las oficinas deben tener un aspecto impecable. Por aquí podrían pasar un concejal, un alto funcionario del estado, un presidente de una comisión de investigación bicameral… ¿Qué pensarían si vieran a un agente con la ropa sin planchar y oliendo a alcohol?

Bob se quedó de piedra, no estaba preparado para semejante rapapolvo. Sacó en conclusión que los tiempos heroicos de Furlong habían quedado atrás sin que él se diera cuenta. Reunió toda la saliva disponible en su garganta para defenderse diciendo:

—Habré sido negligente en lo concerniente a la presentación de informes, pero he descubierto un complot peligroso para la nación.

Gallagher, que se disponía a encender el cigarrillo, se detuvo.

—¿De qué se trata?

—Lo referiré por escrito. Presentaré el informe esta misma tarde.

—Hazme un resumen.

Bob le informó de que los TIM planeaban colapsar la economía del país por medio de una huelga general capaz de obstruir los ganglios del sistema. Para ello no necesitaban ser una mayoría, les bastaba con disponer de pequeños núcleos situados en posiciones estratégicas que les permitirían bloquear los transportes, las comunicaciones, la actividad marítima y las grandes fábricas. Asimismo, el campo dejaría de abastecer a la ciudad. Llegados a ese punto, hasta el Gobierno hincaría la rodilla, porque sin telégrafo no podría transmitir las órdenes oportunas a las fuerzas armadas. Las milicias obreras que preconizaba James Connolly vencerían los últimos focos de resistencia para que los TIM y Estados Unidos pasaran a ser una misma cosa.

Bob expuso el diabólico plan con énfasis, pero fue perdiendo la seguridad en sí mismo al percatarse de que en la cara de Gallagher se estaba dibujando una expresión sarcástica. Las últimas palabras le salieron entrecortadas.

Su superior finalmente prendió el pitillo con un voluminoso encendedor que apestaba a gasolina. Alzó una ceja y, con tono divertido, comentó:

—Bob, del «plan secreto» que has descubierto se habla con toda claridad en cada número del periódico de los TIM. Hay incluso un panfleto de Bill Haywood que ilustra ese mismo proyecto.

—¿Y qué? —preguntó Bob, ofuscado—. ¡Sigue siendo peligroso!

Gallagher lo miró con una especie de lástima.

—¿A ti te parece que un sindicato que agrupa a unos cuantos leñadores aquí, a unos temporeros allá, a un puñado de marineros y de mineros dispersos en el culo del mundo, a extranjeros que no saben inglés y a jornaleros puede tener en sus manos el control de los puntos neurálgicos del sistema? Una huelga general de esa chusma no tendría efecto alguno, creo que es evidente. —Bob, muy a su pesar, tenía que admitir la coherencia de ese razonamiento—. Así que márchate a casa con tu complot. Siento tener que decirte esto, pero es mi deber… Con la creación de la Oficina de Investigación nos hemos adaptado a su estructura y hay que diferenciar entre agente y detective. Tú eres un agente y estás cobrando por encima de lo que te corresponde por tu categoría: un dólar y medio más. Se te reducirá el sueldo.

Bob vaciló antes de preguntar:

—¿Qué puedo hacer para ascender de rango?

—Cumplir al pie de la letra las órdenes que te demos y presentar informes regularmente. Tu hijo Charlie irá a hablar contigo. Es un magnífico detective, sigue sus indicaciones y algún día alcanzarás su misma categoría.

Gallagher continuó fumando y devolvió la atención a sus papeles. Bob se marchó humillado.

22. Spokane

Cuando se encontró cara a cara con Charlie, Bob no se sorprendió, pero sí que se quedó impresionado. Su hijo, al que no veía desde hacía más de dos años, se había convertido en todo un hombre: robusto, elegante, bien vestido. El abrigo que llevaba, en aquel marzo de 1909 más frío que fresco, era de un corte excelente. Tenía el aspecto de un hombre de negocios de visita en un barrio no degradado pero ciertamente popular, o de un funcionario municipal, o de un agente del fisco.

—¡Por fin! —exclamó Bob—. Elmer Gallagher me anunció tu visita nada menos que en setiembre, te estoy esperando desde entonces.

Lejos de justificarse, Charlie arrugó la nariz y le preguntó:

—Pero ¿qué es este hedor? ¿En qué pocilga vives, papá?

—Es lo que pasa cuando vives solo —afirmó Bob—. Ya sabes que…

Charlie hizo que se apartara, entró en el piso y miró a su alrededor.

—Hay porquería por todas partes. Platos sucios, restos de comida, el sofá roto… En otro tiempo esta era una casa decente, ya me explicarás qué has hecho para que se asemeje a un estercolero del Lado Este.

—Ya te he dicho que vivo solo, sin una mujer.

A Bob le pareció oportuno añadir que el estado de la vivienda solo era ligeramente mejor cuando él volvió a ella tras el periplo con la Brigada General.

—Las mujeres se alquilan —replicó Charlie con una risita que denotaba un doble sentido, posiblemente no se estaba refiriendo a la limpieza.

—No puedo permitirme pagar a una negra para que pase el trapo, me han bajado el sueldo. Ahora solo me asignan encargos de poca monta, vigilancias ocasionales y cosas por el estilo. Apenas me alcanza para comprar comida y bebida.

—Bebida —repitió Charlie. Se acercó al aparador, en el que unos cristales estaban rotos y otros estaban llenos de polvo—. Tienes un buen surtido de bebidas alcohólicas, a pesar de todo. ¿Qué güisqui me ofreces?

—Este, el Canadian Scotch Hiram Walker —respondió Bob, satisfecho por haber descubierto un tema que sirviera para acercar posiciones—. Lo probé el año pasado, durante el congreso de los TIM, y desde entonces siempre tengo a mano una botella. Es caro, así que lo bebo poco a poco.

—¿Tienes algún vaso limpio que no esté roto?

—Te lavaré uno. —Charlie y Bob se sentaron uno al lado del otro en la parte del sofá en la que los muelles todavía no habían perforado el asiento—. ¿Cómo es que nadie tenía noticias de ti en la agencia? Pregunté varias veces y parecía que ni siquiera te conocían.

—Eso es porque ahora tengo otro nombre, soy Gaston B. Means.

—¿Gaston? ¿Estás de broma?

—No, papá, ahora todos me llaman así. El nombre lo escogió el señor Burns en el transcurso de una investigación —aclaró Charlie, en previsión de cualquier posible objeción por parte de su padre—. Ahora soy detective, trabajo codo con codo con Burns, con el abogado Francis Heney y con Jeff Smith. Estamos inmersos en un proceso de aproximación al Departamento de Justicia tras haber trabajado para el del Tesoro. Y si para aprovechar la ocasión es preciso cambiar de identidad, se hace.

Bob estaba desconcertado.

—Francamente no lo entiendo. ¿Charles Coates no servía?

Charlie, impacientado, bebió un sorbo de güisqui, se humedeció los labios.

—Muy bueno este Canadian Scotch a pesar de la contradicción de su denominación, tengo que hacerme con él… Papá, con esto también intentamos protegerte a ti. Trabajas como agente encubierto entre subversivos, aunque, por lo que he oído, no te esfuerzas demasiado. Es mejor que haya un solo Coates, de ahora en adelante seré Gaston también para ti. Son cosas de nuestra profesión, estoy seguro de que lo entenderás.

—Sí —respondió Bob, mintiendo conscientemente. Dejó ese tema para pasar al asunto que le interesaba—. ¿Qué me puedes contar de Rosy? Te telegrafié diciéndote que trabaja como obrera textil. ¿Has averiguado dónde?

Su hijo elevó la mirada al techo, desconchado y con grietas que zigzagueaban por el yeso.

—¡La obsesión de siempre! —exclamó con un suspiro de tolerancia—. Debe de estar en Lawrence, en el estado de Massachusetts, o en los alrededores. ¿No te la encontraste en el congreso? Es una *wobbly*.

—No, no estaba.

—¿Por qué te importa? El amor que había entre vosotros era cero y el dinero era menos que cero. Si se trata de follar, el mundo está lleno de alternativas.

—Ninguna de esas respuestas es la correcta.

Bob sentía vergüenza. No podía exponer el motivo porque él mismo lo ignoraba.

—Creo que lo entiendo. Es una fijación por algo que era tuyo y que se te escapó de las manos.

Bob nunca hubiera imaginado que Charlie fuera tan perspicaz, a grandes rasgos había descrito su verdadero sentimiento.

—Sea lo que sea, iré a Lawrence en breve.

—No, tú irás donde nosotros te digamos.

Las palabras de Charlie cayeron como gotas de plomo fundido en una superficie nevada, haciéndola chisporrotear, pero sin eliminar el hielo; es más, lo reforzaron.

—¿A quién te refieres con «nosotros»? —masculló Bob. Le echó un buen trago al güisqui, como si con eso pudiera calentar el ambiente.

—A la Agencia Burns, la que te da de comer. Está dispuesta a olvidar que vives como un cerdo en su comedero, pero solo si le sirves.

—¿Quién te autoriza a hablarme así, a darme órdenes?

Debido a un temblor en la mano, a Bob se le escapó el vaso, que se hizo añicos en el suelo, y algunos fragmentos se unieron a otros que había bajo el sofá. El licor dibujó una nueva mancha en el pavimento.

—Eres un simple agente y yo soy un detective, uno de tus superiores. Lo siento, pero debes obedecerme. De lo contrario te quedarás en la calle, te convertirás en un *hobo* a todos los efectos.

Esa perspectiva aterrorizó a Bob, que había visto con sus propios ojos la horrible vida de los marginados. Algo embotado por el alcohol, que seguía sin tolerar demasiado, preguntó:

—¿Qué debo hacer?

—Espera órdenes, llegarán pronto. —La voz de su hijo se suavizó ligeramente mientras echaba mano a la botella. Parecía que el güisqui no mermaba su lucidez—. Está ocurriendo algo inquietante en Spokane, en el estado de Washington. Prepárate para viajar allí. Eras nuestro especialista en los TIM antes de abandonarte a la inmundicia. ¿Quieres volver a serlo? —Bob respondió con unas palabras balbuceantes y casi ininteligibles—. Bien. Una misión llevada a término de manera brillante podría hacer que te ascendieran de agente a detective, con el consiguiente aumento de sueldo, que sería de seis dólares al día. No es para tomárselo a broma.

—Claro que no.

Bob tenía unas ganas tremendas de vomitar. Charlie apuró el vaso y se levantó.

—Me voy, papá. Y tú, cuídate. No quiero volver y que esto siga siendo un estercolero, ¿está claro?

—Sí. ¿Dónde puedo encontrarte?

—Vivo con Maud A. King, la viuda de un millonario. Puedes conseguir su dirección en cualquier parte. Por algo te dije que las mujeres se pueden alquilar, tan solo es necesario que la mensualidad sea asequible.

Bob trató de intercambiar un guiño de ojo con su hijo, pero cayó sobre el sofá en la parte donde los muelles se habían salido, aunque no advirtió el dolor.

—¡Hasta pronto, Charlie!

—Me llamo Gaston, no Charles —respondió su vástago desde la puerta—. Gaston B. Means. Procura recordarlo.

Bob, indiferente ante la herida causada por el sofá, se quedó dormido al cabo de unos instantes.

Habría de transcurrir mucho tiempo antes de que volviera a ver a su hijo. En la agencia sabían perfectamente quién era Gaston Means, pero cada vez que Bob se presentaba allí le decían que estaba fuera. Lo mismo pasaba cuando preguntaba por Elmer Gallagher. Y William J. Burns siempre se encontraba de viaje.

Bob, a la espera de ese encuentro pendiente, decidió dejar el alcohol y se mantuvo fiel a ese compromiso durante una semana, tras la cual se dijo a sí mismo que un trago de vez en cuando no le haría daño. Al cabo de un mes ya estaba bebiendo como antes, aunque se propuso tener limpia la casa. Fue a la iglesia congregacionalista, donde el nuevo pastor —un escocés gordo con barba blanca al que nunca antes había visto— le recomendó a una joven escandinava, delgada y agraciada, de ojos azules y facciones vagamente felinas. A continuación, vino la reprimenda por parte del clérigo, con la que Bob ya contaba.

—Sé que pertenece usted a esta comunidad, señor Coates, pero solamente lo he visto en los oficios religiosos un par de veces.

—Es por causa de mi trabajo. Soy mecánico y reclaman mis servicios por todo el estado, fuera de él también. Santifico el domingo donde me toque ese día.

—Entiendo. Cuando esté en Chicago no deje de visitarnos.

Como parte de su evolución personal (en este caso, con vistas a una futura misión), volvió a relacionarse con los TIM en su cuartel general del número 148 de la calle Madison Oeste. Era la misma sede de la que Charles Sherman y la corriente «moderada» habían intentado apropiarse tres años antes por la fuerza y posteriormente por medio de acciones legales.

La escisión provocada por De León había tenido consecuencias menos dramáticas de lo previsto. El líder fundamentalista había dado vida en Detroit a un sindicato denominado también Trabajadores Industriales del Mundo, pero tenía muy poca implantación. En cada número del semanal *The People* arremetía contra la organización homónima, a la que presentaba como «una banda de dinamiteros, anarquistas y terroristas». La prensa conservadora reproducía gustosamente esos artículos, firmados a veces por el viejo iracundo en persona.

En la calle Madison Oeste la reaparición de Bob, después de tantos meses de ausencia, fue recibida como la cosa más natural del mundo. Era habitual que los afiliados, tres cuartas partes de los cuales desempeñaban trabajos temporales en diversas formas, desaparecieran por largos periodos, dejaran de pagar la cuota y no dieran señales de vida durante meses. Bob, por escrúpulos, volvió a solicitar el carné, pagó la inscripción y dos mensualidades por adelantado. Pidió un ejemplar del *Industrial Union Bulletin* y así fue como descubrió que había dejado de publicarse debido a la escasez de fondos en el sindicato. Solo había *Il Proletario*, en italiano, un idioma que no entendía, y un montón de ejemplares de un semanario en yidis impreso en Nueva York por los judíos del sector textil, que era aún más indescifrable.

Estaba charlando con la administrativa, una mujer alta y delgada que ya tenía sus años, cuando vio a Vincent Saint John bajando las escaleras que llevaban al piso superior. Lo seguían Frank Little y cuatro individuos delgadísimos, desdentados y andrajosos.

El Santo lo saludó con la mano derecha, la única hábil; la izquierda le había quedado anquilosada para siempre.

—Me alegro de volver a verte, Bob Coates. Tengo una reunión con estos compañeros leñadores. Ven a verme otro día, comeremos juntos.

—Con mucho gusto.

Pocos días después de ese encuentro fugaz terminó de forma abrupta la operación de limpieza de su hogar. Bob regresó a casa borracho la noche anterior y cuando despertó se le ocurrió la idea de combatir la resaca con una cerveza y un huevo crudo, pero al no tener en casa ni una cosa ni la otra se bebió un vasito del precioso Canadian Scotch Hiram Walker y se acurrucó en la parte del sofá que estaba en buen estado, ligeramente aturdido. Cuando llegó la chica nórdica que le había enviado el reverendo la miró con otros ojos. Sus pechos pequeños y puntiagudos le recordaron lejanamente los de Rosy. Al inclinarse para retirar con el recogedor un grumo de suciedad la mujer se dobló tanto que enseñó las bragas, o eso creyó ver él. Fue hacia ella y metió la mano entre sus piernas mientras trataba de desabrocharse los pantalones, presa de un instinto bestial e incontenible, impropio de sus hábitos. La chica gritó, se libró de él y salió corriendo. Bob se olió la mano y volvió al sofá, donde se quedó dormido nuevamente.

Hasta unas horas después, cuando despertó, no fue consciente de que se había desvanecido la posibilidad de tener la casa limpia y de que la iglesia congregacionalista pasaba a ser zona prohibida para él. Lo paradójico era que el sexo nunca había sido una obsesión en Bob. Con Elly mantenía una relación marital, nada más. Rosy lograba excitarlo, pero él soportaba los largos meses que vivía alejado de ella. Las prostitutas le permitían aliviarse de las pulsiones físicas momentáneas, sin llegar a satisfacerlo en el plano de la ternura, a la que posiblemente aspiraba. Si se había comportado como un maniaco con la escandinava, cuyo nombre no recordaba, debía de ser por algún detonante externo. Tenía clara la respuesta: el alcohol. No había remedio, no sabía beber. Se prometió a sí mismo por enésima vez que no volvería a tomar ni una gota. Ese compromiso duró hasta la tarde, de noche se esfumó.

Charlie (mejor dicho, Gaston B. Means) reapareció en setiembre. No ocultó el asco que sintió al entrar en la casa.

—Papá, te había dejado en una pocilga y te encuentro en un basurero.

Bob, que en ese momento estaba casi sobrio, abrió los brazos en actitud de resignación y dijo:

—Esto es lo que pasa cuando me dejan solo.

—En la agencia no te ven el pelo desde el verano, y eso que cobras tu sueldo puntualmente.

—Cuando voy allí nadie me recibe, se diría que están todos de viaje siempre. No me encomiendan ninguna tarea, ni siquiera una simple vigilancia.

Charlie soltó una maldición tras pisar los restos de una botella rota, si bien los cristales no atravesaron la suela de sus zapatos. Metió los fragmentos bajo el sofá de una patada.

—Papá, echa una mirada a tu alrededor y te darás cuenta de por qué inspiras poca confianza. Pero vengo a ofrecerte una oportunidad de redención. ¿Sigues en contacto con los TIM?

—Sí, voy todos los jueves a la asamblea semanal en su sede central, en la calle Madison Oeste. Trato de memorizar las intervenciones de todos los que hablan y al día siguiente envío un informe a la agencia. ¿No los has visto?

Charlie seguía de pie. Las sillas estaban cubiertas de polvo y la parte del sofá que se podía utilizar tenía costras de suciedad. Hizo un gesto con la cabeza difícil de interpretar.

—He visto tus escritos, valen bien poco. Caligrafía irregular, sintaxis caprichosa, párrafos incomprensibles… Escucha, vengo a hablarte de la posibilidad de que te rehabilites. ¿Te queda algo del Canadian Scotch?

—Media botella, más o menos.

—Llévala fuera. Sentémonos en las escaleras, aquí el hedor es insoportable.

—Me temo que no tengo vasos limpios.

—Olvídate de los vasos, basta con la botella.

Padre e hijo (aunque nadie los hubiera tomado por tales) estaban sentados al cabo de unos minutos en los peldaños de madera de la entrada de la casa. En torno a ellos se alzaban los enormes edificios que caracterizaban a Chicago y que Nueva York imitaba en aquellos años denodadamente. En la línea del horizonte aún visible había nuevos rascacielos en construcción, que proyectaban hacia el cielo estructuras de acero destinadas a convertirse en el alma de las columnas de soporte. Los árboles habían desaparecido de la calle, el ayuntamiento los había talado para ampliar la calzada.

Charlie echó un trago de la botella y se quedó con ella.

—Si sigues teniendo relación con los TIM, supongo que estarás al corriente de las que están liando ahora.

—¿La huelga de los obreros del acero en McKees Rocks, Pensilvania? Diría que es el único enfrentamiento importante que podían librar los *wobblies*. Ha habido un muerto y setenta y siete heridos. Si han vencido ha sido, por lo que dicen los periódicos, porque les hablan en ruso a trabajadores que predominantemente son rusos. Eso no es ninguna novedad, los TIM favorecen a los canallas.

Charlie reaccionó con un gesto impaciente de negación.

—No me refería a esa nimiedad. Los *wobblies*, aunque haya quien piense que están en las últimas, se han embarcado en una lucha de calado: la de la libertad de expresión.

—No sé nada al respecto.

—Yo te lo cuento. En el Oeste y en los estados sureños los TIM se relacionan con leñadores y jornaleros que hacen las campañas de siembra, trilla y recolección de fruta. Ellos son la hipotética base del sindicato. Pero a ese tipo de gente no la puedes organizar en sus campamentos, porque los guardias armados de los patrones no te dejan entrar, y como entres te machacan.

—Están en su derecho —afirmó Bob—. Se trata de propiedades privadas.

—Exactamente. ¿Y qué alternativa le queda a un sindicato que quiere captar a la mano de obra jornalera? Una sola: celebrar mítines en las pequeñas ciudades en las que son reclutados los braceros y convencerlos para que se organicen. Obviamente, los alcaldes y los *sheriffs*, avalados por los jueces locales, prohíben tales explosiones de populismo. Eso es lo que sucedió en Missoula, Montana, y eso es lo que va a suceder en Spokane, en el estado de Washington. Los TIM pretenden desembarcar allí en tromba. Uno habla, lo detienen y toma su lugar otro orador, que también acaba en prisión. Las cárceles están desbordadas y la carga económica que eso supone para la comunidad se vuelve demasiado pesada.

—¿Cuál es el resultado?

—Una presión que induce a modificar la normativa. Son astutos, ¿verdad?

Bob reflexionó antes de responder:

—Hasta cierto punto. Hacen falta cientos de voluntarios dispuestos a dejarse encarcelar para llevar a cabo un plan como ese. Los *wobblies* son muy pocos, están muy desperdigados y carecen por completo de disciplina.

—Es cierto, son indisciplinados —convino con él Charlie—. Pero no te hagas ilusiones, papá. Mientras tú te dabas al vicio han crecido mucho. Es cierto que no pueden competir con la Federación Estadounidense del Trabajo, pero han ido asentándose allí donde los sindicatos de ramo no llegan. Ahora cuentan con al menos cien mil desgraciados que saltan de un trabajo a otro. Incluyen a las mujeres, a las que las hermandades no suelen admitir. Incluyen a los negros, a los que Gompers acoge únicamente para demostrar que es abierto de mente. Incluyen a los asiáticos, a los que nadie quiere. Incluyen a los judíos y a los italianos, que ya es lo último.

Bob movió la cabeza de un lado a otro.

—En Estados Unidos las ideas de Marx y de Bakunin solo han arraigado entre los europeos de la inmigración reciente, básicamente alemanes y franceses. El norteamericano medio es demasiado individualista para dejarse manipular.

—Ahí está el problema. Los *wobblies* siguen a Marx, pero no son marxistas. Leen las obras de Bakunin, pero no son anarquistas. Y en eso reside su fuerza. Se han amoldado a la sociedad estadounidense y se centran en los que se ven excluidos del progreso. Propugnan un modelo de industrialización diferente, guiado por cadenas de solidaridad creadas desde abajo.

Bob no solo no entendió ni una palabra, sino que además estaba seguro de que su hijo repetía mecánicamente el discurso de otro, porque era demasiado tonto para hacer razonamientos elaborados. Alargó la mano hacia el Canadian Scotch.

—Déjame echar un trago.

—No. —Charlie agarró la botella por el cuello y la lanzó por los aires para que se hiciera añicos en medio de la calle—. Se acabó la bebida. Si quieres que te sigan pagando como agente, tendrás que volver a trabajar como agente.

—¿Qué quieres decir? —preguntó Bob, confuso.

—Los TIM están reclutando gente para ir a Spokane. Es tu ocasión, vete con ellos y mándanos información siempre que puedas.

Bob agachó la cabeza.

—Soy demasiado viejo.

—¿Con cuarenta y seis años? Déjate de historias, algunos de los que serán tus compañeros de viaje están acabados físicamente. Mueve el culo y ve a apuntarte, salir de este agujero lleno de mierda te vendrá bien. Y si te muestras eficiente en esta misión es probable incluso que algún día llegues a ser detective, como yo.

Charlie se puso en pie para despedirse.

—Nos vemos, papá.

También Bob se levantó, no sin esfuerzo.

—Nos vemos, Charlie.

—Gaston, ahora me llamo Gaston. No lo olvides.

Bob mantuvo su abstinencia de alcohol un día entero. En el fondo no era un alcohólico, lo hacía por aburrimiento. A la segunda mañana, todavía sobrio, se presentó en la sede de los TIM. Mostró el carné y esta vez la persona que lo atendió fue un joven administrativo de nariz aguileña, un voluntario que, entre una tarea burocrática y otra, escribía artículos para la prensa socialista firmando como Frank Bohn.

—¿Qué puedo hacer por ti, compañero?

—Quiero ir a Spokane.

—La próxima expedición desde Chicago saldrá en un par de horas. ¿Quieres unirte a ella o prefieres esperar a otra?

—La primera que salga me va bien. ¿Qué tren debo coger?

Bohn sonrió.

—¿Tren? Nada de eso, ahora te cuento…

A mediodía Bob estaba viajando en una carretilla ferroviaria, una de las plataformas móviles que se usaban con fines de servicio, de cuatro ruedas e impulsada por medio de una palanca similar a un balancín, con un pivote central y dos brazos que se accionaban con manubrios. Eran seis a bordo y se iban turnando con la palanca de dos en dos, con relevos cada media hora. Viajaban a una velocidad aceptable, aunque no alcanzaba la de un convoy propulsado por una locomotora.

Los compañeros de viaje de Bob eran leñadores de Luisiana, reconocibles por su aspecto enfermizo y por sus grandes mochilas cargadas de mantas enrolladas y de utensilios de cocina. Allí donde encontraran trabajo temporal se instalaban en campamentos, como los *hobos*, o en inmundas chabolas que les proporcionaba el patrón. En ambos casos tenían que valerse por sus propios medios y por eso solían llevar «la casa a cuestas», como se decía. Su físico esquelético y su boca desdentada se debían a la constante exposición a la humedad en bosques pantanosos. Cada uno de ellos era un cultivo viviente de pulgas y de piojos, sus cadáveres habrían despertado el interés de cualquier entomólogo.

Bob aprovechó una de sus pausas en el accionado de la palanca para preguntarle a uno de ellos, de aspecto espectral:

—¿Por qué vais a Spokane?

Los ojos excesivamente grandes del leñador, joven y demacrado, centellearon mientras respondía:

—Frank Little nos ha dicho que allí hay hermanos que necesitan nuestra ayuda.

—¿Y con eso os basta?

—Claro que sí. Somos los Trabajadores Industriales del Mundo y si tocan a uno, nos tocan a todos.

—¿Sabes que te arriesgas a acabar en la cárcel? —siguió preguntando Bob, con las piernas colgando de la carretilla.

El joven encogió sus huesudos hombros antes de contestar:

—Yo ya vivo en la cárcel.

Los dos leñadores que estaban a cargo de la palanca en ese momento interrumpieron el movimiento.

—Hay un cruce de vías —advirtió el más robusto—. Los raíles están vibrando, se aproxima un tren.

Se oyó el silbido de una locomotora. Era un convoy de mercancías, muchos vagones llevaban las puertas abiertas y estaban llenos de gente que debía de haber llegado a un acuerdo con los guardias de la compañía ferroviaria. Otros *wobblies* viajaban en el techo de los furgones, algunos de ellos iban con blusas negras y pañuelos rojos al cuello.

Al ver la carretilla parada en la intersección de las vías saludaron gritando al unísono:

—¡Un único y gran sindicato!

Los ocupantes de la plataforma móvil les devolvieron el saludo, incluyendo a Bob.

—¡Un único y gran sindicato!

—¡A Spokane!

—¡A Spokane!

El tren se perdió entre los bosques y el joven delgaducho volvió a sentarse.

—Qué bonito es que seamos tantos —comentó.

23. Unos sobre otros

Bob no esperaba semejante violencia. Estaba repasando el texto que tenía que leer en la calle División, la arteria principal de Spokane, desde lo alto de una pequeña mesa apoyada en el tronco de un árbol, cuando llegó la policía. Eran hombres del *sheriff*, además de otros reclutados para la ocasión. Empuñaban largas porras de madera. Derribaron al orador —un minero polaco de McKees Rocks que había acabado en la lista negra y estaba en el paro— y lo golpearon con saña apuntando al cráneo. Cuando lo vieron lleno de sangre se dirigieron a la multitud, que no hizo ademán de huir. Los ancianos levantaron las manos, pero no hubo indulgencia para ellos. La sangre corrió por su cabello blanco.

Bob se libró de los golpes más brutales, con la excepción de algún porrazo que recibió en las costillas. Lo agarraron por el cuello, lo obligaron a bajar la cabeza y lo empujaron en dirección a la cárcel, donde al llegar recibieron una contraorden.

—Aquí no hay sitio para más, está todo lleno —anunció un ayudante del *sheriff*.

—¿Los llevamos a la escuela Franklin?

—Esa también está llena. Probad con el fuerte del Ejército, allí tienen solo ochenta y cinco detenidos, posiblemente hay sitio para más.

Bob fue conducido a empujones en compañía de una veintena de compañeros. De vez en cuando los agentes los golpeaban con sus porras, tal vez con el propósito de hacer que caminaran más deprisa. Un joven al que golpearon en el cráneo se desmayó y lo dejaron abandonado en la calle.

La columna de detenidos se cruzó con otra, proveniente de la estación, que iba por la otra orilla de la avenida. La formaban cerca de un centenar de *wobblies* que acababan de bajar de los vagones de mercancías. Portaban una bandera roja y marchaban en formación hacia el centro de la pequeña ciudad. Cuando vieron a los detenidos empezaron a gritar:

—¡Ánimo, hermanos! ¡Pronto estaremos con vosotros!

—¡Resistid!

—¡Viva la libertad de expresión!

Bob no dijo nada y así evitó recibir un porrazo. Sus compañeros, en cambio, exclamaron:

—¡Libertad de expresión! ¡Vivan los *wobblies*!

—¡Un gran sindicato!

Los hicieron callar a palos y goteando sangre llegaron al fuerte, un cuadrilátero perimetrado en piedra desde el que quizás en un pasado remoto se había defendido el centro urbano frente a los indios, los franceses, los ingleses y finalmente los confederados.

—No hay sitio —afirmó terminantemente un anciano teniente de uniforme azul con bigote de herradura y papada—. Solo me queda una celda, de tres metros por dos, y todavía tengo que instalar a ocho detenidos.

—Haga un esfuerzo —insistió el ayudante del *sheriff*—. En la ciudad hay al menos quinientos detenidos, no caben más en la cárcel. Una orden del juez Mann nos obliga a encerrarlos. Si fuera por el alcalde y las autoridades, nos desharíamos de ellos, créame.

El teniente se tomó unos segundos antes de responder:

—Está bien, veintiocho hombres adultos encerrados en un cubículo… Y veo que muchos de ellos están perdiendo sangre.

—Nada grave. Se lo tienen merecido.

—Me firmará usted un documento eximente de responsabilidad legal, ¿no es cierto?

El ayudante del *sheriff* tuvo un momento de vacilación.

—Por supuesto.

—De acuerdo entonces. Prepararé el escrito, después dejaremos que metan a estos señores.

Fue necesaria la fuerza de cuatro soldados para cerrar la celda abarrotada de detenidos y, una vez logrado el objetivo, dar un giro de llave. Los veintiocho arrestados, aplastados unos contra otros, se vieron obligados a permanecer de pie. No había espacio para mover las extremidades, ni para tumbarse, ni para hacer sus necesidades. Bastantes de ellos se mearon en los pantalones e invadió la celda un intenso olor a orina, al que se unió más tarde el hedor a heces.

Bob se sentía terriblemente incómodo en ese revoltijo de gente. Quería decirles a los guardias que él no tenía nada que ver con ellos y que estaba de su lado, pero ¿cómo podría hacerlo? Hubo de soportar horas y horas de sufrimiento, apretujado entre cuerpos transpirantes que posiblemente estaban habitados por legiones de parásitos.

Los leñadores se distinguían por la palidez, la debilidad y unas manchas en la piel de origen misterioso. No tenían familia o, en el caso de que la tuvieran, habían perdido su rastro. En los bosques comían alimentos en mal estado y se veían sometidos a todo tipo de vejaciones. La Federación Estadounidense del Trabajo no quería saber nada de ellos, porque los consideraba lumpemproletariado con un oficio que no representaba competencia profesional alguna, propensos a desmandarse con el consumo de alcohol y a provocar peleas. Un buen día llegaron los *wobblies*, con la manta al hombro y el bastón en la mano: Frank Little y otros, locuaces, seguros de sí mismos, gente dura de pelar y que hablaba su mismo idioma. Planeaban un rescate colectivo, liberarlos de unas condiciones de vida infrahumanas. Los leñadores vieron en ellos su única esperanza.

Fue un marinero negro de gran tamaño, que superaba a los demás detenidos en envergadura y en estatura, quien sugirió a sus compañeros una forma para poder salir de esa infame jaula.

—Cantemos, cantemos todos hasta aturdir a los soldados y a los polizontes. Demostrémosles que no lograrán doblegarnos. Veréis cómo de aquí a una hora ya no podrán soportarlo.

La idea era buena, pero ¿cantar qué? El *Industrial Union Bulletin* había dejado de editarse. Aparte de los periódicos locales, de cuando en cuando se publicaba el *Industrial Worker*, un periódico más modesto impreso unas veces en Chicago y otras en Washington o donde buenamente se pudiera. El *Worker* había reimpreso recientemente una versión de *La Internacional* traducida por Charles H. Kerr y adaptada por los TIM a su temática. Fue ese tema el que, alentados por el marinero afroamericano, empezaron a entonar a coro los detenidos.

¡Arriba los presos del hambre,
en pie, famélica legión,
atruena la justicia en marcha,
el mundo nuevo ya nació!
El pasado hay que hacer añicos.
¡Arriba, esclavos, a vencer!
El mundo cambia sus cimientos,
los nada de hoy todo han de ser.

Agrupémonos todos en la lucha final,
el género humano, el sindicato industrial.

Los detenidos solo se sabían las dos primeras estrofas y el estribillo, pero mejor así. Se pusieron a repetirlas machaconamente, volviendo al principio cada vez que las terminaban. Los guardias, dos soldados y dos hombres del *sheriff*, pronto comenzaron a ponerse nerviosos y a golpear con las porras las manos que se aferraban a los barrotes, sin obtener más resultado que los lamentos de dolor. Los detenidos cantaban con creciente pasión.

Un soldado fue en busca del teniente con bigote de morsa que estaba al mando de la guarnición. Este llegó con las manos apoyadas en las caderas y gesto severo.

—¿Qué está pasando aquí? —preguntó. Tuvo que soportar las estrofas repetidas de la canción y el tufo a orina y a excrementos—. No podemos seguir así. Maldito alcalde, me va a oír.

El teniente se marchó, y en menos de una hora los presos fueron sacados de la celda y a dos terceras partes de ellos los trasladaron a otros centros de detención provisionales. Bob fue llevado, con otros dos compañeros, a un sótano del ayuntamiento en el que almacenaban correspondencia abandonada. El lugar al menos estaba seco y bastante limpio, y la cantidad de telarañas y de cucarachas que había allí era tolerable.

Bob se presentó a los otros dos detenidos. El hombre mayor, un hispano de pelo blanco, era parco en palabras. Por el contrario, un joven de Filadelfia llamado William Zebulon Foster se mostraba muy hablador. Tenía la actitud de un tipo duro familiarizado con la calle. El absurdo nombre de Zebulon no le avergonzaba demasiado, él lo simplificaba diciendo que con «Z» bastaba.

—¿Nos darán de comer? —preguntó Bob, resintiéndose del ayuno prolongado.

—Supongo que sí, pero no esperes que te traigan la carta, como en un restaurante —comentó Foster, que se echó en un catre; había tres, alineados, con un cubo en una esquina—. En cualquier caso, hemos vencido, lo saben incluso ellos. Spokane no puede permitirse mantener a más de seiscientos detenidos, más los que siguen llegando.

Justo en ese momento apareció un agente sumamente desabrido con tres escudillas que contenían pan y patatas, y con una jarra de agua.

—Por si les interesa, han llegado sus abogados —les comunicó con tono arisco—. Ya ven que están siendo tratados con guante de terciopelo, cosa con la que yo no estoy de acuerdo, aunque no me corresponde a mí tomar decisiones. Y por si fuera poco, está esa furcia socialista llamada Flynn, que se dedica a predicar en la calle rodeada de un grupo de chismosas. Tarde o temprano le vamos a echar la mano encima y nos la vamos a tirar turnándonos.

Al salir cerró de un portazo.

—¡No pueden con nosotros! —exclamó Foster, exultante, mientras sacaba con la punta de los dedos un trozo de pan del cuenco.

—Pero ¿tiene sentido todo esto? —se preguntó a sí mismo Bob, al tiempo que se lo preguntaba al compañero—. Nunca se ha visto a un sindicato en acciones como esta. ¿Qué beneficio podemos sacar? Ni aumentos de sueldo, ni oportunidades de trabajo... Vamos de aquí para allá pidiendo que nos dejen hablar en público.

—¿Te parece poco? ¿Cómo vamos a crecer si no tenemos libertad de expresión?

—La FET y los socialistas reclaman mejoras concretas, como la jornada laboral de ocho horas. Los TIM ni siquiera firman convenios colectivos, ni votan en las elecciones.

—Eres libre de votar, si quieres, el sindicato no te lo impide. Por Debs o por De León, lo que prefieras. No es un asunto que concierna a los *wobblies*.

El hispano, callado hasta ese momento, apartó el cuenco y emitió un eructo atronador, seguido por una blasfemia que a todas luces era complementaria.

—¿Votar? ¿Y dónde carajo voto yo? Dependiendo de la estación del año trabajo como jornalero, obrero textil, minero, leñador o camarero en trenes. Unas veces en Texas, otras en Alabama, otras en Maryland... No estoy empadronado en ningún sitio. No tengo familia, ni casa, ni iglesia. ¿Cómo podría votar a los putos socialistas, suponiendo que quisiera hacerlo?

—¿Por qué has acabado aquí? —le preguntó Bob.

—Porque los jodidos TIM dejan hablar a los pobres desgraciados como yo. ¡Ay de nosotros si nos quitan el único derecho que tenemos! Y además, les importa una mierda el Estado. ¿Estado? ¿Dónde está? Yo no lo sé. Si hay algo llamado así, desde luego no es el mío, el Estado son las porras de los policías. ¡Que Dios los aniquile a todos ellos!

A Bob le resultaba extremadamente desagradable estar en esa compañía, pero ¿qué podía hacer? Esperaba una intervención providencial de la Agencia Burns, que no se produjo. Contaba con haber podido hablar con el *sheriff* o con el oficial al mando de la guarnición, pero no se le presentó la ocasión.

Pasó el tiempo y el juez Mann inició los juicios, que fue despachando a un ritmo continuo. Su regla era clara: a los afiliados de base los condenaba a treinta días de cárcel y a los organizadores sindicales les imponía penas de seis meses. Los reclusos recibían palizas casi a diario, sin razón alguna. Guardias y voluntarios los sacaban de las celdas y la emprendían a porrazos con ellos. Eso sucedía sobre todo cuando se ponían a cantar, no había nada que irritara más a los esbirros. Y el caso era que siempre estaban cantando.

Para Bob el martirio duró cuatro jornadas, al quinto día se lo llevaron y lo aislaron. Sus compañeros pensaron que iban a someterlo a quién sabe qué clase de tortura y golpearon con los cuencos los barrotes. La realidad era que lo habían trasladado a una oficina vacía y allí lo abandonaron un par de horas.

A través de la ventana enrejada vio la movilización del Club de Mujeres de Spokane, que protestaban a voces por el trato infligido a las reclusas. Ellas, burguesas de bien, madres de familia, alababan a Elizabeth Gurley Flynn. Igualmente ruidosa era la influyente Sociedad Alemana de Spokane, que no toleraba que hombres de habla alemana estuvieran en la cárcel. A lo lejos se veía, bajo la bandera roja o la estadounidense, la columna irregular de los nuevos *wobblies* que acababan de apearse del tren.

Bob esperaba recibir la visita de un oficial, de un hombre del *sheriff* o de una autoridad civil, pero el que apareció fue su hijo Charlie, con un impecable traje de chaqueta cruzada. Gaston B. Means no saludó al entrar. Se sentó tras el escritorio, como si le perteneciera de toda la vida.

—Papá, estamos muy satisfechos con tu labor. Es cierto que no nos has enviado ningún informe…

—¿Cómo podría hacerlo?

—Déjame terminar. No nos has enviado informes, pero eres un testigo de lo que ha sucedido aquí: una conspiración, es evidente. Me imagino que conocerás los detalles mejor que nadie.

—Sí, pero ¿qué hago ahora?

—Vuelves a casa, con el máximo agradecimiento por parte del señor Burns. —Charlie sonrió—. Recibirás una gratificación. El título de detective aún no, pero vas por el buen camino. Si llevan a juicio a los verdaderos responsables de este desaguisado, te llamarán a declarar como testigo. —Le entregó a su padre un billete de tren y un fajo de billetes—. Esto es para el viaje de vuelta, procura que nadie te vea salir de Spokane. Y cuando llegues a Chicago ve a ver a la tía Mary Ann, tu hermana está escribiendo artículos muy valerosos y me pregunta a menudo por ti.

No hubo juicio. Presionado por los ciudadanos más ricos, sobre los que recaían los gastos derivados de las detenciones, el propio juez Mann, que había decretado los encarcelamientos, pidió y obtuvo el levantamiento de la prohibición de celebrar mítines. Los reclusos fueron puestos en libertad y obviamente hubo un aluvión de discursos en público antes de que Spokane fuera recobrando gradualmente la calma. La sección de los TIM en esa pequeña ciudad siguió siendo de las más importantes del estado de Washington.

Bob se enteró de todo esto en Chicago, varias semanas después de su regreso, leyendo los periódicos atrasados en el tranvía que lo llevaba a la sede del *Chicago Herald*. Encontró a Mary Ann atareada y muy enfadada, aunque tan guapa y elegante como siempre. Ella agitó un ejemplar del *Herald & Democrat*, un periódico de Fresno, en el estado de California.

—¡Estaba cantado que si cedíamos en Spokane se multiplicarían los imitadores de aquello! ¡Ahora también la ciudad de Fresno está invadida por desarrapados y vagabundos! Los encabeza el sucio individuo de siempre: Frank Little, secundado por Gurley Flynn, la Virgen de los Tugurios. Estoy escribiendo una columna de opinión incendiaria titulada «El alquitrán y las plumas». ¡Si no volvemos a los viejos y saludables métodos de otros tiempos, Norteamérica despertará siendo socialista el día menos pensado!

Bob no supo qué responder.

—Yo estuve en Spokane… —murmuró.

—Lo sé, me informó tu hijo.

—Y lo cierto es que allí eran muy numerosos, la situación era incontrolable.

—Tonterías. No hay situaciones incontrolables, lo que hay más bien son demasiados jueces bienintencionados. —Mary Ann se tranquilizó repentinamente tras decir eso—. Tú estuviste en contacto con muchos *wobblies*, ¿nunca oíste que discutieran sobre dinamita, asesinatos ni nada por el estilo?

—No, que yo recuerde. Es gente muy peculiar, de eso no hay duda. Hablan a menudo de sabotaje, de revolución y de la acción directa, pero no creo que tengan una especial inclinación hacia la violencia contra las personas. Contra las cosas posiblemente sí.

Mary Ann reaccionó con un visaje de fastidio.

—Estarás bromeando, supongo. Su líder, Vincent Saint John...

—No tienen un líder propiamente dicho, tienen muchos. Van alternándose en función de las circunstancias.

—Hace unos años Saint John mató a un hombre en el estado de Colorado, en Telluride, con un colt del calibre 45. ¿Estabas al corriente de eso?

—Sí, fue absuelto. Y eso ocurrió después de que salvara a varias decenas de mineros que habían quedado atrapados por un desprendimiento. —Bob no tenía el menor deseo de llevarle la contraria a su hermana, que era evidente que detestaba que la contradijeran, pero consideraba que con ella podía mostrarse sincero—. Se trató de un acto de legítima defensa. Yo mismo vi que ir armado por la calle es una práctica común en ciertas zonas del Oeste.

Mary Ann le lanzó una mirada aviesa.

—Ya veo que no tienes datos para enriquecer mi artículo.

—En la línea que tú quieres seguir, no, por ahora...

Mary Ann, ya menos agitada, le entregó un tique.

—Es para la ópera. Esta noche iré a ver *Roberto el diablo*, de Meyerbeer. Estaré con unos amigos, podrás acceder a nuestro palco. Ve bien vestido.

Bob cogió la entrada y la hizo girar entre los dedos.

—Escucha, Mary Ann, respecto a lo de la dinamita puedo investigarlo, si quieres.

Ella lo fulminó con la mirada.

—Ha sido un placer volver a verte, Robert. Tengo que regresar al trabajo. Nos vemos en la ópera.

Bob inició el camino de regreso a casa muy inseguro. Su morada, en la calle Augusta, se había convertido en un lugar infame, peor aún que en el pasado. Él estaba desperdiciando su vida, era consciente de ello. Ni siquiera cuando no bebía (estaba controlando ese vicio, por el momento) era capaz de ponerse al día con las tareas domésticas. Se acumulaban los platos sucios, el polvo, los cristales rotos en el suelo... Varios vecinos se habían quejado de la peste que emanaba su vivienda, un cuchitril entre edificios altos y lujosos. Paradójicamente, guardaba un buen recuerdo de los centros de detención de Spokane, porque allí al menos mantenía algún tipo de relación social, aunque se basara en el fingimiento.

En el tranvía eléctrico que lo llevaba de vuelta a casa vio que le sonreía desde el asiento delantero un individuo de bigote fino, barba incipiente y patillas espesas y canosas. El hombre le ofreció la mano.

—¿No me reconoces, Bob? No me extraña, han pasado tantos años... Soy Frank O'Hagan, el hermano de la pobre Elly, tu mujer.

Bob dudó antes de estrecharle la mano. Nunca lo hubiera reconocido, Frank había envejecido un montón. Aparte de la grisura de su cabello y de todo su pelo, tenía la tez arrugada, con profundos pliegues en la comisura de la boca. Sostenía en los labios un cigarrillo apagado, llevaba una gabardina raída y la gorra en la cabeza quizás servía para ocultar la calvicie.

—Me alegro de volver a verte, Frank —afirmó Bob, con nulo entusiasmo—. ¿Qué ha sido de ti en todo este tiempo? ¿Te casaste, tienes hijos?

—Nunca he tenido esposa, mi familia soy solo yo. He tenido muchos trabajos, cambio cada dos por tres. Es una larga historia... Oye, Bob, ¿qué te parece si vamos a tomar una cerveza, como en los viejos tiempos? Me quedan unos centavos en el bolsillo.

Bob hubiera ido a tomar una cerveza de buena gana, pero no en compañía de Frank. Además, esa noche tenía que ir a la ópera y le iba a llevar mucho tiempo encontrar ropa que estuviera en buen estado.

—Esta tarde no, Frankie. Mañana, si acaso.

—Mañana por la mañana tengo que salir para Fresno, California. Es un día entero de viaje. No sé cuándo volveré.

Bob dedujo que O'Hagan formaba parte de la cruzada de miserables que quería emular la experiencia de Spokane. Se percató en ese momento de que su cuñado llevaba en el ojal de su inmunda gabardina la insignia del hemisferio terráqueo coronado por tres estrellas y las siglas TIM. Era un *wobbly*, debió de haberlo deducido por su aspecto.

Se levantó para tratar de superar una repugnancia instintiva y le dijo:

—Bueno, te veré pronto, Frankie. Ya sabes dónde encontrarme.

—No, no lo sé.

Bob fingió que no lo había escuchado. Se despidió con un gesto y descendió del tranvía a pesar de que faltaban aún dos paradas para su manzana; daba igual, caminaría un poco.

Al llegar a casa reunió una chaqueta decente, una camisa que alguien había planchado meses antes, una corbata amarilla y unos pantalones marrones que desentonaban con todo lo demás, pero que al menos no estaban agujereados. Plantó en su cabeza una chistera ligeramente aplastada en un lateral y evitó mirar siquiera a la botella de güisqui.

Ya estaba cayendo la noche cuando paró un carruaje como alternativa al tranvía. Aún le quedaba parte del dinero que le había adelantado Charlie.

—¡Al auditorio! —gritó al cochero.

Encontró a Mary Ann en el vestíbulo. Vestía un traje elegante, muy escotado. Ella lo besó en las mejillas.

—Pero ¿cómo vienes con esos pantalones, puñetero? Son marrones y la raya no está en su sitio —comentó ella riendo, y sin darle tiempo a responder se giró hacia sus amigos—. Es mi hermano Bob. Una persona genuina, como se puede ver por su vestimenta. Es investigador, trabaja para la Agencia Burns. Está especializado en huelgas.

Hombres y mujeres le estrecharon la mano sin prestar atención a su indumentaria. Un personaje con pajarita y traje negros, sobriamente elegantes, lo saludó alzando su sombrero de copa, con lo que dejó al descubierto su cabello grisáceo, del mismo color que su bigote bien recortado y sus pobladas patillas. Fue el que mostró especial interés en Bob.

—Me llamo Frank Hoffstot, soy presidente de la Compañía de Automóviles de Acero Prensado. Es posible que necesite sus servicios, señor Coates. ¿Podríamos hablar entre acto y acto?

—Con mucho gusto.

El grupo se repartió, en la planta superior, entre dos palcos contiguos. Las mujeres tomaron asiento, los hombres se quedaron de pie. Hoffstot le pasó a Bob unos pequeños prismáticos y le dijo:

—Mire la balconada central. ¿Quién está al lado del alcalde de Chicago? Precisamente William J. Burns, su jefe.

Bob miró a través de los binoculares y se quedó sorprendido. Creía que Burns seguía en San Francisco, nunca lo encontraba en la sede. Y sin embargo allí estaba, junto a las máximas autoridades de la ciudad, sentado a la izquierda del alcalde y de la esposa de este, y con el jefe de la policía metropolitana al otro lado.

La orquesta empezó a tocar y al levantarse el telón entraron en escena los cantantes. La escenografía mostraba un Palermo supuestamente medieval, con los principales monumentos de la capital siciliana representados sumariamente en un espacio reducido, como si estuvieran apiñados. La música de Meyerbeer no sedujo a Bob, ni tampoco la interpretación del tenor, un desconocido cantante lírico estadounidense que encarnaba al personaje de Roberto, duque de Normandía. No era mucho más convincente la soprano que interpretaba el papel de Isabelle, princesa de Sicilia. Ambos debían de sentirse más cómodos con las óperas italianas que con las francesas. O tal vez era cosa de Bob, que estaba pensando en otra cosa.

Aprovechó el intervalo entre el primer y el segundo acto para bajar al *hall* a fumar un cigarrillo. Hoffstot se unió a él.

—Tenemos serios problemas en McKees Rocks, en Pensilvania, cerca de Pittsburgh. Allí se ubica una de mis acerías y nos vendría muy bien contar con un agente de confianza en la zona.

—No soy independiente, trabajo para la Agencia Burns —objetó Bob.

—Billy Burns es amigo mío, puedo convencerlo. ¿Qué me dice usted?

Bob pensó en su vida presente. ¿Qué podía perder? Pero para curarse en salud preguntó:

—¿Por qué yo, precisamente?

—Porque es usted hermano de Mary Ann. Ella nos es de gran ayuda, de muchos modos.

En ese momento empezó a sonar de nuevo la orquesta tras el telón de terciopelo. Bob depositó la colilla del pitillo, todavía incandescente, en un cenicero lleno de arena.

—Cuente conmigo.

24. Proletarios del mundo

McKees Rocks era un suburbio al sur de Pittsburgh, ciudad de la que lo separaba el río Ohio. A pesar de su ubicación en zona montañosa, tenía poco atractivo. La parte del poblado cercana al río, al sur de la línea férrea, estaba ocupada por la acería de la Compañía de Automóviles de Acero Prensado. Se trataba de un complejo gigantesco, dominado por decenas de chimeneas. Al norte se encontraban las viviendas de los obreros precarios: más de cinco mil hombres con mujeres y niños. Eran casas idénticas, todas ellas alineadas al oeste de la avenida de la Langosta; en realidad, sórdidos tugurios parecidos a los que Bob había visto en Homestead mucho tiempo antes.

La zona decente de McKees Rock se hallaba al norte de la estación, cerca del paseo del arroyo Chartiers, donde se apiñaban las iglesias de todas las confesiones cristianas (católicas, luteranas, episcopales, presbiterianas...), algunas de ellas construidas en pendientes. El pueblo se dividía en diferentes manzanas dispuestas en función de los altibajos del terreno. Se veía claramente, a lo lejos, el perfil azulado de las montañas de Allegheny, que daban nombre al condado.

Bob encontró alojamiento en un establecimiento sencillo pero limpio: el Hotel Butler, regentado por Samantha Butler, una viuda lozana, risueña y aficionada a los chistes verdes, pero capaz de comportarse de un modo intachable en presencia de los tres hijos varones que había tenido con su marido; dos de ellos eran pequeños y el mayor ya era casi un adolescente. Bob recurrió a ella para reunir información sobre la huelga la misma noche de su llegada.

Bajó al pequeño bar, abierto solo cuando estaba presente la patrona, y pidió una ginebra. Señaló las numerosas llaves que colgaban del panel que había tras la señora Butler y comentó:

—Parece ser que no hay muchos huéspedes. ¿Es debido a la huelga?

—¿A qué si no? Pero las cosas van mucho mejor desde que terminó. Están empezando a volver los viajeros.

—Ah, ¿ya ha acabado?

Bob estaba sorprendido. Nadie se lo había dicho, ni siquiera Hoffstot, el que lo había enviado allí.

—Sí, hace ya unos meses, aunque no sé si concluyó de la mejor forma posible. —Samantha Butler suspiró—. Los obreros vencieron y consiguieron todo lo que reclamaban, por culpa de un sindicato que se entrometió. Tiene un nombre complicado...

—¿Trabajadores Industriales del Mundo?

—Sí, ese. Yo pienso que deberían ilegalizarlo. Es un peligro público, reúne a miserables de toda clase.

—¿Conoce usted a un tal Frank Hoffstot?

—Claro que lo conozco. Lo detuvieron hace un par de semanas por fraude fiscal y otros chanchullos. Antes dirigía la acería que hay aquí de la Corporación del Acero de Estados Unidos, perteneciente a J. P. Morgan. Ellos son los propietarios de la Compañía de Automóviles de Acero Prensado, que creó este pueblo y que de hecho lo gobierna.

Bob echó una ojeada a la sala de estar del hotel, totalmente vacía.

—¿Qué me dice si la invito a una ginebra o un *bourbon*, señora Butler? —preguntó mientras ponía en la mesa varios billetes—. Nos sentamos en el sofá y me cuenta con calma lo que ha sucedido aquí.

—¡Encantada! —exclamó la viuda con entusiasmo. Era evidente que no tenía ocasión de tratar con muchos clientes, sobre todo hombres. Se sirvió una cantidad generosa de licor y siguió a Bob hasta el pequeño salón. A pesar de que había dónde escoger, se sentó precisamente en el sofá—. ¿En serio no sabe qué ha ocurrido en McKees Rocks? La prensa de todo el país ha hablado de ello.

—Algo he leído.

—Bien, le haré un resumen. En cierta manera, yo entiendo a los obreros. Los menos cualificados tenían que pagar a los reclutadores para ser contratados. Debían pagar incluso por las viviendas de mala muerte en las que se alojan. Y aunque la ley lo prohíbe, los obligaban también a abastecerse en las tiendas de la empresa. En definitiva, los estrujaban hasta la última gota, cosa que a mí siempre me ha parecido deplorable.

—¿Hasta que...?

—Hasta que hace tres años, a raíz de la crisis de 1907, Hoffstot recortó los salarios a casi una tercera parte. Se supone que iba a ser una medida temporal, pero acabó siendo definitiva. Los trabajadores estaban divididos en cincuenta y dos cuadrillas y a cada una de ellas le pagaban de forma diferente. Los que cobraban tres dólares diarios empezaron a percibir solamente uno. Pero el problema fundamental eran las casas propiedad de la empresa.

—¿A qué se refiere?

—El precio de los alquileres, en lugar de bajar en proporción a la caída de salarios, se mantuvo o incluso aumentó. Hasta un párroco católico puso el grito en el cielo, nunca mejor dicho. La compañía empezó a desalojar de las viviendas a todos los que secundaron la huelga, con el pleno consentimiento de la magistratura y del municipio.

Bob se percató de que Samantha Butler se iba aproximando a él poco a poco y había posado un antebrazo en el respaldo del sofá, a la altura de sus hombros. Estaba un poco rellenita, pero era atractiva y tentadora, no tenía una cara fea, con sus virtudes y sus defectos.

Antes de concentrarse en eso quería conseguir más información, conque preguntó:

—¿Eso cuándo ocurrió?

—En julio de 1909. Le repito que, en mi opinión, a los obreros no les faltaba razón. Lo malo vino después, cuando la empresa empezó a contratar preferentemente a empleados de las más diversas nacionalidades, que en muchos casos acababan de bajar del barco que los traía a América. Extranjeros de una quincena de orígenes distintos, desde rusos a polacos pasando por húngaros o alemanes, además de una gran cantidad de negros. Hoffstot pensaba que así tendría trabajadores dóciles, pero se equivocaba. No solo la ciudad se convirtió en una pocilga con olor a sopas exóticas, sino que también comenzó una huelga que parecía que no tendría fin.

—¿Convocada por quién? —preguntó Bob, más interesado en la historia que en la mujer.

—Por un comité secreto del que se conocía únicamente el nombre de su portavoz, un tal Wise. Hoffstot se negó a iniciar cualquier posible negociación, contrató esquiroles y pidió la intervención de la policía, a la que hicieron frente las mujeres a golpes de utensilios de cocina: rodillos, cucharones, sartenes… Sus maridos bloquearon el tráfico ferroviario y recibieron a tiros a las barcazas que remontaban el río Ohio con los esquiroles.

—¿Las fuerzas del orden no reaccionaron?

La viuda Butler empezaba a cansarse de la historia, el alcohol la incitaba a hacer algo distinto.

—Oh, sí, sobre todo después de que un ayudante del *sheriff*, Harry Exler, increpara a los manifestantes, que respondieron dejándolo tieso de un disparo de revólver. Pocos días después los guardias abrieron fuego indiscriminadamente contra la multitud y mataron a once huelguistas y a una mujer… Qué raro que usted no esté al tanto, hablaron de ello todos los periódicos de Estados Unidos.

—En esa época yo estaba viajando de un lado a otro por motivos de trabajo —aseguró Bob, sin dar detalles—. Me imagino que la huelga terminaría el mismo día del tiroteo.

—Ojalá hubiera sido así. Es lo que esperábamos todos nosotros, los ciudadanos respetables. Pero entraron en juego los TIM, esos maleantes. Uno apellidado Trautmann habló ante casi ocho mil personas y a partir de entonces los mítines fueron continuos. Los subversivos se expresaban en español, en ruso, en francés, en italiano, en húngaro… Convencieron a todos para que se mantuvieran firmes, recaudaron fondos en muchas ciudades y convocaron huelgas de solidaridad con su lucha. Y la cosa acabó como acabó.

—¿Cómo?

—La empresa tuvo que negociar, prácticamente se bajó los pantalones. Los salarios volvieron al nivel de 1907, los obreros ya no tuvieron que pagar para ser contratados, los que habían perdido la vivienda la recuperaron y dejó de ser obligatorio comprar en las tiendas de la empresa. Además, tras un tira y afloja, la Unión de Constructores de Automóviles, una rama de los TIM, fue habilitada para negociar en nombre de todo el personal.

—Una rendición vergonzosa —comentó Bob.

—Sí, aunque yo tengo sentimientos encontrados. Los obreros tenían razón en lo fundamental, solo tratan de sobrevivir, pobres desdichados… Pero yo debo pensar en mi hotel. Si hay huelga y se para la producción me quedo sin huéspedes, salvo los pocos que vienen porque les interesa el paisaje, aunque en invierno no es gran cosa, la verdad.

Samantha Butler posó el vaso y empezó a frotarse contra Bob. Él advirtió la suavidad de los pechos, pero también un aliento fétido, nauseabundo. Enderezó la espalda.

—Me temo que me han enviado al lugar equivocado —dijo, más para sí mismo que para ella—. Aquí no hay ninguna jodida huelga.

—Esa la puede encontrar en Hammond, Indiana. Allí hay otra planta siderúrgica de la Corporación del Acero de Estados Unidos y tienen los mismos problemas que hemos tenido nosotros.

Samantha comenzó a desvestirse. Al abrir el corpiño dejó al descubierto unos enormes senos llenos de pústulas y de eccemas. Bob no sabía cómo escapar y optó por una solución radical: vertió todo su vaso de ginebra, casi lleno, entre los dientes de la viuda Butler, que escupió, tosió y poco faltó para que vomitara. La mujer dijo:

—¡Está bueno! —Bob rellenó el vaso, ella cerró la boca y él le apretó las fosas nasales para obligarla a abrirla y verter hasta la última gota—. ¡Quema!

A la viuda le entró el hipo y esta vez vomitó de verdad. Se quedó dormida al instante, inclinada sobre su falda manchada. Bob la dejó en esa posición grotesca diciendo:

—Eso le pasa por ser una mujer fácil.

Subió a su habitación, se desvistió y se metió bajo las gruesas mantas. A la mañana siguiente bajó las escaleras y se encontró en la recepción con una muchacha de no más de trece años, con trenzas y pecas.

—Dejo el hotel. ¿Cuánto es?

—Ahora le preparo la cuenta, deme un minuto —respondió la jovenzuela—. Se llama usted Robert Coates, ¿verdad?

—Sí. ¿Cómo es que no está Samantha Butler?

—Mi madre ha tenido que ser hospitalizada. Le dio un síncope o algo parecido. —La voz de la muchacha se quebró de dolor—. Tiene el corazón débil, ya sufrió tres infartos. Espero que resista, pero no hay muchas esperanzas.

Bob, fingiendo empatía, dijo:

—Rezaré para que lo supere. Adiós.

—Espere un momento, señor Coates. Ha llegado un telegrama para usted.

—¿Para mí? ¿Estás segura?

—Trae escrito «Robert Coates. Hotel Butler. McKees Rocks, Pensilvania».

Bob desdobló el papel y lo leyó: «Abandona McKees Rocks. Dirígete Hammond. Lake County. Hotel Indiana. Batalla ahora allí. Burns».

—Podrían haberlo pensado antes —dijo entre dientes.

Pagó la cuenta y salió del hotel. No se sentía demasiado descontento, Hammond era en la práctica un suburbio industrial de Chicago, de modo que estaría más cerca de casa. No le importaba en absoluto la suerte que corriera la viuda Butler. Pensó que si sobrevivía tal vez aprendería a comportarse con más decencia.

Al llegar a Chicago tomó un pequeño tren que lo llevó a su destino en menos de tres cuartos de hora. Allí se encontró con un panorama similar, a pequeña escala y en llano, al de McKees Rocks. Se divisaban hileras de casitas populares de una sola planta, en muchos casos con ropa tendida en la parte trasera y un tropel de niños en la calle, y zonas más acomodadas, alejadas de la pequeña estación e inmersas en la vegetación. No obstante, dominaban todo el entorno las chimeneas de un enorme complejo industrial.

Nada más poner pie en el andén, junto a los otros escasos pasajeros, Bob se vio prácticamente rodeado de chillones harapientos de entre seis y nueve años de edad. La mayoría de ellos vendían el *Lake County Times*, el diario local, que llevaba en su portada la fecha del día: 24 de enero de 1910. Uno de los vendedores, en cambio, ofrecía *Solidarity*, una revistilla ilustrada con numerosas imágenes que Bob no había visto antes. Compró ambas publicaciones, picado por la curiosidad en el caso de la segunda, y le preguntó al jovencísimo vendedor:

—¿Sabes dónde está el Hotel Indiana?

El crío pronunció unas cuantas palabras en un idioma desconocido, sonrió y se fue corriendo a asediar a otro pasajero con el enjambre de competidores.

Bob se dirigió al edificio de la estación, extrañado por el creciente griterío proveniente del exterior, que se vio superado por el estruendo de la llegada de una locomotora, anunciada por una serie de silbidos. No se trataba de un pequeño tren, sino de un convoy muy largo que se aproximaba a mucha velocidad y que consiguió frenar entre chillidos ensordecedores. Tan pronto como se detuvo apareció una horda de policías, unos con porras y otros armados con rifles. Los agentes tomaron posiciones a ambos lados de los vagones, ocupados por una masa de pobres diablos que posiblemente no eran muy conscientes de dónde estaban.

A Bob lo agarraron por el cuello y lo estamparon contra el lateral de un vagón. Un suboficial, un sargento quizás, le arrancó de la mano el ejemplar de *Solidarity* y lo lanzó lejos. Le dio la vuelta a Bob y levantó la porra sobre su cabeza.

—Anarquista, ¿sabes que te voy a romper la crisma?

—¡No, soy de los suyos! —exclamó Bob, agitado—. ¡Agencia Burns! ¡Tengo el carné en el bolsillo!

El sargento parecía decepcionado. Bajó el arma, un garrote de madera maciza. Se apropió de la credencial y la miró por las dos caras.

—Parece auténtico —reconoció, y finalmente soltó a Bob—. Échanos una mano para hacer que bajen los esquiroles. Están cagados de miedo, no tienen ni idea de por qué están aquí. No te separes de los nuestros y mantente firme, tendremos problemas si esos de fuera consiguen que nos dispersemos. ¿Llevas pistola?

—Sí, en la bolsa.

—Sácala y utilízala sin contemplaciones contra los atacantes. ¡Hoy se decidirá todo, maldita sea!

El suboficial se alejó a toda prisa. Bob cogió su equipaje, que había dejado en el andén, y hurgó dentro en busca de su revólver. En ese momento se oyó un estrépito de chatarra: la puerta de la estación había cedido ante el empuje de los manifestantes, la habían derribado. Irrumpieron cientos de mujeres armadas con escobas, cucharones y horquetas, golpeando las sartenes y las ollas con absurdos ritmos de guerra. Una de ellas, vestida de blanco y con un sombrerito decorado con flores, llevaba una bandera de las barras y estrellas.

Los hombres iban detrás. Algunos empuñaban rifles Winchester y escopetas de caza, muchos otros blandían palos, barras de plomo o bates de béisbol. La mayoría llevaban las manos desnudas, pero no por eso se mostraban menos amenazantes.

Los pocos esquiroles que habían descendido del tren volvieron a subir y les rogaron a los maquinistas que retomaran la marcha. Los agentes se desbandaron, sus líneas, hasta entonces bien ordenadas, se descompusieron en segmentos. Un policía abrió fuego e hirió a una mujer, que cayó al suelo. Eso no puso freno a la masa enfurecida; al contrario, la enardeció. Bob vio a una anciana madre de familia mordiéndole la muñeca al agente que la estaba aporreando. Le clavó los dientes hasta el fondo y este gritó de dolor antes de lograr liberarse. Otras mujeres herían a los hombres del orden a mordiscos o a sartenazos. La locomotora silbó nuevamente y emprendió la marcha mientras algunos proyectiles de rifles rebotaban en la carrocería de los vagones.

Bob, que se había mantenido pasivo debido a la velocidad de los acontecimientos, notó que lo agarraban por el cuello por segunda vez. En esta ocasión se trataba de un huelguista con camisa negra y pañuelo rojo, una mole humana, recio y barbudo, capaz de expresarse únicamente en un inglés degenerado y precario.

—Eres nuestro, esquirol. Yo rompo tu cabeza.

Bob, aparte de la pistola, había tenido la feliz idea de sacar de la bolsa el carné de los TIM. Se lo mostró y dijo:

—Soy de los vuestros.

El otro dejó de apretar su garganta inmediatamente.

—Perdón, compañero. Yo no sabía. Bienvenido a Hammond.

La batalla, apenas iniciada, ya había terminado. En sus prisas por huir los policías abandonaban todo lo que pesaba, desde las armas de fuego a las porras. Una mujer alentó a sus compañeras en ruso, otra lo hizo en italiano. Bob, obviamente, no entendió ni una palabra, pero comprendió la exclamación final, que también hicieron suya los hombres. Esa al menos era en inglés y él ya la conocía sobradamente.

—¡Un gran sindicato!

—¡Un gran sindicato! —fue el grito colectivo.

Había vuelto la aparente calma. Bob aprovechó para abrirse paso entre el gentío, que estaba socorriendo a la mujer herida por el disparo de revólver, y salir de la estación. No había ningún vehículo aparcado que pudiera llevarlo al Hotel Indiana. También parecía un campo de batalla la pequeña explanada, invadida por octavillas, trozos de madera y piedras.

Vio un cartel fijado en una columna que animaba, en seis idiomas diferentes, a unirse a la sección 301 de la Unión de Constructores de Automóviles. Llevaba el símbolo de los TIM: el hemisferio, las tres letras y las estrellas.

No le resultó fácil llegar al hotel. Un par de transeúntes que iban con prisa no le prestaron atención. Finalmente, un viejo que caminaba ayudado por un bastón le indicó con la punta del mismo la dirección que debía seguir, y a continuación el anciano se alejó también, como si estuviera asustado.

Bob caminó un buen trecho hasta llegar a lo que parecía el centro de la pequeña ciudad, con enormes edificios de ladrillo rojo, soportales y calles pavimentadas. Había algunos carruajes y pocos automóviles. No nevaba, pero debía de haber dejado de hacerlo hacía poco. Las aceras estaban resbaladizas y húmedas, y el sol lucía muy débilmente. El Hotel Indiana era una de las construcciones más grandes y pretenciosas. Por suerte, no tenía una propietaria ninfómana, sino porteros, botones y camareros. El restaurante iniciaba su servicio justo en ese momento. Reinaba un calor confortante, indispensable para la supervivencia de los helechos y de las plantas crasas que allí había.

Bob se estaba registrando en la recepción cuando se le acercó un hombre con chistera y gabán negro.

—¿El señor Coates?

—Yo soy.

—Le esperaba.

—Me parece que ya nos hemos visto antes.

—Estaba en el palco de su hermana, en el Auditorio de Chicago, durante la representación de *Roberto el diablo*. En aquella ocasión no fuimos presentados, ni tuvimos oportunidad de hablar.

—¿Su nombre?

—Horace B. Douglas. —El personaje se quitó el sombrero de copa y le ofreció la mano—. Soy el director general de la Compañía de Automóviles de Acero Estándar, una filial de la Corporación del Acero de Estados Unidos. Contaba con usted, he reservado mesa para dos. Puede subir a su habitación a cambiarse, almorzaremos juntos.

Bob, en realidad, no tenía ropa de recambio, de modo que bajó con la misma indumentaria, menos el sombrero. Douglas ya estaba en la mesa, tras un inútil jarrón de cristal con flores variadas.

—El señor Burns me anunció su llegada —comenzó diciendo el directivo—. Sé que ha hecho que se sumerja usted en la realidad de McKees Rocks para que sea consciente de lo que pasa cuando no se pone freno a la canallesca.

Bob no consideraba que su viaje a Pensilvania fuera una sumersión, sino más bien una misión fallida, dado que se la habían encomendado con retraso respecto al devenir de los acontecimientos. Ahora sabía que ese contratiempo había sido intencionado: Burns quería que viera con sus propios ojos una situación que no debía repetirse. Tuvo la sospecha de que había sido instrumentalizado, pero no se lo tomó a mal, porque era su trabajo. Burns sabía lo que hacía y si había decidido actuar así él debía aceptarlo. Era posible que su jefe estuviera evaluando su grado de fidelidad para decidir si lo ascendía o no a detective.

—Yo tomaré un bistec poco hecho, con guarnición de patatas. Sin entremeses —le dijo Douglas al camarero—. Y traiga una botella de Médoc. ¿Usted qué dice, Bob?

—Lo mismo para mí.

Douglas le devolvió la carta al camarero, que se alejó. Seguidamente encendió un cigarrillo Lorillard y se mostró pensativo.

—Aquí las cosas están muy mal, Bob. Peor que en Pensilvania. No se trata de una simple huelga, sino de una especie de revolución socialista. Yo tengo mil quinientos obreros, que hablan veinte idiomas distintos. La producción está paralizada, las calderas llevan un mes apagadas. Antes podía tratar con la Federación Estadounidense del Trabajo, la FET sabía que yo no me avengo a dialogar con colectivos. Solo acepto negociar con personas a nivel individual, de uno en uno; en tal caso sí es posible hablar. Pero después los TIM cayeron masivamente sobre McKees Rocks como un enjambre de moscardones. Tipos con pinta de presidiarios, demagogos natos… Y tras el mitin de un tal Trautmann la huelga se generalizó.

—¿Cómo reaccionó usted? —preguntó Bob mientras cortaba el filete.

—Pedí ayuda a las autoridades, contraté esquiroles e hice que se publicaran artículos incendiarios en el *Lake County Times*. También ordené el desalojo de todos los obreros que ocupaban casas que son propiedad de la empresa, empezando por los afiliados de los TIM.

—No sirvió de mucho, por lo que vi.

—No —reconoció Douglas, que tras probar la carne apartó el plato. Estaba tan irritado que había perdido el apetito. Eso sí, apuró la copa de vino francés y se sirvió otra—. El único logro fue convencer al mediador del estado de Indiana en materia de relaciones laborales, Harry Slough, para que se posicionara contra los alborotadores. Les dijo que si abandonaban los TIM y se adherían a la FET habría vías para el diálogo, y en cierto sentido era cierto.

—¿Cuántos de ellos desistieron?

—Lamentablemente ninguno. —Douglas soltó un suspiro—. Al contrario, un buen número de electricistas y mecánicos abandonaron la FET para hacerse *wobblies*. Es como si un artesano abandona su taller para unirse al mendigo que está pidiendo limosna a la entrada de su negocio.

Mientras Douglas ayunaba, Bob se daba un atracón. La carne estaba buenísima y el vino era excelente. Hacía tiempo que no disfrutaba de una comida tan refinada. Tragó el bocado que tenía en la boca y preguntó:

—¿Qué tengo que hacer? ¿Qué espera usted de mí?

—Infíltrese entre ellos. Descubra sus puntos débiles, si tienen alguno, y hágamelo saber. Le daré el número de teléfono de mi despacho… ¡Camarero, tráigame lápiz y papel!

A Bob no le costó ser aceptado por la sección 301 y por los huelguistas al cabo de pocos días. Eran gentes miserables llegadas desde todos los rincones de Europa o desde las costas de Asia, aunque también había infinidad de negros. Las asambleas parecían una Torre de Babel y el dirigente local, John Herman, sudaba la gota gorda para hacerse entender.

Bob solamente mantuvo una breve conversación con el secretario de la 301.

—Mecánico, ¿eh? —comentó Herman—. No son muchos los mecánicos afiliados a nuestro sindicato. Mira ese cartel que estamos pegando por todas partes. Haz lo posible por ir, es el día 31. Verás algo que nadie ha visto nunca antes.

La noche señalada, mientras nevaba copiosamente sobre Hammond, Bob se dirigió al teatro en el que estaba programado el acto. Le costó entrar debido a la muchedumbre que estaba haciendo cola, y que era aún mayor en el interior. Se dieron cita allí los mil quinientos huelguistas y muchos habían llevado también a sus familias. Las luces estaban apagadas, la única iluminación procedía de una vela dentro de una botella en el escenario. Herman estaba allí plantado, junto a un gran crucifijo de marfil.

Los obreros comenzaron a desfilar uno a uno. Tras subir al escenario besaban el crucifijo y se arrodillaban para repetir la fórmula que el secretario de la sección 301 les susurraba. Cada cual lo hacía en su lengua: una veintena de idiomas.

—Juro que nunca seré un esquirol y que no me reincorporaré al trabajo si la empresa no acepta nuestras demandas.

La ceremonia duró un par de horas. A la mañana siguiente Bob telefoneó a Douglas desde el hotel. Cuando lo tuvo al otro lado de la línea le comunicó:

—Me había ordenado que descubriera cuál es el talón de Aquiles de los huelguistas. Ya se lo puedo decir.

—Le escucho.

—Ninguno. Absolutamente ninguno.

—¿Qué me aconseja que haga? —preguntó Douglas con voz insegura.

—Que ceda.

—¿Qué ha dicho?

—Que ceda —repitió Bob taxativamente—. No tiene usted otra salida.

Colgó el teléfono y subió a preparar el equipaje para irse.

25. La rosa marchita

Bob estaba convencido de que el infausto desenlace de la misión en Hammond haría que perdiera el trabajo o le supondría serios problemas. Al regresar a Chicago volvió a beber, a desatender la casa y a abandonarse. El invierno ya de por sí era gélido y no parecía que hubiera en perspectiva novedades que pudieran darle calor. De modo que se quedó asombrado cuando, apenas una semana después de su vuelta, recibió por medio de un mensajero un cheque con un cuantioso importe. Iba acompañado por una invitación de Elmer Gallagher para que fuera a verlo lo antes posible.

Bob se tomó un día entero antes de ir a su encuentro. Se compró algo de ropa decente, esta vez de colores conjuntados. Adquirió también un sombrero de fieltro y una buena corbata, además de ropa interior más digna que la que llevaba. Se dio una ducha en unos baños públicos, tras varios meses descuidando por completo su higiene personal. La bañera que tenía en casa estaba roñosa, el grifo funcionaba de forma intermitente, las tuberías tosían como perros moribundos abandonados a la intemperie.

El resto del tiempo lo dedicó a la lectura. El semanario *Solidarity* se podía encontrar en casi todas las esquinas del centro de la ciudad. La revista era de apariencia modesta, pero sus contenidos resultaban amenos. En cada página había viñetas, historietas, poesías y canciones. Bob se enteró a través de ella del éxito de la Campaña por la Libertad de Expresión en Fresno; al igual que en Spokane, el exceso de detenidos había obligado a las autoridades locales a claudicar y a restituir la libertad de palabra.

Más satisfactorias desde su punto de vista eran las noticias de San Diego, en California, donde la lucha seguía en curso. Varios centenares de *wobblies* que viajaban en vagones de mercancías fueron interceptados por una legión de guardias armados antes de llegar a la estación. El alcalde, aleccionado por ejemplos precedentes, había armado a los ciudadanos de bien. Los sindicalistas fueron molidos a palos y encerrados en un cercado para vacas sin comida ni agua. Durante toda una noche los vigilantes fueron escogiendo víctimas entre ellos para arrastrarlas fuera del recinto, apalearlas con saña y devolverlas luego empapadas en la orina de los esbirros.

Peor aún le fue a la anarquista Emma Goldman y a su compañero Ben Reitman, un médico casi legendario, puesto que atendía gratuitamente a los *hobos*, de los que conocía al detalle su lenguaje y sus hábitos. Mientras una turba enardecida amenazaba con violar a su compañera, a él lo secuestraron y lo torturaron en una zona desértica, provocándole cortes y quemaduras. Finalmente le introdujeron un palo en el ano y lo dejaron libre, tambaleándose y chorreando sangre, con un abrigo como única vestimenta; no querían, los pudorosos vigilantes, que alguna mujer se escandalizara al verlo desnudo.

Bob disfrutó leyendo esa crónica. Les estaban pagando a los subversivos con su misma moneda. ¿Que hacían un llamamiento a la acción directa, al sabotaje y a la huelga general? Pues con un palo clavado en el culo entenderían mejor quién mandaba en el mundo. Lástima que aún no le hubiera ocurrido eso mismo a Frank Little, el personaje recurrente de esas noticias. Él lo recordaba como un hombre poderoso y exaltado. Al igual que a William Haywood y a otro dirigente, Charles Lambert, le faltaba un ojo. Si a eso se añadía la mano paralizada de Saint John, el comité ejecutivo de los TIM parecía un hospital. Lo ideal para dirigir el sindicato de los tullidos, de los vagos y de los marginales.

Bob, antes de ir a la agencia, hizo una visita a la iglesia congregacionalista para ver si en esos meses de ausencia había cambiado el pastor. En efecto, había otro. Se encontró con un joven esmirriado de gafas y nariz larga. De entrada, lo tomó por un sacristán, después le pareció un cura católico. No, gracias: ese tipo de clérigo no encajaba con él. Lo saludó desde lejos y se fue.

Chicago estaba creciendo a un ritmo vertiginoso. El tráfico automovilístico ya invadía las calzadas y el tránsito de carruajes se hacía cada vez más dificultoso. Los edificios seguían ganando altura entre la florescencia del acero y el cemento. Bob trató de observar desde el tranvía a los hombrecillos, medio albañiles y medio acróbatas, que se movían allá en lo alto. Sabía que de vez en cuando caía alguno del andamio, pero eso formaba parte de los riesgos del oficio y rara vez se publicaba el suceso en los periódicos. A fin de cuentas, eran mayoritariamente albañiles italianos.

Gallagher lo recibió con una cordialidad que, en comparación con la frialdad del encuentro anterior, parecía denotar una verdadera amistad.

—¡Bob, me alegro de volver a verte! ¡Has hecho un magnífico trabajo, tanto en McKees Rocks como en Hammond!

Bob se quedó muy sorprendido y no pudo evitar decir:

—En McKees Rock solo pernocté.

—Pero nos enviaste un informe lleno de valiosos detalles.

—Y en Hammond le aconsejé al señor Douglas que claudicara…

—Es lo mismo que sugirió el gran jefe Burns al conocer la situación —aseguró Gallagher dando muestras de entusiasmo—. Como compensación hemos vencido en New Castle, Pensilvania, y estamos ganando en San Diego en toda la línea. El presidente William Taft está satisfecho con nuestra labor. Las derrotas sufridas le confirmaron que los *wobblies* son la amenaza más seria a la que se enfrenta Estados Unidos y las victorias le allanan el camino hacia la reelección. Ambas circunstancias hacen que aumente la influencia de la Agencia Burns, que ha hecho de los TIM el enemigo número uno.

A Bob le costó entender ese razonamiento, a pesar de lo cual, dado el regocijo de su superior, no podía hacer otra cosa que compartirlo.

—Bien, muy bien —susurró instintivamente.

—¡Tengo una sorpresa para ti! Digamos que también es un premio…

Gallagher se puso a rebuscar en los cajones de su escritorio. Bob llegó a pensar que iba a sacar su nombramiento como detective, pero lo que el jefe puso en sus manos fue la fotografía, muy desenfocada, de una mujer.

—¿La reconoces, Coates? —preguntó con una sonrisa—. ¡No me digas que no! ¡Has estado buscándola durante años!

La imagen era nebulosa y más bien amarillenta, pero a Bob le llevó solo un momento descubrir quién era la mujer alta y delgada con sombrero estampado, retratada en el centro de un grupo de obreras.

—¡Rosy! —exclamó con emoción.

—Exacto, Rosy O'Donnell —confirmó Elmer Gallagher—. Tú pensabas que habíamos dejado de lado la búsqueda y, en cambio, estábamos investigando para ti. Hemos descubierto que tu amiga vive en Lawrence, en el estado de Massachusetts, donde trabaja como obrera textil. Está casada y tiene dos hijos pequeños. Y es una activa sindicalista.

—Eso me lo había dicho mi hijo —comentó Bob—. Debo ir allí, a Lawrence.

Gallagher le arrancó la foto de los dedos y la devolvió al cajón.

—Irás cuando nosotros te digamos. No te preocupes, en Lawrence se están gestando acontecimientos que harán que desembarquemos allí con fuerza, pero hasta entonces estás llamado a desempeñar otras tareas. ¿Te ves capacitado para seguir las órdenes de la agencia? Nos lo debes todo a nosotros, desde los generosos cheques que recibes puntualmente hasta la localización de tu mujer. La Burns exige lealtad absoluta a sus agentes. Esto no es solo una sociedad de investigación, es una causa que requiere devoción.

—Cumpliré las órdenes —susurró Bob a regañadientes.

—Bien. Ahora regresa a casa y no vuelvas aquí a menos que te citemos. Recibirás instrucciones nuestras a domicilio a través de mensajeros.

—De acuerdo.

Bob se disponía a irse cuando Elmer lo retuvo con un gesto.

—No he terminado. Lee regularmente *Solidarity* y el *Industrial Worker* de Spokane. El primero lo puedes encontrar en cualquier sitio, al segundo deberás suscribirte; no te preocupes, te lo pagamos nosotros. Y espero informes detallados sobre lo que lees y sobre con quién te reúnes.

—Sí —se limitó a decir Bob, que se sentía cansado.

Los días siguientes se caracterizaron por ese mismo cansancio, de origen inexplicable. Él lo atribuyó al fragor creciente de la ciudad, que atravesaba las ventanas cerradas y se colaba por los rincones más protegidos. Aunque tal vez era que leer la novela de Frank Norris *El pozo* —de obligada lectura entre los *wobblies*— lo estaba sugestionando. El escritor, que había muerto demasiado joven, en 1902, describía Chicago como el corazón palpitante de Norteamérica y, por ello, bastante semejante al infierno: una maraña de palancas y poleas, de transportes y vías, de barcazas cargadas de mercancías y de chimeneas humeantes que poco a poco se estaba apoderando del país, empujando la civilización industrial hacia fronteras cada vez más lejanas.

Había mucho de exagerado en esa descripción (Nueva York habría merecido una parecida), pero también algo de verdad: el constante ruido de fondo, por ejemplo, o el humo pestilente que en ocasiones atenazaba la garganta. Bob tenía dificultades para dormir en ese ambiente. Añoraba la tranquilidad nevada de McKees Rocks, prescindiendo del hotel y de su patrona cardiópata. A saber si habría sobrevivido…

El verdadero motivo de su inquietud y de su insomnio era otro, y de cuando en cuando se lo confesaba a sí mismo. Rosy, objetivamente, ya no le importaba lo más mínimo, pero la foto había hecho que volvieran a su mente sus facciones, que daba por muertas. Y no se resignaba a la idea de que alguien que había sido suya hubiera conquistado su independencia y hubiera establecido un vínculo con otro. Eso le resultaba intolerable. No tenía la menor intención de retomar la relación con ella, anhelaba únicamente infligirle un castigo ejemplar antes de borrarla de su vida de una vez por todas.

Reflexionaba sobre esto sin saber que su viaje a Lawrence se demoraría tanto. Ya casi era primavera cuando fue a verlo su hijo Charlie —mejor dicho, Gaston B. Means—. La visita se produjo en un momento oportuno, porque si bien todavía exhalaba vapores del alcohol de la noche anterior —beber era ya el único modo que tenía de conciliar el sueño—, la casa estaba mínimamente limpia. En las horas previas, como si hubiera tenido un presentimiento, se había deshecho de un montón de basura.

Gaston se mostró tan poco cordial como en su anterior encuentro, pero al menos no estuvo hostil.

—¿Recibes tu asignación económica con regularidad, papá? —le preguntó antes de tomar asiento en el sofá.

—Sí, no tengo queja. La complemento con algún que otro trabajillo como mecánico.

Esto último era falso, tenía sus motivos para decirlo: no quería parecer un redomado parásito.

—¿Estás yendo a las reuniones de los TIM?

—Cuando las hay.

Otra mentira, al menos en parte. Bob solo se había dejado ver en la calle Madison Oeste un par de veces. Redactaba sus informes semanales para la Burns tomando como fuente informativa los artículos de *Solidarity*, y los remitía a la agencia por medio de un recadero.

—Ya te habrás dado cuenta de que los *wobblies* no se llevan muy bien a nivel interno.

Bob estaba bien informado sobre eso gracias a su cuidadosa lectura de la prensa.

—Un tipo llamado William Z. Foster, que estuvo detenido conmigo en Spokane, anda de gira por Europa y allí ha conocido a sindicalistas franceses de tendencias revolucionarias que operan en el seno de organizaciones ya existentes, sin crear otras nuevas. Propone hacer lo mismo desde la Federación Estadounidense del Trabajo. «Debemos socavarla desde dentro», asegura.

—¿Y tú qué opinas?

Bob se puso nervioso.

—¿Yo? ¿Qué tengo que ver yo con eso?

—Te relacionas con los *wobblies*, supongo que te habrás hecho una idea.

¿Podría tratarse de una pregunta trampa? Bob trató de recordar el debate que había seguido a través de *Solidarity* y se aventuró a asegurar:

—Las ideas de Foster son muy minoritarias. Y los TIM se nutren de inmigrantes, parados, trabajadores precarios, diferentes grupos étnicos..., gente a la que la FET no quiere ver ni en pintura, incluso su facción socialista rechaza a los inmigrantes y a los marginados. En América nadie sería capaz de socavar desde dentro los sindicatos que representan a la mano de obra especializada.

Charlie asintió antes de cambiar de tema bruscamente.

—He sabido por Gallagher que han localizado a Rosy O'Donnell..., mi madrastra, por decirlo así.

—Es cierto. He pedido que me envíen en una misión a Lawrence, vive allí.

—Irás, papá, allí la situación está madurando. Pero antes deberás ocuparte en serio de los *wobblies* locales. Todos leemos *Solidarity*, seguimos las informaciones de la prensa. Es ingenuo por tu parte que nos bombardees con informes que reproducen los artículos de prensa, a veces copiados literalmente. Debe de ser que nos tomas por idiotas.

—¡No, no!

—Pues entonces mueve el culo y empieza a ir a las reuniones. Entre resaca y resaca te quedará aún algún atisbo de lucidez, ¿o no? Y deja de fingir que trabajas como mecánico, ni siquiera podrías sostener en la mano unos alicates. Ejercerás ese oficio cuando te lo pidamos nosotros. Trabajas en una agencia de investigación, ¿cómo puedes pensar que no sabemos lo que hacen nuestros empleados en el día a día?

Bob se quedó conmocionado. Acompañó a su hijo hasta la puerta con paso ligeramente vacilante.

—¿Nos volveremos a ver? —preguntó.

—No será pronto.

—¿Y lo de Rosy?

—Espera noticias e instrucciones.

En las horas siguientes Bob se limitó a beber cuatro cervezas, sin tocar la bebida de alta graduación. Durmió cerca de una hora en el sofá y de noche se dirigió a pie al cuartel general de los TIM. Hacía mucho frío, parecía que iba a nevar de nuevo. La primavera estaba a las puertas, y aun así cada bocanada de aire era tan gélida que paradójicamente hacía que le ardiera la garganta. Tenía una bufanda, pero no sabía dónde había ido a parar. Tras los cristales de las ventanas, en los descomunales edificios o en los sórdidos sótanos, llameaban las estufas de leña.

En la sede de los *wobblies* hacía calor, aunque eso se debía en parte al hacinamiento de gente. Bob no vio a ningún militante conocido. La propia *Solidarity* admitía que los cuadros sindicales cambiaban cada dos por tres, porque estaban a expensas de las ofertas de trabajo temporal que les surgían en un sitio o en otro. Los TIM eran un cuerpo de amplitud variable, con contornos imprecisos. Bob tenía el convencimiento de que ninguno de los dirigentes de la organización conocía el número exacto de afiliados.

Se dirigió a un joven alopécico que estaba sentado en una esquina vendiendo ejemplares del semanario *L'Émancipation*, en lengua francesa.

—¿Sabrás decirme quién se ocupa de los obreros del textil en Lawrence?

El chico solo hablaba francés. Afortunadamente escuchó la pregunta un norteamericano que, a juzgar por el mono que vestía, debía de ser mozo de estación.

—El hombre que buscas se llama Joseph Ettor. Acaba de volver de Lawrence, ayer nos informó de cómo están las cosas allí. Lo encontrarás en el piso de arriba.

Bob se abrió paso entre un grupo de obreros afroamericanos apiñados al pie de la escalera de madera y subió los escalones crujientes. Arriba la situación era menos caótica. Pequeños corrillos, repartidos aquí y allá alrededor de unos pocos sofás, debatían animadamente. Un cachorro correteaba con la lengua fuera sin que nadie lo molestara. Excepto el perro, todos fumaban, tal vez para calentarse por dentro. Era como vagar en la niebla.

Joseph Ettor, un hombre rechoncho, de cara redonda y facciones infantiles, llevaba un sombrero de ala ancha, una corbata verde bastante elegante y una camisa blanca bajo el chaleco. Se notaba a la legua que era de origen italiano: se parecía a los barítonos y a los tenores que de cuando en cuando arribaban a los escenarios estadounidenses. Si tenían éxito en las metrópolis prolongaban allí su estancia, en caso contrario proseguían viaje hacia destinos provincianos en Estados Unidos o rumbo a Sudamérica.

Ettor estaba hablando con un joven llamado Emerson, de aspecto agradable y manso. Todo, empezando por su acento texano, indicaba que trabajaba en el sector maderero. Discutían sobre la adhesión a los TIM de un sindicato que hasta ese momento había sido independiente y que, por lo que pudo escuchar Bob, estaba pagando cara la escasez de afiliación.

Bob tosió levemente y Ettor se giró hacia él con una amplia sonrisa.

—¿Qué hay, amigo?

—Compañero Ettor, quisiera ir a trabajar a Massachusetts, concretamente a Lawrence. Me han dicho que acabas de volver de allí, me gustaría saber si hay alguna sección nuestra.

—Sí, la local 20, formada casi al completo por italianos. Tengo previsto volver para intentar que crezca abriéndola a otros colectivos… Pero ¿por qué Lawrence precisamente? ¿Eres obrero del sector textil?

—No, soy mecánico.

—Ah, ya. Buscan mecánicos prácticamente en todas partes, pero las condiciones en Lawrence no son las mejores…

—Bueno, allí vive una amiga mía. Es del sindicato, se llama Rosy O'Donnell. ¿La conoces?

Ettor frunció el ceño.

—¿Rosy O'Donnell? No me suena… Espera… ¿No será una señora rubia, rizosa, con dos hijos, bastante alta?

—Esa es —respondió Bob con una emoción contenida.

—Solo está afiliada a la sección 20, no es una militante. La recuerdo porque habla inglés. Pobre mujer, si vas allí podrías ayudarla.

—¿Está enferma?

—No, pero salta a la vista que lo está pasando mal… Será mejor que descubras por ti mismo a qué me refiero.

En ese momento Ettor mostró una nueva sonrisa, que era una señal inequívoca de despedida. Cogió del brazo a Emerson y se alejó con él unos pasos.

A Bob no le quedó otra que volver a la planta baja. No sabía qué hacer, dado que no se iba a celebrar ninguna reunión o asamblea. En una puerta había un letrero que decía «Sala de juego», pero a él los naipes nunca le habían interesado. Compró los últimos números de *Solidarity* y del *Industrial Worker* y volvió a la calle, donde el frío apenas se podía soportar.

La noticia de que Rosy estaba padeciendo algún tipo de malestar le impactó y reavivó en él la figura de la mujer, que se había desdibujado bastante en su recuerdo durante los últimos años. Sintió curiosidad por descubrir en qué situación estaba ella. La idea de que a Rosy, que lo había abandonado, no le hubiera ido mejor le provocaba una especie de satisfacción.

Era más necesario que nunca ir a Lawrence y ver en persona qué estaba pasando. Entre tanto, pensó, rezaría por su excompañera tan pronto como encontrara una iglesia de fiar y un reverendo que no fuera un tipo raquítico.

Pasaron las semanas, llegó la primavera y seguía sin recibir la orden de partir. Ahora la agencia le exigía que aportara detalles sobre las disputas internas en los TIM, aparte del caso Foster. La organización estaba preparando un nuevo congreso para el otoño y Burns quería información sobre las distintas posiciones, las estrategias planteadas y, en particular, sobre la existencia de facciones abiertamente partidarias de la violencia.

En realidad, la información disponible era fácil de recabar con la simple lectura de la prensa *wobbly*. El sindicato no ocultaba ninguna de sus propuestas ni las dificultades por las que pasaba, pero Bob se vio obligado, para no ser acusado de copiar información, a frecuentar la sede central, a asistir a asambleas y a tomar apuntes. Fue uno de los periodos más aburridos de su vida.

Lo animó, al menos por una noche, el encuentro con George Speed, un veterano militante de los TIM. Bob y él congeniaron y se fueron juntos a tomar unas cervezas en el bar de la esquina. Speed tenía barba y bigote cortos pero desarreglados, pelo peinado hacia arriba y cara chupada. Por su aspecto, no demasiado bueno, se diría que rondaba la cincuentena. Su mueca burlona era el resultado de décadas de experiencia, comenzando por la huelga de Pullman, en la que había sido uno de los líderes. Pesaba en su aspecto una vida vivida a salto de mata entre el proletariado más marginado de Estados Unidos. Se había labrado una reputación con un sinfín de empleos eventuales, viajes en trenes de mercancías y discursos improvisados. Los TIM lo enviaban allí donde hicieran falta unas palabras duras y sencillas capaces de desatar pasiones.

Mientras sorbía la primera cerveza, Speed contempló a Bob y le dijo:

—Tengo la impresión de que ya nos conocíamos.

—No creo —respondió Bob, a la defensiva.

—¿No fuiste al mitin de Jack London el pasado otoño?

—No, estaba lejos.

—Pero creo que te vi hablando con Joseph Ettor y con Arthur Lee Emerson este invierno.

—Sí, es cierto —reconoció Bob, que sumergió los labios en la cerveza y la nariz en la espuma.

—Emerson ahora está en una cárcel texana. Guiaba a una pandilla de pobres diablos hacia la conquista de un mínimo de dignidad. Su sindicato era el más moderado del mundo, peor aún que la FET. Creaba secciones autónomas de negros para que las razas no se mezclaran, en Texas eso es una cuestión sensible. Abogaba por la cooperación entre trabajadores y empresarios sobre el interés común en obtener, tratar y vender madera de calidad. Eso fue una concesión suicida.

Bob reflexionó unos instantes antes de sentenciar:

—Con tales premisas no sé por qué Emerson se unió a los *wobblies*.

—Se vio forzado a ello por las circunstancias. Intentó organizar pequeñas huelgas de ámbito local para arrancar alguna mejora en las condiciones de trabajo esclavistas de los leñadores y de los obreros de la madera. Buscó el apoyo de la FET, pero no lo obtuvo, porque representaba a una clase obrera mixta y no cualificada, y a Gompers no le interesaba. No le quedaba otra opción que integrarse en los TIM.

—Pero el sindicato de los hombres de los bosques, si no te he entendido mal, quería establecer un marco de cooperación entre empleadores y empleados.

—Sí. La patronal acogió calurosamente la propuesta de coparticipación, siempre y cuando todo siguiera como antes. El líder de los industriales de la madera, John Kirby, aprovechó la tregua para contratar esquiroles, mercenarios y ciudadanos de buena posición. Y hace unas semanas, mientras Emerson daba un mitin desde lo alto de un vagón de tren, los guardias a sueldo de Kirby comenzaron a disparar contra la multitud. Acudieron los *wobblies*, armados con rifles Winchester, y respondieron al fuego. El balance fue de tres obreros muertos y un mercenario gravemente herido.

—¿La policía no hizo nada?

—Detuvo a Emerson. Ahora está en prisión. —Speed esgrimió una amarga sonrisa—. Así son las cosas en Estados Unidos.

A Bob se le ocurrió una pregunta estúpida, pero era la única que podía resultar útil para satisfacer la curiosidad de sus jefes.

—¿Kirby no recurrió a los servicios de ninguna agencia de investigación privada? ¿La Pinkerton, la Burns…?

—La Sherman. Auténticos asesinos al servicio del Capital.

Bob ya tenía información suficiente para redactar un informe semanal rico en noticias inéditas. Tras la cuarta cerveza dejó el local, con paso inestable pero satisfecho con su labor.

A la mañana siguiente escribió el informe y lo envió por mensajero. La recompensa llegó varios meses más tarde, pero al fin y al cabo llegó: un billete de tren para Lawrence y cien dólares para gastar a su antojo.

Quinta parte

VICTORIA FINAL

26. Defended el fuerte

Cuando Bob se apeó en la estación de Lawrence, un día de finales de enero de 1912, ya estaba al tanto de la situación con la que se encontraría en la pequeña ciudad. Hubiera querido viajar mucho antes, pero un imprevisto se lo impidió: el excesivo consumo de alcohol en los últimos años había tenido efectos acumulativos; no en el hígado, que parecía estar en perfecto estado, sino en el sistema nervioso. Calambres, hormigueo, contracciones involuntarias y picores atacaban con frecuencia sus manos y sus pies. Unas veces se le hacía difícil el simple hecho de abrochar un botón, otras veces le costaba caminar…

En cuanto a su actividad sexual, que siempre había sido comedida, se desvaneció. Su última visita a un burdel, en el mes de diciembre, fue infructuosa. La prostituta se mostró paciente, se dejó sobar con las manos y trató de excitarlo por todos los medios, hasta que finalmente le dijo:

—Estamos perdiendo el tiempo, se ve que hoy no es tu día. Vuelve cuando quieras, haré que te devuelvan el dinero o le diré a la dueña que lo deje en depósito para una próxima ocasión.

Una cólera ciega se adueñó de Bob, al que incluso se le pasó por la cabeza estrangular a la mujer. Afortunadamente consiguió dominar ese impulso, tan involuntario como los que le hacían contraer las manos y los pies. Respondió únicamente:

—No, quédate con el dinero. Es solo que no estoy bien.

—Ya se ve. Deberías ir a un médico —le dijo la meretriz, que ya estaba vistiéndose.

Un doctor no le hubiera servido de ayuda. Sí le había servido, en parte, el pastor narigudo de la iglesia congregacionalista, con el que se había topado casualmente por la calle.

—Veo que cojea —comentó el reverendo, como si entre ellos hubiera una familiaridad que venía de lejos—. ¿Ha tenido un accidente?

—No, simplemente me falla el sentido del equilibrio.

Bob, que por lo general era más reservado, le explicó los síntomas que tenía.

—Le aconsejo que coma muchas legumbres y germen de cereales —le recomendó el religioso—. En casos así a veces da resultado.

—Gracias, lo haré.

—Agradézcamelo viniendo a la iglesia cuando esté mejor —le dijo el pastor guiñándole el ojo.

—No sé cuándo será posible. Debo ir a Lawrence por motivos de trabajo.

La mirada del clérigo se iluminó.

—¿Lawrence en Massachusetts? ¡Genial! ¡Es una de las capitales históricas del cristianismo congregacionalista! ¿Ya sabe dónde se alojará?

—Todavía no.

—Entonces, le daré la dirección del padre O'Reilly, el referente de nuestra iglesia allí. Él le facilitará un lugar donde dormir y lo que necesite. ¿Puedo ir a verle a su casa esta noche?

—Por supuesto —contestó Bob de mala gana—. ¿Sabe dónde vivo?

—Sí. Pero no se preocupe, no tengo intención de soltarle un sermón ni de insistir en que participe en los oficios religiosos. Solo quiero que su estancia en Lawrence sea lo más agradable posible.

El remedio sugerido por el reverendo se reveló eficaz, al menos parcialmente. Bob se apeó del tren en Lawrence caminando con cierta facilidad y, por una vez, bastante seguro de su destino: la iglesia congregacionalista de Broadway Sur, en la esquina con la calle Andover. La ciudad le resultó sorprendente por el curioso aspecto de numerosos bloques de viviendas. No había las casitas de una o dos plantas, todas idénticas, que se veían en otros centros industriales, sino enormes edificios que se asemejaban a colmenas. La ropa tendida por un inquilino tapaba la mitad de la vista del que habitaba el piso inferior. Los obreros del sector textil vivían apilados por capas, en viviendas que se percibía que eran diminutas. Escaseaban los árboles y abundaban los automóviles, tal vez más incluso que en Chicago, los cuales se abrían paso a toque de bocina a lo largo de las arterias. Por suerte era invierno y el aire aún era respirable.

El padre O'Reilly, a pesar de tener un apellido que podía sonar a católico, era un irlandés del Ulster unionista y leal a la corona británica. Tenía un abdomen prominente, bigote rojizo y cabeza calva. Echó mano a la bolsa de Bob y la llevó a la rectoría.

—Esperaba su llegada —aseguró, ahorrándose el saludo de bienvenida—. Es usted Robert Coates, ¿verdad? Me han asegurado que no tiene nada que ver con los condenados *wobblies*, la ruina de esta ciudad.

—Absolutamente nada.

—¿Es protestante practicante?

—De toda la vida.

—Venga conmigo, las salchichas aún están calentitas. La cerveza no es tan buena como la de nuestra tierra, pero tiene carácter. Yo mismo consigo la malta y la hago fermentar.

Poco más tarde, tras dar buena cuenta de las salchichas y de un par de jarras de cerveza negra, Bob dejó que O'Reilly lo acribillara a preguntas y él consideró sensato contarle la verdad.

—Pertenezco a la agencia de investigación de William J. Burns. Me relaciono con los TIM, pero como espía infiltrado. Soy uno de sus peores enemigos.

—Eso ya lo sabía —confesó O'Reilly—. El padre Cadigan es clarividente y sabe incluso lo que no le cuentan... Debo dejar claro que en principio yo no estoy en contra de las reivindicaciones de los obreros. En algunas cosas tienen razón.

—¿Por ejemplo?

—Se aprobó una ley estatal que reduce de cincuenta y seis a cincuenta y cuatro las horas de trabajo semanal. La Compañía Estadounidense de la Lana, que es la empresa más importante de

Lawrence, ha aplicado la ley, pero reduciendo a cambio los salarios más de lo que hubiera sido proporcional. La diferencia puede parecer poca, pero el hecho es que los trabajadores y las trabajadoras ya estaban viviendo antes por debajo del umbral de supervivencia. Los hombres ganan de media ocho dólares a la semana, las mujeres seis y los niños dos. Los alquileres de las viviendas de la empresa..., esos edificios enormes que sin duda habrá visto..., oscilan entre cuatro y veinticuatro dólares al mes.

—¿Ha dicho niños?

—Un motivo de escándalo totalmente injustificado —aseguró O'Reilly, con una mueca de disgusto—. Soy de la opinión de que es más sano moralmente tener a un muchacho trabajando en la fábrica que permitir que pierda el tiempo vagando por las calles, ¿no cree?

—Sí —afirmó Bob, aunque lo cierto era que no tenía una idea clara al respecto.

—Además, la empresa ofrece escuela gratis hasta los catorce años, no es culpa suya si las familias mienten sobre la edad de sus hijos para mandarlos a trabajar antes de esa edad. ¡No acepto la explotación infantil por parte de los padres! Va en contra de lo que Nuestro Señor Jesucristo nos enseñó sobre los niños.

—En efecto —comentó Bob. Le pareció que había algo en ese razonamiento que no encajaba, pero en cualquier caso no era asunto suyo.

—Varios centenares de obreros italianos dejaron de trabajar cuando les notificaron que les bajaban el sueldo. Fueron de taller en taller invitando a sus compañeros a hacer lo mismo. Al cabo de una hora ya eran varios miles. Rusos, polacos, chinos, húngaros, negros, alemanes, checos, escandinavos... Una Torre de Babel de sinvergüenzas, y en medio de ellos una mayoría de mujeres desvergonzadas a las que habría que abofetear para enseñarles un poco de recato. Así empezó la huelga, que todavía continúa. En estos momentos la industria está parada, con la competencia británica pisándonos los talones.

Bob ya sabía esas cosas. *Solidarity* y el *Industrial Worker* describían con tono estimulante la efervescencia social que había en la capital de la lana, las experiencias de autoorganización, las asambleas continuas, las marchas nocturnas con antorchas… En sustancia, la rendición de las hermandades de categoría, incapaces de frenar el impetuoso empuje de veinticinco mil trabajadores no especializados.

—Lo peor fue cuando llegaron aquí los agitadores profesionales, los tristemente célebres Trabajadores Industriales del Mundo —continuó el padre O'Reilly—. Sobre todo dos sujetos: Joseph Ettor, que vino de fuera, y Arturo Giovannitti, un presunto poeta y místico. Poco después se unió a ellos William Haywood, el más maligno de los TIM.

—A ese lo conozco bien, y un poco a Joseph Ettor. Pero, con todo, debo decir que Lawrence me ha parecido una ciudad tranquila.

—Ah, ¿sí? Ya ha terminado de comer, vaya a dar un garbeo y descubrirá que la calma es solo superficial.

Bob dejó su equipaje en un cuarto de la rectoría y siguió su consejo. Caminó en dirección a la estación de tren, dispuesto a deambular sin un destino concreto. Se dirigió al río Merrimack, ancho y henchido de agua fangosa.

Vio policías corriendo de un lado a otro con la respiración entrecortada y al cabo de unos instantes empezó a oír un canto, procedente del otro extremo de la avenida Broadway Sur, que se fue haciendo cada vez más perceptible. Divisó varias grandes banderas estadounidenses y reconoció el himno: era *Hold the Fort*, «Defended el fuerte», el himno de los transportistas londinenses, aunque había nacido en la guerra de Secesión. Los Caballeros del Trabajo lo habían adaptado y lo habían hecho suyo. Y de ellos pasó a los TIM.

Nos reunimos hoy por la causa de la libertad
y alzamos bien alto nuestras voces.
Unimos con fuerza nuestras manos
para batallar o para morir.
Defended el fuerte, que ya estamos llegando,
¡sed fuertes, hombres del sindicato!
¡Codo con codo lucharemos, la victoria llegará!

El cortejo, tenso, furioso, se fue aproximando velozmente. Bob reconoció a tres de los hombres que iban cogidos del brazo en primera fila: William Haywood, Joseph Ettor y George Speed. Le llamó la atención que lo saludaran con gestos de cordialidad, como si se tratara de un viejo amigo. El individuo vestido impecablemente, con un gran lazo al cuello, debía de ser el poeta italoamericano Arturo Giovannitti. Al resto no los conocía.

Bob quiso incorporarse a la manifestación, pero tuvo que esperar a que pasara el segmento de las mujeres. La espera fue larga: eran millares. Las que iban delante sostenían una pancarta en la que estaba escrita una consigna inusual: «Queremos el pan y las rosas». Quién sabe qué quería decir. En muchas de ellas se notaba el deterioro físico, el desgaste por los años pasados en talleres malolientes y en pisos indignos. Otras eran muchachas inmaduras que no aparentaban más de doce o trece años de edad. Luego estaban las chicas a las que la fábrica aún no había estropeado y a las que el abnegado servicio a la familia todavía no había consumido. Iban de blanco en su mayoría, aunque muchas llevaban vestidos de sus tierras de origen haciendo gala de un enorme orgullo. Algunas se habían ceñido el sombrero con una cinta en la que estaban bordadas las siglas TIM y no pocas llevaban al hombro una banda con esas mismas letras.

«Queremos el pan y las rosas». Bob seguía preguntándose qué significaría esa frase absurda cuando vio a la mujer que había estado buscando durante años. Era Rosy O'Donnell, no cabía la menor duda. Solo que parecía una viejecita. Marchita, con el pelo gris, caminaba encorvada y cojeando, casi sostenida por sus compañeras. En su sombrero con estampado floral, un poco torcido, figuraban las tres iniciales del sindicato.

Bob, al verla y reconocerla, no sintió emoción alguna. Retrocedió, prácticamente se escondió bajo el porche de una agencia de colocación, que al igual que el resto de los negocios de la avenida estaba cerrada. Sintió una repugnancia instintiva hacia aquella a la que había deseado, el último vínculo imaginario entre él y la sexualidad. Obviamente, había supuesto que habría envejecido, pero no tan deprisa. Encontró grotesco el hecho de que ella, que apenas podía tenerse en pie, mantuviera el paso veloz de las compañeras que marchaban a su lado. Experimentó un inexplicable sentimiento de vergüenza.

Rosy no lo vio, mejor así. Bob se unió a la masa uniforme que seguía a las mujeres, mientras el cortejo entonaba *La Internacional* en la versión *wobbly*. Los manifestantes la cantaban en una decena de idiomas, a pesar de lo cual sonaba clara y eficazmente. La marcha de los manifestantes se volvió más lenta pero más firme. Tras cruzar el puente sobre el Merrimack la multitud se esparció frente a la estación ferroviaria, con hileras de policías alineados delante. Los agentes golpeaban la acera con porras de madera largas como bates de béisbol. Había también una compañía de la Guardia Nacional, armada con fusiles y con las bayonetas caladas. Agentes, soldados y manifestantes se mantuvieron a la espera, con nerviosismo, de un suceso inminente.

Joseph Ettor, aupado por sus compañeros a lo alto de un extintor, gritó:

—¡Obreros, mantengamos la calma! ¡Buscan un pretexto para aplastar la movilización! ¡No les hagamos el juego! ¡Limitémonos a hacerles saber a los esquiroles, en cuanto bajen del tren, qué pensamos de ellos!

Bob andaba perdido en sus pensamientos y le estaba costando seguir los acontecimientos. Se sorprendió cuando Speed salió de la nada y lo aferró por el brazo.

—Compañero, ten cuidado. Hay entre nosotros un buen número de espías. Mira a ese de ahí.

Bob siguió su indicación y reconoció, con estupor, a Sam Dreyer, su viejo compadre. Tenía el pelo canoso, pero su musculatura seguía imponiendo respeto. Empuñaba un banderín de jefe de estación, rojo y ornamentado con el símbolo circular negro de los Trabajadores Industriales del Mundo. Estaba mirando en otra dirección.

—¿Quién es? —preguntó Bob.

—Un espía de la Pinkerton, tenemos localizados a varios. Es importante no perderlos de vista.

—Hablas en plural. ¿A quiénes te refieres? ¿Hay una estructura de mando?

Speed sonrió.

—Sí y no. Quince nacionalidades distintas, en representación de los huelguistas, han elegido un comité de sesenta personas, que son las que determinan el curso de las movilizaciones. A lo largo de la semana se reúnen los diferentes grupos nacionales: chinos, rusos, eslavos, judíos, etcétera. El sábado y el domingo todos se juntan en la asamblea general.

—¿Y quién lidera?

—Las diferentes comisiones de Ayuda, Finanzas, Propaganda, Investigación, Organización…

—De ahí no puede salir nada —aseguró Bob negando con la cabeza—. Falta la parte política.

—Prescindimos de ella, ya la soportamos demasiado —respondió Speed con un gesto de desprecio—. De ahora en adelante seremos nosotros los que diseñemos la sociedad del futuro.

—¿Y qué hay de los socialistas?

—Que se jodan. Somos los Trabajadores Industriales del Mundo, los portadores de la sociedad que vendrá. No necesitamos que vengan a explicarnos si hace falta o no el Estado. Eso vale para los socialistas y los anarquistas, nosotros somos otra cosa.

—¿Qué cosa?

—La sociedad nueva que nace en el seno de la vieja. ¿No era eso lo que auspiciaba Karl Marx? Los *wobblies* están poniendo en práctica su pensamiento sin excesivas complicaciones doctrinarias.

Speed se alejó tras darle un apretón a Bob en el antebrazo. En ese momento entraba en la estación un vehículo de apariencia similar a un tranvía eléctrico, pero muy largo, cargado de esquiroles. A bordo de él se veían rostros perplejos, posiblemente no eran conscientes de lo que estaba pasando. La policía se desplegó en el andén, en paralelo a la vía. La Guardia Nacional, a la entrada de la estación, apuntó con sus bayonetas a los manifestantes.

—¡Calma, compañeros, mantened la calma! —les pidió Ettor nuevamente a los manifestantes—. ¡Hagamos entender a nuestros hermanos que estamos luchando también por ellos!

—¡Sí! —gritó Giovannitti subiéndose al extintor con él—. ¡Que sepan lo que es la fraternidad! ¡Todo hombre la lleva en su corazón! ¡Se necesita poco para hacer que lo entiendan!

Una voz ronca preguntó:

—¿De qué hablas, poeta de pacotilla? ¡Esos son unos asquerosos esquiroles que han venido a robarnos el trabajo! ¡Quemémoslos vivos!

Consternado, Bob constató que el que gritaba de ese modo era Sam Dreyer. Su llamamiento no cayó en saco roto. Una treintena de energúmenos, armados con cuchillos y palos, se abrió paso entre la muchedumbre. La Guardia Nacional ofreció una débil resistencia. El grupo llegó hasta las vías y desbordó el cordón policial. Algunos llevaban antorchas y recipientes con combustible. Instantes después el tranvía estaba en llamas y los esquiroles huían en todas direcciones.

—¡No rompáis la formación! ¡No os unáis a ellos! ¡No son de los nuestros, son de la Pinkerton! —gritaron Ettor, Giovannitti y Haywood.

Fue imposible acatar la orden. Nada más comenzar a arder el tranvía, la Guardia Nacional cargó con las bayonetas y los policías abrieron fuego con sus pistolas. La multitud se dispersó, nadie prestó atención a los oradores. Los manifestantes trataron de repeler el ataque lanzando bolas de nieve y trozos de hielo. Bob, tan asustado como el resto, inició una fuga desesperada. En la esquina entre Unión y la calle del Jardín una chica delgada como un fideo, que iba corriendo delante de él, recibió un tiro en la espalda y cayó rodando como un bolo. Una mujer gritó:

—¡Han matado a Anna! ¡Han matado a Anna!

Bob no se paró a mirar, era cuestión de vida o muerte. Corrió tan deprisa que a punto estuvo de perder un zapato. Tan pronto como pudo se separó de la multitud y tomó una calle lateral mientras tras él resonaban los disparos y los gritos. Siguió durante un trecho el pequeño muro de la orilla del río, sin conocer la ciudad trató de llegar a la iglesia congregacionalista, de la que vislumbraba el campanario en algún tramo del camino. Continuó por calles absolutamente desiertas, a costa de alargar la ruta. Poco a poco fue aminorando el paso, lo cual no evitó que llegara a la rectoría sin aliento y sudoroso a pesar del rigor del invierno.

El padre O'Reilly hizo que entrara con premura.

—Ya estoy al corriente de lo que ha pasado. Acaba de venir a verme el párroco católico, el padre O'Malley. Nos llevamos bastante bien, aunque él sea irlandés del sur y papista... Solo podía acabar así, la violencia llama a violencia.

Bob se llevó una mano al pecho jadeando.

—Han matado a una chica.

—Anna LoPizzo, también sé eso. El pecado recae sobre quienes han inducido a una joven inocente a manifestarse contra una situación que la superaba. Siéntese y recupere el aliento, le traeré una jarra de cerveza. Entre tanto podrá leer las instrucciones que han llegado para usted, están en ese sobre que he dejado en el sofá.

—¿Instrucciones?

—Creo que se trata de eso, pero yo no lo he abierto. El que ha venido a traerlo no tenía aspecto de repartidor, era un hombre bastante elegante, con sombrero de fieltro y corbata. Y ha venido en automóvil.

Bob, ya más desahogado, se sentó en el sofá, abrió el sobre y leyó. Le preguntó a O'Reilly cuando volvió con la cerveza:

—¿Conoce usted a un tal señor Breen, empresario de pompas fúnebres?

—Por supuesto. Organiza funerales para todas las confesiones religiosas, incluida la nuestra.

—¿El hombre que le ha entregado esta carta le ha dicho si se apellidaba Pittman?

—No me ha dicho nada. He supuesto que era un colega suyo.

Bob asintió con la cabeza. La cerveza lo reanimó, poco a poco fue recuperando el control de sí mismo. Se apoyó en el respaldo del sofá y encendió un cigarrillo. Había vuelto a fumar habitualmente hacía unos meses, aunque no encontraba placer en ello. El pastor esgrimió una mueca de desaprobación, pero no dijo nada. Es más, le acercó un cenicero.

Tras dar un par de caladas Bob le preguntó:

—Padre, ¿conoce a una mujer llamada Rosy O'Donnell?

—¿Se refiere a Rosy Golden? Sí que la conozco, perteneció a mi iglesia. En Lawrence es muy conocida.

A Bob le chocó.

—¿Por qué? ¿A qué se debe su popularidad?

—Ya que me está tentando usted... —El reverendo abrió una caja de hojalata y sacó de ella una pipa de arcilla y una bolsa de tabaco medio mohoso. Se tomó su tiempo para llenarla y encenderla con una cerilla. A la primera calada asumió un aire beatífico—. Rosy O'Donnell llegó a nosotros hace unos años, con la enésima oleada de desesperados que arribaban en los barcos de vapor. Era una mujer interesante y muy vigorosa, a pesar de su extrema delgadez. Despertó el interés de John Golden, líder del sindicato Trabajadores Textiles Unidos, que representa únicamente a obreros cualificados de origen anglosajón. Se casaron, yo mismo oficié la boda y posteriormente bauticé a sus dos hijos. El problema era que la pareja discrepaba sobre muchas cosas...

—¿En materia sindical?

—Exactamente. Rosy no era una obrera especializada, no la admitían en el sindicato textil. Y ahí comenzó su descenso al infierno: se sintió atraída por los *wobblies*, los héroes de los que no tienen oficio ni beneficio. Desertó de nuestros oficios religiosos, empezó a acudir a reuniones de italianos en las que se debatía sobre acciones de sabotaje y subversión. Después llegó la tragedia... Dicen que mantuvo una efímera relación adúltera con un tal Wesley Everest, cabecilla de los TIM.

Bob, alterado, exclamó:

—¡Lo conozco de vista! Es un leñador grande y gordo.

—El mismo. Me habló de ello Sam Dreyer, sindicalista pero buen hombre. Fue una relación breve, porque Rosy se desvivía por sus hijos. Ella me lo comentó en privado, sin dar nombres, y me planteó sus dudas. En nuestra religión no existe el secreto de confesión, de modo que llamé a su marido y se lo conté todo. Le recomendé que castigara a su esposa con la dureza que requería la situación y él me tomó la palabra.

Bob estaba distraído, perdido en fantasías contradictorias, recordando la imagen de la mujer prematuramente envejecida y encorvada que solo inspiraba en él repugnancia. Pero por otro lado conservaba en la mente a aquella Rosy en la flor de la vida, prácticamente su único referente de una sexualidad activa (su primera esposa estaba ya tan lejos en la memoria que solo la recordaba como una mujer enfermiza).

¡Wesley Everest no le había robado a Rosy a Golden, sino a él! ¡Había disfrutado de ella cuando aún había algo de lo que disfrutar! Sintió hacia el leñador todo el odio imaginable.

—Parece usted distraído —comentó O'Reilly.

—No, padre, disculpe.

—Le estaba diciendo que Golden se tomó al pie de la letra mi consejo. Empezó a pegar habitualmente a su mujer: con el cinturón, con un palo, incluso con una fusta para caballos… Ella se encogía bajo los golpes, pero no se dejó disciplinar. Impedida, tullida, convertida en una abuela renqueante veinte años antes de tiempo, siguió metida en la sección local de las sufragistas, que reclaman «el pan y las rosas».

—Ese es otro misterio —comentó Bob—. ¿Qué diablos significa?

—No tengo la menor idea, pero con el diablo precisamente debe de estar relacionado.

A Bob le entró el cansancio tras apurar la cerveza. Dejó la jarra en un estante y se levantó con dificultad.

—Me voy a mi habitación.

—Le acompaño —dijo el religioso.

—¿Mañana puede ponerme en contacto con el señor Breen? El de la funeraria.

—No hay problema, es un cristiano ejemplar. No sé qué tiene previsto hacer, pero en Lawrence confiamos en gente como usted —manifestó O'Reilly con un guiño de ojo.

27. Niños

Bob podía darse por satisfecho dos semanas después del asesinato de Anna LoPizzo. Breen, empresario de pompas fúnebres, había informado a la policía sobre un depósito en el que, según él, los *wobblies* almacenaban dinamita. Ettor y Giovannitti fueron detenidos, y con ellos acabó también en la cárcel un obrero italiano, Joseph Caruso, que no pertenecía a los TIM, acusado de la muerte de la joven Anna, a pesar de que numerosos testigos vieron que el autor del disparo fue un policía llamado Oscar Benoît. Caruso estaba comiendo con su familia en el momento en que se produjo el asesinato. Bob había hecho que lo involucraran por indicación del padre O'Reilly. No era un subversivo, sino simplemente un exaltado, pero blasfemaba frecuentemente, y eso era motivo suficiente. No contaba con ningún defensor digno de mencionar, y se trataba de salvar a un policía honrado y protestante, patriota y muy apreciado. Caruso, que encima era feo, suponía una víctima sacrificable. No había disparado a Anna LoPizzo porque no estaba en la calle en ese momento, pero si hubiera estado podría haberlo hecho perfectamente, dado su temperamento sanguíneo.

Y además era un inmigrante italiano, un *dago*, como los llamaban despectivamente. Su enferma raza formaba la columna vertebral del movimiento de protesta en Lawrence, y si conseguían romperla en algún punto doblegarían a los alborotadores de una vez por todas.

Eso es lo que Bob esperaba, pero la situación tomó otros derroteros. La sección local 20 de los TIM no hizo otra cosa que crecer tras el encarcelamiento de Ettor y de Giovannitti. La huelga de duración indefinida siguió adelante, los dirigentes encarcelados fueron reemplazados por William Trautmann, William Haywood y Elizabeth Gurley Flynn: los mejores agitadores del sindicato. Haywood enardecía a la multitud, Trautman la hacía razonar y Gurley Flynn la encandilaba. A eso se unía el hecho de que las mujeres de Lawrence se habían vuelto unas fieras desenfrenadas y una noche capturaron a un policía en el puente principal del río Merrimack, lo obligaron a desnudarse y se burlaron de él por el escaso tamaño de sus genitales. Se disponían a arrojarlo al agua cuando acudieron al lugar otros agentes para salvarlo de un trágico final.

—Mal van las cosas —lamentó el padre O'Reilly mientras vaciaba en un cenicero la cazoleta de su pipa—. Poco se puede hacer, están ganando.

Entre Bob y el pastor se había consolidado una relación de amistad, gracias a la cerveza, el güisqui Jameson y la solidaridad entre personas originarias de la misma tierra y conscientes de que el vínculo de Irlanda del Norte con el Reino Unido no era de subordinación colonial, sino más bien un factor de desarrollo.

—¿Ganando en qué sentido? —preguntó Bob—. El señor Wood no cede y es el empresario más importante de la zona. Si él resiste los demás tampoco cederán.

—Créame si le digo que los TIM están jugando aquí la partida más importante de su historia. Los huelguistas son cerca de veinticinco mil y hasta ahora han actuado como un frente unido. Están constantemente en la calle, sus comisiones funcionan a la perfección y las asambleas generales que celebran los fines de semana parecen fiestas populares.

—Al menos Ettor y Giovannitti están entre rejas.

El padre O'Reilly se sirvió un poco de güisqui y también se lo ofreció a su huésped, que no lo rechazó.

—Usted ha hecho muy bien su trabajo, espero que eso sirva. Aunque quizás hubiera sido mejor que los cartuchos de dinamita no hubieran aparecido envueltos en papel del boletín de las pompas fúnebres...

—¿Cómo iba a saberlo yo? No podía imaginar que John Breen fuera tan imbécil —protestó Bob—. Y Pittman, que era el que estaba en contacto con él, no me lo advirtió.

—En fin, esa no es la cuestión. Los *wobblies* no tienen dinero para mantener a decenas de millares de huelguistas y familiares. Los economatos que crearon se están quedando sin género, así que tratan de ingeniar algo nuevo cada día para mantenerse a flote. ¿Sabe lo que está sucediendo ahora en las inmediaciones de la estación?

—No tengo ni idea.

—Pues deje de beber y vaya allí para verlo con sus propios ojos.

A Bob le exasperó esa exhortación. Él pensaba que, una vez que habían quitado de en medio a Ettor, Giovannitti y Caruso, la mayor parte del trabajo estaba hecho. Confiaba en que la ociosidad de ese momento fuera el preludio de su regreso a Chicago. Sin embargo, no se atrevía a rebelarse contra O'Reilly, le había quedado claro que el reverendo tenía en Lawrence tanto peso como el alcalde Scanlon, e incluso más que el gobernador Foss. Salió a la calle de mala gana y se dirigió a la estación. El tiempo estaba mejorando, el aire era ligeramente tibio.

Vio en las viviendas de los obreros un mensaje repetido: «Una pequeña charla con Golden hace que esté bien, todo bien». Eran dos versos de una canción de Joseph Hillström, conocido como Joe Hill, un inmigrante escandinavo que estaba emergiendo como astro cantor entre los *wobblies* de Estados Unidos por su inclinación a hacer sátira mordaz. La canción aludía al hecho de que una breve charla con Joe Golden, líder de los tejedores especializados vinculados a la Federación Estadounidense del Trabajo, bastaba para hacerles creer a estos que todo iba bien, muy bien.

¿Era el mismo Golden que maltrataba a Rosy O'Donnell? Bob no lo sabía, ni le importaba. El desecho de mujer en el que se había convertido su antigua compañera no despertaba en él atracción alguna. Era algo marchito, carente de sentido. Wesley Everest se la había tirado cuando aún estaba a tiempo. Él, Bob, había llegado demasiado tarde.

Bob supo por fin a qué se refería el padre O'Reilly cuando llegó al puente que atravesaba el Merrimack y conducía a la estación. La más bizarra marcha que había visto en Lawrence hasta ese momento estaba avanzando a paso veloz. La encabezaba un obrero que sostenía una bandera roja con un crespón negro, posiblemente en memoria de Anna LoPizzo, la joven mártir. Lo seguía una pequeña banda musical que interpretaba *Hold the Fort*. Después venían un centenar y medio de niñas y niños, alineados de dos en dos, de edades comprendidas entre los cinco y los diez años. Todas las parejas iban de la mano. Los críos parecían muy emocionados y al mismo tiempo decididos. Su ropa era muy modesta pero decorosa, señal de que las familias se habían esforzado para vestirlos apropiadamente para la ocasión.

La primera pareja llevaba a su lado a Margaret Sanger, socialista, conocida valedora de los derechos de las mujeres. Otras señoras (a Bob le pareció reconocer entre ellas a Rosy, pero no estaba seguro) marchaban a la vera de la fila de niños, como para protegerlos. Una multitud de mujeres y hombres, probablemente los padres, completaban el cortejo.

Los niños iban cantando, pero en ocasiones dejaban de hacerlo para gritar con sus vocecillas:

—¡Viva la huelga!

—¡Viva el socialismo!

—¡Lawrence vencerá!

Bob abordó a un obrero al que no conocía personalmente, pero sabía que pertenecía a la sección 20. Se llamaba Cyrille de Tonnéare, era francobelga y formaba parte del comité organizador elegido por las diferentes asambleas de afinidad idiomática.

—¿Quiénes son? ¿Adónde van? —le preguntó.

—Desgraciadamente, el sindicato no puede seguir dando de comer a los parientes de los huelguistas, así que los italianos propusieron que confiemos temporalmente los niños, por grupos, a familias de trabajadores de Nueva York, Filadelfia y otras ciudades. Este es el primer contingente, habrá otros.

—¿Las compañías ferroviarias se han prestado a transportarlos?

—Ferrocarriles de Boston y Maine ha accedido a alquilarnos un convoy. La locomotora ya está echando humo, lista para partir.

Fascinado, Bob siguió al cortejo de los niños hasta la estación. Los vagones habían sido decorados con festones rojos. La locomotora llevaba dibujado en el morro el emblema de los TIM y el lema del sindicato: «Si tocan a uno, nos tocan a todos». En el techo ondeaban al viento banderas rojas y banderas estadounidenses. Madres y padres ayudaron a sus hijos a subir al tren.

La serpiente de vagones se puso en movimiento en cuanto se completó el embarque. La orquesta, en el andén, interpretaba *La Marsellesa*. Los padres se despedían agitando pañuelos, y los críos, agolpados en las ventanillas, agitaban los gorros y saludaban con sus pequeñas manos.

—¡Viva Lawrence!

—¡Viva la huelga!

—¡Vivan los Trabajadores Industriales del Mundo!

Bob no esperó a que el convoy desapareciera, entre nubes de humo, para salir de la estación. Volvió sobre sus pasos, en soledad, poniendo cuidado en evitar los charcos generados por la nieve derretida.

A mitad del camino de regreso a la iglesia de O'Reilly se topó con un conocido. Pertenecía a la Agencia Burns, se llamaba Boyd, Frederick Sumner Boyd. No era un personaje nada veraniego, a pesar de la similitud de su primer apellido con la palabra «verano»; al contrario, parecía un tipo invernal, de esos que están a disgusto cuando hace buen tiempo.

—¡Hola, Coates! ¿Qué haces tú aquí?

—Sospecho que lo mismo que tú —respondió Bob, que nunca habría revelado a las primeras de cambio, ni siquiera a un colega, la misión que le había sido encomendada. El viejo Furlong lo había instruido bien.

—Eso creo yo también, pero tenemos tareas diferentes. Ya te habrás dado cuenta de que esos canallas están ganando.

—Pues sí. El éxodo de los niños es la guinda del pastel.

—Hay que hacer que revienten desde dentro. ¡Como cuando éramos críos y hacíamos que reventasen las ranas metiéndoles una pajita por el culo!

Bob, que no tenía un pasado rural, no entendió ni remotamente lo que le acababa de decir y lo tomó por loco. Sacó del bolsillo su reloj Roskopf y echó un vistazo a la hora.

—Tengo que irme.

—¿Nos volveremos a ver? —preguntó Boyd.

—Seguro que sí, esta ciudad es pequeña.

Bob permaneció en Lawrence unos días más, por invitación del padre O'Reilly. El líder espiritual de los congregacionalistas recibía de forma esporádica la visita del padre O'Malley, el papista que ejercía influencia sobre la mayoría católica de la ciudad, al menos hasta que comenzó la huelga. Bob asistió a uno de esos encuentros.

O'Malley rechazaba toda bebida alcohólica excepto el *cherry brandy*, porque estaba hecho de cerezas y por tanto debía de ser saludable. Aceptó un vasito de ese licor y comentó:

—Los *wobblies* se creen que tienen la ciudad en sus manos. Deambulan por ella a su antojo, predicando la violencia y el derrocamiento del sistema. Lo de los niños ha sido la última farsa. Buscan la compasión para hacer que olvidemos lo que son en realidad: idealistas llegados a América desde Europa y Rusia que han traído consigo sus sanguinarios propósitos.

El padre O'Reilly sonrió y le recordó:

—También nosotros llegamos de Europa.

—Es cierto, pero nosotros abrazamos de inmediato los valores del americanismo. Hay que educar a los pobres para que los acepten gradualmente al mismo tiempo que aprenden inglés. Tanto su iglesia como la mía estaban consiguiendo grandes cosas en ese sentido. Y ahora resulta que nos cae encima una banda de violentos y subversivos profesionales que se muestran indiferentes ante la religión y ante la idea de la patria. En tres meses hemos perdido el rebaño que estábamos emancipando.

—Padre O'Malley, ya sabe que yo pienso lo mismo que usted, pero por el momento los TIM no han atacado las creencias religiosas. Y enarbolan más banderas estadounidenses que rojas. En cuanto a la violencia, hasta ahora se han limitado a lanzar bolas de nieve.

—Pamplinas. La violencia acecha, bien lo sabe su amigo. —Dirigió la mirada a Bob—. Le estamos agradecidos todos, católicos y protestantes. Nos ha quitado de encima a Ettor, a Caruso y a ese medio demente de Giovannitti.

Bob inclinó hacia adelante la cabeza.

—Era mi deber, pero la cosa quedó a medias. Llegaron para sustituirlos sindicalistas profesionales que están incluso más capacitados que ellos.

—A esos también los vamos a joder —afirmó O'Malley, sin darse cuenta de que tal lenguaje no era propio de un sacerdote. Devolvió la mirada a O'Reilly para continuar con su alegato—. Es preciso detener esa maquinaria de propaganda en la que los TIM son especialistas. Cinco mil personas fueron a recibir a los hijos de los huelguistas en la estación de Nueva York, donde se vieron escenas repugnantes, con obreros barbudos aupando a los pequeños y estos cantando… ¿se imagina qué?

—No, no lo sé.

—Pues como protestante le interesará. Cantaban una canción que parodia el himno del Ejército de Salvación, titulada *El predicador y el esclavo*. La ha escrito un tal Joe Hill. El estribillo dice que un obrero debe trabajar, rezar y alimentarse de heno hasta que, una vez muerto, obtenga un pastel en el cielo. La última estrofa es un llamamiento a la unidad de los trabajadores de todo el mundo.

O'Reilly reaccionó con un visaje de desaprobación absolutamente sincero.

—Repugnante. ¿Y eran los niños los que cantaban esa blasfemia?

—Sí. ¿Y sabe qué hice yo? —O'Malley, achispado por el brandi de cereza, tenía la tez cada vez más sonrosada—. Primero fui a hablar con el alcalde Scanlon y después con el mismísimo gobernador Foss. Les dije a ambos que debían poner freno al escándalo de la exportación de niños. Se trata en la práctica de un secuestro, aunque sus progenitores estén de acuerdo. Ya han partido otros tres convoyes tras el primero, con diferentes destinos: Filadelfia, Chicago y nuevamente Nueva York. No debería haber un cuarto, cueste lo que cueste evitarlo.

—Muy bien —asintió O'Reilly—. ¿Sabe que anoche murió otro huelguista?

—No. ¿Quién era? Espero que fuera una mujer, esas son la verdadera amenaza.

—No, se trata de un hombre. Se llamaba Rami, un obrero sirio simpatizante de los TIM. Atravesado por una bayoneta.

—¿Un árabe? Bueno, no se pierde nada. —O'Malley terminó su *cherry brandy* y se puso en pie—. Es el éxodo de los niños lo primero que hay que parar. Después tendremos que inyectarles a esos veinticinco mil lerdos unas saludables dosis de patriotismo americano. Confío en que contaré con su colaboración, padre.

—No tenga la menor duda —respondió O'Reilly.

En los días siguientes Bob no sabía en qué emplear el tiempo, aparte de beber Jameson y conversar con el pastor. Finalmente, recibió un telegrama sin firma que le autorizaba a irse. Ya casi no lo esperaba. El mensaje era reconfortante, pero no lo era el motivo del permiso para abandonar la ciudad: «Pittman suicidado. Dejó confesión. Regresa casa urgente».

Pittman era el agente que había actuado como intermediario para instruir a Breen en el asunto de la dinamita. ¿Pudiera ser que en su carta de despedida lo hubiera desvelado todo? Bob no entendía por qué los suicidas, cuando estaban a punto de morir, tenían la costumbre de hacer revelaciones que nadie les exigía. ¿Acaso querían arrastrar a otros en su ruina individual? ¿O esperaban una recompensa ultraterrenal? El caso era que había llegado la hora de largarse de allí, se había presentado una ocasión muy oportuna para hacerlo. Fue sin demora a su habitación para preparar el equipaje.

El padre O'Reilly se despidió de él con cordialidad e incluso con gratitud. No había nadie más de quién despedirse y Bob se dio cuenta, por primera vez de un modo tan evidente, que su oficio lo había transformado en una especie de fantasma que aparecía y desaparecía. Su hijo se había vuelto un extraño, su hija estaba bajo tierra, Rosy había quedado reducida a un guiñapo horripilante y sus colegas —desde Dreyer a Boyd— eran cualquier cosa menos amigos. Por no hablar de los sindicalistas, el enemigo declarado. No había persona alguna en el mundo a la que se sintiera cercano. Un destino injusto, pero común a todos los espías.

Se enteró del desastroso desenlace del conflicto de Lawrence por los periódicos, ya de vuelta en Chicago. Se pasaba el día entero en el sofá, rodeado de un montón de basura y bebiendo un *bourbon* casero que hacía un vecino. Solo sentía los pies a primera hora de la mañana, durante el resto del día se adueñaba de ellos un hormigueo incesante. Tosía y escupía en el suelo flemas que luego no limpiaba. No se dejaba ver por la agencia, porque temía que si se presentaba en ese estado le darían la patada. Seguía recibiendo su asignación económica, pero cada vez con más retraso.

Se enteró por la prensa, que el cartero le dejaba en el buzón, del epílogo de la huelga. La policía local de Lawrence y las milicias más o menos regulares habían cargado contra los participantes en el último convoy de niños, golpeando brutalmente a las madres y también a sus hijos. El tren no llegó a partir, debido al elevado número de heridos. ¿Fue una victoria? No, la opinión pública estadounidense no podía tolerar semejante barbaridad. Todos los periódicos, incluido el de Mary Ann, publicaron editoriales cargados de indignación.

Y, prácticamente en esas mismas fechas, las revelaciones que Pittman había hecho antes de ahorcarse, unidas a la confesión de Breen, condujeron a la detención de William Wood, presidente de la Compañía Estadounidense de la Lana, como instigador del «complot de la dinamita». Nadie mencionó el nombre de Bob, para alivio de este.

Aquella mañana cojeaba menos que de costumbre, a pesar de los indoloros pero constantes calambres en los pies. Subió al tranvía eléctrico ayudándose con los brazos. Le resultó menos dificultoso apearse, frente a la Agencia Burns.

En la recepción había una empleada nueva, pechugona, con la piel y el pelo de color avellana.

—¿Gaston Means ha dicho? El subdirector. Veré si está disponible. —La chica habló por el interfono, uno de los muchos artilugios que iban surgiendo de un año para otro en esa época de cambios veloces—. Sí, le recibirá. Tome el ascensor, suba al tercer piso y pregunte al personal.

Bob siguió las instrucciones y llegó al despacho de su hijo. Una secretaria, tan lozana como la chica de la entrada, pero rubia de pelo y tez, lo autorizó a pasar.

—El señor Means le recibirá, pero solo dispone de diez minutos de entrevista. Está desbordado de trabajo.

Bob encontró a su hijo, inmóvil como una estatua, al otro lado de un escritorio con la superficie de cristal. Tras él había una enorme ventana enmarcando un paisaje urbano de rascacielos coronados por nubes que presagiaban fuertes lluvias. Trató de llegar hasta su hijo para darle un abrazo, pero el periplo era demasiado complicado, de modo que se conformó con aceptar la invitación de Charlie (él seguía llamándolo así) cuando le señaló un sillón mullido y le dijo:

—Siéntate ahí.

Bob se hundió en el asiento dejándose abrigar por el fino terciopelo.

—Te veo bien —comentó, no se le ocurrió nada mejor—. Tienes buen aspecto.

—Pues tú no, papá. ¿Qué te trae aquí?

—Bueno, más que nada me apetecía verte. Aunque hay otra razón… Desde que volví de Lawrence me siento un poco ignorado, a pesar de que creo que mi labor allí fue encomiable.

Charlie miró el reloj de pared.

—De eso no hay duda, si dejamos a un lado el fracaso final. Ettor y Giovannitti posiblemente van a ser excarcelados. El suicidio de Pittman no debería haberse producido, y menos aún la detención de Wood. Y luego está el asunto de los niños apaleados juntos a sus madres, eso debería haberse evitado.

—Yo no tuve nada que ver, ya me había ido de Lawrence. Me ordenasteis que me quitara de en medio.

Charlie entrecruzó los dedos y afirmó:

—Sí, no tenía sentido que continuaras allí… ¿Sigues recibiendo tu asignación?

—Llega tarde, pero llega.

—Lo del retraso puedo remediarlo, lo demás no.

—¿A qué te refieres con «lo demás»?

—A tu conducta impropia: vivir rodeado de porquería, beber más de la cuenta, tu raquítica productividad a efectos prácticos… —Charlie sacó de un cajón unas gafas de medialuna y se las colocó en la punta de la nariz. Rebuscó en un montón de papeles hasta que encontró la carpeta—. Aquí están tus últimos informes semanales. ¿Ves esas frases subrayadas en rojo? Son las que copiaste de *Solidarity*, de *The New Call*, del *Masses*, de *The Industrial Worker*, del *Internacional Socialist Review*… Has vuelto a las andadas, nos mandas textos plagiados y ni siquiera los revisas antes de enviarlos. ¿Cuánto tiempo hace que no vas a una asamblea de los TIM?

Bob estaba jadeando, se le entrecortaba la respiración.

—Es porque me cuesta caminar.

—Normal, estás borracho permanentemente. Agradece que, con puntualidad o con retraso, te sigan llegando nuestros cheques. Eso me lo debes a mí. —Charlie volvió a mirar el reloj—. Y te diré algo más… Contábamos con que Taft fuese reelegido, pero eso no va a suceder. El próximo presidente de Estados Unidos será un demócrata, ese tal Wilson.

—Yo no he votado nunca, no sigo la actualidad política.

—Por eso te estoy informando. Burns apostó por el caballo equivocado y ahora tendremos que reconquistar nuestro estatus anterior, que era casi institucional, con un Gobierno que en teoría nos es adverso. Requerirá un esfuerzo considerable y necesitamos que nuestros agentes no sean buenos, sino excelentes. Los *wobblies* no solo deben ser derrotados, deben ser borrados del mapa. Esa será, a grandes rasgos, tu próxima misión. Ya nos veremos, papá.

Bob se levantó del sillón, no sin esfuerzo.

—¿Vas a asignarme alguna tarea concreta?

—¿Te ves con fuerzas para ir a Paterson, una localidad de Nueva Jersey? Allí se avecina una situación análoga a la de Lawrence.

Bob se rebeló en su fuero interno. Tenía la sensación de que lo estaban tratando como si fuera una especie de viajante de comercio de la contrainsurgencia al que enviaban caprichosamente aquí o allá. No dejó que aflorara su descontento, o al menos eso pensó él.

—Ya te he dicho que me cuesta caminar.

—Está bien, no te preocupes. Ya tenemos allí a Sumner Boyd y a algunos otros.

Bob, a punto ya de irse, comentó:

—¿Sabes que encontré a Rosy en Lawrence? Estaba muy pero que muy envejecida.

—Tan envejecida que murió hace un par de semanas.

Bob se quedó de piedra.

—¿De enfermedad?

—No, suicidio —respondió Charlie mientras marcaba un número de teléfono—. Se pegó un tiro en la cabeza.

Bob salió del edificio tambaleándose, y no solo a causa de sus pies inestables. Rosy seguía siendo de alguna manera un punto de referencia para él, una alusión a una posible vida de pareja, por improbable que fuera. ¿Qué era él, ahora que ella ya no estaba? Un hombre en la sombra que solo cobraba vida cuando se hacía pasar por otro. En sí mismo no era nada.

En el camino de regreso a casa, cojeando entre el tráfico convulso de automóviles y tranvías, se topó con el adversario que legitimaba su existencia: una manifestación de mujeres. Casi todas eran italianas, aunque entre ellas había un par de afroamericanas. Llevaban bandas con las siglas TIM, que seguramente habían bordado ellas mismas. Portaban una pancarta en la que, bajo el símbolo circular de los *wobblies*, reclamaban la puesta en libertad de Ettor y de Giovannitti.

Estaban obstruyendo el tráfico y por ello recibían furiosos bocinazos, aunque no les preocupaba. Iban cantando a pleno pulmón una canción del país de origen de la mayor parte de ellas, con la que superaban el ruido ensordecedor de Chicago.

Aunque seamos mujeres,
miedo no tenemos.
Por amor a nuestros hijos
a la liga pertenecemos.
Ah, lioliolá,
la liga crecerá.
Nosotras, las trabajadoras,
queremos libertad.

Bob se dijo a sí mismo que si aquellas iracundas féminas —ninguna particularmente guapa, pero guapas en conjunto— se imponían, sería el final de Estados Unidos. El sentimiento de pertenencia a la nación era tal vez lo único que seguía justificando la miseria de su vida cotidiana, de modo que se propuso cultivar ese vínculo. Dejó que la manifestación pasara, acosada por automóviles y medios de transporte públicos, y reanudó el camino a casa renqueando.

28. La revancha del Oeste

Bob debería sentirse complacido. El año 1913 no parecía que fuera a ser bueno para los *wobblies*. De acuerdo, lo de Lawrence había sido una victoria de los sindicalistas revolucionarios, pero ¿qué había dejado como sedimento? Prácticamente nada. La sección local 20 había alcanzado la cifra de quince mil afiliados, pero al cabo de pocos meses se había visto reducida a apenas unos centenares. Un «agitador socialista» llamado Frederick Sumner Boyd, bien conocido por Bob, tuvo su parte de responsabilidad. Se había exhibido soltando arengas contra la religión que nadie demandaba, jaleado por algunos «anarquistas» igualmente dudosos. Eso supuso un ultraje para muchos obreros, tanto católicos como protestantes, porque, aunque en algún caso llevaban décadas sin pisar un templo, el credo religioso formaba parte de su cada vez más incierta identidad cultural. Lo mismo el padre O'Malley que el padre O'Reilly vieron en ello la oportunidad para pronunciar fervientes sermones llenos de indignación.

Sin embargo, la verdadera causa de la inestabilidad organizativa de los TIM era de índole estructural. Representaban a trabajadores genéricos capaces de cambiar de fábrica y de trabajo de la noche a la mañana, pero incapaces de sostener el estado de conflictividad permanente que propugnaban los *wobblies*. A una lucha, aun cuando el resultado era victorioso, la seguía un estado de postración, en el que los elementos cohesionadores, la retaguardia, volvían a ser el grupo étnico, el idioma materno, el credo que se profesaba, el núcleo familiar… Más fuerte era el reflujo cuanto más dura había sido la batalla. Un sindicato que apelaba a los revolucionarios, y que se inspiraba en la figura de los rebeldes, tenía dificultades para gestionar la fase de repliegue.

Bob tuvo ocasión de disertar sobre eso con Vincent Saint John un día en el que sus maltrechas piernas le permitieron desplazarse hasta la sede de los TIM. Saint John lo reconoció de inmediato y le propuso ir a tomar un trago al bar más cercano: una taberna propiedad de un simpatizante irlandés, amigo en su día de James Connolly y de Jim Larkin, otro gran sindicalista. El local estaba engalanado con banderas tricolores, estandartes azules con las siete estrellas del *Starry Plough*, el arado estrellado de los republicanos irlandeses, fotos amarillentas de los Molly Maguires que habían sido ahorcados treinta años antes y del naciente Ejército Ciudadano Irlandés de Dublín: sombreros de ala ancha, fusiles y pose marcial en previsión de un levantamiento contra Gran Bretaña que, por el momento, era inviable.

Saint John pidió la cerveza negra apropiada («Hecha por trabajadores sindicados», por supuesto) y le confesó a Bob:

—Como miembro del comité ejecutivo general, te diré que las cosas no van nada bien. No conseguimos establecer estructuras duraderas.

—¿Qué quieres decir?

—Que cuando cesa la agitación, los TIM se diluyen y es como si nunca hubieran existido. En Lawrence ya no tenemos ningún peso y peor aún nos está yendo en Paterson. ¿Estás siguiendo las noticias?

—Un poco, a través de *Solidarity*.

—Son decenas de miles de obreros de la seda, de una veintena de nacionalidades. Han pasado de manejar un telar o dos a cuatro, mientras los sueldos en vez de subir bajan. Y a la FET le trae al pairo. Debería ser un contexto ideal para los *wobblies*.

—¿Y por qué no lo es? —preguntó Bob. Ese tipo de información era muy valiosa para el informe semanal que debía remitir a la Agencia Burns con vistas a justificar la mensualidad que cobraba.

Saint John negó con la cabeza. Pidió un güisqui, rigurosamente irlandés, para combinarlo con la cerveza que estaba tomando.

—En Paterson ya nos han derrotado. Los empresarios han reclutado mercenarios y esquiroles. Estos últimos no mantuvieron el tipo, pero los agentes a sueldo sí. Mataron a dos obreros, uno de ellos tenía un nombre que da risa a quien sepa italiano: Valentino Modestino.

—Leí que los huelguistas organizaron en Nueva York algo así como una recreación histórica de su conflicto.

—Sí, tuvo mucho éxito. Se lo debemos a John Reed, un escritor socialista, y a un millar de obreros de Paterson que se interpretaban a sí mismos recitando sus adversidades. —Saint John sumergió los labios en la espuma del vaso, que olía más a güisqui que a cerveza—. El espectáculo debería haber reportado a los TIM el dinero necesario para administrar el comedor popular y el economato de Paterson con precios populares y para hacer donaciones a las familias.

—¿Qué pasó?

—Que a John Reed se le fue la mano con las colaboraciones ilustres y con la coreografía. No solo no ganamos ni un centavo con el espectáculo, sino que nos endeudamos. Lo de Paterson es una suma de fracasos, la rendición allí es más que probable. Por ahora no eclipsará la victoria que logramos en Lawrence, pero sin duda limitará su alcance.

Bob tomó su dosis de cerveza con güisqui, se encogió de hombros y comentó:

—Las derrotas no han sido tantas este año.

—No, pero las que ha habido han sido serias. En Akron organizamos a los trabajadores del caucho y los llevamos a una huelga indefinida. El resultado fue cero. La Firestone venció en todos los frentes y despidió a los nuestros, gracias en buena medida a la FET, un enemigo aún peor que los esquiroles y las milicias armadas.

Bob se preguntó por qué Saint John se mostraba tan franco con él. A fin de cuentas, apenas se conocían. ¿Era cosa del alcohol? No, el Santo rara vez se excedía bebiendo. La verdadera razón debía de ser la necesidad de compartir con otros la amargura que albergaba desde hacía tiempo. Y había que aprovecharse de ello.

—¿No ha habido ninguna victoria? —siguió preguntando el espía.

—Alguna sí, pero limitada. Hace unas semanas el principal sindicato marítimo, con base en Filadelfia, se adhirió a los TIM. Son los militantes ideales, porque cambian de embarque continuamente y lo que los mantiene unidos es precisamente la sede de su trabajo. Menos seguros son los trabajadores madereros de Luisiana: siguen siendo seguidores nuestros, pero están desesperados, solos y hambrientos, condenados a morir a edad temprana. El éxito más rotundo lo hemos logrado entre los jornaleros del Oeste, pero nos ocasionan problemas internos.

—¿De qué tipo?

—Son indisciplinados y rechazan toda forma de organización centralista. Los obreros del Este reclaman un sindicato bien organizado, con dirigentes remunerados, fondos asegurados y estructuras administrativas estables; algo que sea tan eficiente como la FET. Esa es la opinión de Trautmann, de Little, del propio Haywood, aunque este no se compromete, o de Elizabeth Gurley Flynn. Pero no la del actual compañero de ella, Carlo Tresca, ni la de Ben Reitman, ni la de los demás idealizadores de los *hobos*. Los agitadores jornaleros del Oeste no quieren ni oír hablar de centralismo, ellos van por libre. Envían fondos a Chicago, eso sí. Es su única aportación.

—¿Y tú?

—Yo estoy a la expectativa. Me interesa más que otra cosa la supervivencia de los TIM. —Saint John posó bruscamente en la barra la cerveza hiperalcohólica que estaba tomando y giró el taburete en el que estaba sentado como si lo hubiera asaltado un pensamiento repentino—. Bob, ¿tú tienes trabajo ahora?

—¿Como mecánico? No.

—Necesito que alguien vaya al Oeste, a los campamentos de jornaleros. Alguien capaz de informar al comité ejecutivo de lo que está sucediendo allí realmente y del motivo por el que no tenemos noticias suyas.

Bob estuvo a punto de echarse a reír. ¿Además de espiar por cuenta de la Agencia Burns tendría que hacerlo también para la dirigencia *wobbly*? Se contuvo y no respondió con una negativa espontánea, porque hizo una reflexión igualmente elemental: el arte de infiltrarse, que había aprendido del viejo Furlong, alcanzaría su apogeo con una acción como esa. Y con ella se ganaría la gratitud tanto de la cúpula sindical como de la agencia. Podía ser la oportunidad para conseguir, por fin, el ascenso a detective.

—¿Concretamente a dónde tendría que ir? Como puedes ver, Vincent, tengo dificultades para caminar.

—A Wheatland, en California, reclutamos allí a un buen número de recolectores de lúpulo. Sobre todo, en el rancho de E. C. Durst, el terrateniente más importante de la zona. Nos llegan noticias aisladas, no sabemos muy bien cómo están yendo las cosas por allí... Ya sé que cojeas, pero quizás te las arreglarías para subir a un tren.

—Creo que sí.

—Pues no se hable más. Basta con que hagas una visita al campamento de jornaleros, La Jungla, haciéndote pasar por alguien que busca trabajo. Con la maquinaria agrícola que se usa hoy en día hay una gran demanda de obreros que sepan manejar un destornillador.

Bob seguía perplejo y no sabía si su estado físico le permitiría afrontar el traslado.

—¿Hay otros *wobblies* activos en Wheatland?

—Uno en particular: Richard Ford, conocido como Negrito. Un «descentralizador» convencido. Puedo enviar también a Wesley Everest, que tiene experiencia en zonas rurales. Es de las mismas ideas que Ford, pero al menos sigue cierta disciplina.

Bob se convenció finalmente de que debía ir al escuchar ese nombre. Everest era el hombre que le había arrebatado a Rosy, lo odiaba desde lo más profundo de su corazón y le encantaba la idea de poder tenerlo en sus manos.

—Iré, está decidido —afirmó.

Saint John abandonó el vaso y se bajó del taburete.

—Bien. Todo lo que debes hacer es observar, averiguar qué forma de organización han desarrollado los compañeros del Oeste, cuántos miembros son en realidad y por qué en el Este no somos capaces de retener a la clase trabajadora y allí, en cambio, sí. En setiembre se celebrará nuestro congreso anual ordinario…

—No lo sabía.

—… y debemos saber qué modelo es más efectivo y por qué. ¿Te ves haciendo de espía? —La pregunta, a quemarropa, desconcertó a Bob, que no supo qué responder—. No se trata de eso, considérate una especie de supervisor. Todos queremos la revolución en este país, derrocar al capitalismo, pero ante todo debemos determinar cuál es el camino más práctico y conveniente para ello. Ven conmigo a la sede, necesitas un Colt 45, te daré uno.

—¿Qué demonios hago yo con un colt?

—Hazme caso, te podría ser útil. Allí, como en su día en Goldfield, un sindicalista sin revólver no es un sindicalista, es solo un blanco fácil.

—¿Por qué un calibre 45? —La reticencia de Bob era meramente técnica—. Cuando disparas desde lejos es impreciso.

—Pues úsalo de cerca, causa mucho daño.

Bob se encaminó a la estación pocos días después de esa conversación. Había informado a la agencia y también a Mary Ann, a la que le había prometido información de primera mano para un reportaje, y su hermana a cambio le había pagado un sustancial adelanto del *Chicago Herald*, con el que pudo comprarse un billete de primera clase.

Bob se encontró en la estación, para su sorpresa, con miles de personas a la espera de un tren, aunque por suerte no se trataba del suyo. Preguntó a una de ellas y le informó de que estaban esperando la llegada de niños de Paterson: los hijos de los ya casi derrotados huelguistas de la industria de la seda que los TIM enviaban con familias solidarias, siguiendo el ejemplo de Lawrence.

Tuvo que presenciar el espectáculo, a su pesar. La locomotora silbó repetidamente y fue aminorando la velocidad. Venía adornada con dos banderas estadounidenses y en la parte delantera mostraba la leyenda «Un gran sindicato» y adornos florales.

El convoy se detuvo y los niños y niñas empezaron a descender, tremendamente intimidados. Iban de la mano por parejas, empuñando banderines triangulares con el símbolo circular de los *wobblies*, y casi todos llevaban ropa demasiado gruesa para esa estación del año. Los varones llevaban gorras muy amplias para el diámetro de sus cabezas.

Se hizo un gran silencio. La mujer de edad madura que los guiaba hizo una señal y los críos comenzaron a gritar consignas, con cierta inseguridad:

—¡Viva Paterson! ¡Viva Lawrence! ¡Viva la huelga general!

—¡Un único y gran sindicato!

—¡Vivan los trabajadores industriales de todo el mundo!

No hubo reacción de ningún tipo y el coro vociferante acabó callándose, casi asustado. Desde las últimas filas de los espectadores surgió un hombre de pelo desgreñado, barba hirsuta y acento yidis. Agarró al primer niño que tuvo a su alcance y lo alzó exclamando:

—¡Me lo llevo a Brooklyn! ¡Viva el socialismo!

Fue el detonante de una explosión de entusiasmo. Los niños, equipados con tarjetas en las que constaban sus datos personales, fueron abordados por las familias que se habían ofrecido a acogerlos, cada una de ellas provista del documento que certificaba la solicitud de acogida. Los pequeños, alzados por brazos robustos, parecían revolotear. Bob, al que esa escena le provocaba curiosidad y al mismo tiempo aversión, se puso a buscar su tren.

El viaje se le hizo interminable, con tres trasbordos y dificultades crecientes para subir y bajar de los vagones. El calor se acentuaba con cada parada. A medida que el tren se aproximaba a California, comenzaban a verse carteles en todas las pequeñas estaciones: el Rancho Durst, que se preciaba de ser la hacienda más grande del condado de Yuba, buscaba recolectores de lúpulo, prometía buena paga y buena comida. El llamamiento y las promesas no caían en saco roto en la Norteamérica de los inmigrantes y de los parados. Los vagones pasaban rozando columnas de desempleados en marcha, carros que transportaban enseres domésticos y caminantes solitarios que avanzaban con penosidad ayudados por bastones. El Rancho Durst de Wheatland equivalía para todos ellos a la tierra prometida.

La misión confiada a Bob no preveía la estancia en un hotel. Por tanto, al llegar a su destino tras un día y medio de viaje fue en busca del campamento de jornaleros. Cuando lo localizó, después de caminar por tierras áridas y senderos serpenteantes entre arbustos, le impactó lo que vio. El campo era de unas dimensiones enormes, incluso en comparación con las extensiones de cultivo de lúpulo que se divisaban más allá. Debían de ser las tres de la tarde, más o menos, y la mayor parte de los obreros agrícolas estaban desperdigados por las diferentes parcelas. En cambio, había un elevado número de hombres que, junto al doble de mujeres y a un tropel de niños, se protegían de un calor implacable entre tiendas de campaña miserables y remendadas, instaladas en un terreno pelado y polvoriento. Entre aquellas viviendas circunstanciales volaban enjambres de moscas, indiferentes ante los gestos de los humanos para espantarlas.

A Bob le pareció entender lo que estaba sucediendo. E. C. Durst, intencionadamente o no, debía de haber atraído a muchos más jornaleros de los que en realidad necesitaba. Y allí estaban, acampados, azotados por un sol de justicia, confiando en que al día siguiente alguien les ofreciera faena, una hipótesis bastante improbable en el caso de los numerosos ancianos, de las personas de constitución débil y de las mujeres flacas que en ese momento estaban tendiendo la ropa.

¿Buena paga? ¿Buena comida? Bob se acercó a un jornalero que estaba afianzando en el suelo las estacas de su tienda. Era un joven rubio que ya había perdido un buen número de dientes. Ante las preguntas del visitante lo observó como se observa a quien acaba de llegar desde tierras lejanas, aunque era él el que, a juzgar por su pronunciación, parecía extranjero, tal vez escandinavo.

—La comida es a base de legumbres, a menudo medio podridas. El salario para los que son contratados a jornal ronda los dos dólares y medio por día, pero a eso hay que aplicarle deducciones. En primer lugar, por el agua.

—¿Cómo es eso del agua?

—No hay nada para beber en los campos, así es que pasa un familiar de Durst con un camión vendiendo limonada a precio de oro.

—¿No podéis comprar bebidas en el pueblo, en las tiendas?

—Está prohibido. El que quiera trabajar solo puede comprar en un almacén del que Durst es medio propietario, de lo contrario te despiden.

Bob sintió, por primera vez en su vida, cierta empatía hacia una categoría de trabajadores. Se le ocurrió una objeción y la planteó:

—Quitando la limonada y la comida pésima, dos dólares y medio al día me parece un buen salario. En otros lugares de Estados Unidos hay quien gana menos.

El escandinavo lo miró desconcertado.

—¿Por doce horas sin descansos? Aquí se empieza a recoger lúpulo a las cuatro de la madrugada. Además, Durst retiene el diez por ciento de la paga y redistribuye ese dinero al acabar la temporada entre los jornaleros que más méritos hacen. ¿Cuáles? Eso lo decide él, por supuesto.

Había llegado el momento de la pregunta decisiva. Bob la formuló del modo más accesible para un interlocutor con un conocimiento limitado del inglés.

—¿No tenéis a nadie que os defienda?

El nórdico sonrió por primera vez, mostrando grandes huecos en su dentadura, que era de un color que tendía al amarillo, si no al marrón.

—Solo un sindicato: los Trabajadores Industriales del Mundo. El Negrito Ford es un militante con un par de huevos.

—¿Dónde lo puedo encontrar?

—No es difícil. Pasado mañana, domingo, hablará en público, ha convocado una asamblea por la tarde. Es un tipo único, ya verás. ¿Tú sabes cantar?

Bob, al que cogió por sorpresa esa pregunta, optó por implicarse y aseguró:

—Me defiendo, pero no tengo una buena voz.

—Ninguno de nosotros la tiene —afirmó riendo su interlocutor, que finalmente desveló que era finlandés—. Esta noche haremos una fiesta alrededor de la hoguera, contamos contigo.

Bob aceptó la invitación. Al caer la noche se encontraba alrededor del fuego con varios centenares de miserables, hombres y mujeres. Uno tenía un bajo, otros unas guitarras, había también un par de armónicas. Cantaron temas ya célebres de Joe Hill, como *Mr. Block*, inspirado en el cómic que se publicaba en las páginas del *Industrial Worker*, de Spokane, antes del cierre de la publicación; eran historias de un obrero muy estúpido, con un ladrillo por cabeza, que creía a pies juntillas todo lo que le contaban sus jefes. Y se desgañitaron entonando *The Harvest War*, que era un calco de la canción *It's a Long Way to Tipperary*.

Bob comprendió, al observar a aquellos pobres diablos, que en el seno interno de los TIM el Oeste estaba tomándole la delantera al Este. Los *wobblies* habían tratado de conquistar los grandes centros industriales, pero sus éxitos, aun siendo importantes, habían resultado efímeros. Por contra, el sindicato parecía sólido donde contaba con secciones mixtas, creadas a propósito para los trabajadores eventuales; en la práctica, allí donde era inconcebible la implantación de la FET. En ese entorno, a pesar de no contar con una estructura destacable, los TIM conseguían arraigarse, suscitaban esperanza, abrían perspectivas para quienes no profesaban doctrina alguna. James Walsh había demostrado que tenía visión de futuro: las canciones reemplazaban fácilmente a los textos sagrados. ¿Qué bracero, leñador o marinero conocía a Bakunin, Marx o Sorel, salvo de oídas? Incluso *El sabotaje*, de Émile Pouget, que los *wobblies* trataban de divulgar, seguía siendo una biblia inaccesible para los analfabetos. En cambio, todos entendían las letras de Joe Hill o las historietas de *Mr Block*.

Bob se quedó toda la noche con aquella plebe, bebiendo un güisqui tan abrasivo como el vitriolo, por el que le habían pagado unos pocos centavos al vagabundo que lo distribuía. Ir al baño cuando había necesidad de hacerlo suponía un problema, porque los retretes que el señor Durst había hecho construir para el conjunto de los acampados, casi tres mil personas, eran solamente ocho. Mientras esperaba su turno en la cola vio un hervidero de cucarachas entrando y saliendo de las letrinas. Y, a pesar de que la luna ya estaba en lo alto, nubes de moscas zumbaban alrededor.

Esa noche pidió prestada una manta, sin preocuparse por las pulgas, y se quedó dormido de inmediato sobre el terreno desnudo. Al día siguiente deambuló por la zona y compró, a un precio abusivo, unas alubias estofadas en la tienda de comestibles obligatoria. Caminó entre los campos y quiso llegar a la aldea de Wheatland, aunque desistió debido a que se encontraba demasiado lejos para el estado en que estaban sus pies.

La jornada dominical no fue diferente y se le hizo muy larga. Leyó, con la espalda apoyada en el tronco de un árbol, un número de *Solidarity* que llevaba consigo. Presionado por la Federación Estadounidense del Trabajo, que por otro lado lo despreciaba, el Partido Socialista de Estados Unidos había acordado expulsar de sus filas a los militantes que propugnaran el sabotaje o la huelga violenta. Debs no estaba de acuerdo, e intelectuales como Jack London lo estaban aún menos. Prevaleció el criterio de Victor Berger, un líder tan moderado como Gompers. William Haywood, obligado a escoger entre su sindicato y su partido, se decantó por el primero. Los socialistas, tras renunciar a las ideas revolucionarias, únicamente buscarían a partir de entonces la representación institucional. Pensaban que algún día Norteamérica sería suya.

La monotonía dominical se vio interrumpida por la tarde, a la hora del mitin de Ford, que iba a tener lugar en una explanada a la que en los pasquines se referían como «campo deportivo». En teoría podría serlo, pero faltaba el equipamiento para cualquier deporte. En la práctica era una hondonada a medio camino entre La Jungla y la aldea, delimitada por piedras e invadida por la maleza.

Bob buscó con la mirada a Wesley Everest, no lo encontró.

—No ha venido —le informó un joven con acento británico que estaba repartiendo octavillas—. Tenía cosas que hacer en el norte, con los madereros.

Bob se resignó y se mezcló con el gentío para escuchar a Dick Ford, apodado el Negrito por el color de su piel. Era un hombre de cuerpo menudo, con bigote de herradura. Para la ocasión se había puesto en la cabeza un canotier, el sombrero de paja que estaba de moda, e incluso llevaba corbata. Solo sabía inglés y ciertamente no era un orador del calibre de los grandes agitadores del movimiento *wobbly*. A pesar de ello, chorreando sudor, consiguió hacerse entender por los jornaleros de las muchas y muy diversas nacionalidades. Los exhortó a exigirle a Durst agua para los que trabajaban al sol, una jornada laboral de menos de doce horas frente a la de catorce que estaba en vigor, alojamientos menos insalubres y un salario digno.

Era probable que dos terceras partes de los allí presentes no comprendieran nada, en realidad, a pesar de lo cual cada una de sus propuestas fue recibida con un «¡Hurra!» colectivo. Detrás de Ford estaba un tal Herman Suhr, débil mental, pero personaje activo en los TIM, que se regodeaba con cada palabra del líder. El ambiente era festivo.

Ford se quedó patidifuso ante la aparición, sobre la hondonada, de los hombres de la ley: el fiscal del condado de Yuba, E. T. Manwell; el *sheriff*, numerosos ayudantes y la milicia de voluntarios reclutada por la Cámara de Comercio y por la patronal. Empuñaban grandes rifles.

—¡Esta reunión es ilegal! —gritó el fiscal—. ¡Dispérsense inmediatamente!

Ford les pidió a los asistentes desde el escenario:

—¡Mantened la calma, es una provocación! ¡Abandonad la explanada ordenadamente!

Suhr, detrás de él, intentó traducir esa petición por medio de una serie de gestos inconexos. Algunos jornaleros portaban cinturón y cartuchera, y uno de ellos echó mano al revólver, apuntó a Manwell, disparó y la bala atravesó el corazón del fiscal, que cayó rodando por la pendiente.

Eso dio paso a un tiroteo indiscriminado. Bob, en vista de los acontecimientos, sacó el colt que le había entregado Saint John, disparó al azar y temió que hubiera alcanzado al chico inglés que le había entregado una octavilla poco antes. Arrojó el arma y echó a correr, como todo el mundo.

Los vigilantes estaban descendiendo a la explanada, los cañones de sus rifles debían de estar ardiendo. Hasta las moscas huían en enjambres mientas caía la tarde.

29. El fuego en los campos

En los disturbios de Wheatland murieron el fiscal del distrito, el ayudante del *sheriff* Reardon, un obrero puertorriqueño y un muchacho inglés. No hace falta decir que a nadie le importó el fallecimiento de estos tres últimos. En cambio, la muerte de E. T. Manwell encendió los ánimos de la prensa y activó al Gobierno a nivel federal, que se convenció de que en las áreas más productivas de Estados Unidos anidaba una serpiente venenosa: los Trabajadores Industriales del Mundo. Y recordó que los anteriores Gobiernos habían echado mano de la agencia de investigación Burns como instrumento para reprimirlos.

Era el gran momento de la agencia, la ocasión que llevaba años esperando. Una legión de agentes de la Burns invadió California y el condado de Yuba llevando la estrella de ayudantes del *sheriff* o nombramientos gubernamentales. Arrasaron los campamentos y saquearon las viviendas. Capturaron a los sospechosos, que no eran otros que los jornaleros más pobres, y los apalearon en público para dar ejemplo y quemaron sus enseres. La prensa azuzaba vivamente a esas escuadras.

Al final recayeron sobre Ford y Suhr todas las acusaciones imaginables. Todo el mundo los había visto haciendo un llamamiento a la calma desde el escenario durante los enfrentamientos; Richard Ford, con su tono firme pero sereno, y Herman Suhr, con gestos y muecas. Pero poco importaba, porque se trataba de *wobblies*, culpables propicios. Fueron encarcelados y acusados de asesinato. Suhr recibió un trato especial: lo encerraron inicialmente en una cámara frigorífica; a continuación, lo atormentaron con todos los métodos que se les ocurrieron a los carceleros, no le dejaron dormir durante tres días seguidos, lo apalizaron y lo torturaron con una variada gama de instrumentos. Perdió el poco raciocinio que le quedaba.

Fue un momento de gloria también para Bob Coates. La agencia le atribuyó, por algún extraño equívoco, el mérito de lo sucedido. Él se refugió tras los disturbios en un modesto hostal de Lincoln y allí recibió la visita no solo de Gaston Means, su hijo, sino del mismísimo William J. Burns. Se avergonzó de recibirlos en un vestíbulo que apestaba a ajo y con sofás descoloridos. La patrona, una mujer gorda con peluca rizada, era aficionada a tirarse pedos estruendosos, tras lo cual se reía a carcajadas. Por suerte durante la visita se contuvo.

Gaston, otrora Charlie, sacó del maletín de cuero negro una hoja y le dijo a su padre:

—Enhorabuena, papá. Te has convertido en detective por tus méritos sobre el terreno.

William J. Burns, al que la edad había vuelto más solemne pero no menos jovial, le estrechó la mano.

—Muy bien, un ascenso merecido. Estamos a punto de acabar con los sindicalistas. Teníamos miedo de que el Gobierno de Wilson prescindiera de nosotros, pero nos apoya más que antes. Y buena parte del mérito es tuyo.

Bob recibió la hoja del ascenso con los dedos temblorosos y sin apenas sensibilidad en las yemas debido a la enfermedad nerviosa que también afectaba a sus pies. Se emocionó y afloró una lágrima por el rabillo de su ojo, aunque logró retenerla.

—¡Gracias! ¡Gracias! ¡Gracias!

—No debes darme las gracias por haber cumplido con tu deber —respondió Burns—. Yo siempre he sabido reconocer los méritos de mis agentes. Ahora espero de ti una confirmación de mi confianza que justifique tu aumento de sueldo.

—¿Qué debo hacer? —preguntó Bob, sin dejar de pensar en el mal estado de sus extremidades, lo cual no quería mencionar.

Su mayor temor era que lo destinaran a una de las escuadras encargadas de capturar a militantes sindicales porque, además de dejar al descubierto su identidad y verse obligado a trabajar con matones a los que habían sacado de la cárcel por necesidad, podría resultar peligroso. Un hombre de la agencia había ido a prisión tras golpear salvajemente, casi hasta matarlo, a un sueco llamado Alfred Nelson. No iba a pasar demasiado tiempo entre rejas, pero convenía evitar incidentes similares.

Burns, en realidad, había previsto algo muy distinto para él. Le preguntó:

—¿Qué proyectos tienes a corto plazo, Bob?

—Pensaba volver a Chicago.

—No, allí no nos haces falta. En el Medio Oeste los TIM cada vez tienen menos fuerza, es en el Oeste donde se juega la partida; la última, la que debe zanjarse con su completa aniquilación.

Gaston Means comentó:

—Papá, pasé por la vieja casa de la calle Augusta. La encontré casi en ruinas, sucia e inhabitable. La zona se está llenando de rascacielos, se ha vuelto muy ruidosa y ya no queda ni un solo árbol. Es mejor dejar que el casero venda el inmueble mientras aún siga teniendo algo de valor.

Bob objetó tímidamente:

—Debería al menos sacar mis cosas de allí.

—¿A qué te refieres? ¿Ropa rota, fotos amarillentas, botellas hechas añicos, trozos de papel…? —Gaston se echó a reír—. Con el grado de detective tu vida cambia, olvida lo que ha sido hasta ahora. Me encargo yo de buscarte una vivienda decente, papá. Donde haya mejor clima, tal vez en la costa, ya veremos.

Burns asintió con la cabeza enérgicamente.

—Tu hijo tiene razón, Bob. Con el nuevo rango ya no puedes seguir siendo el hombre de antes. Has demostrado que tienes vigor y eso me complace. Te esperan labores de responsabilidad. La fiscalía general nos trae en palmitas. Me ha costado mucho esfuerzo, pero al fin tenemos a nuestro alcance el objetivo, que no es otro que convertirnos en un órgano del Estado, en un cuerpo federal de policía: la Oficina de Investigación.

—¿Entonces qué, papá? ¿Entrego las llaves de esa casucha? —insistió Gaston—. Podría sacarle una indemnización al propietario.

—Sí... —contestó Bob con una gran inseguridad antes de retomar el tema anterior—. ¿Qué tengo que hacer en los próximos meses?

Se imaginaba la respuesta, la misma de siempre.

—Esperar instrucciones —le respondió Burns mientras se levantaba del sofá.

—¿Aquí, en Lincoln?

Su hijo movió la cabeza de arriba abajo y dijo:

—Por ahora sí. Veo que este alojamiento no es gran cosa... Ten paciencia durante unas semanas, ya llegará lo mejor.

Tras los apretones de manos de despedida y la marcha de los visitantes, la dueña del hotel se entregó nuevamente a la ruidosa flatulencia que había estado conteniendo hasta entonces.

La espera de Bob se prolongó mucho más que «unas semanas», pero no podía quejarse, porque la asignación económica que recibía era el doble de la del pasado y además le pagaban hasta el último centavo de lo que costaba su estancia allí. El problema era que Lincoln tenía el tamaño de un escupitajo y no ofrecía nada; polvo sí, en abundancia, pero nada más. No había librerías ni vendedores ambulantes de periódicos, ni mucho menos sedes sindicales. Una vez por semana se dirigía a la oficina postal anexa a la pequeña estación de tren. Hacía que le enviaran allí el *Solidarity*, el *Industrial Worker* y unos periódicos del condado a los que estaba suscrito, que le entregaban enrollados. Y también el *Chicago Herald*, en el que su hermana Mary Ann escribía cada vez menos, no porque la hubieran marginado, sino posiblemente porque el grupo editorial al que pertenecía el periódico tenía reservada para ella metas más altas.

Bob se enteró por la prensa de que Ford y Suhr habían sido condenados a cadena perpetua por asesinato. Leía también las noticias sobre la guerra a gran escala que se estaba librando en Europa y en la que por el momento no se había involucrado Estados Unidos. Seguía las agrias disputas entre los *wobblies*: los del Oeste defendían una descentralización extrema y los del Este abogaban por una dirección centralista que llevara las riendas de un sindicato de dimensión nacional y que ejerciera el control sobre todos sus miembros dispersos.

Bob mataba el tiempo frecuentando el salón más popular en aquella ciudad ficticia. Jugaba a los naipes con el *sheriff*, alternaba con el pastor luterano en la mesa de cartas, se dejaba acariciar por prostitutas entradas en años y de carnes flácidas... Hasta que en 1915 llegó el telegrama que estaba esperando. Decía: «Próxima base Kansas City. Casa alquilada. Agente contacto Hammett. Pinkerton. Llegada estación viernes mediodía. Puntualidad. Gaston».

El hecho de que la Burns se sirviera de hombres de la Pinkerton solo podía significar que por fin había superado a la más importante compañía de investigación del país, gracias a su posición semioficial, y podía disponer como mano de obra de agentes que en otro tiempo habían sido rivales. Una magnífica señal.

A Bob se le hizo dificultoso llegar a la estación por el mal estado de sus piernas y para subir al tren hubo de ayudarle un ferroviario. Estaba contento de abandonar un pueblo olvidado como Lincoln, el hostal maloliente y un aburrimiento que ya empezaba a resultarle asfixiante. Una esquela pegada en una columna le recordó a su hija, enterrada en Chicago. Fue un pensamiento fugaz. Media Norteamérica estaba ya salpicada por tumbas de parientes suyos, como para tener que llevarles flores a todos.

Antes de partir había recogido la prensa reciente en la oficina de correos. Había noticias buenas o medianamente buenas en todos los frentes. Se divirtió desplegando el último número de *Solidarity* ante los demás viajeros de primera clase, que le lanzaron miradas de desprecio. No le importó, ni siquiera se atrevían a protestar en voz alta. Si la burguesía estadounidense vivía en serenidad era gracias a guerreros anónimos como él. No había lugar para los pávidos en la guerra entre diferentes concepciones del mundo que se estaba librando.

Únicamente un pasajero rechoncho, con sombrero de paja, osó preguntarle, tras soltar un resoplido digno de una foca:

—¿Por qué lee eso? ¿Es realmente necesario?

—Eso es asunto mío —contestó Bob.

Le alegró descubrir en la prensa que en Butte, en el estado de Montana, había tenido lugar una especie de insurrección de los mineros del cobre contra la FET, cómplice manifiesta de la Compañía de Cobre Anaconda. Llegaron allí los TIM y organizaron a los inmigrantes y a la mano de obra no especializada, pero la revuelta se había quedado en nada, aparte de las habituales víctimas de la milicia reclutada por la empresa. Una noticia aún mejor era la detención, en Salt Lake City, la capital de Utah, de Joe Hill. Pocos *wobblies* conocían en persona a ese obrero ocasional de origen sueco (posiblemente se apellidaba Hillström), pero eran multitud los que cantaban sus canciones. Estaba acusado de matar a un comerciante y a su hijo durante un atraco. Él se defendió atribuyendo la herida de arma de fuego que tenía a una relación de carácter adúltero, aunque se negó a dar el nombre de la mujer implicada «para salvaguardar su honor». Ridículo. ¿Qué podía saber de honor un sindicalista subversivo? Era bastante probable que lo condenaran a muerte.

Bob, tras escandalizar a los pasajeros de tres trenes distintos con la prensa que leía, llegó puntualmente a Kansas City, el viernes a mediodía. No tenía indicación alguna para reconocer a Hammett y fue este el que lo identificó a él al ver los periódicos que llevaba bajo el brazo. Le ofreció la mano diciendo:

—Robert Coates, supongo. Yo soy Dashiell, de la Pinkerton. Puedes llamarme Dash.

Mientras correspondía al saludo Bob analizó a su interlocutor. Era un hombre de constitución delgada, bien vestido, con un fedora de ala media. Aparentaba una veintena de años, tenía pelo tupido, rostro huesudo y rasgos agradables. Su labio superior estaba adornado con un bigote negro adecuado para su edad. Le causó una buena impresión.

—Encantado de conocerte, Dash. ¿Eres tú el que debe acompañarme al hotel?

—Al hotel no, a una casa. Lo que no sé es si la han alquilado para ti o si es de tu propiedad. Pero no esperes gran cosa.

Tomaron un taxi. Los automóviles ya abundaban y las calesas y los landós habían desaparecido, incluso en el medio rural, salvo los de uso particular que pertenecían a algún terrateniente. Los viejos carruajes de caballos prácticamente ya no existían. Predominaban el humo y un fragor incesante desde la mañana a la noche. Kansas City no era como Chicago, pero como ciudad podía competir con ella.

Hammett ordenó al chófer que se detuviera en un camino de las afueras que bordeaba un campo y le pidió a Bob:

—Baja, Coates. Quiero que veas contra quién estamos luchando. —Bob descendió del vehículo dificultosamente—. ¿Puedes caminar?

Bob, enojado por la compasión de un veinteañero, replicó:

—Camino perfectamente.

El recodo del camino era una terraza natural adornada con flores ante un paisaje monótono formado por llanuras amarillentas e interminables. Únicamente alteraban esa monotonía tres columnas de humo.

—Ahí tienes al enemigo en acción —aseguró Hammett—. El llamado Gallo Rojo. Le han robado esa expresión a los rusos, que son expertos en la materia.

—¿Qué significa ese humo?

—Si no satisfacen las demandas de los jornaleros, le prenden fuego a una parte de la plantación. En este caso, creo que han quemado sobre todo maquinaria: trilladoras y cosas por el estilo. En el mejor de los casos colocan cuñas en los engranajes o cortan las correas de transmisión, con el propósito de que el patrón dé el brazo a torcer. Y si se resiste pasan directamente al fuego.

Bob se quedó sin aliento contemplando horrorizado los lejanos incendios.

—¡Los *wobblies* siempre han predicado el sabotaje, pero nunca habían llegado tan lejos!

—Aquí lo hacen en ocasiones. Y eso es extensible a todo el Medio Oeste e incluso a los campos de trigo cercanos a la costa del Pacífico. —Hammett sonrió—. ¿Conoces una canción infantil que se titula *Ta-ra-ra Boom-de-ay*?

—Claro, quién no.

—Pues por esta zona circula una variante con letra de Joe Hill. Habla de un hacendado agrario, un paleto, al que le destrozan varias máquinas.

Hammett canturreó:

Pero ese paleto era bastante sensato,
estas cosas le abrieron los ojos.
Dijo: «Algo debe de ir mal,
creo que mis hombres trabajan demasiado».
Redujo la jornada, aumentó la paga
y les dio jamón y huevos a diario.
Ahora contrata a hombres sindicados
y no sufre ningún accidente.

¡Ta-ra-ra Boom-de-ay!
Ese paleto está contento,
aprendió la lección rápidamente,
bastó un sencillo truco.
Para arreglar trabajos podridos
y arreglar a los vagos codiciosos
ese es el único camino.

¡Ta-ra-ra Boom-de-ay!

Mientras volvían al taxi Bob exclamó:

—¡No estamos tratando con un sindicato, sino con una organización delictiva!

Pensó en la Mano Negra, que su hermana Mary Ann citaba siempre que había implicados en disturbios un elevado número de italianos, como sucedió en Lawrence y en Paterson.

Hammett esperó a que el automóvil retomara la marcha antes de responder. Encendió un cigarrillo largo y fino.

—No estoy del todo de acuerdo. Hay que tener en cuenta cómo tratan por estos lares a los jornaleros inmigrantes, peor incluso que a los leñadores. Ganan cuatro cuartos, duermen en tiendas de campaña rotas o envueltos en mantas en el suelo. Trabajan más de doce horas al día acribillados por los insectos, comen lo justo para no desfallecer y los capataces de los campos los golpean a su antojo. No tienen familia, y si la tienen, muchos de sus hijos mueren poco después del parto.

—¿Pretendes justificar a esos delincuentes?

—No los justifico, aunque comprendo hasta cierto punto su odio hacia las trilladoras. Cada máquina agrícola adicional es un pan menos para ellos.

El taxista, un hombre corpulento, casi obeso, con tanta papada que parecía que padecía bocio, se entrometió en la conversación.

—¿Saben cuál es el verdadero problema, señores? Que hay demasiados extranjeros. Kansas City está tomada por los forasteros de toda clase, muchos de ellos son de religión católica. Yo pienso que hay una plan europeo para invadirnos. El papa nos envía sus legiones con la intención de que nos sometamos al Vaticano.

Hammett no dijo nada. Bob captó en el chófer un acento norirlandés que despertó en él una simpatía espontánea.

—¿Usted de dónde viene, amigo?

—De Londonderry, pero ahora soy norteamericano. Y le aseguro, señor, que no vamos a permitir que las ratas papistas vengan a roer nuestro grano.

—En Europa están en guerra.

—Que sigan en guerra. Cuanto más se maten entre ellos menos ratas llegarán aquí.

La casa estaba en la calle Rochester, en la zona industrial. Por lo que le había dicho su hijo, Bob se esperaba una morada digna, pero se encontró con una casa inmunda de una sola planta y con los cristales rotos. Se accedía a la vivienda a través de una cancela que también estaba rota. Lo que en otro tiempo había sido un diminuto jardín, frente a la fachada, se asemejaba a un basurero. Las casas de alrededor, salvo por los cristales y por el jardincillo, presentaban un aspecto semejante. Niños vociferantes y con los pies descalzos corrían de un lado para otro. La calle era un manto de arena.

Hammett abrió la puerta principal intuyendo lo que estaba pensando su compañero.

—He visto casas mejores. Me imagino que tus superiores querían que vivieras en un entorno obrero similar a ese en el que proliferan los *wobblies* —comentó con un toque de ironía en su tono.

—¡Es imposible vivir aquí! —exclamó Bob al entrar y echar un vistazo.

—Es cierto, pero creo que vas a viajar bastante en los próximos meses, considéralo un alojamiento transitorio. E incluso tienes teléfono, como puedes ver. No se puede decir que carezca de todas las comodidades.

Bob se preguntó si el hombre de la Pinkerton se estaba burlando de él. El teléfono era aún un objeto de lujo, pero por lo demás daba la impresión de que la casa llevaba abandonada al menos veinte años. Para sentarse en un sillón Hammett tuvo que limpiar con su pañuelo una capa de polvo. Antes de tomar asiento sacó del bolsillo posterior de los pantalones una petaca con tapón de rosca.

—Me temo que no encontrarás nada para beber en el armario. Aquí tengo güisqui de marca, un Jameson de triple destilación. Lo hacen en tu tierra de origen.

Ese ofrecimiento y el primer trago de licor rebajaron el mal humor de Bob.

—¿La sede de los TIM está cerca?

—La sección local 400 está a un par de manzanas de aquí —respondió Hammett mientras echaba un trago a su vez. Encendió otro cigarrillo y le ofreció el paquete a Bob, pero este prefería tabaco más fuerte o simplemente no fumar.

—¿Tengo que presentarme allí?

—Imagino que sí, pero no tengo instrucciones para ti. Las recibirás de Burns o de quien sea. ¿Conoces a algún *wobbly* de la zona? ¿A los agitadores enviados aquí desde la central?

—No sé… ¿Frank Little?

Hammett asintió.

—Viene de vez en cuando, pero el verdadero líder de la 400 no es él, sino Walter Nef, un tipo duro. Ya fue activista de los TIM entre los madereros, los marítimos, los trabajadores de la construcción y los desempleados de Nueva York. Como orador es mediocre, pero es un organizador nato, de los que va al grano. Está revolucionando toda la estructura del sindicato.

—No he oído hablar de él. ¿En qué consiste su «revolución»?

Hammett exhaló una nubecilla de humo ligero, transparente, casi perfumado.

—Los TIM tenían cuotas de afiliación baja para que pudiera apuntarse cualquiera. Pues bien, Nef las ha elevado, porque quiere contar con militantes profesionales. Selecciona a militantes devotos de la causa, los aparta de la comodidad de las sedes locales y los envía con los trabajadores, haciendo que viajen por todo el país. Algunos de ellos ni siquiera saben que hay una dirección nacional. Los TIM, por ejemplo, siguen a los recolectores de trigo en una campaña que empieza en el sur y prosigue en el norte, llegando hasta la frontera de Canadá o más allá aún.

—¿Y obtienen resultados?

—Mejores que en la industria manufacturera. Los hacendados agrícolas saben que si se ven afectados por una huelga en plena temporada, perderán toda la cosecha, así es que hacen concesiones en todo: salarios, horario de trabajo, condiciones de vida de los temporeros… Los que se resisten se las tienen que ver con el Gallo Rojo y el *Ta-ra-ra Boom-de-ay*, no tardan en rendirse.

Bob remató el contenido de la petaca y se la devolvió a Dash, que la guardó en el bolsillo de los pantalones.

—Me ha quedado bastante clara la situación —comentó—. Trataré de reunirme con Walter Nef. Pero ¿para qué voy a tener que viajar, si es eso lo que se me pide? Estoy medio impedido.

—Porque los TIM se desplazan de una explotación agraria a otra. Viven en la miseria y viajan constantemente, al igual que las gentes que los acogen. No obstante, deberías hacerles esa pregunta a tus jefes: Burns, Means y compañía.

Un interrogante acuciaba a Bob y consideró que era el momento apropiado para plantearlo.

—¿Cómo es que los de la Agencia Pinkerton seguís órdenes de la Burns, una compañía rival y más pequeña?

Hammett no ocultó su sorpresa ante esa pregunta. Apagó la colilla con la suela de su zapato y dijo:

—¿No lo sabes? ¿De verdad?

—No, en serio.

—¿No sabes que ahora eres un empleado estatal con sueldo fijo y prebendas, raras pero generosas?

—Algo me han contado.

Hammett exhaló de sus pulmones una sombra residual de humo.

—Es curioso que sea yo el que tenga que decírtelo. La Agencia Burns ahora pertenece a la Administración federal, se llama Oficina de Investigación, su jefe es William Burns y su subjefe es Gaston Means. Deberías saberlo mejor que yo.

—He oído hablar de ello entre misión y misión —mintió Bob.

Hammett se levantó para despedirse. Bob, hundido en el sillón de al lado, tuvo que hacer fuerza con los dos antebrazos para ponerse en pie. Sus piernas flojeaban y no sentía los pies. Extendió débilmente su mano y Hammett la estrechó enérgicamente.

—¿Nos volveremos a ver? —preguntó Bob.

—No sé, creo que sí. Trata de ponerte en contacto con Walter Nef.

Hammett se marchó y Bob se vio rodeado de suciedad, marcos de ventanas que crujían con cada ráfaga de viento, un montón de botellas vacías y ratoneras excavadas en las paredes.

Se dejó caer sobre una silla torcida, que a punto estuvo de quebrarse a causa del impacto. Al menos había recuperado algo de su dignidad humana, a pesar de que le habían mentido todos, desde el director de la agencia hasta su propio hijo. Detective o no, seguía siendo simple y llanamente un peón. Es decir, nada.

Consciente de ello, se arrastró hasta el sofá y en él se quedó dormido. Soñó con su madre y con otras cosas sin importancia.

30. Triunfo de los *wobblies*

Decidieron llamarla Organización de Trabajadores Agrícolas (OTA), aunque mantuvieron la especificación de «sección 400» para indicar que el nuevo sindicato estaba adscrito a los TIM. Bob votó a favor en la asamblea constituyente, y no lo hizo por mero oportunismo, sino porque la elocuencia de Walter Nef, serenamente lógica y completamente centrada en aspectos prácticos, estaba pensada para ganarse incluso a los más escépticos.

—Los *wooblies* hemos dejado atrás la etapa infantil —aseguró el dirigente—. Ya no necesitamos oradores improvisados ni organizadores que desaparecen en cuanto concluye, bien o mal, una lucha. Eso estaba bien cuando se trataba de difundir una idea, pero ahora el sindicalismo revolucionario en Estados Unidos tiene bases firmes y se está transmitiendo a una enorme masa de trabajadores. Los políticos socialistas son cada vez más débiles, mientras que nosotros estamos en pleno desarrollo.

Bob sabía, por una indiscreción, que en la cúpula de los TIM se libraba un enfrentamiento cainita. A un lado estaba William Haywood, que defendía una estructura fuerte y centralista, con sindicalistas liberados. Al otro lado se hallaban figuras relevantes de la vieja guardia, como Vincent Saint John o Ben Williams, director de *Solidarity*, que añoraban la época intrépida del *Hallelujah! I'm a Bum!* y de los sindicalistas y agitadores no profesionalizados. Nef se situaba en una posición intermedia entre ambas tendencias, porque estaba representando a obreros inmigrantes de cualquier nacionalidad, pero no quería poner en riesgo una estabilidad capaz de resistir los vaivenes de la lucha de clases.

Él mismo lo explicó en estos términos:

—Nosotros, quienes estamos constituyendo la OTA,[4] somos conscientes de la precariedad en la que viven nuestras bases. Y si reclamamos una cuota de afiliación alta, es para poder disponer de un centenar de militantes que puedan acompañar a los recolectores desde los estados sureños a los norteños mientras se desplazan siguiendo los ritmos estacionales de las distintas regiones agrícolas. Lo importante es que quien tiene el carné rojo en California lo sigue teniendo, un mes y medio después, en Dakota del Norte. Hasta hace dos años era normal que desaparecieran, y con ellos desaparecía el sindicato, pero ahora ya no.

Bob se había ganado un puesto como agitador gracias a su familiaridad con Saint John, y también por su aspecto permanentemente sufriente. Los pies seguían atormentándolo y sus manos en ocasiones se agarrotaban. Vivir en un tugurio le había servido para ganarse la simpatía de Nef, que le había hecho una visita a domicilio. La pequeña asignación económica con cargo a la sección local 400 se sumaba a la cifra diez veces mayor que cobraba de la Oficina de Investigación como detective.

No desarrolló ninguna actividad en la práctica hasta tres meses después de la fundación de la OTA, cuando Nef le comunicó que había llegado la hora de partir para Mineápolis, en Minesota. Estaba terminando el mes julio de 1915 y hacía mucho calor. Bob informó por vía telegráfica a sus superiores del encargo que le habían hecho y se dirigió a la estación de Kansas City. No tenía billete para el tren, Nef le dijo que no lo necesitaba.

Le sorprendió descubrir que el acceso a los vagones de ganado estaba regulado. Había unos militantes *wobblies* que solo dejaban que subieran quienes tuvieran el carné rojo de los TIM. Un grupo de guardias de Ferrocarriles del Pacífico observaba ese abuso a cierta distancia y sin intervenir; una de dos, o estaban sindicados

[4] AWO (Agricultural Workers Organization) son sus siglas originales en inglés.

también ellos o sabían que, a diferencia de unos años atrás, en caso de enfrentamiento ellos llevarían las de perder.

Reconocieron a Bob y le hicieron señas para que subiera. Un «compañero» se percató de que cojeaba y le ayudó a instalarse en el vagón, prácticamente abarrotado. No todos allí tenían aspecto de jornaleros sindicados. Algunas mujeres eran prostitutas, algunos hombres eran jugadores profesionales o algo peor. Pero disponían del carné rojo.

El tren no se puso en marcha hasta que todos y cada uno de los «autorizados» se acomodaron en el vagón. Bob tenía a su lado, apoyado como él en la pared traqueteante del furgón, a un activista que se presentó como Max Johnson. Se dieron la mano y Max le preguntó:

—¿Cuántos años tienes? Calculo que cincuenta, más o menos.

—Por ahí ando.

—Bien. No todos los compañeros son jóvenes, es agradable encontrar a viejos militantes que no tengan miedo.

Bob examinó a su interlocutor. Sin duda era más joven que él, aunque por su aspecto no se diría. Tenía la piel arrugada, ojos azules hundidos y le faltaban varias piezas dentales. Su pelo rubio era poco más que un mechón en mitad de la frente. Vestía, en recuerdo de los viejos tiempos, camisa negra y pañuelo rojo. De sus pantalones de faena sobresalían la empuñadura y medio tambor de un revólver.

—¿Miedo de qué?

—Nos atacan de mil maneras distintas. Supongo que sabrás lo que pasó en Ludlow. Nosotros no seremos tan flojos.

Bob estaba al corriente de ese suceso, al igual que la mayor parte de los norteamericanos. El año anterior la Guardia Nacional, agentes y la milicia de la patronal habían intervenido contra una huelga de mineros en esa localidad de Colorado. Los TIM no tuvieron nada que ver con el paro, convocado por la FET. Los huelguistas acamparon en una llanura, montaron allí sus tiendas y los mercenarios los barrieron con fuego de ametralladora. No contentos con eso, prendieron fuego al campamento. Las madres escondieron a sus hijos en una cueva para tratar de protegerlos, pero trece niños murieron asfixiados por el humo. Se sumaron en la lista de bajas a los adultos abatidos por la metralla. La prensa más influyente culpó unánimemente a los sindicalistas, porque habían lanzado piedras. Conclusión: ellos se lo buscaron.

—Poco se puede hacer —opinó Bob—. Los capitalistas tienen el poder político y controlan al ejército y a la policía. Poseen los principales periódicos y dominan a una gran parte de los jueces.

Se estaba refiriendo de un modo implícito a las condenas a cadena perpetua de Ford y de Suhr por los hechos de Wheatland. Ambos eran a todas luces inocentes, pero el sistema los quería en prisión a perpetuidad para dar ejemplo. Ni siquiera con la defensa de los mejores abogados habían logrado que los absolvieran.

—Algo sí se puede hacer: resistir por todos los medios a nuestro alcance, lícitos o ilícitos.

Max Johnson se puso en pie repentinamente. En el centro del vagón se había producido un altercado. Uno de los viajeros irregulares, un individuo esquelético con traje blanco y canotier, sacó del bolsillo un juego de naipes y empezó a barajarlo en una clara invitación para que jugaran con él. Max y otros *wobblies* fueron a por el jugador y el más robusto hizo volar por los aires la baraja de una patada. Seguidamente, el grupo agarró al flacucho y lo llevó a rastras hasta la puerta abierta del vagón. Una nueva patada lo lanzó fuera, en plena campiña.

—Que quede claro. Con el carné rojo se viaja gratis, pero no admitimos jugadores, ni ladrones ni vendedores de alcohol de contrabando —advirtió el forzudo a los allí presentes, estupefactos—. Cualquiera que se dedique a explotar a los proletarios es tan enemigo nuestro como los latifundistas.

Bob advirtió que también el hombre que acababa de hablar llevaba un revólver metido en la cintura, y lo mismo sus compañeros. Los que parecía que no portaban armas de fuego llevaban palos y manoplas de acero.

Un corrillo de siniestros expresidiarios, reunidos en un rincón del vagón, optó por fingir que la cosa no iba con ellos.

Max volvió a su sitio y le dijo a Bob:

—Ya has podido hacerte una idea de cómo actúa la sección 400. Ya está bien de aguantar, nosotros devolvemos golpe por golpe.

—Ese hombre no parecía agresivo.

—Pues ahora está ahí, en mitad del campo, tratando de enderezarse. Los guardias reclutados por los hacendados acaban aún peor.

El ambiente se había vuelto tenso. Una joven mal vestida lo distendió entonando una canción de ritmo alegre y contagioso: *Workingmen, Unite!*, «*¡Trabajadores, uníos!*». Todos la conocían, incluido Bob, y la cantaron a coro.

¡Trabajadores, uníos!
Debemos plantar batalla
para liberarnos de la esclavitud
y de la tiranía capitalista.
Esta lucha no es inútil,
hay un mundo que ganar.
¿Serás un tonto, una herramienta del capitalismo
sirviendo a tu enemigo?
¿Seguiremos siendo esclavos por un salario?
Es indignante, lo ha sido durante siglos.
Esta tierra pertenece por derecho a los trabajadores
y no a los saboteadores de la libertad.

Bob constató una vez más lo importantes que eran las canciones para los *wobblies*. Les insuflaban valor, los unía, les infundían espíritu de lucha. Se antojaba poco probable que Joe Hill (que no era el autor de la canción, escrita años antes por un tal Nelson) fuera a salir airoso del proceso judicial en el que estaba envuelto, pero en cualquier caso había dotado a los sindicalistas de un repertorio de armas poderosas, capaces de superar las diferencias de idioma, raza o nacionalidad.

Bob, cansado ya de la charla con Max, se entregó a la lectura de un ejemplar del *Kansas City Journal Post* que había comprado antes de salir. Los titulares de primera página eran un paradigma del contenido del periódico: «Terror en el Medio Oeste, convertido en el imperio de Haywood y de los TIM. Hacendados intimidados y jornaleros agredidos con palos, cuchillos y pistolas. Reclutamiento a la fuerza y actos de sabotaje de maquinaria. Pasividad de las fuerzas del orden y de los alcaldes. La revolución desembarca en Norteamérica».

El tono exasperado de las noticias en portada podía provocar sonrisas, pero en páginas interiores había una amplia cobertura informativa de temas similares tratados de un modo obsesivo: «Estados Unidos quiere entrar en la guerra, los TIM intentan boicotear esa intervención», «La ley del incendio, cómo actúan los sindicalistas», «El enemigo en casa», «Joe Hill, despiadado asesino, pérfido maestro»...

Bob, antes de dejarse vencer por el sueño, le enseñó los artículos a Max Johnson y le preguntó:

—¿Tú qué piensas?

—¿Qué quieres que piense? —dijo encogiéndose de hombros—. La prensa está al servicio de sus dueños. Puedes encontrar algún que otro periodista honesto expresando sus opiniones en términos velados, siempre en columnas secundarias, casi escondidas. Los que escriben en primera página son putas del poder.

Bob pensó en Mary Ann y se sintió ofendido por ese comentario, pero no convenía que diera su opinión al respecto.

Lo despertó a primera hora de la mañana uno de los organizadores, que le comunicó:

—Ya estamos en Minesota. Es hora de bajar.

A través de la puerta, totalmente abierta, se veía un paisaje agradable a lo largo del solemne curso del río Misisipi. Lomas boscosas se alternaban con campos de cereales y grandes granjas. Sin duda estaban en el sur del estado, Mineápolis quedaba aún lejos.

Los *wobblies* empezaron a saltar en cuanto el tren aminoró su marcha. Únicamente se quedaron en el vagón los que con toda probabilidad se habían gastado dos dólares en afiliarse solo para poder viajar gratis y seguros, así como el grupito de prostitutas. Johnson, que debía de conocer bien la zona, se aseguró de que todos los que habían saltado se hallaran en buen estado. Seguidamente los guio en fila india por un sendero hacia una arboleda, una *jungla*, como las llamaban los obreros del campo. Ese término jergal lo había popularizado la novela de Upton Sinclair *La jungla* (en la que, sin embargo, la jungla era la ciudad de Chicago).

El campamento de braceros estaba formado por una treintena de tiendas plantadas en el centro de un claro circular atravesado por un arroyo. Los jornaleros se preparaban para ir al trabajo y estaban calentando ollas llenas de leche, proporcionadas por las mujeres, sobre las ascuas de una hoguera. Acogieron a los recién llegados con mucha cordialidad. Los capataces estaban aparte, esperando para conducir a los trabajadores a los campos.

El responsable de los TIM en el campamento, un hombre de avanzada edad, les estrechó la mano a Johnson y a los demás agitadores. Bob se llevó tal sorpresa al verlo que poco faltó para que tropezara y cayera al suelo: era Sam Dreyer, el antiguo agente de la Pinkerton, el hombre de acción, el matón. La mirada del viejo conocido se cruzó con la suya, pero no dio señal alguna de que lo hubiera reconocido. Se dirigió en conjunto a los refuerzos recién llegados diciéndoles:

—En esta parte de Minesota todavía estamos lejos de alcanzar los objetivos que ha fijado el sindicato: un salario mínimo de tres dólares al día por una jornada de diez horas y medio dólar por cada hora extraordinaria. Hemos logrado que se llegue a dos dólares y veinte centavos, y a veinte centavos por cada hora extra. También hemos conseguido mantas y tiendas de campaña limpias. Lo más importante es que los propietarios de las plantaciones recurren directamente al sindicato para conseguir la mano de obra que necesitan. Y cuando la demanda baja, organizamos turnos de trabajo para que también los viejos y las mujeres reciban su parte de las ganancias. Ahora tenéis que ir a registraros. Os asignarán una tienda y si queréis podéis asearos un poco. Mañana os pondréis manos a la obra.

Bob no tuvo ocasión de acercarse a Dreyer hasta más tarde, esa misma mañana. Cuando vio que estaba solo se dirigió a él con cautela.

—Creo que nos conocemos.

—Claro que nos conocemos, Bob. Ven, alejémonos de las tiendas.

En medio de los árboles, sin preámbulos, Bob le preguntó:

—¿Estás aquí como infiltrado?

—Igual que tú, me parece.

—Yo soy uno más, pero veo que tú eres uno de los líderes.

—Llevo bastante tiempo metido en esto. Sentémonos allí. —Dreyer señaló un tronco caído que había quedado apoyado sobre una roca, el cual crujió cuando se sentaron—. Bueno, ¿cómo te va? No tienes buen aspecto, veo que te cuesta mantenerte en pie.

—Es una dolencia pasajera. —Bob minimizó la cosa—. En Kansas City conocí a uno de los vuestros, se llama Dashiell Hammett. ¿Te suena?

Dreyer reaccionó con un gesto de menosprecio.

—Dimitió, no daba la talla. No se sabía si estaba con nosotros o con los vagabundos, encontraba mil y un motivos para justificarlos.

—Conmigo también actuó así.

—No nos sirve gente como esa, que se vaya al Ejército de Salvación. Los subversivos están yendo demasiado lejos; no es tiempo de discursos, sino de balas.

—Los veo más fuertes que en el pasado. Esta mañana hablabas de unas condiciones de trabajo que hasta hace dos años nadie habría imaginado. Es el triunfo de los *wobblies*.

Dreyer soltó una risotada seca antes de asegurar:

—Eso es lo que ellos creen, no caigas tú también en la trampa. Si están obteniendo casi todo lo que piden es porque Estados Unidos va a entrar en guerra. La demanda en Europa es elevada y los capitalistas están dispuestos a hacer concesiones. Los TIM no están prestando atención al conflicto que se avecina, no hacen otra cosa que parlotear sobre los intereses comunes del proletariado. Gilipolleces. Ya verás a dónde van a ir a parar sus victorias cuando estalle la guerra de verdad.

El sol se acercaba a su cénit y hacía calor. La conversación le estaba resultando interesante, pero Bob hizo presión con los puños para ponerse en pie.

—¿Qué puedo hacer yo aquí? —preguntó—. No he recibido instrucciones y como jornalero sería una nulidad.

—Creo recordar que eres mecánico.

—Sí.

—En Minesota hay mucha maquinaria agrícola y se necesitan especialistas como tú. No te costará encontrar trabajo.

—¿Eso no hará que me excluyan de los TIM? Normalmente, los mecánicos pertenecen a la FET.

Dreyer también se levantó.

—No, la Federación Estadounidense del Trabajo ni siquiera puede poner un pie en las junglas. Y la OTA sigue fielmente los principios del sindicalismo industrial: cualquiera que pertenezca a un ramo forma parte de una misma estructura, independientemente de la cualificación, la antigüedad, el sexo o incluso la raza. Agrupa a jornaleros, técnicos, transportistas, ferroviarios y también a desempleados que el día de mañana podrían dejar de serlo.

—Menuda tontería —comentó Bob—. Esa mezcolanza está condenada a desmoronarse al primer empujón.

Dreyer entreabrió los labios para meter en ellos un puro.

—Exactamente. ¿Y para qué estamos tú y yo aquí? Para dar ese empujón.

Bob pasó las semanas siguientes ocupándose de motores rebeldes, pérdidas de aceite, palas oxidadas... Ganaba cuatro dólares al día, casi una fortuna en el mercado laboral estadounidense. Dormía con otros seis compañeros en una tienda en buen estado, a salvo de los insectos, entre sábanas que cambiaban regularmente. Comía alubias y trozos de carne de res a diario. Tenía la sensación de haber ido a parar al paraíso terrenal de los trabajadores, aunque estos no hubieran hecho nada para merecer el Edén.

Los jornaleros del campamento se reunían en círculo alrededor del fuego cada noche. Cenaban juntos, se pasaban de unos a otros frascos de aguardiente que compraban a pequeños granjeros. Arrancaban a cantar espontáneamente, acompañados por instrumentistas de banjo y de armónica. Interpretaban las canciones *wobbly* más conocidas, desde *Ta-ra-ra Boom-de-ay* hasta *Harvest War*

Song, y terminaban la velada reclamando la puesta en libertad de Joe Hill.

Bob supo, casi desde el principio, que además de Dreyer varios organizadores sindicales eran en realidad infiltrados de la Pinkerton. Y otros pertenecían a una agencia rival: la Shippy Hunt & Dorman. Sin embargo, no parecía que ninguno de ellos estuviera en situación de poder alterar las líneas organizativas y de acción dictadas por la OTA. Daba la impresión de que todos se mantenían a la espera de acontecimientos externos que les permitieran empezar a actuar.

Una noche, al terminar la velada alrededor del fuego, Bob se llevó fuera de la jungla a una mujer no muy joven, que estaba borracha, al igual que él. Se llamaba Bertha Thompson, pero la apodaban Bertha el Furgón por su familiaridad con los vagones de mercancías. Había sido amante de Ben Reitman, el médico de los *hobos*, en diferentes periodos desde su adolescencia. Este iba y venía de su vida, arrastrado por la convulsa relación que lo unía a Emma Goldman, y entre tanto Bertha se ganaba la vida como jornalera o como prostituta.

Se besaron, se abrazaron y se tocaron. Ella, con la voz quebrada por el alcohol, le preguntó:

—Pero ¿tú quién eres exactamente? Hablas menos que los demás.

—¿Qué importa quién soy? Nací en San Luis y vivo en Kansas City. ¿Qué más quieres saber?

—Eres un tipo misterioso, ¿lo sabes?

—Yo no soy nadie. Abre las piernas y déjate de charla.

Fue una relación sexual totalmente decepcionante. Al final, mientras Bob se abrochaba los pantalones, Bertha murmuró:

—Deberías beber menos. Y come verduras, que dan energía.

—Beber menos… —refunfuñó él—. Mira quién fue a hablar.

La mujer no lo escuchó, se había quedado dormida. La luna iluminaba su oscuro pubis, que había quedado al descubierto. Bob se fue a su tienda dando tumbos.

—Puta —susurró antes de dejarse caer en el catre. Ninguno de sus compañeros le prestó atención, porque estaban durmiendo profundamente, algunos de ellos roncando.

Bob no volvió a tener contacto directo con Dreyer hasta varias semanas después, cuando la cosecha ya prácticamente había terminado y muchos jornaleros comenzaban a dirigirse en grupos hacia la frontera para pasar a Canadá. Allí también había *wobblies*, al igual que en Australia y sobre todo en México, adonde se habían desplazado en buen número para tomar parte en la revolución que estaba en marcha.

Fue Dreyer el que se acercó a él para preguntarle:

—¿Qué piensas hacer ahora?

—Volveré a Kansas City. —Bob estaba reuniendo sus escasas prendas de vestir—. Tengo que cobrar los cheques que he ido acumulando en este tiempo. ¿Y tú qué tienes previsto?

—Seguir con lo que estoy haciendo.

—Con pocos resultados, diría yo —comentó Bob sin mala fe.

—¿Bromeas? Los cabecillas y los afiliados de los TIM están todos fichados, llevo yo el registro del pago de cuotas. —Dreyer le guiñó un ojo—. Y tengo un listado detallado de todo acto susceptible de ser denunciado, con los correspondientes nombres de los autores y de los testigos. Se activará la trampa en el momento oportuno, y será una trampa mortal.

—¿Y cuándo será el momento oportuno?

—¿No lees los periódicos? Creo que ya falta muy poco.

Bob terminó de hacer el equipaje y cerró la cremallera de la bolsa. No supo qué responder, no leía la prensa desde su llegada al campamento; ni siquiera la de los TIM, a pesar de que circulaba abundantemente. Antes de despedirse de Dreyer le preguntó:

—¿Conoces a un tal Wesley Everest?

Su resentimiento hacia el hipotético enemigo había aumentado tras su fallido coito con Bertha Thompson. En su imaginación Everest había adquirido la categoría de una especie de Príapo, el dios griego de la fertilidad, que le había arrebatado a Rosy meramente por sus méritos viriles y que a lo mejor también había dejado satisfechas sexualmente a un sinfín de chicas-furgón. Era más joven, más atractivo, más robusto y más activo sexualmente que él.

—He oído hablar de él —contestó Dreyer—. Es un agitador de

poca monta en la industria de la madera. ¿Por qué me lo preguntas? ¿Tienes algún asunto pendiente con él?

—Le dijiste a un reverendo de Lawrence que fue amante de Rosy O'Donnell.

—No lo recuerdo, no conozco a ninguna Rosy. ¿Es una de tus conquistas?

Rehusó responder a esa pregunta.

—Sam, deberías pasarte a la Agencia Burns.

—Es demasiado oficialista. Eres tú el que deberías unirte a la Pinkerton, suponiendo que te siga gustando dar zurras.

Bob hizo el viaje de regreso del mismo modo que el de ida: con el carné rojo, en compañía de pasajeros clandestinos y *hobos* que no hacían otra cosa que cantar. Estaba cansado y, al menos desde su punto de vista, merecía unos meses de reposo. Ya era mucho que hubiera resistido durante tanto tiempo con los nervios de los pies retorciéndose y martirizándolo por las noches.

Halló su vivienda de Kansas City en el mismo estado deplorable en el que la había dejado, aunque con una capa extra de polvo. Lo primero que hizo fue vaciar el fondo de dos botellas de güisqui, que apenas dieron para un par de vasos entre ambas. Reconfortado por el alcohol, echó mano al teléfono y marcó el número de la sede local de la Agencia Burns.

—¿Oiga? Soy el detective Robert Coates. Me gustaría hablar con algún responsable.

—Un momento —contestó la chica al otro lado de la línea antes de dejarlo en espera durante dos minutos largos—. Señor, no tenemos constancia de ningún detective apellidado Coates. ¿Tiene usted otra identidad?

—No, únicamente Coates.

—Lo siento. Tal vez quería llamar a otra agencia y se ha equivocado de número.

Bob colgó. Tenía su lógica que en una sede local no lo conocieran, llamaría directamente a Chicago. No encontró su agenda de teléfonos, así que desistió por el momento. Se echó a dormir en un sillón, tumbado de lado.

31. El crepúsculo

Le fue imposible encontrar un interlocutor en la sede central de la Agencia Burns en Chicago. William J. Burns siempre estaba en Washington, Gaston Means también. Bob trató de localizar a su hermana Mary Ann a través del *Chicago Herald*, pero no hubo manera; ahora colaboraba con *Los Angeles Times* y con otros dos periódicos de difusión nacional. No logró contactar con ella.

Acudió durante semanas a la oficina central de correos de Kansas City, pero allí seguía sin haber cheques o telegramas para él. Las empleadas empezaron a verlo como un personaje caricaturesco y acabó enclaustrándose en su casa de cristales rotos, donde se dio de nuevo a la bebida.

El dinero que había ganado como mecánico en Minesota resultó indispensable, le permitía comprar cerveza y licores de marcas cada vez más baratas, así como algún periódico. Aún podía seguir pagando el alquiler, la luz y el agua, pero el botín no duraría mucho más.

El *Kansas City Star* le ayudaba a mantenerse al día, entre siesta y siesta, de lo que acontecía en el mundo. Ese rotativo a menudo reproducía artículos de *Los Angeles Times* y, en particular, de Mary Ann. Las columnas de opinión de su hermana eran virulentas. Como ejemplo:

> *Joe Hill ha sido finalmente ejecutado por un pelotón de fusilamiento. Era la prueba fehaciente de que la propaganda criminal de los* TIM *conduce al robo y al asesinato.*

La entrada en la Gran Guerra genera emoción en todo el país. Hay que agradecerle al presidente Woodrow Wilson su perspicacia y su sagacidad. Con razón dice que una guerra siempre es condenable, salvo cuando persigue fines humanitarios. Quienes aseguran que esta guerra está motivada por intereses económicos demuestran que tienen un ánimo mezquino que responde a cálculos despreciables.

Bob confiaba en que Charlie diera señales de vida más pronto que tarde, aunque sospechaba que su hijo no tenía prisa alguna en hacerlo. Renunció a seguir telefoneando a la agencia para preguntar por él. En Kansas City no tenía amigos ni conocidos, y los pies le dolían demasiado para acercarse hasta el bar más cercano y pasar allí un rato. Las palabras escritas por su hermana eran prácticamente su único vínculo con los acontecimientos externos.

Todo buen estadounidense en edad de hacerlo debería enrolarse como voluntario, a la espera de que nuestro Gobierno asuma la decisión que estamos esperando. ¡No hagan caso a los saboteadores, a esos que desprecian nuestra patria y nuestra bandera! ¡Los hay que se atreven a declarar huelgas en un momento en el que la industria norteamericana merece el apoyo de todos! ¡No sé a qué está esperando el Gobierno para aplastar a esas víboras! ¿Acaso queremos que el socialismo, que ya está echando raíces en los campos de batalla europeos, prolifere también entre nosotros? ¿Queremos acabar sometidos a la dictadura del señor William Haywood?

Lo cierto era que la prensa de los TIM, que Bob adquiría de vez en cuando (ahora ya tenía que dosificar hasta el último centavo), no daba a entender que hubiera una amenaza de tal magnitud. Los *wobblies* seguían manteniendo un perfil más bien bajo en lo concerniente a la guerra, aunque lógicamente marcaban distancias con el tono belicista que habían ido asumiendo progresivamente Gompers y la Federación Estadounidense del Trabajo, así como con la posición pusilánime y expectante del Partido Socialista. Criticaban con dureza al movimiento obrero europeo, que tras pregonar durante años la unidad del proletariado más allá de cualquier frontera ahora se había fragmentado, en gran medida, para adherirse a las pretensiones nacionalistas de los diferentes Gobiernos. No pasó de ahí la cosa, no se organizaron mítines ni manifestaciones contra la intervención de Estados Unidos en la guerra. Era como si los TIM se hubieran rendido al fatalismo, como si admitieran que había acontecimientos históricos que no podían evitarse mientras el capitalismo siguiera en pie. Eso o que tal vez algunos dirigentes eran conscientes del riesgo que entrañaba adoptar una posición antipatriótica.

Mary Ann seguía martilleando con su prosa a diario, implacablemente.

> *¿Cómo podemos esperar que se vayan a asumir decisiones indispensables en política exterior si no aplastamos el peligro rojo interior? Hay* sheriffs *y alcaldes valientes que ya están dando ejemplo. Detienen a los alborotadores en sus apestosos campamentos y en sus casas, los deportan por la fuerza en auténticas manadas, a veces los abandonan en el desierto. Los* wobblies *ya saben que si se dejan ver con sus periodicuchos y sus mamotretos en ciertas localidades del Medio Oeste o del Sur les espera una buena somanta de palos. Esto es positivo, no sabemos a qué está esperando el Gobierno para adoptar esa misma política a escala federal.*

Esa exhortación llamó la atención de Bob, simplemente eso. Sus problemas eran otros: en breve le cortarían la luz por impago y también peligraba su botella de güisqui diaria. Debía hacer algo. ¿Buscar trabajo como mecánico? No, nadie quería obreros de su edad. Además, aparte de sus pies, las yemas de sus dedos ya no tenían la sensibilidad de antes. Solo se le ocurrió una solución. Descolgó el teléfono y le pidió a la telefonista que le pusiera en contacto con la Agencia Pinkerton. Cuando la tuvo en línea preguntó por Sam Dreyer. Tuvo que esperar casi un par de minutos, con la respiración contenida. Escuchar la voz de Dreyer al otro lado del hilo telefónico supuso para él un enorme alivio.

—¿Quién es?

—Sam, soy Bob Coates. ¿Recuerdas que hace tiempo me propusiste que me pasara a vuestra agencia?

—Sí, lo recuerdo.

—Es el momento, Sam. Estoy dispuesto.

Hubo un largo silencio, al final del cual Dreyer dijo:

—Prepara una buena botella, iré a verte esta tarde.

La alegría dejó a Bob medio aturdido. Gastó la mitad de los dólares que le quedaban en comprar una botella de güisqui irlandés Tyrconnell. Se preguntaba si finalmente habría encontrado un amigo, o al menos un aliado.

Dreyer se presentó en su casa hacia las cuatro de la tarde, cuando el calor era más sofocante. Valoró positivamente la calidad del licor, no así la suciedad del tugurio. Frunció el ceño y miró a Bob.

—Te han dejado tirado, ¿verdad?

Bob decidió ser sincero.

—Sí, incluso mi hijo.

—No me extraña, los de la Agencia Burns se creen que son la *crème de la crème*. Políticos como Franklin Roosevelt los traen en palmitas. Probablemente te consideran poco refinado para sus ambiciones.

—¿Incluido mi hijo?

—Se hace llamar Gaston Means, ¿no es cierto? Es un lameculos nato, un engreído. Vendería a su propio padre por un despacho en un departamento de Estado. De hecho, ya te ha vendido.

A Bob no le afectó demasiado esa revelación, concordaba con lo que él intuía desde hacía tiempo.

—¿Qué ofrece la Pinkerton que sea diferente? —preguntó.

—Es la agencia de investigación más potente de Estados Unidos, cuenta con miles de agentes. Los herederos del viejo Allan han preservado su carácter estrictamente privado, y les ha ido bien.

—Entonces, es posible que les sea útil un detective con una larga experiencia.

—¿Un detective? —Dreyer soltó una carcajada que sacudió su corpachón, envejecido pero aún macizo y temible—. Tenemos demasiados. No, nosotros necesitamos elementos capaces de hacer el trabajo sucio. Ya te lo había adelantado, ¿no te acuerdas? Gente de mano dura, como era yo y como en parte sigo siendo, aunque ahora con un rango superior. Dame otro güisqui.

Bob obedeció y tras servírselo preguntó:

—¿No soy demasiado viejo para esa labor?

—Depende de cuál sea la labor. Hay casos en los que resulta útil disponer de un hombre mayor y algo enfermo del que nadie sospeche.

—¿Cuál es el sueldo?

—No hay sueldo. Se paga caso por caso, en función del trabajo desarrollado.

Bob tenía sus dudas, pero no estaba en condiciones de regatear.

—Sam, entiendo que tendrás algo para mí.

—Sí, lo tengo. Tal vez no estés al tanto de la que están liando los TIM en Everett, en el estado de Washington. Ahora te lo cuento…

Cuando se despidieron, en el umbral crujiente de la entrada, Dreyer le preguntó:

—¿Te acuerdas de aquel médico judío al que machaqué hace muchos años? El responsable de la muerte de tu mujer.

—Sí, me acuerdo de él.

—Lo he vuelto a ver, quedó tonto para siempre. —Dreyer se echó a reír—. Te quejas de tu salud, pero ese está peor.

Siguiendo las órdenes que había recibido, el 5 de noviembre de 1916 Bob estaba en el puerto de Seattle, listo para subir en el barco de vapor Verona. Le había costado mucho llegar hasta allí, a pesar de que en las últimas semanas no había tomado ni una gota de alcohol. Un pequeño anticipo recibido de Dreyer le había permitido viajar en un vagón de segunda clase en lugar de uno de mercancías. La fila de pasajeros que esperaban en el muelle era interminable. Otro hombre de la Pinkerton, uno de los cuatro o cinco que había mezclados con la gente, le explicó el motivo. Se llamaba Charles Smith.

—Son en su mayoría *wobblies* que se dirigen a Everett. Hay convocado un encuentro allí para esta tarde.

—Hay al menos dos centenares. ¿Tan especial es ese encuentro?

—Sí, lo es.

Smith no quiso ser más explícito en medio de aquella muchedumbre. Bob se enteró de más detalles cuando ya estaba a bordo, por medio de un *wobbly* que se presentó como Hugo Gerlot, nacido en Francia. Algunas de las noticias que le contó ya las conocía, otras no.

—Everett es un pequeño puerto en el estrecho de Puget —le comunicó el francés—. Allí cargan la madera procedente del interior para procesarla en la ciudad. La vida de los obreros y de los leñadores es dantesca, basta decir que buena parte de ellos sufren mutilaciones y les faltan varios dedos.

—Eso les pasa a los leñadores en todas partes —comentó Bob.

—Sí, pero en Everett la situación es especialmente grave. Los trabajadores trataron de constituir un sindicato, vinculado a la FET, pero no consiguieron nada. Al contrario, eso animó a los empresarios a agruparse en el Club Comercial, una patronal que los representa a todos. A través de él controlan todas las actividades de la ciudad y a todas las autoridades, empezando por el *sheriff* McRae. Y tienen en nómina al menos un centenar de guardias privados. Por eso los obreros abandonaron en bloque la Federación Estadounidense del Trabajo para unirse a nosotros, los *wobblies*.

—¿Y cómo acabó la cosa?

—Fue una masacre. McRae ordenó detenciones masivas, palizas a sindicalistas, expulsiones forzosas, auténticas torturas... Hizo que vigilaran los trenes para detectar a los agitadores en cuanto llegaran y para enviarlos a la cárcel o al hospital. Prohibió los mítines, las reuniones y la distribución de periódicos y folletos, recurriendo para ello a la intimidación y a los malos tratos.

—Sin embargo, hoy hay prevista una movilización en Everett.

—Sí, ilegal, aunque nosotros no somos de los que se dejan intimidar. —Gerlot sonrió—. Vamos desde Seattle nada menos que doscientos cuarenta, a ver qué puede hacer el señor *sheriff*.

En efecto, el Verona iba lleno hasta la bandera y, ante la imposibilidad de embarcar, una treintena de pasajeros se habían visto obligados a viajar en el Calista, una segunda embarcación, más pequeña. Finalmente, los dos piróscafos zarparon entre abundantes bocanadas de humos y el ruido sordo de las paletas. El viento era cortante, pero el sol auguraba un espléndido día de noviembre, de esos despejados.

A Bob le chocó que casi todos los viajeros eran muy jóvenes. Ninguno de ellos le recordaba a los *hobos* o a los vagabundos del pasado reciente. Eran en su mayor parte chicos, o incluso adolescentes, e iban apiñados en la cubierta inferior, entre las columnas que sostenían el puente y la cabina de mando.

Aquello no le pareció una buena señal. Significaba que, a pesar de las continuas luchas intestinas, los TIM se estaban expandiendo. En el último congreso nacional se había hablado de una cifra cercana a los cien mil afiliados y de agrupaciones locales muy activas. William Haywood, que ocupaba los antiguos cargos de secretario general y tesorero, había generado descontento y había forzado las dimisiones de dirigentes históricos como Joseph Ettor, el secretario de organización saliente, y Vincent Saint John, que dejó la actividad pública para regentar un pequeño negocio. A Haywood lo acusaban de acaparar poder en el sindicato. El propio Walter Nef estaba en desacuerdo con la nueva estructura centralista planteada por Haywood.

De la mano de una nueva hornada de *wobblies*, jóvenes y tendentes al entusiasmo, el liderazgo con puño de hierro ejercido por Haywood impuso la disciplina allí donde nunca había existido y dio consistencia a una masa sindical con contornos demasiado fluidos. Era lógico que una nueva generación acudiera a las secciones de los TIM para afiliarse, especialmente con la guerra en ciernes. La perspectiva de esos chicos era la precariedad laboral perpetua o vestir el uniforme militar, sin otra alternativa que la marginalidad más abyecta.

Ya fueran blancos o negros, italianos o eslavos, hebreos o escandinavos, únicamente los *wobblies* les proponían la idea de llegar a ser algún día dueños del sistema económico para su propio beneficio. Las otras alternativas se reducían a tres: dejarse explotar de la forma más humillante, convertirse en espías y colaboracionistas o enrolarse en la policía o en los cuerpos de seguridad paralelos. Muchos optaban por alguna de esas salidas, pero había un núcleo, probablemente minoritario, que no estaba dispuesto a doblegarse.

Mientras el Verona navegaba por las aguas en calma del estrecho de Puget, los jóvenes sindicalistas comenzaron a cantar. El himno más repetido era el clásico *Hold the Fort.*

Defended el fuerte, que ya estamos llegando,
¡sed fuertes, hombres del sindicato!
¡Codo con codo lucharemos,
la victoria llegará!

El ambiente era relajado, casi desenfadado. Siguió siéndolo hasta que el Verona acostó al muelle de Everett y paró las máquinas. En el desembarcadero habían levantado barricadas, tras las cuales asomaban los cañones de decenas y decenas de fusiles.

Apareció, tambaleándose, un hombre medio borracho. Se inclinó sobre un pequeño muro mirando a la embarcación y preguntó:

—¿Quién es el jefe ahí?

—Nadie. Aquí todos somos jefes —contestó un obrero con una típica respuesta *wobbly.*

—Soy el *sheriff* McRae. Os informo de que no podéis desembarcar.

—¿Con qué derecho quiere impedir que desembarquemos?

—Con el único que vale: el de la fuerza.

En ese mismo instante abrieron fuego contra el Verona desde las barricadas. Disparaban con fusiles modernos, de alta precisión. Un par de *wobblies* cayeron de inmediato, fulminados por las balas, y un tercero se fue al agua.

Bob, aterrorizado, se echó al suelo, contra la pared de la cabina central de la cubierta inferior. Desde esa posición observó, con el corazón en un puño, el resto de la secuencia. De los doscientos cuarenta pasajeros apenas una veintena iban armados con revólveres. Respondieron al fuego.

Lograron un primer resultado. McRae, que se había expuesto demasiado, gritó:

—¡Ay, me han dado! ¡Me han dado!

Unas manos solícitas lo agarraron y lo arrastraron hasta el otro lado de la barricada.

La lluvia de proyectiles de la fusilería no cesaba. Otros TIM cayeron en cubierta, muertos o heridos. Un número impreciso se precipitó a las aguas del estrecho de Puget, que se fueron tiñendo de rojo.

Bob trataba de mantener su posición, bastante protegida, apartando desde el suelo a los heridos que caían sobre él y empujando a los cadáveres. No tenía arma, no se le había ocurrido llevarla. Gerlot cayó a poca distancia de él, herido de muerte.

Los *wobblies* armados se quedaron sin munición, no así los vigilantes que había en el desembarcadero, que siguieron disparando como posesos salvas de fusilería, prácticamente como si estuvieron tirando al blanco. No hacían distinción entre activistas sindicales y pasajeros corrientes.

El tiroteo duró diez minutos, que parecieron una eternidad. Al final el capitán del Verona consiguió acceder a la cabina, que había tenido que abandonar debido a la lluvia de disparos. Puso en marcha el motor, giró el timón, y el piróscafo zarpó y viró en aguas enrojecidas por la sangre que seguía goteando desde la cubierta. Entre el estruendo de los disparos se oían los gemidos de los heridos, al menos una treintena.

Bob se puso en pie agarrándose a una barandilla, porque le fallaban las piernas. Vio a Charles Smith jadeando y con el rostro ensangrentado. La herida no era grave, una bala le había rozado el cuero cabelludo. Sin embargo, estaba temblando y no podía articular palabra. En ese estado estaban muchos otros.

El Verona se cruzó con el Calista, un barco más lento y anticuado.

—¡Por el amor de Dios, no atraque! —le gritó a su colega el capitán de la primera embarcación—. ¡Dé la vuelta! ¡En Everett se han vuelto locos, quieren matarnos a todos!

Cuando los dos barcos de vapor llegaron al puerto de Seattle había en el muelle un enorme despliegue policial. Los heridos fueron evacuados al hospital y los muertos, envueltos en telas. Bob, renqueante, desembarcó con la ayuda de un agente para ser conducido a prisión, al igual que el resto de los pasajeros ilesos.

Fue en la cárcel donde se enteró de quiénes habían muerto. En las filas de los vigilantes, el teniente Curtis, mientras que el ayudante del *sheriff* Jeff Beard estaba agonizando. Entre los *wobblies*, cinco obreros: Felix Baran, Gustav Johnson, John Looney, Abraham Rabinowitz y Hugo Gerlot. Un alemán, un sueco, un irlandés, un judío ruso y un francés; era reflejo de la composición de los TIM. Posiblemente había más víctimas mortales entre quienes cayeron al agua, pero quedarían en el anonimato, porque nadie se tomaría la molestia de buscar sus cuerpos.

La detención de Bob duró tan solo unas horas, hasta que Dreyer se personó en la cárcel e hizo que lo pusieran en libertad sin pagar siquiera una fianza. Daba la impresión de que todo el mundo lo conocía en la prisión. A Bob lo hicieron salir por una puerta secundaria, para que los detenidos no descubrieran que se trataba de un infiltrado.

Al llegar a la calle Dreyer le dijo:

—Me imagino que estarás enfadado conmigo.

—¡Puedes estar seguro de ello! —explotó Bob, que tuvo que apoyarse en la pared para mantenerse en pie—. ¡He estado a punto de perder el cuello!

—No esperábamos algo así, te lo aseguro. De todas formas, ha sido una buena señal, la tendremos en cuenta.

—¿Qué buena señal?

—Hay gente en Estados Unidos que está dispuesta a luchar contra la subversión incluso a costa de infringir la ley, algo de lo que el Gobierno federal deberá tomar nota. Es escandaloso que se limite a observar, sin reaccionar mientras se prepara una insurrección colectiva, urdida por gentuza que no cree en ninguna de nuestras instituciones democráticas. A veces conviene que sea la iniciativa privada la que indique el camino que se ha de seguir.

Esa argumentación no bastó para apaciguar a Bob.

—¿Y qué se supone que debo hacer yo ahora? ¿Vuelvo a Kansas City y espero hasta que me mandéis de nuevo al matadero con otra misión insensata?

Dreyer metió la mano en su abrigo y sacó un sobre.

—De momento, aquí tienes una pequeña gratificación de cien dólares. De parte de la Agencia Pinkerton, por el riesgo que corriste. Regresa a casa, tal vez podrías alquilar un alojamiento más decente… Confía en mí, está a punto de llegar un trabajo serio y sin riesgo.

Bob recobró la calma. A la mañana siguiente tomó el tren con destino a la insulsa Kansas City. Se abstuvo de desperdiciar el dinero alquilando otra vivienda. Su vieja casa estaba tal y como la había dejado. Pagó lo que había dejado a deber y ocupó nuevamente la vivienda. El casero, un noruego anciano y obeso, ya apenas se acordaba de él, pero estaba encantado de recibir el dinero y de retomar el alquiler del ruinoso inmueble. Bob gastó asimismo una pequeña suma de dinero en cambiar los cristales rotos de las ventanas, porque el invierno estaba siendo muy riguroso, y en comprarse un bastón. Tras adiestrarse un poco en su uso consiguió caminar con relativa facilidad.

Naturalmente, empezó a beber de nuevo, aunque con el propósito de dejarlo cuando fuera necesario. Se echaba en el polvoriento sofá para leer las noticias que le interesaban en los periódicos que un muchacho le llevaba cada mañana. No eran malas noticias, en su opinión. Como tema común aparecía la Gran Guerra, indispensable para defender la democracia, a ojos del presidente Wilson y de su gabinete. Estados Unidos tenía el deber de intervenir en Europa en nombre de la humanidad, de los derechos de todas las personas y de la autodeterminación de los pueblos, que habían sido violados por los ejércitos alemán y austriaco.

El mundo se estremeció ante la noticia de que en Bélgica los soldados con el casco prusiano de pincho solían decapitar a inocentes niños a centenares. Y más aún al tener conocimiento de que en Rusia una revolución que se proclamaba socialista había instaurado la república, en febrero de 1917. Sus nuevos gobernantes, moderados, prometían no desistir de su compromiso bélico, pero ¿había que fiarse de ellos? ¿Cuánto tiempo podría resistir la Europa «liberal» sin el apoyo específico de Estados Unidos?

Ante una lucha global por la democracia era preciso reducir la lucha interna. Los TIM fueron los primeros que acabaron en el punto de mira. Haywood mantuvo su cautela, pero activistas como Frank Little abogaban sin ambages por el antimilitarismo y proclamaban, desde posiciones bastante aisladas, que un proletario no podía disparar contra otro proletario. Era una concepción cada vez más obsoleta, por no decir ridícula. Allí donde había movilizaciones sindicales convocadas por los *wobblies*, una turba de ciudadanos patriotas e indignados arrasaban sus sedes y quemaban sus periódicos. En las hogueras que encendían en las calles entregaban a las llamas *The Industrial Worker*, el más moderado *Solidarity*, los cancioneros y los manuales sobre el sabotaje y la huelga general.

Dreyer visitaba de vez en cuando a Bob y le entregaba unas decenas de dólares para que pudiera pagar el alquiler y comprar comida, además de algo de alcohol extra.

—No nos hemos olvidado de ti, viejo amigo. No te impacientes, acabaremos encontrando una tarea adecuada para ti.

—Llevo meses esperando.

—La batalla que estamos librando es lenta, tiene sus propios tiempos. ¿Cómo vas con las piernas?

—Es como si no las tuviera, sin el bastón estaría inmovilizado.

—Hazte a la idea de que estás en una trinchera, porque en cierto modo lo estás, aunque no lo sepas. Debes esperar la orden del asalto con bayoneta. ¿Tienes el güisqui irlandés de la última vez?

En su visita siguiente, en abril de 1917, Dreyer se mostró radiante.

—¡Hemos entrado en guerra! Ten, aquí tienes treinta y cinco dólares por gentileza de la Pinkerton. ¿No podrías limpiar de vez en cuando este estercolero?

—No me alcanza el dinero para pagar una criada —contestó Bob.

—De ahora en adelante te alcanzará. ¿No entiendes lo que significa esta noticia? ¡A partir de este momento nos sonríe la suerte! Tanto la Pinkerton como la Burns pasamos a ser imprescindibles.

Bob comprendió el significado de esa afirmación unos días más tarde, al leer un artículo de opinión de su hermana que fue reproducido en la mitad de los periódicos estadounidenses.

> *Es más que una sospecha: los* TIM *se financian con dinero alemán, como los rebeldes irlandeses. ¿Qué es una huelga hoy en día sino un acto de sabotaje? Llueven marcos alemanes sobre los campamentos de los trabajadores agrícolas, sobre las cabañas de los leñadores, sobre las aldeas de los mineros, sobre las casuchas de los obreros del metal, sobre los portuarios negros de Filadelfia… Parece la cucaña. Y esa seguridad económica los induce a convocar huelgas continuamente, a sabotear el esfuerzo bélico. Todo buen ciudadano debería saber dónde se cobija el enemigo. ¿Lo sabrá el Gobierno?*

El Gobierno se lo tomó en serio y a finales de año fueron detenidos los principales dirigentes de los TIM. En agosto Frank Little había sido linchado y colgado de las vigas de un puente en Butte, Montana. Estaba tratando de organizar a los mineros del cobre. Se sospechaba que tras el linchamiento se hallaba la Agencia Pinkerton, pero no había pruebas. Se sucedieron otras acciones violentas contra los *wobblies*: sedes arrasadas, militantes molidos a palos, numerosas detenciones…

A finales de año, poco después del encarcelamiento de Haywood y de sus supuestos cómplices, Dreyer volvió a dar señales de vida.

—Bob, tengo una sorpresa para ti. Mira quién viene conmigo.

Le cedió el paso a Gaston Means, vestido como un dandi. Aparentaba más años de los que en realidad tenía, pero su aspecto irradiaba vigor. Bob, impresionado, trató de levantarse, no fue capaz. Extendió los brazos y exclamó.

—¡Charlie!

Su hijo se limitó a estrecharle una parte de los dedos de la mano.

—Te veo bien, papá. Estoy aquí para hablar de trabajo. Y de tu viejo enemigo Wesley Everest.

Epílogo

1919

32. Solidaridad para siempre

La redención llegó para Robert Coates con la creación de la Liga Protectora Estadounidense (LPE),[5] con sede en Chicago y delegaciones por doquier. Fue fundada cuando el país entró en guerra y llegó a contar con un cuarto de millón de efectivos. Era una organización de voluntarios cuya tarea consistía en localizar tanto a los evasores del reclutamiento militar como a los traidores que conspiraban con el enemigo.

Las redadas de la LPE eran terroríficas. Sus hombres patrullaban las calles, se apostaban a las puertas de negocios y de teatros, vigilaban en todos los rincones de las ciudades... Todos los que no llevaran consigo el certificado de exención del servicio militar eran secuestrados, a menudo golpeados y encerrados en amplios cercados a la espera del alistamiento forzoso y del embarque hacia Europa. Poco importaba que los familiares acudieran a mostrar la documentación, que en muchos casos los retenidos simplemente habían olvidado en casa. Cada jefe de escuadra de la LPE era recompensando en función del número de presas capturadas, de modo que no había interés alguno en refinar los procedimientos de esa caza al hombre.

Bob se convirtió en uno de los jefes de la LPE en Kansas City, un «capitán» con placa bien visible, a diferencia de los «agentes», obligados a ocultarla. Era el regalo más valioso que su hijo podía haberle hecho. Cada mañana se dirigía a la oficina, caminando

[5] APL (American Protective League) son sus siglas originales en inglés.

con la ayuda de su bastón, para planificar las redadas del día. Al final de la jornada repasaba la lista de hombres encerrados en los cercados y montaba en cólera si no había aumentado.

—¡Son muy pocos! —gritaba a la legión de hombres bajo su mando—. ¡Tened presente que en ningún caso estamos cometiendo abusos! ¡Solamente estamos reclutando brazos para la patria! Todo norteamericano debería estar orgulloso de ir a filas. ¡Quiero que mañana dupliquéis la cifra de hoy!

La labor complementaria, que consistía en detectar espías, le resultaba igualmente satisfactoria. La relación de continuidad entre esa labor y sus actividades precedentes era evidente. La prensa influyente, la Secretaría de Estado y la Fiscalía General coincidían en definir a los TIM y a buena parte de los socialistas y de los anarquistas como provocadores a sueldo de los alemanes. Y no tardaron en meter en ese mismo saco a los independentistas irlandeses y, a partir de 1919, a las nacientes corrientes comunistas.

Con todo, los *wobblies* seguían siendo el principal enemigo en territorio estadounidense. Bob, al igual que sus homólogos de otras sedes, ordenó a sus subordinados que destrozaran los locales de los TIM, que aporrearan a sus miembros y que organizaran quemas de prensa sindicalista en la vía pública, para que sirviera de advertencia. La Legión Estadounidense, que agrupaba a los veteranos de la guerra en Europa henchidos de orgullo patrio, actuó como brazo suplementario en esa labor de higiene pública.

Bob no se esperaba el golpe que recibió el 1 de febrero de 1919. Antes de que se lo notificaran por vía oficial se enteró por los periódicos de que la Liga Protectora Estadounidense había sido disuelta y sus integrantes habían sido despedidos; eso sí, con toda la gratitud del Gobierno por los servicios prestados. Cuando regresó al edificio que ocupaba la LPE en la calle Doce, descubrió que en el inmueble se estaban estableciendo varias facultades de una universidad. Volvió a casa cojeando, en una mañana gélida, oscurecida por nubes que auguraban una inminente nevada.

Recayó en la depresión. No intentó siquiera llamar a Dreyer, sabía que cambiaba de número de teléfono cada poco. No se relacionaba con sus vecinos y no tenía amigos con los que poder desahogarse. En el bar más cercano, en el que solía parar, uno de los chicos de la barra le soltaba de vez en cuando algún comentario jocoso, al que él no sabía responder con idéntica viveza. Pero eran jóvenes amables, al verlo lisiado lo ayudaban a subir al taburete, incluido algún camarero negro. Lo atendían con diligencia, pero la relación no pasaba de ahí. Cuando los escuchaba hablar entre ellos se horrorizaba, porque tenían ideas opuestas a las suyas. La religión les interesaba poco o nada, el deber patriótico no iba con ellos, de política no sabían nada, seguramente no les preocupaba la amenaza comunista. Conocían a los TIM de oídas, puesto que la prensa los mencionaba a diario, pero no tenían noción alguna sobre su ideario.

Bob ni siquiera podía presentarse en la sede de los *wobblies*, que había sido arrasada repetidamente por las cuadrillas de vigilantes bajo su dirección, porque su rol en la LPE lo había desenmascarado e imposibilitaba cualquier nuevo intento de infiltración. El *Industrial Worker* bautizó a Robert Coates como *el Cojo de Kansas City* y puso en guardia a la militancia. Bob no tenía a nadie. Mary Ann se había fugado a Canadá, a sus años, con un actor veinteanero y todos los periódicos dedicaron titulares en primera plana al romance de la extravagante estrella de la prensa estadounidense. El hecho era que él no tenía manera de contactar con su hermana.

Bob, con su casa cayéndose a pedazos, perdió toda esperanza. Se preguntaba cómo podría seguir pagando el alquiler después de lo que había tenido que gastar en un par de muletas, más adecuadas que el bastón para su estado actual.

Era demasiado pesimista. A los pocos días de la disolución de la Liga fue a verlo su hijo, que le entregó un fajo de billetes.

—¿Pensabas que me había olvidado de ti, papá? De eso nada. Ten, paga tus deudas. Has hecho un trabajo excelente con la LPE, todo el Gobierno te lo agradece.

—Esto se parece más a una propina que a un salario —se quejó Bob.

—Llámalo como quieras, pero no dejan de ser dólares contantes y sonantes —aseguró Gaston Means—. Y con ellos evitarás que te desahucien. ¿No me invitas a pasar?

—Sí, claro. ¡Entra, entra!

Por primera vez su hijo no hizo ningún comentario sobre el desorden, el polvo, los malos olores… Charlie limpió con su pañuelo la superficie de un sillón, se sentó y colocó el sombrero sobre sus rodillas. No se quitó el abrigo.

—Te han visto caminando con muletas. ¿Tan mal estás?

—No, las uso solamente cuando salgo de casa. No estoy impedido, es solo un problema pasajero con los nervios de los pies. Una dolencia transitoria, dice el médico: neuropatía periférica. Las muletas me ayudan.

—Está bien. ¿Cuál es tu problema, aparte del dinero?

Bob meditó unos instantes antes de responder:

—Odio esta ciudad. No es más que un pueblo que creció demasiado. Echo de menos Chicago. Bueno, Seattle también me valdría.

—Seattle no —dijo Charlie con tono categórico—. Me imagino que sabrás lo que está pasando allí desde hace dos días.

—No, no lo sé.

Bob seguía comprando periódicos, pero normalmente no tenía ganas de leerlos, así que los iba amontonando en el suelo, en una esquina de la estancia. De vez en cuando se proponía hojear los atrasados, pero acababa sintiéndose demasiado cansado, demasiado borracho o ambas cosas a la vez.

—El 9 de febrero un sóviet de obreros y soldados se apoderó de gran parte de la ciudad de Seattle. Están emitiendo decretos, se comportan como si las autoridades legítimas no existieran. Y ha comenzado una huelga general de dimensiones nunca vistas, con los trabajadores del puerto al frente de ella. La están secundando todas las categorías industriales, incluso las vinculadas a la FET.

Bob quedó impresionado.

—¿Es el inicio de una revolución?

—El ejemplo ruso ha creado escuela —contestó Charlie—. Han surgido otros sóviets en Canadá, en las ciudades de Vancouver y

Winnipeg. La agitación se está propagando por Norteamérica, se diría que los obreros están arrepentidos de haber permanecido en calma durante demasiado tiempo mientras se desarrollaba la guerra. Es como si quisieran recuperar el tiempo perdido.

—No deberían haber disuelto la Liga Protectora Estadounidense —comentó Bob con amargura—. Estábamos haciendo una buena limpieza.

—Eso te lo reconozco, pero el que nos tiene que librar de los rojos es el Estado, no una agrupación de voluntarios. ¡Papá, aún no me has ofrecido nada de beber!

Las reservas alcohólicas de Bob estaban prácticamente agotadas. Lavó un par de vasos, repartió en ellos lo que quedaba de una botella de *bourbon* que conservaba como oro en paño y le entregó uno a su hijo. Bob empezó a hablar con más soltura tras beber un sorbo y encender un cigarrillo.

—Con la desaparición de la LPE me he quedado solo como un perro. ¿No tendrás algún otro trabajo para mí? En la Oficina de Investigación o en la Agencia Burns, me da igual. Es cierto que trabajé también para la Pinkerton, pero fueron encargos puntuales, de corta duración.

Charlie suspiró y comenzó a fumar también él.

—El caso es que como informador ya estás quemado y como soldado raso tienes la salud demasiado deteriorada como para que nos seas de utilidad. ¿No te dijo Furlong en su día que el destino de quienes nos dedicamos al espionaje es la soledad? A mí Burns me lo ha repetido muchas veces.

—¿Y qué me dices de un puesto como directivo? Iba a ser detective, ¿no lo recuerdas?

—Sí, papá, pero ¿cuánta labor investigadora llevaste a cabo después? Poca o ninguna. Te olvidabas incluso de enviar informes. No tienes muy buenas referencias…

Esas palabras fueron desoladoras para Bob. Fijó la mirada en sus zapatos, abultados por la deformación de sus pies. Un nuevo trago le ayudó a sacar a relucir el asunto que rondaba por su cabeza desde el principio de la conversación.

—Me habías hecho una promesa.

—¿A qué te refieres?

—Wesley Everest.

El semblante de su hijo se relajó al instante.

—Ah, sí. Esa carroña sigue en activo en Centralia, en el estado de Washington, soliviantando a los leñadores. Te serviremos su cabeza en un plato, pero ten un poco de paciencia, hay que esperar hasta que se den las condiciones adecuadas. Y mientras tanto te iré haciendo llegar el dinero necesario para sobrevivir. Tú lee la prensa, mantente informado.

—Lo haré.

La charla prácticamente había llegado a su fin. Charlie terminó su copa hablando de varias cosas, pero sin mención alguna a su vida privada. Cuando Bob le preguntó si se había casado o si tenía intención de hacerlo, sonrió y guardó silencio. Finalmente apagó el cigarrillo en un plato pequeño, se abotonó el abrigo, se caló el sombrero y salió al frío. Bob se apresuró a cerrar la puerta para protegerse del aire helado.

Charlie/Gaston mantuvo su compromiso en lo relativo al dinero. Un mensajero le llevaba periódicamente un fajo de billetes; no muchos, pero suficientes para ir tirando. También Bob cumplió su parte del acuerdo leyendo periódicos y revistas con regularidad. Se enteró de que Mary Ann había sido estrangulada por su joven amante en Canadá. La noticia causó en él turbación, pero no mucho dolor, porque su hermana podría haberle echado una mano en mil ocasiones desde la posición que ocupaba y nunca lo había hecho. Que la hubieran asesinado era una terrible desgracia, pero había sido ella la que se había desviado de la moralidad de los Coates, exponiéndose al peligro con ello. Desde luego, él no iba a viajar hasta Toronto para asistir a su funeral, porque a pesar de los vínculos de sangre no pasaba de ser una simple conocida. Hacía muchos años que Bob había enterrado a la Mary Ann niña que había sido su hermana.

Las noticias que le interesaban, a efectos profesionales, se referían a los TIM. Al término del juicio al que fueron sometidos el año anterior recayeron duras condenas sobre ciento uno de ellos: todo el núcleo dirigente, empezando por Haywood, y numerosos cuadros medios. Los acusaron fundamentalmente de haber tratado de sabotear el compromiso bélico en apoyo a la patria y de no creer en fronteras ni en banderas. La actuación de la defensa resultó tan brillante como inútil. Los periódicos necesitaban un enemigo interno de una monstruosidad inaudita para desviar la atención de las miserias de la posguerra. Haywood era una víctima propicia: tuerto, con cara de malo, locuaz pero ajeno a sutilezas ideológicas…

La prensa influyente cargó las tintas contra él, los políticos siguieron la estela y los medios de comunicación nacientes completaron el cuadro. En sus escasos escritos —cartas privadas principalmente— Haywood había desaconsejado que se adoptaran posiciones antimilitaristas radicales, pero brotaron de la nada varios *wobblies* que lo acusaron de lo contrario, y aunque la defensa los desmintió uno a uno ya no había margen de maniobra. Para los periódicos estadounidenses hundir a los TIM se había convertido en una sacra batalla. Había que despedazar a la serpiente para que no resurgiera, y con ella la amenaza bolchevique, de la que los sindicalistas revolucionarios eran una expresión, por mucho que lo negaran.

Cuando, en primavera, se celebró en Chicago el congreso de los TIM quedó de manifiesto que la represión había dado sus frutos. Bob leyó la información recostado en el sofá, con un vaso de güisqui irlandés Tullamore Dew (ahora podía permitírselo) en la mano derecha y un ejemplar de *One Big Union*, «Un gran sindicato», la nueva revista mensual ilustrada de los *wobblies*, en la izquierda.

—Se joden ellos solos —comentó en voz alta—. No se podía esperar nada mejor.

La detención y el encarcelamiento en bloque del viejo núcleo dirigente, así como el alejamiento voluntario de militantes de probada capacidad (desde Saint John a Nef), dieron paso a una dirección inexperta y poco consciente de las necesidades concretas de la lucha. La consigna era descentralizar a toda costa, para no ser tomados por bolcheviques. El cargo de secretario general-tesorero fue suprimido y la organización local fue disgregada. Los TIM mantenían su vitalidad, pero como partes cortadas de una serpiente aún sacudidas por contracciones nerviosas. Se produjo un claro contraste entre los que estaban en prisión y los que actuaban fuera, a menudo intolerantes ante el hecho de tener que dilapidar en costas judiciales buena parte del presupuesto del sindicato.

Y a pesar de todo, el año 1919 no estaba siendo muy negativo para los *wobblies*. Sus sedes eran saqueadas de forma recurrente por la Legión Estadounidense, por la policía o por ambas. La prensa y ahora también el cine, a través de graciosos dibujos animados, los trataban como traidores y vulgares delincuentes. Por su derecha sufrían las continuas calumnias de la FET y de los socialistas, cada vez más moderados, mientras que por su izquierda estaba germinando la competencia de los primeros grupúsculos comunistas, que los consideraban utópicos y chapuceros.

Sin embargo, los TIM conservaban una primacía indiscutible en algunas de las categorías de trabajadores menos cualificados: los marítimos (con predominio de los negros de Filadelfia), los jornaleros, los leñadores y los peones. Precisamente con los leñadores operaba Wesley Everest, el que le había arrebatado a Rosy a Bob. Ese asunto volvió al primer plano cuando Charlie lo visitó de nuevo, a finales de octubre.

—¿Todo bien, papá?

—Voy tirando.

Bob ya tenía claro que a su hijo le interesaba más bien poco su estado de salud.

—¿Sigues guardándosela al tal Everest?

—Por supuesto. Solo estoy esperando que…

—Ha llegado el momento —lo interrumpió Charlie—. Aquí tienes un billete para Centralia y cinco dólares para gastos de viaje y alojamiento. Everest intenta arrastrar a sus leñadores a la huelga, una vez más. La Legión Estadounidense está cansada de que los TIM hagan lo que les dé la gana en la ciudad. Ya quemó su sede, pero abrieron otra. El castigo definitivo llegará el 11 de noviembre, aniversario del armisticio. Después de eso no se hablará nunca más de los *wobblies* en Centralia.

Bob dirigió la mirada a las muletas, apoyadas en un lateral del sofá, y suspiró.

—No sé si soy el hombre indicado para participar en una expedición de castigo.

—Tú no tendrás que participar en nada, papá. Únicamente tendrás que ocuparte de Everest, asegurarte de que desaparezca. El doctor Frank Bickford te dará las instrucciones pertinentes cuando llegues allí. ¿Te ves capaz?

Bob se sentía muy inseguro respecto a su capacidad, pero respondió:

—Sí, puedo hacerlo.

—Pues no hay nada más que hablar. Haz un buen trabajo, espero tu informe.

Bob acudió a la estación el día señalado. Renunció a las muletas para probar a caminar con la única ayuda del bastón y lo consiguió, lo cual fue para él una gran satisfacción. No quiso llevar equipaje, no estaba seguro de poder cargar con él, pero había atiborrado los bolsillos de su chaqueta, en los que además del cepillo de dientes y la navaja de afeitar había metido un par de armas: una navaja y un revólver automático calibre 45 de 1918, pesado y torneado.

Se irritó cuando, al hacer trasbordo en Seattle, donde debía tomar un tren más pequeño en dirección a Tacoma, Olympia y Centralia, se encontró con una multitud de gente reclamando en el interior de la estación la liberación de los ciento un dirigentes de los TIM. Eran hombres y mujeres que portaban carteles y llevaban, en bandolera o en el sombrero, el símbolo del hemisferio terráqueo, las tres iniciales y las estrellas. Los acompañaba una banda de música y cantaban a pleno pulmón *Solidarity Forever*, «Solidaridad para siempre», el himno escrito cuatro años antes por Ralph Chaplin, un *wobbly* que ahora estaba en la cárcel, con la melodía de *John Brown's Body*. Se había hecho tan popular que incluso solían cantarlo los afiliados de la FET.

Bob superó su enfado pasajero y subió al pequeño tren, en el que los vagones eran de clase única. Llegó a Centralia en la tarde del día siguiente a su salida de Kansas City. Era el primer aniversario del armisticio que había puesto fin a la Primera Guerra Mundial. Se dio cuenta enseguida de que algo no iba bien. La pequeña ciudad, con una extraña desolación, estaba sumida en un silencio sepulcral solo interrumpido por disparos aislados y lejanos. Nubes negruzcas cubrían el cielo. Imposible encontrar un taxi.

Bob caminó cojeando en dirección al centro de la población y se topó con unos miembros de la Legión Estadounidense que estaban huyendo. Detuvo a uno gordo, con el uniforme empapado de sudor. A pesar del bastón, logró arrinconarlo contra un seto.

—¿Qué diablos está pasando?

—Nos estaban esperando, sabían que íbamos a ir —contestó jadeando—. Cuando forzamos la puerta de su sede para incendiarla abrieron fuego. Varios legionarios cayeron, no sé si están muertos o heridos. Había *wobblies* apostados incluso en los tejados de las casas vecinas, con rifles y revólveres. No contábamos con una reacción así, no hallamos resistencia cuando incendiamos su anterior sede.

—¿Conoces a un médico que se apellida Bickford?

—Claro, es nuestro jefe.

—¿Dónde lo puedo encontrar?

—Donde está el combate en estos momentos, entre la avenida de la Torre y la calle Dos. Pero ¿tú quién eres?

—No soy nadie —respondió Bob, era la verdad.

Caminó tan veloz como pudo hacia la zona de la que provenía el sonido de los disparos. El epicentro de la acción parecía hallarse en el Hotel Roderick, un enorme inmueble que hacía esquina. Las calles estaban tomadas por el humo y repletas de veteranos, algunos de los cuales rodeaban a un par de compañeros caídos.

Un hombre robusto, armado con un revólver, salió repentinamente del hotel y trató de huir. Disparó y abatió a uno de los legionarios, que había comenzado a perseguirlo. Trató de disparar de nuevo, pero ya no le quedaba munición. Arrojó el arma.

Corría precisamente hacia Bob, que estaba parado en la avenida de la Torre. Al verlo venir se apartó y cuando pasaba a su lado extendió el bastón para hacer que cayera sobre la acera. Acudieron los legionarios, los miembros de la Logia de los Alces y los ayudantes del *sheriff*. La emprendieron a patadas y a pisotones con el hombre, que se golpeó la cara contra el suelo. Llegó también un dirigente de la Legión Estadounidense, barrigudo y con bigote encrespado. El *sheriff*, que iba a su lado, les dijo:

—¡Quietos, muchachos! ¡Ahora no, aquí no!

—¡Es Everest, el cabecilla de los asesinos! —replicó el bigotudo.

—Debo llevarlo a la cárcel, doctor. Repito: aquí no y ahora no.

Un legionario había rodeado con una cuerda el cuello del caído, que estaba inconsciente, y trataba de estrangularlo presionando su espalda con un pie. Los ayudantes del *sheriff* lo apartaron, levantaron el cuerpo inerte y se lo llevaron.

El doctor se acercó a Bob y le dio la mano.

—Debo darle las gracias, señor. Tiene usted agallas. Me llamo Frank J. Bickford.

Bob correspondió al apretón de manos.

—Le estaba buscando precisamente a usted. Soy Robert Coates.

El rostro de su interlocutor se iluminó.

—¡Estupendo, es un placer conocerle! Vaya a comer algo, su labor comenzará en cuanto oscurezca.

El sol se puso hacia las cinco de la tarde y enseguida partió hacia la cárcel de Centralia una caravana de automóviles con militantes de la Legión Estadounidense. En el primer coche iban Bob y dos legionarios. El que conducía le informó de cómo estaban las cosas. La marcha de los veteranos de guerra se había detenido frente al Hotel Roderick, en una de cuyas alas se encontraba la sede de los TIM. Un pequeño grupo se separó del resto para destruir y quemar el local, pero desgraciadamente alguien debía de haber puesto sobre aviso a los *wobblies*. Los asaltantes fueron recibidos por una lluvia de disparos en cuanto irrumpieron en el *hall*. Disparaban también desde las ventanas de otro hotel y desde una colina cercana. Murieron tres legionarios y otro, Dale Hubbard, fue alcanzado por Everest en su huida y estaba agonizando en el hospital. Era nieto del principal industrial de la madera de Centralia.

Los vehículos se detuvieron frente a la cárcel. De uno de ellos descendió una cuadrilla de hombres con las caras tapadas con pañuelos. Penetraron en el edificio sin oposición alguna y volvieron arrastrando a Everest, que había recuperado el conocimiento y forcejeó con ellos.

—¡Socorro! ¡Auxilio!

Metieron al leñador, con las manos atadas, en el primer coche, en el que iba Bob. El vehículo partió rápidamente, seguido por los otros.

Bob se giró hacia el prisionero y abrió su navaja.

—Me robaste a Rosy y vas a pagar por ello.

Everest tenía varios dientes rotos y los labios partidos. Perdía sangre por la boca, pero aun así logró mascullar:

—¿Rosy? ¿Qué Rosy?

—Deja de fingir, pedazo de mierda. ¡Mi Rosy!

—No conozco a ninguna Rosy.

Las palabras del secuestrado sonaban sinceras, su asombro era palmario. Bob se preguntó por un instante si no lo habrían engañado con algún extraño propósito, pero desechó esa sospecha.

La caravana se detuvo en el puente, iluminado por unas pocas farolas, que unía las dos orillas del río Chehalis. Los legionarios se apearon. Uno de ellos lanzó una soga sobre un poste de telégrafo y se aseguró de que el nudo fuera corredizo.

Sacaron a Everest del automóvil arrastrándolo por los pies. Se golpeó en la cabeza y emitió un débil gemido.

—Quitadle los pantalones, y los calzoncillos también —ordenó un oficial de la Legión Estadounidense con la pechera cargada de condecoraciones. Buscó a Bob con la mirada—. Veo que llevas una navaja. Cástralo, córtale la picha y los huevos. Un tajo o dos bastarán. Y después lo ahorcamos.

Bob, atónito, se estremeció. Preguntó:

—¿Yo?

—¿Quién si no? Estamos aquí por ti. O eso me han dicho.

—No sé si podré…

El oficial comenzó a perder la paciencia.

—Hay que darse prisa, ¿no lo entiendes? ¡Hazlo!

Bob, que había cerrado la navaja, volvió a abrirla. Caminó apoyándose en el bastón hacia Everest, tendido en el suelo y con las ingles desnudas. Los dos estaban temblando.

Ya de regreso a casa, Bob se apeó en Seattle para hacer trasbordo. Aún estaba conmocionado. Se lavaba las manos cada poco, le parecía que seguían ensangrentadas. Disponía de una hora antes de que partiera el tren y salió de la estación con paso oscilante. Fue una mala idea: se dio de bruces, una vez más, con una manifestación que reclamaba la libertad para los «presos de la guerra de clases». La formaban mujeres y hombres, blancos y negros, inmigrantes de todas las nacionalidades, parados, obreros temporales… Sus pancartas llevaban bordada la leyenda «Trabajadores Industriales del Mundo». Cantaban a grito limpio, con el acompañamiento de una mísera banda, *Solidarity Forever*.

Cuando la inspiración del sindicato corre
por la sangre de los trabajadores,
no hay nada más poderoso
en ningún lugar bajo el sol.
No hay fuerza más débil en la tierra
que la débil fuerza de uno solo,
pero la unidad nos hará fuertes.
¡Solidaridad para siempre!
¡Solidaridad para siempre!
¡Solidaridad para siempre!
¡Porque el sindicato nos hace fuertes!

El espectáculo apartó a Bob de su tormento. «Imbéciles, creéis que estáis vivos y en realidad ya estáis muertos. Es la última vez que cantaréis vuestro himno», pensó.

Él, por el contrario, se sentía lleno de vida. Solo debía no pensar en nada, no recordar nada. Tomó el tren para Kansas City. Al llegar a casa trasegó medio litro de *bourbon* y se quedó dormido en el sofá.

Bibliografía

Para una bibliografía general sobre el movimiento obrero estadounidense, remito a los apéndices de mis novelas *Antracita* (Hoja de Lata, 2023) y, más aún, *Todo han de ser* (Hoja de Lata, 2025).

Aquí solo me referiré a los libros relacionados con la historia de los Trabajadores Industriales del Mundo (*Industrial Workers of the World*).

Los TIM fueron dados por desaparecidos tras una importante escisión en 1924 y un declive que culminó a finales de la década de 1950. En realidad, el sindicato sigue existiendo en Estados Unidos y en otros países (Canadá, Gran Bretaña, Alemania, Australia…) y experimentó un inesperado relanzamiento a principios de este siglo como única organización sindical que se preocupó por los trabajadores del sector de la comida rápida. Es hegemónica en la cadena Starbucks y en alguna otra, y cuenta con secciones en diversos ramos de actividad en los que predomina el precariado.

Su página web es <www.iww.org>. En ella se pueden adquirir libros, camisetas o insignias, así como leer un resumen de su historia.

Las canciones citadas en la novela son fácilmente rastreables en YouTube, en diferentes versiones. Con dos excepciones:

Workingmen, Unite! (1908) fue modificada treinta años después con nuevos versos de Woody Guthrie. Hoy en día es la popularísima *Union Maid*.

Ta-ra-ra Boom-de-ay, en la interpretación de Joe Hill, se convirtió en un tema prohibido por la violencia de su letra, hecho que fue utilizado en los juicios contra los dirigentes de los TIM. Es más fácil encontrar la canción original infantil.

Voy con los libros.

Las obras fundamentales son dos, igualmente meritorias. Ambas son colosales.

History of the Labor Movement in the United States, de Philip S. Foner, en *The Industrial Workers of the World, 1905-1917*, volumen IV (International Publishers, Nueva York, 1965).

We Shall Be All. A History of the IWW, de Melvyn Dubofsky (Quadrangle Books, Chicago, 1969). Hay una edición condensada (University of Illinois Press, 2000), que no tuve la oportunidad de ver.

Los sigue *The Wobblies: The Story of the IWW and Syndicalism in the United States*, de Patrick Renshaw (Anchor Books y Doubleday, Garden City-Nueva York 1968), obra valiosa por su concisión y exhaustividad.

El propio sindicato editó una historia muy sintética de los TIM, con la ventaja de que llega prácticamente hasta nuestros días. Se trata de *The Industrial Workers of the World. Its First 100 Years*, de Fred W. Thompson y Jon Bekken (IWW, Cincinnati, 2006).

También es interesante *IWW. A Documentary History*, a cargo de Lenny Flank (Red and Black Publishers, San Petersburgo-Florida, 2007).

Basado en testimonios orales tenemos *Solidarity Forever. An Oral History of the IWW*, de Stewart Bird, Dan Georgakas y Deborah Shaffer (Lake View Press, Chicago, 1985). Este libro contiene la transcripción del galardonado documental *The Wobblies* (1979), dirigido por S. Bird y D. Shaffer. En su edición de 2006 también se incluyen las canciones *Workingmen, Unite!* y *Ta-ra-ra-boom-de-ay*, que de otro modo son difíciles de encontrar.

No hubiera sabido nada acerca de los *wobblies* si no hubiera caído en mis manos *Rebel Voices. An IWW Anthology*, obra coordinada por Joyce L. Kornbluh (H. Kerr Publishing Company, Chicago 1998). Se trata de una voluminosa y extraordinaria antología de artículos, canciones, viñetas, manifiestos, pegatinas, caricaturas, etcétera, de los sindicalistas revolucionarios norteamericanos en los mejores años de su existencia.

A los dos libros anteriores añadiría, por originalidad y por calidad artística, una historia en cómic de los TIM de varios autores: *Wobblies! A Graphic History of the Industrial Workers of the World*, coordinada por Paul Buhle y Nicole Schulman (Verso, Londres-Nueva York, 2005).

En Italia los TIM gozaron de un notable éxito editorial entre los años setenta y ochenta gracias a la revista *Primo Maggio*, que hacía referencia frecuentemente a diversos aspectos de su historia (por mano de Bruno Cartosio, Ferdinando Fasce, Peppino Ortoleva, Alessandro Portelli y otros). Además de la traducción al italiano del libro anteriormente citado de Patrick Renshaw, se publicaron diversas investigaciones al respecto. Situaría en primer lugar un clásico de la sociología que trata sobre los *wobblies* solo parcialmente: *Ribelli vagabondi nell'America dell'ultima frontiera*, de K. Allsop (Laterza, Bari, 1969). El título original es *Hard Travellin'. The Hobo and his History* (New American Library, Nueva York, 1967).

El libro más importante y completo en italiano posiblemente sea *Gli IWW e il movimento operaio americano, storia e documenti*, coordinado por Renato Musto (Thélème, Nápoles, 1975).

Valor únicamente introductorio tiene el pequeño volumen *IWW. Storia e considerazioni critiche*, de Giuseppe Chiappetta (Filorosso, Milán, 1978).

No he leído el más reciente *Wobbly! L'Industrial Workers of the World e il suo tempo*, coordinado por Bruno Cartosio (Shake, Milán, 2007). El prestigio del coordinador del proyecto y de los colaboradores me dan pie a pensar que se trata de una obra esencial, aunque no tenga fines novelescos.

Me detendré finalmente en mi protagonista, Robert Coates, y en las organizaciones de las que forma parte en la novela (y, en algún caso, de las que formó parte en la vida real). Lo descubrí leyendo *The Labor Spy Racket*, de Leo Huberman (Modern Age Books, Nueva York, 1937), que lo cita únicamente en las páginas 83 y 84. Perteneció a la Agencia Internacional de Detectives William J. Burns y se significó por una circunstancia: al ser llamado a declarar, a mitad de la década de 1930, por el Comité La Follette de Libertades Civiles, entró en un estado de confusión e hizo reír a los allí presentes con sus inesperadas confesiones. Se jactó de tener una larga experiencia como infiltrado en el movimiento sindical. De Coates —el auténtico— no sé nada más.

La Agencia Furlong y el surgimiento de William J. Burns en el seno de esta están descritos en *Front Page Detective. William J. Burns and the Detective Profession. 1880-1930*, de William R. Hunt (University of Wisconsin, Madison, 1990).

Hay dos volúmenes en los que se narra cómo la Agencia Burns, especializada en la lucha contra los *wobblies*, se transformó en el FBI, la Oficina Federal de Investigación de Estados Unidos: *Historia del FBI*, de Don Whitehead (Sopena, Buenos Aires, 1958), y *El FBI desconocido*, de Fred J. Cook (Bruguera, Barcelona, 1965).

Terminóse
de imprimir esta edi-
ción de *One Big Union* en
abril del 2024 en los talleres
de Imprenta Mundo, mientras en
Estocolmo se representa *Joe Hill:
el hombre de las muchas identida-
des,* una obra de teatro sobre el
legendario cantautor *wobbly,*
fusilado en 1915, compositor
de eternos himnos de
fraternidad.

TAMBIÉN EN LA COLECCIÓN SENSIBLES A LAS LETRAS:

ANTRACITA

de Valerio Evangelisti

Traducción de Francisco Álvarez

ISBN 978-84-18918-17-9
416 páginas
23,90 €

1875. Han pasado diez años desde el final de la guerra de Secesión. Los jóvenes EE UU son ahora un territorio a conquistar para los poderosos conglomerados del ferrocarril, el carbón y el acero.

Pantera, un pistolero mexicano, nómada y mercenario, entra en contacto con los Molly Maguire, una organización secreta que opera entre los mineros irlandeses en Pensilvania. Al mismo tiempo, y fruto de una confusión, Pantera comienza a prestar sus servicios en la Agencia de Detectives Pinkerton, brazo armado de los patronos, especializada en la represión sangrienta del movimiento obrero gracias a su Policía del Acero y el Carbón.

Una lucha despiadada que decantará la dominación de Norteamérica en los siglos venideros.

> «Evangelisti es un maestro de la literatura popular. […] Un poderoso narrador armado con un claro mensaje social inserto en una trama de aventuras.»
>
> **JUAN CARLOS GALINDO, *El País***